岁月静好

张岚／著

山東文藝出版社

每一次，回望旧时的月光，故乡的山水草木、世事人情，就这般深情款款地走进我的文字，让我一次次领略《诗经》中“终朝采绿，不盈一匊”的温暖和美好，痴极嗔极，经久不息，更是乐此不疲。

序

真情的守望者

苗长水

深秋的夜晚尽管已有了丝丝凉意，坐在书房里静静阅读张岚即将出版的第四部散文集《岁月静好》的书稿，不时被字里行间跳跃着的深情所打动，可以说，亲情支撑着她从大山深处走向了繁花似锦的城市，支撑着她跨过人生的道道沟坎，在真情恒久地守望中，更渗透了她对人生、对生命、对死亡的感悟与思考，值得深深品味。

爱与怀念是本书的主题。从《此去经年》《思念如海》到《回首便是一生》，从《相逢如初见》到《回望故乡》，整整二十三万字的作品，是为逝去的亲人而作，是为相依为命的女儿而作，更是为了永存于心灵深处的故乡而作。亲情、爱情、故乡情，如绵长的丝线，从张岚的心底涌动而出，然后用真情编织成人间最美丽的锦缎，在岁月里闪耀着纯真动人的光泽。那份至纯的情意，是大美的人间情怀，是对亲情的执着守望，让我心生感动。我想，这无疑会是在阅读后能令大家落泪的作品。

任何真情都是值得令人尊重和感动的。尽管张岚的父亲已去世十周年，母亲去世四周年，爱人也因公殉职二十周年，但在张岚的心中，亲人们就在抬眼之间、心底深处，就在日里的闲暇、夜里的梦境，就在一呼一息之间，从来不曾远离。在《父亲的儒雅》《父亲的担当》《父亲与土地》《母亲的气息》《母亲的明月光》里，我读出的是她对往日岁月的追忆，是无声的思念和永失亲人的痛惜与无奈；《为母亲种下一个花园》《冬至雨夜》《隔了四年的时光》《一别二十年》《写在岁月里的爱与深情》……我读出的是“天长地久有时尽”的凄美，是《魂断蓝桥》主题曲歌词里“白石为凭，日月为证，我心早相许”的感天动地。我认识张岚时间不算很短，她给我的印象都是正直坦荡、阳光向上、大气端庄，竟然没看出来她深藏着一条悲伤的河流。在惊讶的同时，我在文字里读出的是一份对爱与真情的坚持和坚守：在母亲去世后的四年日子里，她的思念从未间断；在父亲去世十周年时，几万字的叙述，让我们看到的是一位乡绅般沂蒙父亲的担当与慈爱、伟大与不凡，也读出了一位女儿对父亲的怀念之情，从中我们不难看出，张岚是位好女儿；那个许她现世安稳、岁月静好，对她宠爱有加、呵护备至的爱人因公殉职已二十年了，二十年的岁月让一颗真爱的心不曾改变，让一段纯真的情不曾褪色，让爱的种子在岁月里开出最美的花朵；在品尝了世间万千苦难和千般滋味后，仍然对自己的爱人追忆不已，在薄情世界的今天，实属难得，从中不难看出，张岚是位好妻子；不足八岁的女儿失去了父亲，却多了母亲加倍的爱和温情的陪伴；在女儿出嫁时，给予女儿的不是千金万银，而将一本用爱浸润的二十多万字的散文集《岁月凝香》作为特殊的嫁妆。这样的情怀和爱，值得让人称赞。而岁月中这位坚强母亲头上一根又一根的白发，当是慈母付出汗水和心血难以掩饰的写照吧？在这里，张岚又是一位称职的好母亲；《故乡的石磨》《故乡的炊烟》《故乡的村庄》……一咏三叹般的描写里，我们读出的又是一位坚强女子对故土的怀念，对故乡守望里的一份深情大爱，这也是本书的最大亮点之一。

草木有爱人间暖，文字如花韵味香。文字是有香味的，但更是有力量的，《岁月静好》恰恰充满了向善向上的力量。有人说，苦难是一本最好的教科书，但在苦难面前，我们看到的张岚除了坚强外，更多的是一份超然和向上的精气神。正是这些文字和文字中所传递的精神，让我们感受到一份对生活、对人生、对亲人故乡的责任担当和无限热爱。也正是这种生活和人生的态度告诉我们，无论生活发生了什么，也无论我们正在经历着什么，亲情是永远不能忘却的；无论我们所经历的岁月有着怎样的风风雨雨、道路泥泞，都值得用心珍惜和记取；即使在平淡如水的日子里，也全是美好和希望，就像蓝天上的白云、春季里的清风一样，梦想就在前方，幸福就在身旁；还如同故乡里的阳光和亲情支撑着的月亮，昼夜不息地照耀在我们的心间。不由想起了古罗马著名学者塞涅卡所说的一句话来，“真正的伟大，在于以脆弱的凡人之躯而具有神性的不可战胜的力量”，我想这句话也可以适用于张岚。

回味亲情，岁月静好；咀嚼当下，满月花开。张岚对文学的热爱和在文学上的努力是有目共睹的。作为山东作协全委会委员的她，在积极为当地文学事业发展倾心尽力的同时，一直笔耕不辍，先后多次开设个人专栏，在各类报刊发表作品百万余字，出版了《水做的城市》《流年里的花开》《岁月凝香》等散文集。她的语言雅致唯美，极具中国情怀，她擅长用质朴、平和、温婉的文字描绘村庄、美食、亲情和日常生活的种种，表达着自己对人生、对生活的感受，展示了女性的细腻和丰富。尤其描写亲情的文章，每一篇都流光溢彩，赢得了不少读者的喜爱；先后获得全国红色散文、全国报告文学大赛一等奖，《齐鲁作品年展》《时代文学》《中国妇女报》《中国青年报》等散文作品一等奖，临沂本地的各类一等奖项数十个，2018 年成功加入中国作家协会，就是对她写作水平的最大肯定和褒奖。而这本《岁月静好》散文集，更多了一份乡土气息和生活的底色，其中《回望故乡》里的不少文章，不但勾起了我对沂蒙“美食”的回忆，更勾起了我对沂蒙故乡所有的记忆和情怀来；在阅读的同时，不由感慨张岚品的是食物，忆的是亲情，悟的却是人生世相。这些文字的风格也异于她惯常的写作手法，从中也可以看出她在文学上的不断进取和努力。

文品即人品。曾多次听闻周围人对她的赞誉：对工作兢兢业业，对生活认真负责、知足常乐，对朋友肝胆相照；将琐碎的日子过出新意，将平淡的日子过出诗意，不谈悲喜，常怀感恩；即使清贫的日子也能过出富足喜乐、热气腾腾的景象来，并影响和感染着周围的人。

此时，秋虫的小夜曲时轻时重、时远时近地飘进窗里，让我生出夜深露重之感。看一眼沉甸甸的书稿，不由多了一份感慨：岁月静好是普天下所有女子的心中所盼、所愿，但长长的岁月走过，又有多少岁月可以静好？放下手中的书稿，心里多了一份敬意：向生命致敬，向所有在生活中发现美和传递爱的人们致敬，向每一位用心坚守真情、守望真情的灵魂致敬——愿光阴含笑，愿岁月静好。

是为序。

2018 年 9 月 19 日

目　录

第三辑　回首便是一生

第四辑　相逢如初见

第五辑　回望故乡

第一辑

此去经年

父亲与土地

严格说来，生活在农村一辈子的父亲，并不属于土地。

作为当地有名的“秀才”，从十五岁开始，父亲便一直担任着“大队”村委的主管会计、文书，到六十岁才退休。整整五十五年里，父亲服务了多届班子、众多领导。政策在变，岁月在变，但不变的是历届领导对父亲的信任、依仗和全村几千口人的拥戴。他们看中的是父亲精湛的业务、敬业奉献的精神、清晰明了的工作思路和处理各类问题的能力。许多难以调和的矛盾、棘手的难题、解不开的死结，只要父亲出面，便都迎刃而解。在一个岗位工作五十多年，而且赢得如此好的口碑，我想，我有足够的理由为自己的农民父亲骄傲和自豪。

正因在“大队”工作，父亲算不上是一位地地道道的农民。

二十世纪八十年代，在农村实行家庭承包责任制之前，按照规定，父亲把在“大队”工作的天数兑换成工分，转到我家所在的“小队”里，便可分到应得的口粮。那时，父亲并不需要下地劳作，唯一和土地打交道的，就是打理自家的小菜园。几分地的菜园，在父亲看来就是一种小乐趣，甚至大部分时间并不需要父亲动手，勤劳的母亲便把小菜园打理得井井有条。干净整洁的父亲每天穿着上衣袋插着两支钢笔的蓝色中山装。随时随地写写画画，两手翻飞、行云流水般同时拨打算盘的绝活，让儒雅俊秀的父亲成为十里八村无可替代的重要人物。早饭后早早去上班,下午太阳落山时才能回家,从里到外,怎么看父亲也不像是一个农民。当农村实行土地家庭承包责任制后，父亲才开始了与土地长达近二十年的“亲密接触”。

那时，大哥大嫂是亦工亦农，二哥是民办老师，我和三哥都在上学，一家七口人的地，全压在父亲母亲的身上，只有当农忙和假期里，我们兄妹才能陆续回家帮点忙，其他时间都是父亲和母亲亲力亲为。春耕春种、夏播夏收、秋收秋种……我家居住在蒙山深处，山岭地薄，肩挑背扛，每一份劳动自是万般辛苦。那些年里，从没有出过大力的父亲，面对终日沉重的劳作，付出了比任何一个山里人都多几十倍的劳动：春天大地还没有苏醒，父亲就一担一担地把农家肥挑到地里，再均匀地撒开，然后再翻地、播种、除草、浇水。不足一米七的父亲，担起两大筐的肥料，艰难地爬坡下沟，沉重的担子深深地压到肩胛骨里，豆大的汗珠流满了脸，那些山山沟沟里，印满了父亲蹒跚的脚步；夏天杂草与玉米一起疯长，“早晨锄地趁凉快，中午锄地趁死草，什么时候都是最适合干活的时候”。我也有过和父亲一起在太阳最毒的时候在玉米地锄草的经历，站在高过人头的玉米地里，密不透风的玉米如同一个大大的蒸笼，人待在里边不用多大一会儿便汗如雨下，粗糙的玉米叶把裸露着的四肢划得渗出血丝，如雨的汗水自破损的皮肤淌过，火辣辣的痛便会传遍全身，而矮小的父亲却在前头弓着腰，满头大汗，隔不了一会便对我喊“回去吧，回去拿点水来，这里不是你待的地方”，声音里的那份疼惜，比六月里的骄阳都火热，每一个字，都如尖利的玉米叶，一下一下扎在我的心上；“人老一时，麦熟一晌”。麦收时节的沂蒙是繁忙的，收割完小麦，晒好，交完公粮之后入仓，这些小麦除去来年的麦种外就是全年一年的细粮，重要的是，在割麦的同时，还要在有限的时间里种上玉米。夏天的天还是小孩子们的脸，说变就变，在和老天抢时间的同时，农人们更是忙得吃不上饭。那时收麦没有大型的收割机，全靠镰刀收割。为了赶时间，往往是天不亮就开始下地，太阳最热的时候也要顶着烈日弯着腰一镰一镰割掉望不到边的麦子。

“田家少闲月，六月人倍忙。”割麦是农家最大的事情，也是田地里最热闹的时候。前一天晚上，父亲便忙着把镰刀在磨石上一把把磨得明光发亮。母亲则做好能带到地里的饭菜，备好一天用的凉开水，家家户户有能帮忙的亲戚、能走路的老人孩子便统统奔向田地。这时的田野是人气最旺的时候，远在外地上班的、打工的亲人们纷纷赶回自家田里，一年都见不到面的这时也都会在麦地田间遇到。割麦是件力气活，一眼望不到边的麦子需要一镰刀一镰刀地割下来，捆好运到麦场里脱出麦粒后，还要借着风力把麦子与脱掉的麦壳分出来，再晒去水分后才能运回家中。割麦的时候，不穿件长袖的上衣，双臂便会被尖利的麦芒刺出星星点点的血，阳光下的汗水浸上去，难受得紧；掌握不了技巧的人，手上不一会儿就会磨出血泡来；割下来的麦子为了便于运送，需要用割下的麦秧头尾相交打出结做成绑绳，再把割好的麦子放在打好的绑绳上，首尾相对用力捆扎后立在田里。人手多的人家，往往是一部分人在前边割麦，一两个人在后边捆麦。在我家，割麦的都是父亲和哥哥，有时舅舅也来帮忙，捆麦个儿是母亲的活。虽然母亲长得秀美苗条，却是干活的一把手好。虽然父亲是男劳力，但干起农活来却十分吃力，往往哥哥们割了一大片，父亲的一垄还没到头。孩子们一个一个成长起来，虽然都不在农村种庄稼，但干起农活，却都比在农村干了二十年的父亲更专业、更出活。千辛万苦地割完了，再人挑车推（沂蒙山的小推车）地运到专用麦场。麦场一般是几家合用的，麦收之前就先用石磙压好扫净，坚实平展不起尘后，把收运来的麦个儿一捆捆解开摊在场上。之后，有专人赶着拉石磙的牲口在麦子上转着圈儿碾来碾去。有时牲口会偷吃麦子，赶牲口的又会不停地吆喝着，间或还会扬起鞭子抽打一下。之后，男人们便拿着木叉，把麦秸挑到一边，露出金灿灿的麦子，再用大扫帚轻轻扫去短短的麦秸或麦余子。一场麦子，要这样碾上三四次，才能碾得干净。随后，场里就有了一垛垛高高的麦秸垛。整齐有序的麦秸垛也是一道风景，远远望去如集中开放的金黄色的花朵，不但好看，更是运回家后沂蒙人家烙煎饼、烀猪食必不可少的重要燃料。之后是晒麦子，晒麦时，又要有专人负责看着不让动物偷吃。麦子晒好后，或是开着风机，或是趁有风的时候头戴草帽、手拿扬场锨开始扬场，让风吹走麦芒。扬场也有讲究："顶风扬场，顺风簸簸箕。"扬场也是技术活，多是上了年纪的老农。然后，再把麦子装进长长的口袋或是短粗的麻包里。这些工序需要几天才能完成，其间人是要睡在麦场里的。等麦子晒得差不多了，天气晴好时，父母们会不慌不忙地收拾；遇到阴天或是快要下雨时，大人小孩忙个不停：拢麦、扫麦、灌麦，有时一落雨滴，来不及装麦子，就会把拢好的麦堆用塑料布先盖起来。之后，再把一袋袋或是一包包麦子扛进家里、倒进麦囤，这样算是颗粒归仓，完成了收麦的"割、拉、碾、晒、藏"了。

麦收时孩子们也是最忙碌的。割麦收麦都做不到，拾麦穗却是孩子们的长项。麦子割完之后，便会有老奶奶带领半大的孩子挎着篮子去麦地里捡拾麦穗。几天下来，孩子们拾下的麦穗也很可观。二十世纪八十年代后，收割的麦子除了用小推车拉之外，又多了机动三轮。拉回的麦子，也不再用牲口拉着石磙碾了，而是被拉机、打麦机代替。机器打麦是几家合作的一项工作，打麦不但很脏很累，更需要多人共同完成。有往机器里输送麦子的，有给送麦子的人传递麦个儿的，还有人用叉挑麦秸的。那时，我们兄妹都已成家生子，每到收麦时全家总动员，我和哥哥、嫂子们全都携家带口，全家老老少少大约二十口人提着暖瓶，拿着水壶，带着洗好的水萝卜、鲜黄瓜扑向金黄的麦田，割麦的割麦，捆麦的捆麦。大人们干活拉呱，在城里长大的六七个孩子在田间地头撒着欢地玩耍、追逐。干完活，全家一起忙着做饭、吃饭，热气腾腾的样子真叫生活。这时候的父亲主要以指挥为主，脚下生风忙来跑去，见了所有的人主动打招呼，介绍自己的孩孙，脸上的笑比六月的太阳还灿烂——麦收时节，全家在收麦，父亲在收获幸福，每一个生龙活虎的孩子，都是他向乡亲展示不够的骄傲。

麦子收了，玉米种了，接下来便需要精心照顾：浇水、施肥、除草、收种，似乎一转眼秋天便到了。“三春不如一秋忙。”秋天是农人一年中最忙的时候，花生、大豆、玉米、地瓜，加上拾了一茬又一茬的棉花，摘了一拨又一拨的红豆、绿豆，红得发紫的高粱，花开没完没了的芝麻，插补在田边地头的南瓜、坡豆角儿等农作物，全都脚赶脚地相继成熟。玉米、花生要收，地瓜要刨，清理出的成片土地要翻，过冬的小麦要种……跟麦季一样，“收秋抢秋，不收就丢”，秋季也是一个与时间赛跑的季节，倘若花生过熟，不仅蒂落，还会在地里发芽；豆类过熟，豆荚开裂，圆溜溜的豆子四处蹦跳；地瓜生长期较长，在主要的农作物中通常充当着垫后的角色，不过也要赶在霜冻之前收完，免得冻伤；玉米成熟时绿色的表皮变白，沉甸甸的玉米压得长长的把儿脱离了健壮笔挺的躯体，微微地向外探出，像一个个大大的牛犄角翘首期待着主人的到来。但是千万不要让它们等得太久，否则玉米表皮与把儿上的水分渐失，变得脆性不足，韧性有余，掰的时候费时又费力。轮作种植冬小麦的地块，更要赶紧把成熟的玉米掰回家，好给小麦腾地儿。玉米初收时通常看不到人影，远远地只看到地里的玉米棵子在晃动，走近了才听到地里咔嚓咔嚓掰玉米的清脆声。掰完玉米棒子后，玉米棵子被割倒，才看见玉米的主人以及地里掰下的一堆堆玉米。种植冬小麦的地块，地里的玉米根茎、杂草还要清理干净，然后耕地、整畦、播种，还要防止那突然而至的秋雨……

放眼望去，到处是人们辛勤劳作的身影，广阔的田野一派繁忙热闹的景象。拖拉机、三轮车、小推车井然有序地往来穿梭于田间小路。劳作的人们相逢一笑，聊几句家常问几声你好。爽朗的笑声、大嗓门的问候，时时传入耳中。一天到晚在田野里劳作的人们往来不断，有时天黑透了仍然打着灯笼忙活到半夜。

回到家里也是忙碌，秋天的农家院内家家户户灯火通明。院墙外的草丛里是蟋蟀们杂乱、高亢、嘹亮的大合唱；萤火虫提着灯笼时不时地从这家巡游到那家。指甲花、白菜菊、秋菊等竞相开放，月季花花如其名，从春至夏到秋繁花不断，仿佛有使不完的劲、开不败的花。农闲的时候，爱花的母亲都是剪下许多，一枝枝修剪了插在花瓶里摆满四周，只可惜在这大忙之际，全家人早没了花前月下的闲情逸致，到处都是劳动的声音："噼里啪啦"是摔花生的声音，"唰啦唰啦"是剥玉米的声音。实在腾不出手来，也要连夜把花生扔到屋顶，把玉米如给闺女编花辫般长长地挂满家里的树杈或者专门树起的立柱上，远远看去，如一条金色的龙柱，等雨天或冬天，再拿下来细加工。而明天的首要任务，依然是要把成熟的庄稼从田野里收获回家。

即使冬雪封路，也有干不完的农活：收回来的花生要剥皮见粒，成堆的玉米要一根根脱骨去核……

周而复始。

父亲细嫩的皮肤慢慢晒出了古铜色，细长的手指磨粗变硬，肩挑背抗压得他喘不过气来。父亲慢条细语地说话变得急躁短促，常年不变的笑脸上多了忧愁，最重要的是，父亲慢慢出现了高血压。我想，一定是那些沉重生活的担子让父亲的额头爆出了青筋，一定是阳光下持久的曝晒让父亲的血液变得黏稠，一定是那些刻不容缓的农活消磨了父亲的从容淡定，一定是那些土地让父亲日夜难安……

多年之后，每当我看到罗中立的油画《父亲》时，总是一次又一次被深深地震撼着，甚至，当我的父亲去世多年后，我仍然把这张油画与父亲的遗像联系在一起。《父亲》中的“父亲”，有一张被岁月的风刀霜剑刻刺得沟壑纵横的脸，深陷的黑洞洞的双眼，眼角像地缝一般发散出去的鱼尾纹，半张着露出残缺不全的牙齿的嘴，还有沾着泥土的一只手指上缠着布条的黑乎乎的手，以及手里端着的盛着浑黄水的破瓷碗……这幅最中国“农村父亲”的脸，分明就是一片阡陌纵横、高低起伏的土地，那半张着的嘴似乎就是土地在呼唤，呼唤远方的儿女，呼唤生活的希望。每看一次这幅画，就会让我想起，我儒雅的父亲是如何被岁月雕刻成画作里的“父亲”的，就会让我想起，我青春儒雅的父亲，是如何被岁月摧残成一个生活都几乎不能自理的老人的，便会有心酸袭来，便会有心痛涌动，便会有泪不由自主地滑落。

细究来，我的父亲与罗中立的《父亲》仍然有区别。即使在土地里摸爬滚打了几十年，我想我的父亲终于还是不属于这片土地，虽然他拥有了和周围的叔叔、伯伯一样的肤色，一样粗糙的双手，但父亲永远保持着整洁有序：每天到村里上班或者外出，仍然是一丝不苟的中山装，仍然是中山装上插着两支笔，回到家需要下地的时候，父亲则换上旧衣，所以，虽然父亲也和其他人一样春种秋收，无论在土地里留下了多少汗水，也无论对土地付出了多少心血，但父亲面对农活时是笨拙的，无序的，忙乱的；父亲面对土地时是无奈的，甚至是焦虑的，因此，从这个意义上说，终生生活在农村的父亲却并非真正属于土地。但无论多辛苦，无论多么需要劳动力，无论有多少困苦，父亲和母亲一起，仍然担起生活沉重的压力，把自己的孩子全部培养成国家有用之才。“贡献的方式有很多种。种地固然重要，但读书仍然很重要，书读多了，有文化了，贡献会更大。”于是，我们兄妹四人终于成了父亲的骄傲，也成了父亲晚年的依靠，在父亲重病期间，父亲的每一个子孙都用百倍的孝敬回报着父亲一生的艰辛，给了父亲人世间最多的关怀、体贴和爱。

虽然父亲不属于土地，但父亲用自己的方式热爱着家乡的那片土地。2000年父亲生病后，大哥二哥为了便于照顾老人，在城里给老人买了房子。二老离开了老家到县城生活，乡邻们想收购家里的老宅，父亲却坚决不同意。他用含糊不清的语言表达着自己对土地的感情：再旧的房子也是家，走过路过可以有个歇脚、喝水的地方；再小的土地也是个宝，种下一粒种子，就能收获满园果子。如果在外面不如意了，就回家去，咱那土地能养活你们——土地是永远的根，家园里的土地永远会收留在外的孩子！只要有一块土地可以立足，人就永远不会倒下。

父亲算不上一个真正的好农民，但不算一个好农民的父亲，却是一个好的耕耘者，他终其一生在儿女的心里辛勤耕耘着，他把面对困难时永远不逃避、不放弃的勇气和面对人生的智慧、担当和大爱的种子，撒进子孙心灵的土地里，春天收获希望，夏天收获热情，秋天收获喜悦，冬天收获宁静，让自己的每一个儿女信心满满地行走在人生的路上。而父亲，就是给予儿女无穷力量的最坚实、最肥沃的土地。

“孩子 / 在土里洗澡 / 爸爸 / 在土里流汗 / 爷爷 / 在土里埋葬。”在父亲去世十周年的日子里，想起这句诗，我突然就泪流满面了起来。

父亲与书

生活在沂蒙大山的父亲，虽然仅读过高小，却是十里八村少有的“知识分子”，尤其他对书籍的热爱影响了我的一生。

自我记事起，除了夏天，父亲的上衣永远是一件浅蓝或深蓝色的中山装，无论在什么场合，父亲总会一丝不苟地扣好每一粒衣扣，上衣左侧的口袋里，永远插着两支笔。这让身材并不高大的父亲永远散发着一股儒雅俊逸的书生气息，在山乡野村里总是显出一份与众不同，似乎父亲并不属于乡村，有时，我常常想，若不是因为我们兄妹的牵绊，父亲应该早就离开故土，有着美好的前程吧？但父亲从没有过这样的表露，而是一直儒雅俊逸地成为大山里的一道风景，直到终老。而父亲更与众不同的是对书的热爱，这份热爱，也伴随了父亲一生。

一

父亲爱书。稍有闲暇，便手不释卷，一册好书在手，常常是读得津津有味、废寝忘食。

其实生活在乡村的父亲是难得有过完整的闲散时光的：二十世纪六七十年代，由几个自然村组成“小队”，所有的“小队”归属于一个“大队”，“大队”再归属于“公社”。我们“大队”由34个自然村、2391户、17个“小队”组成，是当时岱崮公社人口最多、地域面积最大的“大队”。父亲一直在“大队”里工作，他担任着村里的文书、会计，负责所有通知的起草，各级会议、材料的上报，负责各“小队”会计账目的审核、年初任务的分配，负责一天三次“大队”播音室的播报：每天早中晚饭时，播放革命歌曲、新闻、天气预报，遇有上级要求、集合开会、交公粮、放电影等事项，父亲就会通过“大喇叭”连续通知三遍。那时，“大喇叭”设在“大队”院内有三百年树龄的老银杏树上。小时候跟父亲到“队办”，我不止一次地站在大银杏树下出神，好奇父亲好听的声音是如何通过这棵树传递到四乡八邻的，而且，父亲在“大喇叭”里的声音，庄重里包含着神圣，知性中浸润着温暖，又威严又亲和，多少年之后，当我听到赵忠祥《动物世界》的配音时，我一下想起了当年父亲“大喇叭”里的声音。

那时的父亲是不用参加农村劳动的。父亲在“大队”工作的天数折合成“工分”，每年由我家所在的“小队”按父亲的“工分”分配全家一年的“口粮”。这个时期的父亲日出时便赶到“大队”上班，日落时才回，每周还会固定时间住在“大队”办公室值夜班。记得最紧张的一段时间是1976年唐山大地震时，地震形势十分严峻，家家户户住在山坡上临时搭建的防震棚里，印象最深的是一天夜里，所有的村民都聚集在一起，母亲紧紧地抱着我，“大喇叭”里是父亲一遍又一遍匆促地通知声：“乡亲们、乡亲们，上级通知，今晚有大地震，今晚有大地震，大家一定要在户外避震，千万不要回院子，千万不要到屋里去。”“大喇叭”一遍一遍地播报着，人群里有哭声响起，那一刻，我挣脱母亲的怀抱，边哭边朝“大队”的方向奔跑，小小的我对仍在播音室里下通知的父亲有多么担心啊！

父亲是几天之后才回到家里的，当父亲回到家里的时候，地震的风声基本已经过去了。我坐在村口——我时常在太阳快落山的时候坐在村口等父亲回来，父亲远远看到了等待的我，便飞快地走过来。生完三个儿子后，父亲母亲做梦都想要一个女儿，何况，张家从祖上开始，女孩一直稀缺，于是，从出生那天起，我便成了家中的宝贝。虽是乡村人家，衣食吃住不能讲究，却也是穷尽全家之力，让我与周围的女孩有所不同。父亲一见到我，便从衣兜里掏出一把炒过的花生，然后把我背到背上。我趴在父亲宽厚的背上，一边吃着香喷喷的花生，一边听父亲轻言细语的闲话。从父亲的背上看下去，父亲左侧的背包里，是一本厚厚的书，每走一步，背包就荡一下，我知道，晚饭后，父亲又会给我们读书了。

每个父亲在家的夜晚，家里便充满了生气，虽是粗茶淡饭，晚饭也会隆重很多。母亲炖一锅白菜或萝卜，还会炒上两个鸡蛋，煎几条小鱼。白菜或萝卜是全家人吃的，鸡蛋和小鱼是我和父亲的专利。这时，父亲就会喝上几钱白酒，但父亲很懂节制，无论菜多好，从不贪杯。父亲喝酒的样子也是好看：端起小小的白瓷酒盅，头一仰，吱的一声，白酒落肚，又豪迈又利落又英雄，以至于父亲去世十年了，他喝酒时的样子仍然历历在目。饭后是全家人最幸福的时光。二十世纪七十年代末八十年代初，沂蒙山的村庄还没有通电，晚上看书要用煤油灯。那时候煤油很珍贵，供销社经常断货。许多人家坚守着日出而作、日落而息的习惯，很大程度上也是为了节约灯油。而我们家很大一项开支便是用于灯油，但全家好似从来没讨论过这笔开销，更没有人报怨过，因为，在贫瘠的岁月里，父亲为我们打开了一扇精神世界的大门，更滋养了我们的心灵。于是，寂静山村的夜里，整个村子都安静了、沉睡了，而我们家一天最幸福的时光才刚刚开始：昏暗的灯光下，母亲做着针线，我和哥哥们或剥花生或脱玉米，而父亲则打开书，为全家人读书。父亲读书的时候，整个家里是安静的，即使忍不住咳嗽，也会推开门到院子里去，因为父亲读书的声音轻细柔软，而这轻细柔软的声音却有穿透力，直抵我们的内心。在农村，每个人说话都是粗门大嗓，但父亲读书的声音却是低低的、安静的，静得能听到门外树叶摇动的声音，能听到远处看家狗紧一下慢一下的叫声，甚至，能听到我们自己心跳的声音。那一刻，甚至过去几十年之后的今天，回想起来，灯光下读书的父亲是神圣的、高大的，充满了智慧的，在那时的我更多了一份幸福和自得——下通知时父亲的声音是属于山村、属于大地、属于十里八村乡亲们的，而夜读的父亲，声音只属于他的妻儿、他的亲人。父亲读书也是极投入的，那些磁性的声音，带我们进入一个个神秘的世界，认识一个个奇特而有趣的人物，往往读得人入迷，听得人心醉，读着读着，便过了大半夜，一家人才在恋恋不舍中收拾入眠。

但这样的夜读并不会经常有，因为父亲有很多事情要做：四乡八邻晚饭后找父亲了解政策、咨询问题，家里的事情想听听父亲的意见……除了陪乡亲们，父亲还有算不完的账目，常常要通宵达旦，所以，对于父亲的夜读，全家人充满了期待，每一个夜读的日子，在我们都是郑重和难忘的。

岁月过去了多少年，父亲读书的样子一直在我眼前，那份温馨、那份静美，是我年少时最美的时光和岁月，当董卿的《朗读者》开播时，我的心一下便回到了四十年前的山村，回到山村里那些父亲读书时的夜晚，那么美，那么好。

二

父亲爱买书，一旦遇到好书，总会节衣缩食将书买回；父亲惜书，对于每一本书总是悉心呵护，倍加珍惜。

“人生在世，上下高低，都在认得几个字上。不识字的、识字少的、写错别字的、用字不当的、识字多的、写字让你不认识的……一步步排列上去，构成文化程度的阶梯，也为芸芸众生做了定位”。那天，读俞晓群的《可爱的文化人》里的这段字时，使我一下又想起了父亲和父亲与书的那些岁月。

“书籍带给我们的愉悦、惊奇和幸福，不仅仅在我们阅读它的时候，也在它安静地等你去翻阅的时候。”生长在农村的父亲总是这样说。

每个人的童年未必都像童话，但我的童年因为父亲的启蒙更像我想要的童年。

父亲出身中农家庭。我爷爷是十里八乡有名的能工巧匠，凭聪明才智置下了不少家业，建起了庄里最有名的四合大院，养育了四儿三女。因父亲是长子，生的又聪明俊秀，爷爷便让父亲从小上学，一直上到高小。中华人民共和国成立前书虽昂贵，但父亲花十块八块大洋买一本书，并不稀奇。父亲与母亲结婚时，与其他人家不同的，是有一个盛满书的书架。生活中的父亲，即使用现在的眼光来衡量也是个难得的好男人：不烟少酒，更无不良嗜好，除了白天到“大队”工作，晚上便安心待在家里陪妻教子。家里的大情小事，也会在饭桌上讨论，让我们从小养成了“参政议政”的习惯；若说爱好，父亲确也有一个，那就是除了养家糊口，便千方百计地买书回家。从我记事起，《三国》《水浒》《说岳》《说岳全传》《说唐》《镜花缘》《绣像大八义》《增广贤文》，《楚辞》《宋词》，甚至《周礼》《易经》，以及后来的《红旗渠》《创业史》《红旗飘飘》等等。父亲的书林林总总，有竖排繁体字的，也有简体字的；有带插图的，也有手绘本，更有白话文；有古代的，也有现代的，书虽不同，但却一律干净整洁。父亲把每本书买回家后，首先要做的，便是裁剪旧画报、旧挂历，抑或牛皮纸，将新书包起来，在封面和书脊上写上书名和作者名，然后才阅读。父亲包书技巧很高，不但包得平整，而且有多种美观的花样，有时拿到父亲包过的书，总会翻过来覆过去看上半天，有时包书的封皮，远胜过里面的内容让我着迷。父亲读书还有一个爱好——读前必定洗净双手，读书停顿时，也不会随手拆起书页留下拆痕，总是找一张白纸或母亲的鞋样夹在中间做记号，因此，父亲的书无论读过多少遍，都像刚买回来时那样新崭崭的，即使几十年过去了，那些书页黄了、脆了，但仍然整洁无比。

从小便耳濡目染父亲的爱买书、爱读书、爱藏书、爱惜书的嗜好，我们兄妹不知不觉也染上了父亲的爱书癖，不但爱读书、爱买书、爱藏书、爱惜书，还把父亲的包书手艺学到了手。包书皮最好的当属三哥，他是我们兄妹中最安静、最乖巧的孩子，包完书皮后还会在书皮上随手画上一幅图——后来才明白随手画的是素描，我也学着父亲和三哥的样子，在书皮上画上喜欢的图案，但大哥手巧，什么样的物件在他的手里都会化腐朽为神奇，甚至还是经商的奇才；二哥吹拉弹唱、打球下棋，上可骑马、下可拉弓，世上的事没有他不懂不会的，到目前为止仍然还是无所不能；三哥书法、唱歌样样都行，尤其绘画，更是了得，在单位工作时，黑板报、厂报全是他一人“掌笔”。那些年流行画“小人书”，三哥一页一页地照着“小人书”画，一个人安安静静地可以坐一天、画一天，三两天后，一本手绘的小人书便完工，成为小伙伴争相阅读的“宝物”，论手巧我不及大哥，论唱歌我不及二哥，论绘画不及三哥，但吹拉弹唱我也都是喜欢，尤其绘画的热情一直都在，那些用心包过的书皮上，都会留下自己喜欢的图案，或唯美或简洁，经年之后，翻翻自己的藏书，包书皮、画素描的情景历历在目，也很为年少时自己潜藏着的绘画才能而自得。几经搬迁，在我家里，没有豪华装修，没有现代家电器物，有的只是整整齐齐的书橱，排列有序的书架和随处可见的书籍。无论在哪个角落，只要想看书，随手便会拿到一本。总以慷慨大方著称的我，却一直认同着三毛“牙刷和书，概不外借”的人生理论和处世观点。

2000年，不满六十二岁的父亲中风偏瘫。从死亡线上挣扎回来的父亲，身体右侧行动受限，且不能言语。在长达八年的时间里，父亲顽强地与疾病抗争着，从搀扶着下地，到拄拐艰难行走，到能生活简单自理，再到能简单地用左手烧水做饭，父亲每天都在进步，每天都在努力。最让我感觉不可思议的是，父亲坚持用左手写字、写信。一个身体右侧受限，习惯于右手写字的老人，用不便的左手写字该有多么艰难？但父亲坚持了下来，在他生病的第四年，竟能流利地写出信件，寄给在外地工作的哥嫂和我。看到我们惊奇的眼神，听着我们的赞叹，父亲总会发出孩子般的笑，那么开心、那么真诚，也让当时当下的我们心里那么酸痛。

很多时候，父亲更多地会坐在我的书架旁，静静地观看满架的收藏。父亲晚年，不但身体有疾，眼睛也患有严重的白内障，孝顺的哥哥嫂子们先后为父亲的双眼都出钱做过手术，但效果仍然不好，想要读书看字，实在艰难。许多次，我走过去拍拍父亲的背问：是不是想读书？父亲便孩子似的点点头，用含糊的声音说：“很久不读给你妈妈听了。”于是，我便遵从他的意愿，选一本他中意的，招呼了母亲，在他的身边坐下来，认认真真地读上一段。每次父亲都认真地听，有时还会激动地表达着自己的感情——父亲一定想起了那些熟悉的章节，想起了年轻时读这些章节时的那些人物、事件，或者一家人围坐在一起的温馨情景吧？但更多的时候，读着读着，父亲便会睡着了。母亲轻轻地起身，为父亲披上一件外衣或者盖上一件小棉被，把父亲自己用左手紧紧攥着的右手放回椅子的扶手上去，为他擦一擦流到嘴角的口水。看着头发雪白、微驼着背的母亲为父亲忙活，看着太阳底下如婴儿般无助、羸弱的并不苍老却被病痛折磨着的父亲，我只会久久地背过身去，唯恐母亲看到我泪流满面的样子。

三

今年的七月，父亲去世整整十年。

岁月无痕常忆旧，思亲不觉冷风长。“读书如识人，识人如读书”“饥读之以当肉，寒读之以当裘，孤寂而读之以当友朋，幽忧而读之以当金石琴瑟也！”“咬住几句有用之诗可以充饥”。“三日不读书，便觉得言无味，面目可憎。”整整十年里，父亲引用的古人读书名言、温和而富有词性的声音，一直记在我的心中；整整十年里，儿时伴着摇曳的灯光，一遍遍或低回或高亢习诵那些古文，虽然不懂，但热爱却是真的，尤其习诵时的那份深刻、委婉一直都在；整整十年了，我们依然保留着爱书、惜书，甚至是晚饭后朗读的习惯：每到周末，晚饭后家人围坐在一起，我们轮流读上一段自己喜欢的书，这成了我们张家的一种传统。我们用这种方式怀念和感恩逝去的父亲，虽然父亲走了，但他爱读书好读书的精神仍在，他面对疾病困苦的坚强毅力仍在，在血脉与文化传承中，父亲夜读的精神于我们是永远不可或缺的。

父亲的中山装

在父亲去世十年的每一天里，一提起父亲，甚至一读到“父亲”或与“父亲”二字有关的文字时，我的脑海中第一时间想到的，竟是穿着中山装的父亲的身影，对父亲的思念、敬爱和仰视便也滚滚而至。

一

二十世纪六七十年代，山里汉子的衣服，都是立领老式便装，因父亲曾去济南学习过，且是十里八乡见过世面的有名的文化人，故而从年轻至去世，便终年一身中山装，那些蓝色也随着年龄由浅入深地递进。中山装几乎就成了父亲的代名词，每一个与“父亲”有关的词，都会让中山装父亲的身影以及日常种种呼之欲出。

那时，从我家通往父亲工作的乡村大院是一条平坦的公路，二十世纪七八十年代，这样的公路全是粗大的沙粒，每有汽车驶过，路上的沙子便会被分散到路的两边。为了维护路面，每隔一段路，便会有一个“养路工”，用宽大的“排推”，把路两边的沙粒堆到路中间，大雨过后，再对被雨水冲坏的部位进行整理。记得那时，所有的公路两旁都是高大挺拔的白杨树。从十几岁的小青年，到六十多岁退休，父亲每天风雨无阻地行走在这条路上，一走便是五十多年。在这条乡间小路上，从儿童到小学毕业，我也走过很多年，但来来回回的路上，竟然一次都没有遇到过父亲，后来才想明白，是因为我上学的时候，父亲早已赶到自己的“岗位”，晚归的时间却又比我晚的缘故。

每个孩子都是父母的宝，但在四个孩子中，父亲对这个排行最小、又是唯一女儿的我的疼爱是无以复加的。幼时，父亲总是给我讲古代小姐、公主的故事，偶尔父亲也会以“俺家的公主”来称呼他这个最心爱的女儿；父亲去世前，便多以“俺的天仙闺女”呼之，哪怕我再平凡、普通，在父亲的心中都是天下无双的美好。每次这样称呼的时候，父亲脸上的笑容是浓密的、完全绽放的，是从内心深处不由自主洋溢而出的，温软声音里渗透出来的那份温柔，全是满满的无法掩饰的万千娇宠。

中学是在离家二十多里的镇中学读完的。记得上学的第一天，父亲骑着自行车把我送到了学校。一路上，会有很多长长的陡坡，笨重的大“金鹿”在粗糙的公路上骑行需要费很大的力气，遇到陡坡时，父亲总是从车上下来，费力推着自行车和自行车上的我，下坡时再骑上去。看到父亲费力的样子，我一次次跳下自行车，又一次次被父亲哄回去，“俺家的公主怎么能走路呢？”“俺宝贝闺女的脚又怎么能走这么长的路呢？”以至于到今天我的脚踝如发育不全的十二三岁的孩子般不盈一握，全是父兄从小娇宠的“恶果”。清楚地记得，那天在遮天蔽日的绿荫下，父亲的中山装干净体面、柔软服帖，汗慢慢地浸湿了父亲的后背。长长的路上，父亲事无巨细地叮嘱着我在校时的注意事项，而我却不时望着父亲后背的那一抹蓝，再抬头看那瓦蓝瓦蓝的天，竟然感觉，父亲中山装的蓝比天空的颜色更清脆，清脆到有一股灼伤眼睛的力度，尤其被汗浸过的周边，泛着淡淡的一层白色。那一刻，我感觉这种蓝色更纯粹，更打动人心。也便从那时起，我才知道了，世上的蓝色，除了天空般的蓝之外，还有另外一种蓝色，这种蓝色更纯正、更入心、更温暖，而且还会生出一份满满的安全感。

整个读书岁月是快乐的。学校里有代语文课的亲舅舅，还有一个书店经理的女儿做同桌，使我的阅读总是丰富多彩、目不暇接；周六的时候二哥到学校接我，周日再把我送回学校，父亲每周还会到学校看我一到两次。每当在校园里瞥见那一抹特别的蓝时，我便知道，是父亲，一定是父亲利用到镇上开会的机会或专程到学校给我送好吃的来了。每次远远的，父亲便会喊我的名字，是那种急切、亲切又热烈着的呼唤，常常让正处青春期的我颇感难堪，也便与父亲说不上几句话就赶紧跑回教室或宿舍了。

二

对于中规中矩的中山装，我年少的时候认为，父亲的穿着是一种身份，是一种尊贵，但当改革开放吹走了“中山装”的踪影，无论外出、居家，父亲仍把它当作不二之选。我也曾提出过质疑，父亲和蔼却认真地给我介绍中山装的来由和意义。父亲说，中山装是革命先驱孙中山提倡的，便以“中山装”命名，自辛亥革命起便和西服一起开始流行，到1912年民国政府通令将中山装定为礼服，修改了中山装的造型，并赋予了新的含义。立翻领、对襟、前襟五粒扣、四个贴袋、袖口三粒扣，后片不破缝。这些形制其实是有讲究的，根据《易经》周代礼仪等内容寓以意义。其一，前身四个口袋表示国之四维（礼、义、廉、耻），袋盖为倒笔架，寓意为以文治国；其二，门襟五粒纽扣区别于西方的三权分立的五权分立（行政、立法、司法、考试、监察）；其三，袖口三粒纽扣表示三民主义（民族、民权、民生）；其四，后背不破缝，表示国家和平统一之大义；其五，衣领定为翻领封闭式，显示严谨治国的理念。在父亲看来，这不是一件简单普通的衣服，它代表了一种信仰和追求。

父亲是有信仰、有追求的人。多少年来，无论生活怎么变化，无论生活的压力有多大，父亲心中的信仰和追求一直没有变——那就是始终保持着对党和人民的那份热情和期盼。

在我们家，无论上学的、上班的，入党都是最重要的事，都是全家的大事。父亲从青年时期就积极加入共产党。在那个唯成分论的年代，我们祖上“中农”的成分，让父亲入党倍加艰难。但父亲从不气馁，年年递交入党申请书，工作生活中总是用共产党员的标准严格要求自己，慎独自律，两袖清风，赢得了历届领导、百姓的肯定和信任，直至二十世纪七十年代末，四十多岁的父亲才光荣加入了中国共产党。从此以后，父亲工作干劲更足了，年年都会捧回各级优秀共产党员的奖状、证书，更是把党徽视如珍宝，买了专门的绒布盒子存放，一有时间便拿出来反复擦拭。记得有一次，党徽后面的别针坏了，父亲专程坐车到蒙阴县城，找遍了修眼镜的店才把别针修好，用父亲的话说“兹事体大”，大到胜过一切。

父亲对自己是这样，对我们兄妹也是如此要求。家里最困难的时候，是农村刚刚实行责任制的时候，大哥参加工作早，我和二哥、三哥都在上学，全家几口人种地的压力全压在父亲母亲身上。虽然身在农村，但父亲却从没干过农活，那些耕种的工具父亲样样驾驭不了。“没有过不去的火焰山，没有学不会的技能。”父亲总是这样说。自此以后，父亲便开始了长达十年的真正农民的生活，长年握笔的手磨粗了、糙了；人晒黑了，身板更结实了；甚至学会了推独轮车，学会了耕地、播种、施肥……繁重的农活没有让父亲放弃自己的责任，他总是白天在村里工作，早晨、晚上忙碌农活。

我们居住的地方山多、坡陡，七八亩地全靠肩挑、手提、背扛，一年下来万千辛劳，站在农田里，身穿蓝色中山装的父亲怎么都感觉不协调。好在两年内，二哥三哥和我相继考上了中专、大学。那一刻，父亲心里一定也是欣喜的，但父亲却认真地教导我们，多亏了党的好政策，凡咱们家的一切都是党和人民给予的。他总是要求我们永远不能忘本，不能忘记党和人民的恩情，无论在什么岗位上都要尽心尽力做好——“即使锄大粪（打扫厕所）也要干得好好的”。所以，从父亲在世至今，我们全家聚在一起，第一件事便是要汇报各自工作近况；无论谁入党，全家都要好酒好菜隆重庆祝一番；回家过年时，带礼物多少父亲从不放在心上，但有没有获得先进，有没有拿回奖状、荣誉是最重要的。在我们家还有一个不成文的家风：比学习，比工作，比贡献。从参加工作开始，我们兄妹无论什么样的奖励，年底谁都不能空着手，否则在全家人面前都抬不起头来。欣喜地看到，父亲的这一家风也成了我们全家人的传统，如今，我们兄妹的孩子每聚到一起，也是比学习、比成长、比进步，人人争上进，个个不掉队。

好的家风还藏在故事里。山里书少，一个故事总会讲上千遍万遍。《杨家将》《岳飞传》是父亲教育子孙的必读书目，在父亲，“精忠报国”是每一位张氏子孙不能忘记的使命；“羊有跪乳之恩，鸦有反哺之义”更是父亲教育子女的必不可少的典故和人生道理。在父亲的教诲下，我们几代人在忠孝的路上不甘落后：我们兄妹四人，兄弟、妯娌、姑嫂之间从没有红过脸，三个嫂子与母亲相处近二三十年，从没有高声说过话，更没有闹过矛盾。只要有时间，全家几代、近二十口人都会不远千里聚在一起：说不够的家长，道不尽的里短。无论是谁家的孩子都是大家的孩子，无论是谁家的家事，都是大家的家事。人与人之间总是热气腾腾，侠胆义肝、感人肺腑。父亲脑出血后遗症近二十年，母亲生病五六年，全家人争先恐后：大哥二哥出钱出力，三哥照顾二老的一日三餐，为此三嫂还辞了公职；去年二哥生病，全家人想方设法一起和二哥渡过了难关。远在青岛大嫂的一句话成了我们全家的至理名言：无论如何，咱们兄弟姊妹一个都不能少！

父亲总是这样教育我们："家是安身立命的根本。家给予的是温馨、祥和、安全、抚慰和支撑，也带来了保家的责任和使命，更给予兴家的动力和勇气。""没有国，就没有家；不给国家添麻烦，就是一种贡献。"父亲的这些教诲成为我们全家最宝贵的精神财富，一直被我们发扬光大着。

三

从青年到老年，中山装陪伴了父亲大半生，即使父亲去世的时候，也是一改沂蒙山的传统，遵照父亲生前的遗愿，专门给父亲定做了中山装。

父亲去世那天，十里八村认识不认识的人都来给父亲送行，村两委班子、镇、县里的相关领导也都专程赶到我的故乡，在简陋的屋内为父亲举行了简短而隆重的追悼会。悼词中这样对父亲评价：五十五年的工作生涯中，他恪守职业道德，两袖清风。从事会计工作半个多世纪，从未挪用一分公款，从不走后门拉关系，表现出了一名共产党员高洁的品格。那一刻，在鲜红的党旗映照下，父亲的中山装更加庄严，而我也由衷地为父亲感到骄傲和自豪。

父亲走了，爱却留在了我们的心里。按照沂蒙山的习俗，父母去世，儿女们要各自挑选他们的一些旧物留作纪念。在所有的遗物中，我选择了父亲的一支旧笔、一件中山装。父亲的笔，我郑重地摆放在书橱的显眼处，每当写作懈怠的时候，便抬眼看一看这支笔；对于父亲的中山装，我也是倍加爱惜，每隔一段时间，都会拿出来晾晒、透透气。夜深人静的时候，还会抚摸中山装的领口、衣袖、衣兜，每一次抚摸都让我感慨万千：这小小的衣兜，曾装下父亲多少岁月？父亲的衣兜里，装满了万千俗物，更装满了清清白白。在父亲走后整整十年的今天我才终于明白了，父亲的中山装情结，实际是一种信念、坚守与传承。而每一次抚摸，仿佛还能感受到父亲那不曾散去的体温，更感受到父亲的爱与温暖，希冀与期待，坚韧与淡定。

父亲的中山装，在收藏岁月的同时，也在展现岁月里的平凡与伟大，赋予了我无比坚定的力量，当遭遇到挫折甚至失败时，想起它，一颗浮躁的心便渐渐平静归航，仿佛又看到了父亲的身影与音容笑貌，那些温暖细致的叮咛也清晰地在耳边回响，而那年送我上学路上，蓝天下父亲中山装的纯粹的蓝，更是一直闪耀在我生命的上空。

父亲的担当

打开父亲的书柜，县、乡优秀共产党员，优秀人口普查统计员，优秀通讯员，信访先进个人，优秀水文测绘员，先进工作者，劳动模范，学习《毛泽东选集》积极分子，县、乡人大代表等等的证书或证件就会映入眼帘。半个世纪的工作历程中，父亲的荣誉、奖状、证书不计其数，特别是父亲还珍藏着 1960 年蒙阴县云蒙湖（原岸堤水库）兴建时，中共临沂地委、临沂专署颁发的“蒙阴县岸堤水库纪念章”。而这些，无不说明，生活在农村一辈子的父亲，不但是一个有故事的人，更是一个敬业而有担当的人。

父亲的担当，伴随了父亲一生。

云蒙湖（岸堤水库）是临沂市城区主要饮用水源，担负着 300 多万城乡居民生活饮用水供应的重任，是中华人民共和国成立后临沂兴建的最大水库，在临沂占有举足轻重的地位，而父亲是其中的建设者，更是见证者。

沂河是我们的母亲河，但它更是一个洪枯季节鲜明的河流。汛期洪水峰高量大、历时短，来势凶猛，直接威胁着临沂南部、西南部甚至苏北地区人民生命财产安全，持续不断的干旱更让沂河下游的人民深忧：沂河水流量逐年减少，整个水系地下水位逐年下降，漏斗区面积逐渐向两岸外延伸。水患旱灾成为那时人们痛心疾首的重大隐患。自1956年起，一个声势浩大的“千库万塘”建设高潮在沂蒙大地兴起。1956年10月，中共临沂地委、临沂专署做出决定：举全区之力修建大型岸堤水库。

1959年10月，经过科学规划、论证、设计，北京勘测设计院按百年一遇洪水、千年一遇进库洪峰流量1.02万立方米每秒校核设计的岸堤水库修建设计完工。

1959年11月3日，正值天寒地冻的时节，来自蒙阴县13个公社的5万多民工和临沂县（原县级临沂市前身）、郯城县各8000多名民工，总计7万人的建设大军浩浩荡荡开往蒙阴，修建岸堤水库的战役自此便轰轰烈烈地打响了。

那时，我的大哥刚刚出生不久，作为长子的父亲还不满二十二岁，父亲的三个弟弟、三个妹妹都还很小，父亲最小的弟弟还不足一岁，只比我的大哥大几个月。正是1958年后全国经济最困难的时候，有劳动力的都外出挖野菜度饥荒，但参加水库建设的整个工地的建设费用都需要一个专业精干的会计团队，父亲作为优秀的会计人员，便被抽调到工地当主管会计。第二年，当工地还没有完工的时候，我的二姑就因饥饿和疾病死去，奶奶一直为此埋怨父亲。

“忠孝不能两全。”父亲总这样说。那时，年轻的母亲独自带着不满周岁的哥哥，上要照顾我年迈的老奶奶，下要照顾在解放战争时牺牲的五爷爷的遗腹子，白天还要出工“挣工分”，但面对这些家庭困难，父亲毅然选择“大会战”，一去就是几个月，连春节都是在工地度过的。

“岸堤水库是中央水电部设计的，当时哪有什么机械工具啊，用的是最原始的镢头、铁锨，除了我们自己，没人相信岸堤水库能在短时间建成。”每当回忆这段历史的时候，父亲总是深情地说：“那时的条件艰苦啊。大雪纷飞，寒风凛冽，温度计的水银柱下降到零下 18 摄氏度；居住在山沟、野外半阴半阳像冰窖一样的地屋子里，铺的是麦秆、山草和蓑衣。在寒冬腊月里，大家纷纷跳进刺骨的凉水中清基、堵泉眼。工地上气势磅礴，建库热情一浪高过一浪。整个工程牺牲 44 名民工，致残 278 人。”“闭上眼，我时常会想起工地上的车轮声和脚步声，想起那些热火朝天劳动的不眠之夜，激动的表情、亢奋的话语和水库建成时人们奔走相告时的喜悦和人群之中的赞美,更会想起那份战天斗地的干劲。”

“修不完水库绝不回家，这是当时每一位参与者的心愿。所有参与者吃住全在工地上，我们按军事化编成六个师，临沂县、郯城县各一个师，蒙阴县编为四个师。白天会战、晚上会战，整个工地红旗招展，人山人海。插红旗、树标兵，进行劳动竞赛；‘淮海战役’‘渡江战役’，争分夺秒进行突击，就连腊月三十过大年都坚持在工地上度过。”每当擦拭纪念章的时候，父亲总会回忆那段历史。

“人的意志力有多强，力量就有多大。仅仅用了短短 5 个月的时间，1960 年 4 月，这座坝长 1665 米，坝顶高 181.8 米，最大坝高 29.8 米，总库容 7.49 亿立方米的水库，就全部完工了。就是现在的条件下，没有两年的时间也难以完成。但我们 7 万多人靠的就是必胜的信念，靠的是百折不挠的毅力、不怕牺牲的精神！”

“那时正值国民经济困难时期，大家自带部分干粮，还需要抽出部分民工挖野菜进行补充。大家吃的是地瓜干做的煎饼和粮薯混做的窝窝头。”作为会计团队的重要一员，父亲他们能做的，就是既让大家吃饱，又要精打细算，节约每一分资金，甚至做“无‘米’之炊——地瓜干做的煎饼和粮薯混做的窝窝头里时常混合着野菜”，“整个工程国家仅拨了 30 万元，如果现在建设同样规模的工程，10 个亿也不能完成啊”。每当说起这些，父亲的自豪之情总是溢于言表。

岸堤犹闻初战声，万马千军旗正红。

昨日支前今治水，移山填海论英雄。

巨坝虎踞开闸处，疑在万面锣鼓中。

1990年，五十三岁的父亲读到原临沂地委副书记张清波，在岸堤水库兴建三十周年时追忆当年建库，有感而发，形象展示当年建设岸堤水库波澜壮阔场景诗句的时候，兴奋不已，又找出自己的纪念章，连同自己工工整整地抄录的这首诗珍藏了起来。

“没国哪有家？国家的事都是天大的事，咱必须跑在头里。”生活中的父亲，不但爱国家，更爱着集体，爱着自己的工作。

二十世纪六十年代初，洪涝时常不期而至。一个初秋的深夜，正在值班的父亲遭遇了百年不遇的洪水，极短时间内，整个大队院子成了一片汪洋，值班屋内的水位急速上涨，近百斤的油缸都漂了起来。看到这种情况，父亲首先想到是全村的账簿不能被水冲走，更不能浸水。父亲不顾个人安危，撕碎床单，把装满账务账簿的橱子绑在背上，独自一个人一趟趟艰难地背到二楼的“三仙阁”里。背着橱子爬上二楼是极其艰难的，但空身回来的时候，父亲即使拄着铁叉也会不时被洪水冲倒。洪水过后，许多物品都被冲走了，即使没被冲走的，也都被洪水浸泡得不成样子，但全村几十年的账簿却完好无损，这在方圆几十里的村里，都是没有的。

保护公物挺身而出，轻伤不下火线这样的事父亲也是经常为之。旧时的沂蒙山交通闭塞，我们所在的“大队”是红旗大队，时常需要做报告、进行经验介绍，父亲作为省里考出来的会计师，更是承担着全县、公社会计人员的培训等任务，需要经常到公社、县里开会。为了节省费用，每次外出开会，再晚父亲都会坚持回家。记得有一年深冬，散会时天已经黑了，父亲便搭乘同村的拖拉机回家，走到半路，因为天黑路滑，拖拉机翻到沟里，当父亲醒来的时候，满头满脸都是血，但第二天一早，父亲又站在培训的讲台上。为此父亲还落下了脑震荡的病根，脸上也留下了深深的伤疤，致使原本清秀的脸上留下了遗憾。

值夜班是父亲坚守了几十年的工作之一。那时，我们大队部设立在一个宽大的院子里，全村的油坊、染坊、纺织、编织坊、豆腐坊、木匠坊、铁匠坊……所有与老百姓息息相关的加工作坊全部设立在这个大院里，当忙活了一天的大院在夜晚安静下来，为了保证财产安全，需要留人专门值班，值班的人同时接听全大队唯一的电话，播报天气预报，早上起床的军号……每到晚上，偌大的院子空寂无人，诡异的“三仙阁”睁着一双神秘的眼睛令人不敢走近，几百年的老银杏树站在院子中间，有风吹过便发出沙沙的回响，久久不绝……多年来，大队、村委安排两人轮流值守，每周需要值班三四个晚上。从意气风发的儒雅青年，到两鬓斑白，与父亲轮值的人换了一茬又一茬，而父亲却一直是那个坚守着的守夜人，从没缺席过。听母亲说，三哥出生的那天晚上，母亲、邻家婶婶都劝父亲在家陪着母亲，因为没有人能替班，父亲仍然坚持到大队值班，第二天忙完一天工作后才回到家见到了自己最小的儿子！

半个多世纪，父亲对国家、对集体、对单位倾注了无限的真情，由于工作突出，人品又好，父亲被上级部门多次选中，但父亲总是毅然谢绝，把深情留给自己的故土。

1955 年，年仅十八岁的父亲因为在村里担任会计，工作认真，成绩突出，被推荐到济南参加培训学习。这期间，刚刚调任中共山东省委第一书记兼原济南军区第一政委、党委第一书记不久的舒同挑选文字秘书，父亲因为文笔出众、聪慧能干，成为主要推荐人选，因为爷爷的原因，父亲放弃了这个实现自己人生理想的大好机会，选择了承担起长子的那份担当。自此后的几十年里，又替自己的父母为自己的奶奶尽孝几十年，为兄妹的成长尽心尽力，为家庭的兴旺尽职尽责，实现着为人子、为人兄、为人夫、为人父的职责并完成得圆满而美好，父亲的此次拒绝，展示的是人间大孝。

1960 年，岸堤水库竣工后，由于父亲工作出色，当时的地区财政局要调父亲去工作，我们所在的大队是全县有名的红旗标杆大队，全大队的财务工作离不开父亲，各类文字材料更是离不开“一支笔”的父亲，在书记的坚持下，父亲愉快地选择了留在故乡。父亲的这次拒绝，展示的是服从组织的大义胸怀。

此后的岁月里，蒙阴县税务局、粮管所等单位也曾多次抽调父亲去吃“公家饭”，但全都是因为大队离不开的原因，父亲坚守在了自己的故土。1982年12月10日第五届全国人民代表大会第五次会议决定对本届全国人民代表大会第二次会议把“人民公社”改为“乡、民族乡”；“人民公社管理委员会”改为“乡、民族乡人民政府”；在这个过程中，父亲日夜加班加点，发挥了不可替代的作用，至1983年，我们所在村完成了这个转换。这期间，乡财政所坚持调四十五岁的父亲去工作，“把机会让给更需要的人吧”，父亲考虑到自己的年龄偏大，便向组织推荐了更合适的人选，而自己，只做着安分守己的无名英雄，父亲展示着的是大爱之举。

父亲对同事如此，对周围的贫困乡邻更是充满了人间大爱。

1976年秋天，全家将一年种植的地瓜一块一块地从地里刨出来，再一块块切片、晒干后，又 筐筐千辛万苦地收回家，集中暂存在院外西墙边搭起的晾晒架上，待全干后收仓。全家人在忙了整整一个秋天后，终于可以松一口气、睡个安稳觉了。然而，早上起来，当母亲迎着初升的太阳重新晾晒全家一冬的粮食时，却发现所有的地瓜干片块未留地全部丢失了——那可是全家人一年的口粮啊。

我生活的蒙山小村庄，因无水，所以不能产稻；因土地贫瘠，小麦产量极少，山岭薄地盛产的主要是玉米、地瓜。地瓜切片晒干称为地瓜干，粗加工后作为猪食，细加工后烙成煎饼作为人食，所以地瓜干煎饼曾在数代山民的嘴里把持了主食地位。玉米棒子采下不剥苞皮，苞皮与苞皮联结成背搭式，挂于树杈、搭于墙头或围在专用柱子上，待风吹日晒去了水分，再搓棒取粒，水泡去皮，拿到石磨上磨成细糊烙成煎饼，但玉米煎饼相比地瓜干煎饼却又是殷实之家的象征，一般家庭还是以吃地瓜干煎饼为主。那时，市场远没有现在繁荣，乡村农家，更无经济来源，所有的地瓜干丢了，意味着全家一年的口粮没了。作为全大队里的一件大事，大队、生产小队的领导都来了，还成立了调查小组，对周围住户进行了细致走访取证。那时，父亲看着哭天抹泪的母亲和嗷嗷待哺的四个孩子，含着泪带领大哥、二哥到离家三十多里的山上采山果、摘树叶，在收获过的广大土地上“揽花生、揽地瓜”，有时，下力气刨半天地，也“揽”不到指头大的果实。一周后，确定了盗窃之人，当那高大的汉子当众跪下时，父亲却含着眼泪扶起了对方，对着天、对着地、对着一众人等说了一句让大家都落泪的话：“大兄弟，咱啥也别说了，谁让咱们穷呢。瓜干算我们家送的，我的孩子们大了，你的四个小孩子更要长身体啊。”整个冬天，我们家吃花生壳、玉米棒、地瓜秧磨成面做的窝头，每次吃饭，我都因为咽不下去而哭泣不已，以至于我总把自己个矮归罪于那个无粮可吃的冬天，父亲晚年聊天时，我总撒娇似的报怨父亲，父亲便孩子般笑着说：“不是没办法吗。那个时候都不容易，咱真让人家拿回来，心里也是不安啊。”

故乡苍劲、辽阔、深邃的背后，不动声色地隐藏着一个民族、一个时代的内在精神，这种精神，如同我们屋檐上的瓦片，挺举起了偌大的苍穹。和那一代人一样，在农村生活了一辈子、奉献了一辈子的父亲，他的纯朴和善良，一定是一把金钥匙，打开了后世子孙内心深处爱与担当的大门，教会了我们爱国、敬业、奉献，教会了我们无论在什么情况下都要兢兢业业，把国家的利益看得高于一切；父亲还教会了我们敬老孝亲，与人为善，即使面对伤害我们的人，仍然要用宽广的爱，包容这个世界里的丑陋，还世界一份美好和感动。

我爱我的父亲，我更敬爱父亲那一代人骨子里的奉献、忠义和担当。

父亲的儒雅

说一个生活在农村一辈子的男人儒雅，可能会让人感觉矫情甚至贻笑大方。但在我心里，父亲是儒雅甚至是英俊的。

父亲温和的微笑如沂蒙的阳光，亲切而明净。

在故乡，父亲也算是个有头有脸的“干部”，从农村家庭承包责任田之前到之后五十多年里，父亲一直在原来的“大队”后来的“村委”工作。五十多年里，父亲经常到县、乡开会学习，也是见过乡长、县长、县委书记等“大人物”“大场面”的人，更有在全公社上万人大会上做报告、谈经验的经历。无论是见到县长、省长，还是乡邻，父亲的脸上永远挂着招牌式的微笑。那种微笑是真诚的、温暖的，总会让人忍不住走近，因为这样的微笑是能感染人、吸引人的。每一个走近的人都会不约而同地感受到一份快乐。永远微笑在父亲算不了什么，最让我敬佩的，也是父亲的过人之处，是即使正有雷霆之怒，如有外人走来，父亲也会立马换回微笑温情的面孔，从来都不会让来者察觉到曾经发生或正在发生着不愉快的事，这一点，父亲不但没有遗传给我，更是我无论如何都学不会的。父亲总是教育我们说：“不能因为自己的原因影响别人的心情，咱们草木之人不能给别人带来好处，不给别人添堵也是一种美德。”父亲用一生践行着这一理论，在我的记忆里，父亲从没跟外人争执过，也没有人跟父亲争执过，红过脸，有过矛盾，现在想来，父亲是将自己委屈成炭，只为了煨暖他周围的世界。无论什么情况、境地下，父亲面对世人和世界的，是一张给人力量和温暖、永远微笑着的阳光的脸。从青年至老年,父亲一直将身边每个人的心像煨一罐汤一样煨得温热滚烫。《国风·秦风·小戎》里所言 “言念君子，温其如玉”的君子应该就像父亲这样有着温和之心、平和之态、谦和之境的人吧？

父亲整洁的中山装，是一个特有的符号，传承着一种精神。从记事起，除了夏天，父亲一年三季穿在身上的永远是蓝色或藏蓝色的中山装。虽然每年都会有新衣服添置，我们兄妹成人后，更是争先恐后地为父亲购买西装、夹克、羊毛衫等各种式样的衣服，但父亲钟爱着的永远是这一款，略有不同的是，春秋的可体，冬季的却要肥大许多，这是因为便于把母亲做的棉衣套在里边，后来几年，也给父亲做过厚呢或厚毛料的中山装，因此，打开父亲的衣柜，大大小小、深深浅浅的中山装会有几十件。虽同款、同色，但在父亲，穿着用途却截然不同：去外地开会的、到村里上班的、会亲访友的、到田间劳动的……分门别类，永远不会混淆，但无论父亲穿着什么样的中山装出现在什么场合，都会让人感觉贴切、妥当，永远不会有违和感。而身穿中山装的父亲，虽然并不高大，腰杆却一直笔直，身上除了知书达理的儒雅之气外，还有一种特有的亲切、庄重、严谨，充满了正气和正能量，走起路来生龙活虎，特别有精气神。我曾见过父亲一张年轻时穿中山装的照片：照片中的父亲留着中分的头发，穿着可体的中山装，左口袋上插着两支钢笔，眼神明净坚定，满脸的书卷之气，正是“恰同学少年，风华正茂”的好年华，浑身上下洋溢出的儒雅之气，即使隔了发黄的几十年岁月，仍然能够感受得到；以至于中山装就成了父亲的代名词。因为我知道，父亲那一代人，把中山装视为孙中山、毛泽东这些革命先驱的精神，深深扎根于内心，是被他们一生挚爱着、崇尚着、追随着的，在他们，这不仅仅是一件衣服，更是一种奋斗、勇敢、担当和责任。

父亲的书法、珠算技艺精湛，厚德敬业的精神更是我们宝贵的财富。父亲是人才，不但能写会画，更写得一手了不起的毛笔字。每年春节，全村家家户户的春联几乎全都出自父亲之手。刚进腊月，早早地便有乡邻打招呼，父亲自腊月初五的集市上便会买来一捆捆红色春联用纸。山里人忙，一进入腊月，连路都不会正经走，几乎都是一路小跑，脚跟都没有沾地的时候。而父亲比一般人尤其更忙——全村几千口人一年收支汇总、“分红”，各种汇报、表格、材料，还要应付上级各种各样的检查，参加各式各样的会议。但父亲再忙都会抽出时间写春联：“忙活一年，总得给家里添添喜气、鼓鼓劲头，来年有个盼头。”父亲是这样说的，也是这样做的。忙完一天后，父亲便会收拾好桌子，整理好笔墨纸张，在昏暗的灯光下撰写着祝福祥和的新春对联。父亲写春联喜欢一气呵成，写完一幅便由我和哥哥们欢天喜地地拿到一边晾干墨迹，父亲则提着毛笔歪着头边看边点评，之后再接着写。父亲写春联有讲究，为年轻人写的大都是“一帆风顺年年好，万事如意步步高”“一夜连两岁岁岁如意，五更分二年年年称心”“五福临门燕哺和谐春意暖，八方凝爱牛耕锦绣世情浓”；为老年人写的大都是“天增岁月人增寿，春满乾坤福满门”“一家和睦一家福，四季平安四季春”。写春联也是有时代性的。二十世纪五六十年代讲政治，父亲的春联大都是“春风杨柳晚秋条，六亿神州尽舜尧”“风雨送春归，飞雪迎春到”“四海翻腾云水怒，五洲震荡风雷激”；二十世纪七十年代早期，春节提出的口号是“中国应当对于人类有较大的贡献”以及“厉行节约，反对浪费”，父亲写的春联大都是“东风浩荡革命形势无限好，红旗招展生产战线气象新”之类；二十世纪七十年代末春节的传统色彩加强了，庙会、传统小吃恢复了，人们嗑瓜子，放鞭炮，包饺子，发压岁钱，互相拜年；而另一方面是一些年轻人穿起喇叭裤，留长发，拎着录音机放着流行歌曲招摇过市。当时最显著的改变之一是人性的复归，人们对亲情、友情、交际的热爱也达到了巅峰，二十世纪七十年代末的祖国处处洋溢着一种前所未有的幸福感。于是父亲的春联便都“喜气洋洋过春节，身强力壮迎长征”“四化美景振人心人心思跃，公报春风拂大地大地生辉”； 二十世纪八十年代是改革开放的时代，“新长征起步春光明媚，现代化开端金鼓欢腾”“富国安邦人欢财旺，移风易俗送旧迎新”“改革春风吹大地，富民政策荡神州”……父亲用春联表达着对时代最深的欣喜。

春节临近的晚上，屋中的地上、家中的角角落落便堆满了各式各样的春联，整个腊月，家里家外飘满了墨香。这些春联，有些是乡邻们顺便取走的，但大部分是由我们兄妹送到各家各户的。春节拜年时，走到哪一家，都看到父亲写的春联笑意盈盈地迎接着我们，似乎远远地就打着招呼“还认识我吗？我可是经你的手晾干、经你的手来到这里的”“嗨，小丫头，今天穿新衣服了，好怀念在你家热热闹闹的好时光，现在就我俩在这里，好孤独啊”。有时，我会在热闹的大拜年中，安静地站在乡邻们的大门前，静静地听这些春联的对话。善写行草的父亲，每一副春联都写得苍劲有力、笔墨仓润，蕴含着博大精深的文化精髓；父亲精湛娴熟的笔法，行云流水般书写时的样子很帅，让那些龙飞凤舞的字如同一串串跳动的音符，让平凡的日子充满了乐趣。虽然每年都会费时费力，更重要的是在贫瘠的生活中，写春联用的笔墨纸张的那份开支不小，但全家人从来没提起过，更没有丝毫的抱怨或微词，甚至觉得免费给大家写春联似乎就是天经地义、义不容辞事情，是我们家春节内容的重要一部分。每年陪着父亲写春联，听父亲评春联，二哥、三哥也都写得一手好字，行云流水般如得了父亲的真传，时常在各种比赛中获奖，尤其二哥的毛体，更是成为艺术品被亲友们争相收藏着。

父亲不但是大山里的书法名家，更是珠算高手。二十世纪六七十年代，会打珠算的人很多，但能打到父亲这个水平的，我从来没见过，更没听说过，即使在银行里工作的二嫂，业务技能比赛多年保持全县第一，但比之父亲的珠算，还是有很大距离。

小时候，经常有生产队里的会计对不起账，饭后抱着账本到我家，灯光下，几个人念数，父亲两只手同时拨打两个算盘，而且还不影响和他们交流。父亲打算盘的时候，左右开弓，噼噼啪啪间，算珠叮咚响成一片，真可谓“大珠小珠落玉盘”，一眨眼工夫便完工。即使不给外人帮忙，父亲每天饭后的重要事项就是打算盘、理账。几千口人的大队，每年的预算、各家各户的“提留”都靠父亲一人理算。白天事多坐不下来，父亲就把账簿带回家，许多个夜里，半夜醒来，仍听到父亲的珠算声。可以说，我是听着父亲的珠算声长大的。在父亲的言传身教下，大嫂、二哥、二嫂、三哥，都打得一手好算盘，做得一手好账，而且他们都先后做过单位的出纳、会计、主管会计。那些年里，我们家聚会时必做的一件事，就是晚饭后的珠算比赛：灯光下，父亲出题，哥哥嫂子们各持一张算盘，一声令下后，只听得房间里响声一片，几秒钟后，便陆续有人报结果，父亲点评之后，还会现场示范一番。父亲示范的时候，哥嫂们都围在身边，每个人眼里都是敬佩和欣赏。稳重的大哥和我一样，除了给大家端茶倒水，就是享受着这份特有而美妙的家庭时光，感受着父亲那奇异的光彩。

父亲的儒雅还在于有好听的声音。农村地域宽广，人又朴实热情，无论熟悉与否，都会热情地打打招呼，聊几句家常。有时打扫呼的两个人，或隔了一条河，或相距一道坡，若是远远绕过去实在不便，只能大着嗓门对话问好，久而久之，山里人无不练就了很好的肺活量，说起话来声音响亮、高嗓大门，几十米之外都能听得清楚明了。然而，父亲说话却总是文质彬彬，尤其父亲读书的声音，充满了磁性，饱含着温暖，在那些贫瘠的山村岁月，父亲用夜读的声音为我支撑起了一个美好而丰富多彩的世界，即使今天年过半百的我仍然会去欣赏《夜听》《为你读诗》《名著经典每日读》《最新音乐美文》等如今流行的有声文学，不但喜欢听，还时常喜欢诵读，潜意识里，是一直在寻找儿时父亲夜读的美好声音和温暖而幸福的童年时光吧？

父亲还有着许多乡村人没有的好习惯：晨起刷牙、饭后漱口，饭前便后洗手。家里与所有农户一样，养着鸡、狗、猪、兔，但在我们家，鸡有鸡道，狗有狗窝，猪有猪圈、兔有兔笼。走进我们家院子，永远不会担心脚下会踩到不洁之物，因为父亲在家总是扫帚不离手，走到哪里扫到哪里；家里的饭桌都是父亲收拾，父亲还有自己专用的碗筷，每次饭后自己清洗干净并专门存放。农村人最大的问题是旱厕，二十世纪六七十年代，我们家也是旱厕，但旱厕里有专用手纸，厕所旁有专用的土沙和铁锨，如厕者随时清理，每天早晚父亲必定会清扫一遍，什么时候如厕，永远都干净整洁，这在农村是独一无二、绝无仅有的。这也养成了我从小不愿在外如厕的习惯，更感激父亲给予的这份最贴心的呵护和细致无声的爱。

每次读朱自清描写父亲的《背影》，心里酸酸的同时，一下便想起了自己的父亲：同样的不够高大，同样在我们上学的时候送饭送菜，唯一不同的是父亲与我们朋友般的相处和良好的沟通：与父亲，我们有说不完的话，人生路上的一千万个为什么，解答的老师必定是父亲。现在想来，我在喜欢《背影》的同时，更从中寻找到了那么多与父亲相同的儒雅之气。

《法言·君子》中说：“通天地之人曰儒。”所以儒者一定博学多闻。《礼记·儒行》还认为：“儒之言，优也，和也。言能安人，能服人也。”所以儒者一定谦和服众。网上对“儒雅”的解释是：儒雅便是“温而厉，威而不猛，恭而安”。假使有一男子，面容极为俊俏，抑或是桀骜不驯，抑或是冷若冰霜，抑或是自惭形秽，那么再美的样子，给人的感受也会不舒服。因为男人不一定要多美，多有肌肉，但一定要儒雅，而这“儒雅”二字，根源不在脸上，而在心中。对照标准，生活在乡村的父亲，的确是儒雅的。这份儒雅，既是父亲作为一位男人的气质，更是他对人生的态度。

我庆幸，出生于二十世纪三十年代，一辈子生活在乡村的父亲，是一位地地道道的谦谦君子，厚德而谦逊，朴实而温暖，就如沂蒙的阳光一样，只要想起他，那份灿烂的暖便无处不在。

暖男父亲

当下，坊间流行一种称谓：“暖男”。

暖，是一种感觉，让人心里适意舒坦。这样的男子，与金钱地位无关，与相貌身材无关，只要他在身边，就会带来阳光般的温暖。我对暖男的理解，是能在承担起社会责任和家庭责任的同时，传递出的那份贴心和踏实的感受的男人。他可以贫穷，但一定内心坚毅，勇于担当，给人精神的力量和生活的依靠，擎起一片天空，让亲人安心于一角屋檐下，岁月静好。

父亲用五十五年的人生岁月，专注于一份工作，把技艺练得炉火纯青，把工作做得有声有色。满墙的奖状、半抽屉的证书和父老乡亲们的赞誉，足以证明父亲对社会责任尽心尽责，对长辈孝敬有加，对结发妻子不离不弃，对子女用心抚养……尤其生活中的父亲，似一缕煦阳般温暖，让家人的心在一怀微醺的和暖中感受着踏实与慰帖，让贫寒的日子充满了希望和欢爱。

一

敬老孝亲，父亲是我们的榜样。

年仅二十岁的五爷爷在解放战争莱芜战役中牺牲后，老爷爷又去世了，留下老奶奶、四个儿子、一个女儿和五奶奶改嫁时留下的幼小遗腹子。老奶奶的儿子都开枝散叶，每个儿子又都生有若干个子女，我的爷爷排行老三，生有四个儿子、两个女儿，我的父亲排行老大。爷爷奶奶一大家人，住在离大队部几步远的四合大院里，院门口是一眼供上百村民饮用的深井，走不了几步就是学校、供销社、染坊、布坊、油坊、豆腐坊、诊所，每当放电影时，更是人头攒动，周边所有自然村的男女老少全都聚集于此，每五天，还会有盛大的集市……整个村庄绿树成荫，几百户人家的村庄一眼望不到边。村庄四周群山环绕，蜿蜒不绝，唯庄内平坦，村庄周围更是良田万顷，是方圆近百里的风水宝地。由于人口众多，村庄巨大，又是经济文化的中心，大家都以“大庄”称之。而我们全家，却住在离大庄六七里路的小村里。村子依坡而建，仅有几十户人家，出门就是坡地，四周皆是崎岖小路，下雨天泥泞难行，吃水要到二三里外的河里去挑，我每天上学都要来回走十几里路往返“大庄”中心小学，尤其冬天雪大路滑，饿着肚子在刺骨的寒风里行走，手脚都起满了冻疮，暖和过来后，痛痒无比。

那时，山里放一次电影就跟过大年似的，十里八村的人奔走相告，孩子们更是兴奋不已，下午放学后连晚饭都顾不上吃，便早早到电影场占位等候，直到看完电影才回家。有一次，在等了又等之后，眼看电影就要放映了，三哥却扑通一声晕倒在地，父亲母亲手忙脚乱地把三哥抱到诊所，才知道原来三哥是饿晕了过去。那时，大庄收入高，一个工分一元钱，而我家所在的小队，一个工分才一毛三分钱，父母终年为全家吃饱而犯愁，而奶奶家的日常生活却胜过我们过年。多少次我们不解地问父亲母亲，为什么不与爷爷奶奶生活在一起，爷爷几十间房子的四合院，足以住得下很多很多人。父亲和母亲总是认真解释，我们住在这里的主要原因是照顾年迈的老奶奶和年幼的小叔叔。最初，母亲和父亲结婚时也是与爷爷奶奶住在一起的，只因老奶奶的儿女各自都有一大家人，当母亲生完大哥后，父亲便带着母亲和我大哥来到了贫瘠的小山村，承担起了照顾老奶奶和小叔的重任，这一照顾便是几十年，直到老奶奶百岁仙逝，直到小叔叔成家立业。

较之爷爷奶奶家生活差距颇大，我们家生活极为清苦不便，我们兄妹心里多少有些怨言，但父亲对爷爷奶奶却敬爱有加。作为长子，又是见过世面的人，父亲的孝不仅仅是物质上的，更是精神上的。虽是新社会，但爷爷奶奶仍然保持着大家长的威严，对于子女，尤其是对于长子，更是威严有余。在我们那里有句老话：长子如父，可见长子的责任之重。父亲是一家之主，自然是家里的顶梁柱，青年时期的父亲是一头牛，中年时期的父亲是一条龙。牛是勤劳的象征，龙是腾飞的标志。在家庭中，长子因年龄、情感、经历等因素，最有条件成为父亲的左右手，成为父亲改变家庭命运的积极支持者和参与者。在这方面，长子比其他弟兄承担了更多的家庭责任，分担了更多的忧愁；同时，一个家庭的兴盛，在于家庭成员的和、勤、俭、礼。和是家庭兴盛最重要的元素之一，国人的信念是“和为贵”，因此有“家和万事兴”之说；勤是家庭兴盛最重要的途径，勤劳才能致富，勤劳才能兴业；俭是家庭兴盛最重要的措施，节俭持家历来是国人的优良传统，是创造良好家风的基础；礼是家庭兴盛最重要的标志，家无礼不宁，人无礼不立，事无礼不成。在一个家庭中，长子的为人处世、行为习惯和行事风格，深深影响着弟兄姐妹，因此，长子处处要成为弟兄姐妹的示范者；长子还要成为创业的带头人。一个家庭的延续，重要的是创业，不然就会坐吃山空。勤俭持家，创业兴家，这是家庭兴盛永恒的道理。在爷爷的严厉要求下，我的父亲便承担起了长子要“助其父以持家，助其母以生计，助其兄妹以成长”的责任和担当。

由于学业出众、聪慧睿智，人又谦和伶俐，父亲高小毕业后便被保送到省里参加了青年干部培训，其间父亲书法和文采在班里出类拔萃，时任山东省委第一书记兼原济南军区第一政委、党委第一书记的舒同需要一个文字秘书，学校力荐父亲。充满了青春理想的父亲更想大展宏图，实现“诗与远方”的梦想，致信爷爷后，爷爷竟连夜赶往省府济南，在“父母在，不远游”“不孝有三”等大义面前，父亲只好跟爷爷回到“大庄”，从此死心塌地地开启了与乡村相伴一生的艰难岁月。

父亲不但在人生的大是大非面前遵从爷爷的意见，更在日常生活中顺从着自己的父母。即使我们都长大成人，也时常看到爷爷当众责难父亲，无论对错，父亲总是微笑着连声说“爹说得对，爹说得对”，从来不会有半句反抗或反驳，有时我们都替父亲抱不平，但父亲总是说“父母是天”，“顺从老人家的心意就是最大的孝道”。虽然爷爷对父亲严厉有加，但父亲却是爷爷最大的安慰和精神支柱，大事小情，都需要找父亲拿主意，即使叔叔姑姑们早已进入不惑之年，但全家的事情唯有父亲出面，爷爷才会放心。

二

疼妻爱子，父亲是我们的典范。

严格地说，父亲母亲的结合属于包办婚姻。父亲高小毕业，人长得清秀有型，又有文化，在四邻八乡也十分出名，提亲的自然众多。那时，爷爷与姥爷在一起为公家做事，因为投缘，便时常聊些家常和各自的儿女，父亲和母亲年岁相当，正是郎才女貌、天造地设的一对，爷爷与姥爷一拍即合便定下了这门亲事。那时候母亲一米六七的身高，身材苗条，大眼睛，双眼皮，两条大辫子长长地垂过腰部，皮肤更是怎么也晒不黑的那种白，是十里八村的一朵花，和二姨一起用扁担抬着自己的爷爷过河越岭去赶集的情景，是当时乡村里的美谈和风景。爷爷把父亲从济南府“扯”回来后，便立即下了聘礼结下亲事。结婚之前，父亲还偷偷去看过母亲，见母亲秀美可人，便一见倾心，奶奶家人口众多，急需人手，于是，母亲也便爽快地嫁过来了。

母亲在娘家的生活环境轻松自在，绝没有大家庭的一些规矩和习惯。最初在奶奶家，吃饭时女人不能上桌，侍候一大家人吃完饭后更有忙不完的家务。而且奶奶家吃饭都规定饭量，母亲时常吃不上饭，尤其怀着大哥时正是全国经济最困难的时期。心细的父亲便在吃饭时藏些好吃的饭菜带回他们自己的房间，让母亲抽空补充营养。多年之后，在我们张家一直流传着父亲偷藏食物给母亲的各种各样的段子和传说。其实，现在想来，父亲和母亲远离爷爷，承担起照顾老奶奶的重任，是不是也存了父亲的私心：让母亲远离奶奶和奶奶那些陈规陋习，过自在舒心的日子，虽然日子清苦了许多，但内心的快乐却是物质所不能衡量和代替的吧。

父亲不但有文化，还多才艺，心里一定有万千诗意和梦想。母亲没读过书，连认识自己的名字都是父亲教会的。在五十多年的人生岁月里，父亲与母亲不离不弃，相伴一生。尤其令人感动的，是父亲常年为母亲读书念报，那些书本和报纸上的知识为母亲打开了智慧的大门，使从没有读过书的母亲深知读书的重要性，再苦再难也要坚持让孩子们读书，以至于我们张家也成了乡邻们羡慕的书香人家。

想来，父亲在心里一定许下过让母亲一生幸福的诺言，生活中的父亲就一直践行着。从带着母亲远离严苛的奶奶——这里离自己工作的地方有十里之远，而奶奶家离工作地方却不足百米，父亲一定没想到，自己的这一决定使自己在之后的近五十年里，每天风雨无阻地奔波在这条路上，但父亲却从未有半句怨言；从给母亲建一所院子，再到在父亲工作的村委附近建一所修理厂，把家也搬了过来，一来省却了母亲每天奔跑之苦，二来也减少了母亲每天一个人在家的寂寞，然后再到带着母亲到城里生活，父亲尽到了一个男人给予妻子岁月静好最完美的承诺。

最初，我们居住的是老爷爷的老宅——住了四个家庭的四合院。那时，几乎每家每户都会有七八个孩子，在四合院，我们家兄妹四人是孩子最少的。四个大家庭里的孩子先后长大，原本宽大的四合院实在容纳不下一大堆正在成长的孩子，鸡飞狗跳更是让人糟心。为了让母亲有一所属于自己的清净住所，在二十世纪六十年代生活极其困难的情况下，父亲和母亲便建起了自己的第一所房子，从此以后，母亲拥有了自己的石磨，自己的天地。宽敞的院子里养了的猪、鸡、兔子，门前的大柿子树绿叶成荫，几十里外都能看到，成为全村的标志。多少年后我一直在暗自猜想，父亲靠着那棵高大的柿树而建起的院子，一定存了私心，每天下班，远远地看到柿树的那一刻，心里想到的，一定是住在树下的妻儿和那个温暖宁静的家。于是，步行再远脚下也有劲，风雨再大心里也不惧怕，即使朗月星空下独身回家也不会寂寞。

母亲的院子四季有花，随处有景，父亲还会笑嘻嘻地称母亲为“花姑娘”；房前屋后种满了果树，山里有的我们家有，山里没有的我们家还有。从四月的麦黄杏、五月的桑椹、六月的杏子、七月的桃子、八月的梨、山楂，到九月的柿子、十月的冬枣……一年四季瓜果不断。即使冬天里也有吃不完的美味：冬天围着火炉，吃着有雪白“柿霜”的柿饼，或者母亲烙煎饼的时候，从挂在房梁上红红的柿子串里摘下两个，待煎饼快熟之时，把剥掉皮的柿肉、柿汁一起均匀地摊进煎饼里，趁热咬一口又脆又香又甜；父亲时常要值夜班，家里不但常年养着看家的狗，还在院墙外种下了密密的花椒墙，不仅是天然的安全屏障，而且是做菜的上好调料，每到秋天收获后，除了自家留用、送亲戚外，还是一个不小的收入来源。除此之外，重要的是母亲是这个小院独一无二的女主人，可以随心所欲做自己想做的一切,空闲时便在家中的大柿树下支起茶桌，让婶子大娘们来谈天说地；下雨或者农闲的日子，母亲可以关上门随便睡到天昏地暗……

我们都成家立业后，母亲离不开父亲，一个人在家又很寂寞，父亲每天带着母亲上班。父亲代步的工具是一辆带大梁的笨重的大金鹿自行车，母亲先坐在自行车的后座上，身材矮小的父亲推行几步再飞身上车，每次上车之前，自行车晃晃悠悠地让人揪着心。尤其让人揪心的是，烙煎饼用的煎饼糊需要到“大庄”用机器加工，于是，聪明的父亲就在自行车后座的右侧安装了一个可以固定一只水桶的架子，需要加工煎饼糊的时候，就把原材料放在水桶里，再把水桶固定在架子上，外出时，先把重约百斤的水桶固定在自行车的架子上，然后母亲再坐到后车座上。早上父亲带着母亲、水桶到村委，先把母亲放到在村委驻地银行工作的二哥二嫂家，把水桶放到机器坊里，然后再去上班，中午的时候到二哥二嫂家和母亲一起吃饭，下午下班时再带着母亲、水桶回到近十里外的家里。风雨无阻地坚持了多年后，父亲心疼母亲终日跑来跑去，在大哥二哥的坚持下，买下了村委隔壁的一个大院子，建起了修理厂。修理厂里有修理车间、卖配件的门头和供父母亲居住的独立小院，从此，父亲母亲再也不用每天风里雨里地奔波。母亲除了做好一日三餐外，就负责照看“门头”的配件和日用百货。母亲虽然不识字，却很有智慧，心算很好，记忆力也好，白天卖了多少、收入多少，晚上便由父亲或二哥记账入库，母亲风风光光地当了很多年的老板娘。

之后，父亲又带着母亲迁至蒙阴县城的胡家黄沟……有人说，穷家难离。搬迁是与过去一切的告别，需要很大的勇气和决心。父亲与母亲相伴的岁月里，竟有 4 次彻底大搬迁，这在村庄是绝无仅有的，而每一次搬迁的理由只有一个——让母亲更快乐、更幸福。

父亲母亲都是性急之人，日常也有争吵，但多数时候，都是父亲妥协。家中的大情小事，基本上都以母亲为主，母亲在全家人心中有不可撼动的地位，除了母亲日夜操劳，为儿女呕心沥血得到的敬重外，与父亲的点滴维护也是分不开的。而父亲对母亲的爱伴随了一生，虽然无声，却一直让我们为之而感动。

父亲去世前几年，因身体不便，在生活和精神上对母亲产生更多依赖，虽然年老的人尤其身体不好的人，总是惧怕谈到死亡，但父亲与我聊天的时候，不止一次地对我说："等有一天剩下你妈一个人时，就让她跟你一起生活吧。你的哥哥们个个都十分孝顺，你的三个嫂子更是天下难找，到咱家也都二三十年了，没有一个跟你妈妈红过脸的，这在咱们家是传统，在全村甚至全县也难找。但你妈年纪大了，又要强，你一个人生活我也不放心，你妈也离不开你，让她陪着你，都是互相的依靠，我才瞑目。"每当父亲这样对我说的时候，我都会笑嘻嘻地跟他开玩笑："您自己的媳妇，您要自己疼，俺可疼不好，所以，您要健健康康才行。"听到我的话，父亲就会露出孩子般羞涩的笑："有俺这些孝顺孩子，有俺的宝贝闺女，俺才放心。"

三

父亲爱妻，更疼爱自己的每一个孩子。

我们兄妹四人，大哥、二哥是家里的顶梁柱，为全家的兴盛做出了巨大的牺牲。大哥很早就参加了工作，但每到农忙的时候，总是第一时间赶回家，他完全继承了张家孝敬长辈的传统，以顺为孝，无论受了多大委屈，从不争辩，更不反抗；二哥陪伴父母的时间最长，和父母一起生活了近三十年，家里大小事情都由二哥帮着出主意，想办法，父母争吵了，二哥更是“和事佬”，是家里的灵魂人物。那些年，生活困难，父亲更多地为生存而忙碌，在给予两位哥哥的关怀和关心上自然少了许多。但在人生成长的过程中，父亲仍然给予了他们任何父亲所不能给予的支持、帮助和爱。

当时实行推荐工农兵上大学。村里有一个指标，由于大哥的优秀和父亲的影响力，在几个层次的推荐中，大哥都是全票当选。就在全家高高兴兴为大哥准备送行的时候，却因种种原因把名额让给了别人，为此父亲日夜忧心，直到大哥到蒙阴县当了亦工亦农后才算放下了一颗心；二哥从民办老师到考取师范学校到历任各级学校校长，也无不浸透着父亲的心血。

四个孩子中，父亲用心最多的是三哥和我。三哥从小乖巧懂事，我又是家中独女，自然是要多宝贝就有多宝贝。记得三哥十几岁前，每晚睡觉都要由父亲搂着；即使父亲到老年时，比如存钱、取钱这些比较私密的事情也都交由三哥打理；三哥参加空军体检、政审，升学、结婚、生子，父亲自然是倾心尽力；还是在父亲生病前，谈论起三哥的血压高，大家纷纷建议他多运动、快减肥。父亲却说起了从前的一件小事来：“还是在镇上读中学的时候，1982年或者1983年左右，你妈让我去给你送饭。放下饭要走时，看到你瘦得脖子老长，一副营养不良的样子。翻遍了全身仅有五元钱，我递给你，嘱咐多买点菜吃，学习累脑子，又是长身体的时候，但背过身我却掉了眼泪——那时候穷啊，这五元钱还是你妈卖了兔子毛，让我在镇上吃午饭的钱。”泪花闪闪的父亲笑指三哥说，那么瘦的人，怎么也没想到会胖成今天的样子……

被宝贝着的我，更是在父亲的背上长大的。记得每次家里吃鸡，鸡大腿、翅膀都是我的。一家人围坐在一起，父亲总是先夹起两条鸡大腿说：“妹妹长得瘦，让妹妹补一补。”夹起鸡翅则会说：“吃了鸡翅会梳头，这个当然是妹妹的。”即使我结婚生女后，父亲甚至全家，依然保留着这个习惯。

还是二十世纪八十年代初，我突发脑炎不能确诊，母亲看到昏迷不醒的我，碰头打滚、呼天抢地，心急如焚的父亲跑到大街上买了二斤油条、五斤苹果，托在镇上上班的邻家叔叔求了院长，紧急行腰穿术后确定病情。之后的二十多天里，父亲与母亲不眠不休，始终陪伴左右，夜里母亲和我挤在一个床上，父亲只能睡在病房冰冷的水泥地上，深秋地凉，水泥地尤其寒气入骨，多亏邻家叔叔拿来一条褥子，但父亲还是从此落下了腰痛的毛病。

爱子，当为之计长远。从出生到成家立业，父亲用自己的方式表达着一个父亲的爱和担当。在农村，建房是一件最大不过的事了，耗时耗力耗财，一般的农村家庭，一生也建不过两三座院子，虽然三个哥哥都已在城里结婚生子、安家，但父亲和母亲却仍然一锨泥、一块石地先后建了四所宅院。除了第一座宅子让我们远离了“四合院”，后边的三座院子分别给了三个哥哥。这四座青石红瓦的院子，耗去了父亲母亲毕生的心血和财力。多少年后，当我们回乡祭奠父母的时候，总要到老宅看一看，看到日益凋敝的老院子，除了心酸之外，就是对父母在艰难岁月中的巨大付出心疼和难过。

父亲一生并不擅长做饭，尤其是中年之前，几乎没进过厨房，都是母亲做好了饭等了又等才等到父亲，但当父亲做了“公公”之后，不但亲自下厨房给嫂子们炒菜、做饭，每当嫂子们回来“省”亲，父亲更是跑前忙后拿凳子、倒茶水，亲和得比对自己的亲闺女都亲，全没有我爷爷当“公公”时的威严和架子，嫂子们全都比赛着，孝敬老人胜过孝敬自己的至亲。

对孙子辈的，父亲更是疼爱有加。前两天，在跟孩子们聊天时，二哥家的侄女描述父亲时说：“我印象最深的就是小时候，爷爷最爱咬我的小手。每次见到爷爷，爷爷总是情不自禁地拿起我的小手蹭蹭他那浓密的胡子，然后再轻轻地咬一下。记得有一次，爷爷不小心把我咬疼了，我冲奶奶哇哇大哭，奶奶心疼得二话不说朝爷爷连骂带打，而爷爷不躲不藏，还是乐呵呵地逗我开心。当初不理解爷爷，现在懂了，真是捧在手里怕掉了，含在嘴里怕化了，对孙女的疼爱溢于言表，无以复加。想起这些，每每心里还是泛起阵阵酸楚，怀念我的爷爷。”侄女的一番话，让我忍不住又泪流满面。

四

世界上的暖男有很多种：他会用一片春阳般的明媚，驱散你心头的阴霾，让你的心空清风朗月；他眼含柔情，春风十里般让你沉醉；他心思细腻，会在与你相伴的每一刻，让你的心如遇火被慢慢融化。世界的暖男有很多个：白居易是一个具有暖男气质的大诗人，对结发妻子，他写了著名的《赠内》：“我亦贞苦士，与君新结婚。庶保贫与素，偕老同欣欣。”发下了相伴一生的诺言；对整个家族也是尽心尽责。他写给弟弟的《对酒示行简》至今令人称道：“今旦一尊酒，欢畅何怡怡。此乐从中来，他人安得知。兄弟唯二人，远别恒苦悲。今春自巴峡，万里平安归。复有双幼妹，笄年未结褵。昨日嫁娶毕，良人皆可依。忧念两消释，如刀断羁縻。身轻心无系，忽欲凌空飞。人生苟有累，食肉常如饥。我心既无苦，饮水亦可肥。行简劝尔酒，停杯听我辞。不叹乡国远，不嫌官禄微。但愿我与尔，终老不相离。”不但表达着兄弟之情，更叙述了一件寻常的家务事——父亲亡故后抚养父亲小妾生的两位妹妹成人并择婿嫁出去的责任终于完成，且他们所找的丈夫是“良人皆可依”，白居易高兴得“忧念两消释，如刀断羁縻。身轻心无系，忽欲凌空飞”——真是如释重负啊！正因为对家庭最后的大责任尽到了，一身轻松，才能和弟弟共勉“不叹乡国远，不嫌官禄微”。

朱自清也是一位暖男，除了《背影》《荷塘月色》之外，我最喜欢的就是他写给前妻的《给亡妇》，千种柔情、万缕哀思，如绢绢细流，倾注在对亡妻生前种种情态的具体描述之中。诉说平实素朴，但那种深切的悼念，以及由悲哀的思忆而勾起的怨、恨、悔交杂着的情绪，掣动人心，因此，朱自清是位不折不扣的暖男。

“聪，亲爱的孩子！”这是《傅雷家书》中出现次数最多的话语，书信的字里行间，饱含着一位父亲对孩子不遮掩的爱。一位父亲对孩子的爱像春风和春晖，温暖且绵绵不断地感动了万千个为人之父为人之子，更让许多父亲自此后学做像傅雷一样的父亲……

这些被称为暖男的男子，温暖着他们亲人的心，温暖着世人的眼，更温暖着清楚明了的历史。每每想起他们，就会想起人间暖暖的四月天，想起爱和感动，但我父亲的暖，虽然深藏在艰难岁月的缝隙中，覆盖着一层又一层贫瘠的尘土，但却像极了一座桥，总是努力承受起艰辛的生活；像极了一座山，总是试图撑起绿色的生命。父亲的暖是厚重的，有力度的，更是高贵、无私和伟大的，那些暖，是暖在心头和骨头里的，是暖在岁月和精神里的，这些深沉无垠的暖，沂蒙的山可以作证，沂蒙的水可以作证，沂蒙山村那些崎岖不平的山路可以作证，斑驳老宅的断墙可以作证，旧日岁月里的清风明月可以作证，一路呼啸着的时光可以作证，深藏于儿女心头的思念，更可以做证……

父亲的病痛

除了夜晚，从来没见过父亲躺在床上小睡。

父亲是勤劳的。从我记事起，每天天不亮第一个起床的人一定是父亲；从早到晚一刻也停不下来的，必定还是父亲。父亲面色红润，身体健壮，六十多岁的时候，也不过四十岁的样子，和我的大哥二哥走在一起，时常被误以为是兄弟；父亲不但是健壮的，更充满了活力，从来没见过父亲疲倦或劳神的样子，无论在什么时候，什么情况下，每天都精神抖擞，似乎有用不完的劲头，干不完的事情，即使夜晚天黑不能劳作了，父亲也会手握书卷，为全家人读书，陪哥哥们下棋，传授会计技能或者龙飞凤舞地练书法，直到 2000 年，六十二岁风风火火、强壮如山的父亲一下病倒了。

记忆中的父亲，除了六十岁患高血压服药外，也仅患过几次牙疾，都是在母亲的调理下不日康复，在大家的心目中，生病似乎是一件与父亲毫不相干的事情。然而，2000 年的那个夏天，父亲不但病倒了，且危在旦夕，让毫无心理准备的我们一下了都懵了。

那时，我的爱人刚刚因公殉职不足两年，我独自带着女儿终日生活在悲痛之中，工作之余便沉浸在回忆从前的幸福时光、撰写怀念爱人的文章之中，终日郁郁寡欢。除了对遭此人生大不幸的心爱女儿百般安抚疼惜外，父亲更是终日生活在自责中，因为，家里这个唯一的“乘龙快婿”，是父亲千挑万选后拍板确定的。爱人去世后，父亲除了悲痛不已，更有深深的悔责在心。除了每周书信不断鼓励我认真生活、早日走出悲痛外，更是与母亲一起，每天都会有电话问讯，那些小心翼翼、努力装出的快乐里，总包裹了厚厚的悲伤，虽然隔了几百里的气息，我仍然都能感受到。

一个夏日晴好的早上，正准备上班的我，毫无征兆地便接到了父亲重病的消息。放下母亲的电话，我竟半天没缓过神来，耳边回响着的，只有母亲哭泣的声音。跟邻居姐姐交代了女儿上学来回接送的事，电话里给领导请好假，便立即飞奔到汽车站，坐上去县医院的车。心急如焚的我，第一次感觉到了度时如年，车辆的每一次停顿都让我揪心，恨不能立即飞到父亲的病床前。一路上，父亲日常的种种电影般在脑海里闪来闪去，内心对父亲的愧疚和自责更是排山倒海般涌来：我竟然一直沉浸在自己的悲痛里，全然忘记了父母的心痛；我竟然忘记了，年过半百的老人同样失去了视之如子的那份心痛；我竟然忘记了，年过半百的父母每天除了悲痛外，更多的是为我担惊受怕——他们因我的悲痛而百倍地心痛着，我竟如此自私！

好不容易赶到医院，望着昏迷不醒的父亲，我们竟不敢相信自己的眼睛：这个苍老无助的老人，就是我那充满活力、无所不能的父亲吗？这个奄奄一息的老人，就是我那如山般坚强、带我一路走过万千艰难、给我一世依靠、一世安暖的父亲吗？此时，远在外地的大哥、二哥正火速赶在回来的路上，我和三哥找到主治医生，鼻涕一把泪一把地详细询问了父亲的治疗方案，三哥又把他同在医院的同学找来会诊，结论是父亲目前正在脑出血期，不易转院，需做开颅手术——手术有很大风险，或许下不了手术台，但不做手术或许会成为植物人，永远醒不过来。在急迫而无助中，我电话咨询市人民医院的专家，得出的结论仍然是除了手术外别无更好的方法。于是，电话里征求了两位哥哥的意见，在知情同意书上签字后从临沂请来的专家也正好赶来，紧急赶回来的两位哥哥一起目送着父亲被推进手术室。手术室门关闭的瞬间，竟有种心被掏空的感觉，兄妹四人蹲在墙角无助地号啕大哭。二哥一边哭一边用手捶着地，万千不甘地问："怎么会这样呢？怎么会这样呢？谁得病我都信，老爸得病——怎么可能啊？"那天的风很大，风不停地吹着哥哥们花白的头发；那天的泪真多，那么大的风也吹不断流淌在我们脸上的悲伤泪水。

好在手术很顺利。

术后半个月里，三个哥哥和我正好分成两班，日夜守在父亲的床边，那时，大哥远在青岛，除了工作还有自己的生意，二哥担任着某学校的一把手，我和三哥也都有工作在身。但"天下的事情再大，也大不过给父亲治病。父亲在，家才在。钱没了可以再赚，工作耽误了可以再补，但父亲只有一个。"我们兄妹坚定着这个想法，每天为父亲洗漱、擦身、按摩、喂食、换尿袋，看护点滴，卧床久了肺部容易感染，还要定时拍背吸痰，定时翻身防止褥疮。三位哥哥甚至还蓄发留须明志，一定给父亲最好的照顾、最多的安慰。

手术后父亲全身插满了管子，轻轻地咳嗽、小小的翻身都会引起长久的疼痛。父亲每一次因疼痛而发出的呻吟，在我们都如利剑般穿透肺腑。我们做的，除了尽可能轻手轻脚、小心翼翼外，就是轻轻地用手抚慰着父亲的身体，和父亲聊天，讲从前的旧事，分散父亲的注意力。父亲无力地靠在我们的身上，那么信赖地依在我们的怀里，有多少次，看到刚强的汉子，孩子般躺在我们怀里的时候，心如刀割，为从前对父亲的忽略而自责万分。

“父亲以前总说，一家人坐在一起，开开心心吃饭、聊天就是幸福，当时不以为然，现在才体会到这句话的含义。”

“想到父亲对我们的养育，日常相处的点滴，还有这样那样的计划……总觉得来日方长，没想到疾病先来了。”

“不管付出什么代价，要让父亲健康起来，让父亲过几天幸福的日子。”

那些日子里，这样的对话在我们兄妹间每天不知说多少次。

除了在医院里精心治疗外，母亲和嫂子们也千方百计地寻了各种民间偏方，无论疗效如何，总会千里万里托亲拜友地寻了来试。

二十天后，父亲竟然奇迹般地恢复到能出院了，连主治医生都感到不可思议。

出院的那天，虽然准备了轮椅等物品，二哥却蹲下身来坚定地说：“老爸，儿子背您”。“这怎么行？这怎么行？这怎么行啊？”父亲孩子般羞涩地摇着头，含糊不清的话语里，是欣喜、惊异和无奈。二哥坚定地蹲下身来，父亲在大哥、三哥的帮助下顺从地趴在二哥的背上，趴上去的那一瞬间，二哥竟双手撑地差点跪在了地上——近一个月的细心照料，父亲竟然明显的胖了许多。

回到家里的父亲，便开始了与病痛长达八年的抗争。

从一开始的不能下床，到慢慢能生活自理，这中间有全家人的精心照顾，更有父亲坚强的毅力和对生活的渴求。

每天早上，父亲起床洗漱后第一件事，便是走到阳台，用左手握着不便的右手，面对东升的太阳虔诚地膜拜。在父亲看来，能照见万物生长，给万物以生命和灵气的太阳，一定也会赋予自己健康的身体吧？每次看到父亲蹒跚地走到阳台，虔诚地膜拜，并含糊不清地诉说着自己心愿的时候，泪总会模糊了我的眼睛，只恨自己不能换取父亲在尘世的健康长寿。

一有时间，父亲便用能动的左手按摩自己的右手；拖着不便的身躯，在院子里走来走去，父亲在康复期吃饭时，便坚持自己动手，虽然为他准备了匙子，但父亲坚持用筷子。习惯用右手六十多年的人，突然改用左手，自然会有万千不便。每次吃饭都是一项大工程。吃饭之前，父亲先认真地给自己穿上罩衣，夹一次菜，会费时半天，他自己吃得费劲，别人在一边也着急，一顿饭下来，不但父亲自己累得够呛，旁边的人也急得满头大汗，饭菜更是撒了满桌满地。生气的时候，父亲便会用自己的左手打自己的右手，但无论怎么艰难，父亲却坚决不让别人帮忙，更不气馁。一年下来，竟自如地用左手夹菜、做家务，还能用左手写字、打珠算——身体不便、年过六十，病痛时时还会侵袭，这需要多大的毅力和怎样的坚持?

日子就这样如水般度过了六年。这六年里，每次回去看到父亲母亲其乐融融地生活，虽然父亲生活仍然有很多不便，但于我们，却已是天大的知足和感激了。

然而，2007 年 3 月，病魔却再一次光顾了这个伟大却可怜的老人。

用哥哥们的话说，自从父亲于 2000 年生病后，在我们家，父亲就享受国宝级的待遇，除了生活上无微不至的照顾外，定期都要到医院进行检查，每次检查，父亲从不用坐轮椅，三位哥哥的后背就是父亲最好的代步工具。

为了让父亲安心养病，父亲和母亲于 2007 年被接到了临沂。在之后的时间里，所有的费用几乎都是大哥、二哥承担。同时，大哥还承担起了每周为父亲洗澡、刮脸、理发的任务。虽然远在青岛，大哥总是风雨无阻地每周赶回临沂为父亲清洗全身；二哥每周都会从蒙阴赶来，讨论父亲的治疗方案，陪父亲叙话家常；三哥三嫂更是一日三餐照顾着父母的饮食起居。为此，三嫂还辞去了原来的工作，放下手中的一切专职照顾父亲……但无论怎样的珍惜，那个春天，父亲却又查出了食道癌晚期，无论怎样全力以赴，父亲还是在一年半后永远地离开了。

醉风醉雨醉思亲，难孝高堂欲断魂。父亲去世后十年的时光里，清明、七月十五、冬至、春节、父亲的忌日，无论多远，全家都会赶到父亲长眠的山坡，追思、追忆父亲的岁月和岁月里父亲给予我们的教诲和爱。而在我的心头，挥之不去的，是父亲留在岁月里的那些遗憾和晚年那些长久却无法替代的病痛。

第二辑

思念如海

母亲的明月光

“那时候，你大哥刚刚一岁，你父亲常年不在家，每天晚上，我对着天上的月亮剥花生米，磕玉米，做针线，你老奶奶住在隔壁的屋子里，一有动静，我就过去。”母亲说这话的时候，我大约七八岁，母亲说着说着，我竟然睡着了。

二十世纪七十年代，蒙山深处的月亮真圆真亮。梦中，一轮硕大的月亮静静地挂在天上，静寂的四合院里，一位年轻秀美的女人在月下劳作着，一会儿看看睡梦中的儿子，一会过去看看自己婆婆的婆婆，但更多的时候，年轻女人孤独地望着天上的明月，思念着自己的丈夫……

母亲生长在一个善良和睦的家庭里，十八岁的时候，母亲有着高挑的身材，水汪汪的大眼睛像山间的泉水，清澈灵动；挺秀的鼻子圆润精巧，透着秀气；洁白的牙齿如夏季夜空上的星星；乌黑的头发一直垂到腰间，走一步摇三摇。长年劳作让母亲又健康又秀美，无论走到哪里都是一道美丽的风景，说媒的更是络绎不绝。那时候，父亲的家庭在村里也是远近闻名：父亲的爷爷作为张氏族长，有着自己的油坊、染坊、磨坊、碾坊、粉坊……家宅几座，良田众多，长工若干，而爷爷也是十里八乡远近闻名的能人，有自己的铁匠铺、编匠铺，姥爷就在父亲家的编匠铺里劳作，正因如此，奶奶见过一次年轻时的母亲后，便立即央人去到母亲家里提亲。山里长大的女子单纯善良，婚姻大事全凭父母做主，但那时，年轻的母亲还是存了一点私心的，因为个头不高的父亲是十里八乡少有的文化人，儒雅俊逸，与乡村中其他同龄人有着那么多的不同，母亲便怀着万千憧憬、无限美好走进了这个陌生的大家庭。成为新媳妇的第一件事，是照顾正在坐月子的婆婆——我的奶奶刚生了最小的叔叔，作为长媳的母亲自然便承担起了照顾一家十口人的生活重担。

“那时候，你的叔叔姑姑都小，你最小的叔叔又淘，你奶奶一个人照顾他都忙不过来，于是，天不亮的时候，我便起来领着你的叔叔姑姑推磨，你知道你的姑姑有多小？我在磨的这边，看不到磨那边的她，有时候推着磨她还能睡着了，到底是小孩子，我就把她放到月亮底下，让她睡着……”“不能让姑姑回房去睡吗？”我睡意蒙眬且不解地问。“你奶奶家教很严，若让她看到姑姑不干活，会是一顿胖揍。我要赶在天亮前，把磨推完，之后再去把磨好的面糊摊成煎饼，一家人都等着吃呢。”母亲的声音轻轻传到我的梦里。

手脚麻利的母亲成了这个家庭中最好的劳力，一家人的吃喝全是母亲亲力亲为：推磨、推碾、摊煎饼、做针线，照顾自己的小叔子、小姑子……母亲一刻也不能停歇。“与高强度的劳作比起来，最难的是家里的规矩……”小家碧玉的母亲便小心翼翼地生活在这个大家庭里：吃饭时不准说话，不准发出响声，笑不能露齿，有长辈的时候，晚辈只能站在一旁侍候，等他们吃完了才可以上桌……”记忆中母亲的笑声像银铃，清脆、悦耳，我实在想象不出活泼秀美的母亲小心翼翼的样子。

“后来，你五爷爷在朝鲜战场上去世了，年轻的五奶奶又重新嫁了人。你老爷爷心疼最小的儿子，不多时也去了。你老奶奶一个人拉扯着无父无母的小孙子……”母亲的话语与我梦中的月亮重合着，我分不清是母亲的话让月亮更圆了，还是圆了的月亮让母亲的话语更轻了。

不到一年的时间，母亲的勤劳、善良、明理便得到了整个大家庭的认可。照顾年迈的老奶奶和年幼的叔叔成了全家人的大事。那时候，老奶奶带着自己的小孙子生活在自己的老宅里，与母亲所在的大家庭相距甚远，老奶奶的几个儿子早已儿女成群，照顾自己的家庭都需要耗时需力，于是，大家公推出利落能干、善良可亲的母亲，而父亲一定也是心疼自己年轻的妻子整日在婆婆跟前的内敛、辛苦吧。于是，母亲便带着不足一岁的儿子搬离了大家庭，到老奶奶的家里开启了另一种生活。

“与奶奶家热气腾腾的居家生活不同的是一份和善可亲的乡情。这时的老奶奶家早已败落……”母亲亲切的话语让我回到了久远的记忆：远离了奶奶的母亲是快乐的，她勤劳，但更爱唱爱笑，农闲的时候，四乡八邻的大娘婶婶都喜欢聚到我家里，做针线时一起做针线，剪鞋样时大家七嘴八舌讨论样式，套棉被时三四个女人一起下手，做完这家的，再做那家的，谁家来了亲戚，婶子大娘一齐动手帮厨；有头疼脑热的也都喜欢让母亲去看看，谁家夫妻吵架、婆媳不和也喜欢让母亲评个是非短长，而母亲往往三言两语就化解了一切矛盾……

老奶奶在母亲的照顾下成了张氏家族最长寿的老人，102岁才去世。老奶奶见了谁都说是有一个好孙媳妇才让她晚年幸福安宁，老奶奶的小孙子也就是我的叔叔，一直视这个长自己没几岁的嫂子为母亲。在艰苦的年代里，母亲与父亲一起供叔叔求学、参军，后来，官至山东大学组织部部长的叔叔每年都要带着家人回来拜见母亲，而母亲也一直做着那个默默无闻的山村嫂子，对任何一个需要帮助的人，总是尽其所能。

更多的，我记起的是母亲月下劳作的样子：三春不如一秋忙，一年中最累最忙的时候是秋季：玉米要收，小麦要种，地瓜花生要刨……秋季雨多，收晚了，一年的收成要烂掉；种慢了，霜冻之后就会错过季节，来年全家人就会衣食无着，所以，秋忙的时候，男女老少齐上阵，收割的，翻地的，播种的，从早到晚马不停蹄，这时候的母亲忙啊，天不亮就做好饭，让一家人吃了，然后再带上中午的，再备上足够的水就下地了。我总认为，母亲是属于土地的，同样一块地，母亲种出来的庄稼长相好，收成多；同样一起下地，母亲劳作起来又快又好，父亲和哥哥们都比不上母亲。每天跟着母亲下地，刚过中午，玩累了的我就会黏着母亲，抱着母亲的腿或者拉着母亲的衣襟，母亲从不厌烦，总会停下手里的活，抱着我去采来一大堆酸枣，捉几只蚂蚱，就地取材，给我搭起一个用树叶做成的小棚子,然后用山里的草三下五下就会编成一个小笼子，再把蚂蚱放进小笼子里，有了吃的、玩的，我就会安静上许久。玩着玩着，多半时候会睡了，醒来的时候，往往是月挂中天，母亲怀抱着我，正走在回家的路上。这时候，母亲总是一身的汗和尘土，我就用头顶在母亲的怀里，闻母亲身上好闻的汗味、土味，累了一天的母亲竟毫无倦意地边走边给我讲吴刚的故事，讲嫦娥，讲秋天蟋蟀的故事，母亲有时也会唱歌，静静的山村里，母亲的歌声会传到很远，听着听着，我就会在母亲的怀里再沉沉睡去。有时，当我对自己的女儿发脾气的时候，我就会想起母亲，想起母亲给予我的耐心、爱和陪伴……

刨地瓜的时候，都是霜降前后的事。每天刨出来的地瓜都需要当天一片一片地切出来，然后再一片片地摆到地上晾晒。这是个工作量很大的慢活，而切地瓜最初都是用原始的工具，工作效率不高，锋利的刀片还会时常让母亲的手指、手掌鲜血淋漓。后来，在县城工作的大哥买回来了一台手摇式的切片机，把地瓜放在切片机的斗里，人坐在机器的前面摇动机器，地瓜便会被成片成片地切出来，又快又好，更重要的是再也不用担心手部的损伤。秋天天黑得早，天黑了的时候，气温会降到很低，母亲就会脱下衣服包起我，再用捡来的柴火烤上几块小地瓜，倒也成了一种美好的记忆。深更半夜，听见打雷下雨，担心地瓜干被淋水，母亲就一个人摸黑跑到山上，把地瓜干堆起来盖好，第二天天气好了，再去重新摆上……

月到中秋分外明。秋收秋种是最忙碌最劳累的时候，也是月亮最圆最亮的时候。夕阳还挂在天上，月亮便早早地跃出了地平线，那日月交辉的景象总是让我呆望很久，后来当我读到“月上柳梢头，人约黄昏后”这样的句子时，眼前出现的画面就是儿时的中秋景象。当落日收去最后一片晚霞的时候，皎洁的月亮正好挂在院子正中的老槐树的上面，玉玉的、银银的、泛着涟漪的波纹满坡满院，当月光倾泻在院子里的小桌上时，刚刚吃过晚饭的一家人正围坐在一起，等着母亲分发中秋的月饼。每当我拿到月饼时，总是对着月亮看半天。小时候的月饼是那种酥皮青红丝月饼，咬一口，月饼的皮会簌簌落下，需要用手捧住，再咬一口，随着冰糖咯嘣咯嘣的响声，又香又甜的月饼不几口就吃了下去。这时，母亲总会悄悄地再塞给我一个：“就知道你没吃出滋味来，慢慢吃啊。”月光下母亲慈祥地笑着，而我举起月饼给母亲：“妈妈，您也吃啊，可香了。”“我吃过了，我吃过了，你吃啊。”母亲总是推给我，于是，那香甜的月亮连同母亲月光下的温柔，一直刻在我的心头。

“小时不识月，呼作白玉盘。”想起这句诗的时候，我正在离乡几百里的城市里工作、生活。离乡三十多年，即使现在的乡村也寻不见那时明月，在这没有母亲的城市里，在这没有母亲的夜晚里，明晃晃的月光，只照在我思念母亲的梦乡里。

母亲的气息

爱是人间最美的语言，无论是父母之于子女的爱，还是子女之于父母的爱，每一种爱都值得我们珍存和感动，每一份爱，都是人间最温暖的所在。母亲虽然走了整整四年，但母亲的爱与气息却无处不在。

一

打开衣柜，两身母亲的衣服整整齐齐地挂在衣柜里：一身是冬天的棉衣——上衣是一件缀了几朵凸起花朵的大红色丝质棉衣，下衣是一条加厚的黑色裤子，衣架上搭了一条深绿色的长条围巾。这是母亲去世前几天生日时买的。母亲的生日是在秋天，当时已经给母亲买好衣服，却又看到这身衣服花团锦簇、端庄喜庆的样子，便立即买下，想让母亲等冬天时再穿，可终究没能穿上；一身是春天的衣裤——上身是九分袖重磅真丝的上衣，上面缀满了大朵大朵的花，下身是纯黑色同质量的裤子。记得母亲去世后的第一个春天，去桃源二楼闲逛时，一眼便看中了这套衣服，交款时，才想起母亲已去，但还是买了回来。每天上班前打开衣柜选衣服时，总会看到这两套衣服，有时也会对着衣服独自怔上半天。今年夏天，我把两身仍然挂着标牌的衣服拿到太阳底下晒了一天，之后再细心地挂回了原处，就好似母亲随时会回来穿似的。

一个用绿色毛线织的小巧的钱包，开口处细细地钉了摁扣，钱包的大小是正好能放在手心的那种。记得这还是我上中学初学钩针时的“作品”，后来给母亲换了这样那样的钱包，这个小巧的钱包被母亲一直放在抽屉里多年不用，直到母亲去世后收拾物品才又发现了这个老物件。打开里面是老版的人民币，大大小小的共七十二元钱。我对嫂子们说：“妈妈的这件物品归我了。”之后，这件小巧的钱包连同里面的钱币，就一直放在我床头的抽屉里，睡前醒来，我会经常拿出来把玩一番。

母亲去世入土的时候，给母亲新买了两副眼镜，于是，母亲日常用过的眼镜便被我文物般收藏了起来。

自认是个粗糙的人，但母亲去世后，我却从不曾有过地细腻着：把母亲以及与母亲相关物品的一一收集起来——母亲用过的剪刀、坐过的马扎，甚至母亲用过的抱枕、手绘的图画、收藏的鞋样，以及挂在母亲床头的寿葫芦、小风铃、历年的挂历、台历……但凡母亲用过的物品，在我都是美好，都是珍宝，都是文物。于是，家里处处都有母亲的影子，母亲的气息更是无处不在。

于是，母亲把她的气息一点点留在了家里，留在了我们的心里，只要一抬眼随处就会看到这些物件，只要推开家门，母亲浓郁的气息瞬间就会扑面而至。

现在母亲已去了那个遥远的山坡，与我的父亲一起躺在那里，静默地看着四时风景，而我，只能在远离母亲百余里的小城里，过着自己的小日子。我知道，用不了多少年，我会越来越像我的母亲一样，甚至母亲的善良、母亲的眼神、母亲的习惯，都会不自觉地被我记取，被我一次次地复制。这种复制，是血液里流淌出的遗传，更多的，是因为我这份随着岁月而增长的思念啊。

二

整个2016年，感觉总是在路上，总是在忙碌中，从不曾像这个周末一样，能坐下来翻几页书。就这么无意地一翻，竟看到了张烨写的《母亲》，短短的四百多个字，我竟看了半个小时：

> “这时我正坐在沙发上看书，也没注意到你什么时候坐了过来，静静地倚靠在我的肩头。我一手拿着书，一手将你揽在胸怀，轻轻拍着，抚摸着。你也许根本不知道我是谁，在漫长的岁月里，时光已残忍地夺走了你所有的记忆。许多时候，你像一个撒娇的孩子，而我倒像是对你爱护备至的母亲了。是的，你已把我当作世上最亲最爱的妈妈，你也这么喊我来着。
>
> 有一次，小区里的一位保安握着你的手对你说，老太太，不能叫你女儿妈妈，知道不？这样会使你女儿折寿的呀。刚开始，我会纠正你，往后，不知为什么，每当我看到你茫然无助、呆滞失望的目光时，竟也不忍心再纠正你了。让你心中还有个母亲，让你以为自己依旧年轻，这样难道不好吗？我要你活得快乐，你快乐了，我才能快乐。于是我甚至会动情地答应，哦，来啦。
>
> 你是多么需要我，离不开我，你的世界已然一片空白，但你的潜意识让你牢牢攥紧你的保护神，而世上所有生命最好的保护神自然就是母亲。
>
> 不经意间，我的一颗泪珠悄然滴落在书卷上。我再看你时，你已在我的怀抱中安然入睡。”

读第一遍的时候，是怦然心动，然后是一句一句地读，之后是咬碎了每一个字，咀嚼着读。这个飘着秋雨的周末下午，我竟久久地沉醉在这个感人的氛围里，同时，在读的过程中，与母亲相处的种种场景一一闪现：有多少与母相伴的时候，有多少母亲依赖着我的细节，那些个细节，也曾是怎样地感动着我，打动着我？看来，天下苍老后的母亲都是一样脆弱，一样对子女依赖着和信任着；看来，天下所有的女儿，都是和我一样有一颗玻璃般爱母至深的心啊。

三

读张烨的《母亲》让我感动于做女儿的大孝亲情。但读《母亲的心》却让我感动着母亲爱子的那颗感人至深的情谊：

> 朋友告诉我：她的外婆老年痴呆了。
>
> 外婆先是不认识外公，坚决不许这个“陌生男人”上她的床，同床共枕了五十年的老伴只好睡到客厅去。然后外婆有一天出了门就不见踪迹，最后在派出所的帮助下家人才终于将她找回，原来外婆一心一意要找她童年时代的家，怎么也不肯承认现在的家跟她有任何关系。
>
> 哄着骗着，好不容易说服外婆留下来，外婆却又忘了她从小一手带大的外甥外甥女们，以为他们是一群野孩子，来抢她的食物，她用拐杖打他们，一手护住自己的饭碗：“走开走开，不许吃我的饭。”弄得全家人都哭笑不得。
>
> 幸亏外婆还认得一个人——朋友的母亲，记得她是自己的女儿。每次看到她，脸上都会露出笑容，叫她：“毛毛，毛毛。”

黄昏的时候搬个凳子坐在楼下，唠叨着：“毛毛怎么还不放学呢？”——连毛毛的女儿都大学毕业了。

家人吃准了外婆的这一点，以后她再要说回自己的家，就恫吓她：“再闹，毛毛就不要你了。”外婆就会立刻安静下来。

有一年国庆节，来了远客，朋友的母亲亲自下厨烹制家宴，招待客人。饭桌上外婆又有了极为怪异的行动。每当一盘菜上桌，外婆都会警觉地向四面窥探，鬼鬼祟祟地，仿佛是一个准备偷糖的小孩。终于判断没有人注意她，外婆就在众目睽睽之下挟上一大筷子菜，大大方方地放在自己的口袋里。宾主皆大惊失色，却又彼此都装着没看见，只有外婆自己，仿佛认定自己干得非常巧妙隐秘，露出欢畅的笑容。那顿饭吃得……实在是有些艰难。

上完最后一道菜，一直忙得脚不沾地的朋友的母亲，才从厨房里出来，一边问客人吃好了没有，一边随手从盘子里拣些剩菜吃。这时，外婆一下子弹了起来，一把抓住女儿的手，用力拽她，女儿莫名其妙，只好跟着她起身。

外婆一路把女儿拉到门口，警惕地用身子挡住众人的视线，然后就在口袋里掏啊掏，笑嘻嘻地把刚才藏在里面的菜捧了出来，往女儿手里一塞：“毛毛，我特意给你留的，你吃呀，你吃呀。”女儿双手捧着那一堆各种各样、混成一团、被挤压得不成形的菜，许久，才愣愣地抬起头，看见母亲的笑脸，她突然哭了。

疾病切断了外婆与世界的所有联系，让她遗忘了生命中的一切关联和一切亲爱的人，而唯一不能割断的，是母女的血缘，她的灵魂已经在疾病的侵蚀下慢慢地死去，然而永远不肯死去的，是那一颗母亲的心。

其实，这篇文章我早已读过若干次，但每一次读来，都是那么感动：感动母亲那颗即使沧海桑田也不会改变的爱女之心。

四

时间的长风从指缝间穿过，站在铺天盖地的思念之外，我知道，岁月并不是真的逝去，它只是从我们眼前消失，却转过来躲在了我们的心里。母亲走了已经四年，但母亲的气息无处不在：在墙上笑意盈盈的照片里，在用过的物品里，在晨起的阳光里，在落雨的傍晚里，在我们心底永恒的记忆里，那么真，那么纯，从不曾改变和遗失。虽然，我藏起了所有的思念，但我知道，我藏不住那颗思念母亲的心，正如我藏不住母亲无处不在的气息一样。

母亲的歌谣

深秋清晨刚刚洒过水的马路透着一股清爽和清净，阳光均匀地撒在路两旁或高或矮的植物上，那些叶子，因阳光的缘故闪着温和的光。抬起眼，马路上是匆匆赶着上班的人们，惠民早餐前挤着买早餐的人——“一定是没来得及做早饭。”我在心里轻轻地笑了一下。“早起的鸟儿有虫吃”，我的脑海中蹦出了这么一句俗语来。“一杯豆浆，两个包子——快点快点，来不及了。”女孩急躁尖细的声音里，让我猛然想起了儿时母亲常说的歌谣来：“小老鼠，上灯台，偷油吃，下不来。吱吱嘎嘎叫奶奶，奶奶不理睬。买个包包哄下来。”立时，久远的岁月和着母亲的歌谣，一下子便来到了眼前。

儿时的沂蒙山是空旷的，更是贫寂的，而母亲的歌谣却让我儿时的岁月丰满可亲。

母亲是一个性格开朗、阳光亲和的人。说起话来声音洪亮，念起歌谣更是好听。因为我上有三个哥哥，全家仅我一个女儿，自小又体弱多病，母亲自然是宝贝得很，虽然农活多，家务重，但母亲却总是把我带在身边，印象最深的是，母亲一手“纺线”一手抱着我，即使在摊煎饼的时候，母亲也会把我抱在胸前，尤其是冬天，背后是母亲温暖的胸，前面是热乎乎的“鏊子窝”，温暖着整个的童年岁月。

与母亲相伴的时间长，对母亲的依恋更多，因此，儿时与伙伴们相处的片段没有太多印象，记忆里满满的全是母亲。而此刻，在这秋天的早上，我想起的，却是母亲清脆婉转的诵念歌谣的声音。

“纺线”是一项漫长的技术活。自地里采来的棉花摘净弹好后，再搓成一尺见长的棉条，然后于冬闲的时节把它纺成线。之后再上机把它织成布匹，这些布匹便是全家衣服、被辱的来源。因此，每到冬天，沂蒙人家便家家户户支起纺线车，家庭主妇们除了必要的生活劳作外，便日夜在纺车前忙个不停。

母亲是“纺线”能手，母亲左手摇纺车，右手轻轻地握着棉条，长长的棉线便从母亲手里均匀地拉出，拉到足够的长度时，母亲便轻轻地一扬手收到线团上，整个过程行云流水，最多的时候，母亲一天能纺出两斤棉线来，质量和速度无人能及。“纺线”的时候，我总是坐在母亲的身边，听母亲讲“精卫填海”“断桥”“七仙女”“王宝钏”“扳倒井”等这样那样的故事。母亲的故事丰富多彩，为我打开了丰富的世界，更让我多了许多想象的空间。小孩子容易动，而我是那种自小安静的人，听故事久了，便想睡，于是，聪明的母亲就把我抱在怀里，用老式的大襟衣服裹在胸前，既不影响劳作，还满足了我让母亲抱着的需求。这样的时候，母亲就有节奏地为我诵念歌谣“花蝴蝶，你别飞，陪我一起玩皮筋。花蝴蝶，你落下，搬个椅子你坐下”。听母亲有韵律地诵念，睡意全无，“为什么让花蝴蝶坐下啊？”“花蝴蝶不回家啊？”“她妈妈怎么办啊？”……我的那些一万个为什么就滔滔不绝了起来，而母亲总是和颜悦色地一一解答。沂蒙山的夜，便记下了那么多美丽的歌谣，最喜欢的，是母亲教会的关于动物的那些歌谣，即使现在看到这些动物，关于它们的歌谣还会立即闪现：“小叭狗，带铃铛，当啷当啷到集上。

买菠菜，买白菜，当啷当啷再回来。”“小公鸡，乱嘎嘎，打小长在老娘家。老娘管她好饭吃，妗子给她胭粉擦。一搽搽到十七八，大妞二妞找婆家。找到哪里？找到河南大官家。也有楼，也有马。也有小车纺棉花，也有大车过娘家。谁来搬？哥来搬。哥哥哥哥你抽烟，我到厨房去做饭。什么饭？白面饭。擀油饼、煮鸭蛋，再熬上白白的大米饭。哥哥哥哥你吃饭，我到绣楼去打扮。投开柜，打开箱，不知该穿哪件花衣裳。小丫鬟，快点来，问问婆母住几天。过到腊月二十三，家来过年也不晚。”

山里树多，房前屋后的花椒树即可当作天然的围墙，又可作为一项收入来源，每到秋天，摘花椒便成了一项很重的劳动。树密天热，站在太阳下没多久便会让人感到烦躁，母亲便教我念歌谣：“花椒树，耷拉枝，上头坐了个小麻妮。脚也小，手也巧，两把剪子一起铰。左手铰的是牡丹花，右手铰的是灵芝草。灵芝草上一对鹅，扑棱扑棱过了河。河这沿是俺家，河那沿是您家，从此姐妹俩分嫁。一碗芝麻两碗油，大姐二姐平梳头。大姐梳了个绣花楼，二姐梳了个鸡屎头。大姐穿着花衣裳，二姐穿着瓜蒌秧。”于是，我便马上沉浸在这个意境里，于是母亲便又讲起了关于绣花楼、关于才子佳人的故事来，花椒树下便又成了我向往和呆不够的地方……

母亲的歌谣无处不在：喝稀饭的时候，母亲会说“吹吹凉凉，我来尝尝。搅啦搅啦冷冷，小狗子小狗子等等”；坐在一起嬉戏的时候，母亲会说“扯大锯、拉大槐，做包豆腐请奶奶。奶奶奶奶您先尝，奶奶奶奶您要坐在桌上岗”；看到有家庭不和不孝的，母亲爱说“小喜鹊，尾巴长，娶了媳妇忘了娘。把娘背到山沟里，媳妇背到炕头上。端茶水，送热烫，媳妇媳妇你先尝。我到山沟找咱娘，咱娘变成屎壳郎。扑（捕）也扑（捕）不住，断（追）也断（追）不上。黄天哎，黑地哎！您两口子办的什么事哎！”在母亲的歌谣里，我们兄妹无不阳光向上，尊老爱幼。

印象最深的，是母亲念的很长的那种歌谣，有故事，有场景，就像是短剧一样，比如《十二月赏花》：

正月里来梅花香，张生斟酒跪红娘。
央烦姐姐传书信，快请莺莺会西厢。

二月里来杏花开，五娘煎药为谁来。
剪发只把公婆葬，身背琵琶寻夫郎。
三月里来桃花开，山伯去访祝英台。
杭州同窗整三载，不知她是女裙衩。

四月里来芍药香，毕正偷诗陈妙常。
你恩我爱感情好，二人哭别在秋江。

五月里来石榴红，喜看孟光配梁鸿。
夫妻相敬世间少，举案齐眉礼貌恭。

六月里来赏荷花，昭君马上弹琵琶。
心中恼恨毛延寿，出塞和番离了家。

七月里来秋海棠，李氏三娘在磨坊。
可恨哥哥无情义，刘郎一去不返乡。

八月里来桂花香，烟花名妓杜十娘。
多情偏遇负心汉，含恨怒沉百宝箱。

九月里来菊花黄，贵妃醉酒在牙床。

心思梦想风流事，宫中陪伴唐明皇。

十月里来款冬花，越国西施去浣纱。
花容月貌美无比，送于吴王享荣华。

十一月里水仙香，为母卧冰是王祥。
孝心感动天和地，得尾活鱼奉亲娘。

十二月里蜡梅多，日红割股孝公婆。
葵花井下把身葬，书房托梦与夫郎。
月月开花朵朵鲜，多少古人在里边。
一年四季十二月，五谷丰登太平年。

在这样的歌谣里，母亲爱耐心地讲着典故、内容和教益，让我受益，让我痴迷着，那些关于八仙过海、刘关张桃园三结义、吕布戏貂蝉、刘伶三天不醒、薛平贵征东、赵匡胤千里送京娘等故事，无不是通过母亲的歌谣为我打开了一扇扇神奇而美丽的门扉。

在这个秋天的早晨，因为这些美丽的歌谣，我的心中生出绵长的思念。静静地，我知道，就像小时候那样，那些歌谣还在，而我的母亲，并没有走远，她就在我们心间。

母亲的美食

世间万物，唯有爱与美食不可辜负。

年过半百的我，对于食物的记忆是绵长的，在远去的岁月和匆匆流逝的时光里，母亲做过的“美食”连同母亲的深情，一直藏在内心的深处，每当想起，那些温暖和美好，隔着厚厚的光阴，都会枝繁叶茂地呈现在眼前。

炒咸菜

二十世纪八十年代初，我和二哥、三哥都在外地求学，能做无“米”之炊的母亲除了家常菜让我们难忘外，那些陪伴了整个中学时代的“炒咸菜”尤其让我们难以忘怀，每次提起或是看到这道菜，总会让我们感慨万千。

我和两个哥哥的中学时代，都是在距家十五公里的中学完成。与所有住校的学子一样，我们每周六回家，周日带上足够一周的煎饼再回到学校。那时，学校虽有食堂，但只是在生病或带的饭不够的情况下才到食堂“犒劳”一下，因此，每周末除了烙好必备的煎饼外，准备好五六天的下饭菜对母亲也是极大的考验。

冬天还好说，夏天的菜用不了几天就会变味，所以，在我们常年外带的“菜系”里，“炒咸菜”是最受欢迎，也是母亲做得最多的。

辣疙瘩是芥菜的一种，又称芜菁、芥辣、芥菜疙瘩，是一种根用芥菜。沂蒙的家家户户每年都会种植许多，每到秋天，母亲便把它的叶做成“渣豆腐”或晒干后冬天煮着吃，却会把根部洗净后放在大缸里，用一层层的盐间隔，放上足够的水，假以时日，便会腌制成四季可用的咸菜，凉拌、干炒或者直接啃食，都是极好的下饭菜，其中，炒成沂蒙咸菜，在二十世纪七十年代末八十年代初，都是不可替代的美味。

每到周末，母亲便会切出一大碗咸菜丝，用水反复清洗几遍后，再用开水烫掉部分咸味。将少许的五花肉切成片，把肉放在热锅上用些时间炒出油来，再放上些许花生油，用葱花爆爆锅，掰上一个红辣椒放在热油里过一下，之后，便把所有的咸菜丝放在锅里热炒，快出锅时再放进去些青辣椒——二哥喜欢吃辣，所以炒出的咸菜里都是一片令人生畏的红，我和三哥的则会青多红少。炒好后，母亲会用大号的罐头瓶装上两瓶。沉甸甸地背到学校后，一般先把母亲做的炒豆腐或豆腐炒虾酱等存放时间短的吃掉，然后就是顿顿煎饼配炒咸菜。下课后，一杯清水，卷上一个咸菜煎饼，竟也吃得津津有味。最精华的，当属里面的肉丝，瘦肉部分最受欢迎，夹在煎饼里，每一口都香。冬天的炒咸菜因为五花肉的原因一般会有一层凝固的油，在油水不多的年代，并不感觉到难以下咽，甚至每周的最后两天，这带些肉味的咸菜，都成了带菜不多的同学们分享的美味。

除了五花肉炒咸菜，母亲还会用鸡蛋做佐料。

把用水反复清洗的咸菜切碎，打进去三五个鸡蛋拌匀后放进热油里，再放些切碎的葱花，炒至香味四溢后出锅，竟也是一种带在学校百吃不厌的好菜。

近些年，母亲的炒咸菜有了很美的名字“炒三丝”，因为中学的原因，炒咸菜也好，炒三丝也好，都成了我生活中的一部分，无论是外出学习或者出发，必定会带上些沂蒙煎饼和炒咸菜。去年沂蒙作家团去香港采风时，同去的伙伴中，几乎人人都捎带了不少，每顿饭都会拿出来分享，让周围的旅客惊奇不已，一周下来，当地的美食有吃，但家乡的味道却伴随了千山万水。

“每次你哥带你上学的时候，我都站在东梁上，直到看不见了才回来。”几十年了，母亲的话总在耳边回响，想起这些话的同时，总也忘不掉旧日岁月里母亲所给予的那些倾其所有的爱。

香油饼

“软面饺子硬面汤，多放油的油饼最是香。”母亲总是用行动证明着她这句话的正确性，因此，无论母亲做的饺子，还是做的手擀面，都是一流的，而母亲的香油饼更是无人能及。

儿时最香的饼，是母亲做的葱油饼。

做葱油饼之前，母亲总是把葱花切至细碎均匀，粗大的盐粒子碾至粉末状，然后，和好面后，再用长长的擀面杖把手里的面团擀薄，这需要一定的技巧，用力太猛、不均都不行，但身材高挑的母亲站在宽大的面案前，轻盈有韵、行云流水般过几分钟时间，便把厚厚的面团擀至极薄，再在上面涂上厚厚的油，反复涂至均匀，再撒上细细的盐，之后修长的手指天女散花般撒上一层厚厚的葱花，再紧紧地卷成卷后，把面卷一层层叠加在一起，用手压实后，再用擀面杖均匀地擀实，之后，放在大铁锅里，反正面慢慢地烘，等香气溢满天地的时候，母亲麻利地用刀切成几块，热气腾腾地端在桌上，配一盘青椒炒豆腐，喝一碗稀饭，便会让一家人心满意足。

母亲的葱油饼怎么吃都不厌，香油饼更是母亲的独门秘籍，无人可以仿制。

香油饼用两层薄饼合在一起，中间放入不同的馅，在铁锅上用慢火烘制而成，那份香味，如同今天的老城火烧，却又不同。母亲说，这样的香油饼功夫有两：一是和面，二是做馅。母亲和面，会在面里放适当的花生油，这样烙出的饼会香酥可口；荤馅香油饼是在五花肉里放些大葱，或者一点韭菜，或者香菜，放适量的盐，按一个顺序均匀地搅拌后包在香油饼里，烙出的香油饼胜过人间所有的美味；素馅的也是美味无比。那个年代，肉原本就是稀罕之物，自然不能奢侈到天天都吃，手巧的母亲便用各色蔬菜做成香油饼：土豆、菠菜、芹菜、海带、大白菜、萝卜……山村里能见到的菜，每一种都各有不同，而秘密却在放进菜里的自制油里。这种油是母亲特制的：把纯花生油放在热锅里，等油热了之后放进适量的花椒、葱，热开锅之后盛放起来，便成了母亲做所有素馅香油饼的“秘密武器”。每一种馅的香油饼，都令人难忘，即使后来生活条件好了，母亲时常做上一些，大人孩子都会你争我抢，片块不留。许多婶子大娘跟母亲反复学习，却总也做不出母亲的味道，我也经母亲亲手多次调教，终还是与母亲做出的相去甚远。

母亲去世已四周年，世间再无母亲味道的香油饼。前些日子，带领分管的同志去潍坊参观学习，为了赶时间，我们选择了一家火烧店，里面肉、素火烧齐全，五个人吃了三十元钱的火烧作为午餐，却人人吃得开心叫好，其中的素馅火烧，让我一下想起了母亲的香油饼，与店老板沟通了半天，做法竟然与母亲的有许多相似之处，不由从心里生出了无限亲近之感。只可惜临沂与之相去甚远，也只好把联系方式存在手机，以备下次路过或来潍坊时再重温旧时味道。

炸茄盒

想起母亲，便会想起母亲做的“炸茄盒”；想起童年，便会想起“炸茄盒”的味道。

和土豆一样，沂蒙山盛产茄子，从春天到深秋，饭桌上总能见到茄子。茄子的吃法也有很多种，既可炒、烧、蒸、煮，也可油炸、凉拌、做汤，荤素皆宜，各有千秋。

二十世纪七十年代，母亲做得最多的是炒茄子。鲜嫩的茄子用手连皮掰开，也不用刀，只用手撕碎些，再用水洗几次，把少许的五花肉在热锅里炒出足够的油后，放入葱或蒜爆爆锅，再把茄子放进去炒一会，同时放一两个青椒提提味，之后便加入适量的水，把水炒干后出锅，香味满满，配着刚烙好的煎饼，十分下饭。

也有大众的做法，先用猪大油热好锅，掰上些许豆角，炒至半熟后，把撕好的茄子放入锅中，放足够的水炖出来，一人一碗，又当饭又当菜，简单而实惠。炸茄盒反倒要复杂许多：七分瘦三分肥的猪肉剁碎后，加入葱末和姜末，有时也放一点鲜韭菜，加入适量的盐和花椒水调好馅，之后大个的茄子洗净后不去皮，切成两片相连的茄片，再把馅夹在两茄片中间；用面粉调出浓稠适当的面糊，把锅里的油烧至七成热后，把夹好肉馅的茄片在面糊里蘸一下——喜欢吃酥皮多的就裹得厚一点，不喜欢的就多控一会儿。酥皮薄厚并不是面糊的稀稠决定的，而是在裹面的时候自己掌握，然后放到锅里，小火慢炸至表皮金黄后盛出，控掉多余的油后就可以享用美味了。每当炸茄盒的时候，满院子都是香味，香酥的外皮里面裹着脆中带糯的茄片，茄片里夹着香香的肉馅。一口咬下去，香脆可口，美味无双。

那时，肉少，油也金贵，除了中秋、春节等重大节日或盖房、婚庆等重大事情外，一年也难得吃上几次，所以，每次吃炸茄盒在家里都是一件隆重的事。后来，风味茄丝、蒸茄子、肉末蒸茄子、鱼香茄子等等，茄子的做法丰富、多样了，及至读了《红楼梦》中刘姥姥的“茄鲞”，才知道了茄子可以有如此富贵的吃法，也见过把茄子丁放在比萨里的时尚吃法和许多文艺吃法，但在我，都不及母亲炸出茄盒的味美、色香。今年清明，全家在二哥家吃饭，二哥专门准备了“炸茄盒”，年过六十的大哥一句“一口咬下去，吃出了咱妈的味道”，让全家人一下子沉默了许久。

鱼香茄子

在故乡，秋天最多的蔬菜当属茄子。蒙山附近的茄子又属长条的紫茄子为好。由于阳光照射充足，加上特有的土壤，这些大紫特紫的茄子可以煮、蒸、炒、腌、凉拌、做馅，口感和营养价值上乘；作为农家当家菜的它们占据饭桌的时间也长，从夏天到秋天再到初冬，都有它的影子。到了中秋前后，茄子配羊肉自然很妙，与鱼一起做更是鲜味满满。家住蒙山深处，童年吃过最多的“海鲜”除了海带、虾酱、虾皮、白鳞鱼外，就属小咸鱼。这种咸鱼长约二三十厘米，烤熟或者用油炸后都是极好的下饭菜，可母亲却会做成独有的“鱼香茄子”：把鱼头去掉，鱼身用水反复浸泡去盐，把茄子手撕成大块用蒜片炝锅后，倒入茄子炒至半熟，然后再放进咸鱼，加一些水进去，慢火收汁后菜便好了；有时母亲也会用白鳞鱼做成“鱼香茄子”，无论是哪一种鱼，茄子里都会浸上鱼香的味道，鱼肉却是柔韧筋道，吃起来总会让人食欲大增。虽然后来才知道，饭店里的“鱼香茄子”里无鱼多肉，但在我家，母亲生前用咸鱼烧的“鱼香茄子”竟成了独有的招牌，更成了我的专利。即使在城里生活了近二十年的母亲，也不会忘记在花盆里、泡沫箱里种上各式茄子，每当收获后，总会想方设法露上一手，每每让我垂涎三尺，感叹人生夫复何求。

母亲的“鱼香茄子”自然是最平民的一种吃法，《红楼梦》第四十一回中刘姥姥吃过的“倒要用十来只鸡来配它”的“茄鲞”吃法，自然是极贵族的一种，这种讲究极致了的贵族，与其说是一种文化，倒不如说是一种身份的象征——就是话也不好好说，吃也不好好吃，茄子自然也就没有茄子的味道了，甚至让农民出身、长年与茄子相伴的刘姥姥不识“真面目”，自然也是情理中的事了。

其实，我不吃茄子已经很多年。

1998 年 8 月 8 日，当爱人在尘世中为我做好最后一顿午饭，却不幸因公殉职后，整整二十年里，我再也没有种过、买过、更没有炒过茄子以及与之相关的饭菜,甚至母亲也再没做过我百吃不厌的“鱼香茄子”,它成了我心中不可跨越的一道坎，成为我走不出的阴影——因为爱人为我做的最后两道菜是肉末茄子、凉拌辣椒茄子。

那时，爱妻狂人的爱人知道我爱吃茄子，便变着花样地“茄子来、茄子去”，闺阁情话中，我们竟然还聊过那么多关于茄子的文化趣事：只知东坡肉，其实，东坡茄子也是江浙一带的名菜；清代诗人袁枚用麻油、米醋拌食，在夏天食用；相传吴越王钱镠的儿子腿部有残疾，是个瘸子，人们怕犯忌，就把茄子改称“落苏”——一个充满诗意的名字。直到现在，江、浙、沪一带仍有不少人把茄子称作“落苏”。甚至，照着袁枚《随园食单》里的“吴小谷教官家烧茄子是剥皮的，然后用猪油煎炸，而卢八太爷家则不剥皮，酱油爆炒”等描写，反复演练后端上了我们的饭桌。但之后的整整二十年里，我竟然能清楚地记得那天午餐茄子的味道，似乎，那顿午餐一直留存在我的胃中一般。

“中庭地白树栖鸦，冷露无声湿桂花。”

“忆对中秋丹桂丛，花也杯中，月也杯中。”

…………

今晚，伴着浓郁的桂花香和轻吟慢唱的秋声，中秋的月亮悄悄地挂在了窗上，硕大、圆满、温柔，还有一丝淡淡的忧伤，如旧日岁月里一些细碎的时光，被夹在微黄的书页里，经了年深久远的打磨之后，已成为沧山水寒的断章，但旧日那些温暖还在，母亲的爱仍在，爱人留在世间的味道还在。于是，在这个万家团圆的中秋之夜，我轻轻起身走进厨房，扎上绣着荷叶边的围裙，拿出一块鲜嫩的巴鱼，试着做一道二十年前爱人做过的旧菜，不，是做一道四十年前母亲做过的一道旧菜……

“摊煎饼”

煎饼对食材要求不高，沂蒙人家大多都是就地取材，无论是玉米、高粱、小米、地瓜，都可烙成煎饼，存放时间达一月之久，因便于携带，是沂蒙重要的主食。关于煎饼的故事、文化也很多，相传诸葛亮发明了煎饼，孟姜女哭长城所带的食物也是煎饼，清代蒲松龄在其《煎饼赋》中写到，“煎头则合米豆为之，齐人以代面食”，“圆如望月，大如铜钲，薄如剡溪之纸，色如黄鹤之翎，此煎饼之定制也。”解放战争时期，陈毅带兵刚进驻沂蒙老区时，遇见的第一个困难就是吃煎饼。为了让来自五湖四海的战士学会吃煎饼，他还创作了顺口溜：“吃煎饼，卷大葱。张开嘴，往里拥。牙一咬，手一松，吃张不过几分钟。”近年来，沂蒙的煎饼走上了《舌尖上的中国》，走出了国门，更是成了一种品牌，成了沂蒙的代名词。

母亲不但是天下做饭最好吃的人，更是最心灵手巧的人，用简单的食材，母亲都会做出人间美味来。

母亲总是天不亮就起来烙煎饼，至七点左右便会烙出一二百张煎饼。上学的、早起下田干活的，也都该吃饭了，母亲便会停下正烙的煎饼，到院子前的小菜院里割一把鲜嫩的韭菜洗净，把豆腐切碎，放上点花生油和盐，打上两个鸡蛋调均，再回到鳌子前，把饱满的馅均匀地放在已烙好的成品煎饼的上段，然后对折，直至折成三角形，之后再放在鳌子上，正、反面各烙几分钟，纯正的韭菜香味便弥漫开来，让人食欲大振。这样做好的煎饼，我们俗称“摊煎饼”。一家人围坐在桌前，桌上仅放一碟母亲用小葱、青椒、醋拌好的小咸菜，每人一碗玉米糊糊——玉米糊也是极其简单，把玉米面调成稀糊状，放在烧开水的锅里，再烧开锅便可食用。有时玉米糊里放点盐、豆子或几片菜叶，便成了“咸糊豆”，而吃“摊煎饼”的时候，清水煮玉米糊是最好的，放开肚子吃上一顿皮脆、馅香、开胃的“摊煎饼”，上学的、上班的，走在路上，都有回味不完的清香，一天更有使不完的劲，尤其是冬天，天寒地冻，吃上一个热气腾腾的“摊煎饼”，那份暖是从心底里传递出来的。

年岁渐长，吃过很多种“摊煎饼”：泰山顶的、超市里的、小胡同深处的，甚至是二十多元一个外送的，从没见过做成三角形的，相同的是，每一个“摊煎饼”用油、用料、用心都很多，但吃起来，总没有童年时的香味，更吃不出一丝丝母亲做的味道来。

夏凉茶

母亲的夏凉茶大都就地取材。

绿豆茶是母亲做的最多的一种。早上，母亲都会煮上满满一大锅绿豆茶。水是自家的山泉水，豆是自家田里产的绿豆，抓上几把，大火煮烂后，上学的、下地的、上班的，人人背上一壶，便是消暑降火的上等好茶；尤其是在密不透气的玉米地里挥汗如雨劳作上半天，到地头喝上一大碗，又解渴又解乏。这时的绿豆茶里，母亲总会放上一点点盐，绿豆也多，喝了既当饭，又补充了大量流汗后的体力；那时，山乡卖小鸡的、货郎或者讨饭的也多，饥渴难耐时，母亲便会送上食物，端出绿豆茶来让对方喝足；夏季雨多，刚刚还晴空万里，瞬间便会电闪雷鸣倾盆暴雨而至，母亲便会煮上一碗热腾腾的红糖姜茶，喝上之后暖心暖胃，再蒙头睡一觉，再重的感冒也会立刻见好。

也有雅致的。农历六月，岁月见半，又是双月，麦收也恰好忙完，略略喘口气的空闲时季，却是勤劳的母亲们拆洗棉衣棉被、纳鞋底做针线的好时节。七手八脚，麻利地把棉被拆了，把棉絮放在太阳底下曝晒，洗好的被面用不了多一会便会晒干，婶子、大娘们一起动手，说说笑笑便会“缝”好一床棉被；做鞋底、鞋面的原料，需要把许多零碎的布料一层层粘在一起，再拿到烈日下暴晒，这两种活，都需要在火热的太阳下劳作效果才会最佳。于是，在每年“六月榴花红胜火”的时候，我家的大柿子树下就是村里婶子、大娘们主要的劳动场所，母亲会剪了各色的月季插在瓶里，摆在树下宽大的石桌上，桌子上还有煮好的绿豆茶、刚刚做好的小糖饼、自家院子里摘下的嫩黄瓜。我认为最雅致的，是母亲从院中石榴树上拆下的石榴枝，连叶带花放在锅里煮开，便成了婶子大娘全天的好茶品。

母亲还有“圣医妙手”之称，小病小恙，没学过医的母亲都能手到病除。每到盛夏，母亲还会用村头路边常见的“鬼圪针（也称婆婆针）草”煮成的凉茶治感冒发热、咽喉肿痛，尤其对女性缺水后的小便上火有奇效，这样的夏日茶也最是受婶子、大娘们的欢迎。

茶是心之水。前些年，母亲把寻来的苦菜、蒲公英洗净、晾干，炒成去脂、降醇的夏日茶，一袋袋捎给远方的亲人，同时捎去的还有母亲的那份牵挂。

清贫的岁月里，母亲的美食是一种智慧，更是一种真爱：用最简单的食材，做出儿女胃里最不可替代的美味，其中的调料，除了爱，还是爱。

那天读一篇文章，作者有一天突然接到同村人的指责电话：“凭什么说，你的母亲是咱村做饭最好吃的？”对方一下明白了，因为彼此都已是吃不上母亲做饭的人了——在儿女的心中，自己的母亲才是天下做饭最好吃的那个人，更何况是追忆母亲和与母亲相伴的时光呢。

“何止于米，相期以茶”，于我和母亲最终却成了奢望。如今，我只能在回味远去的旧日时光里，怀想母亲的种种。

隔了四年的时光

年近半百，第一次对一个数字如此纠结：四年。四年的时光是那么漫长，漫长到让我难以忍受它的长度——我天长地久地追忆，却在世间难以再寻到母亲的身影，难以再握一握母亲温暖的手，亲一亲母亲明净的额头；四年的时光又是如此短暂，似乎母亲刚刚还在我们身边，与我们过着最凡俗的生活，似乎一转眼，四年的日子便到了眼前。

一

这个日子是早就刻到心里了的。上一次兄妹相聚是在半个月前，不知怎么就突然那么想念，于是，电话相约，三个哥哥和嫂子们竟不约而同地齐声响应，于是，青岛的大哥、在临沂的三哥、三嫂和我，一起约着去了大病初愈在蒙阴静养的二哥家。推开门，远在威海的侄女一家、大哥家的儿子全家竟也都在，倒是让我们多了意外之喜。

老兄妹相聚自然亲热无比、热闹无比。大哥已是年近六十的人了，即使我最小，也近五十，但几十年来，即使在农村的童年，我们成长中的青年，以及各自成家立业后的几十年，我们家兄弟兄妹之间，姑嫂妯娌之间和下一代孩子们之间，竟从不曾红过脸，高过声，有过别扭、矛盾，此次相见，自然又如失散多年后的重逢——说不完的知心话，叙不完的亲人情，说着说着，有时还会眼含热泪，让我们都感动都感慨都激动。在厨房里忙活着的嫂子们不时出来掺和几句，让谈话的内容更加丰富，两三个小时后，满满一桌菜肴便端上了桌，于是，我和哥哥们高谈阔论的地点暂时便转移到了酒桌上。

酒过三巡，二嫂轻轻地说了一句："知道吗？今天是咱妈生日。"欢乐的气氛一下子便沉寂了，没有人说话，而多数人的眼里竟蓄满了泪水——母亲在世的几十年，每到这一天，无论大家有多忙，总是会赶回来给母亲祝寿的，这一天是早就刻在了心里的，又有谁会忘了呢？只是哥哥嫂子们不忍心说穿而已，仍然放下手里万千忙碌的事情，在母亲生日的这一天，用特殊的方式为已逝的母亲过着阳间的寿辰。

二

已是凌晨四点。沉寂的马路上有车驰过的声音，偶尔有电梯升降的声音。大地正在苏醒之中，然而，我却毫无倦意。其实，昨夜是存了心早早躺下，这个计划是谋划了很久的，如同一个阴谋。

寒食、清明、冬至、春节……每一个特殊的日子，按照风俗，和哥哥嫂子们一起买了各式水果点心，各色鱼肉吃食，上好美酒、纸香、元宝、大钞、摇钱树、红红绿绿的衣服鞋袜，远山近水地赶到父母长眠的山坡。

"家里的君子兰第一次开满了花，拥拥挤挤的，您一定喜欢""家里的暖气早停了，今年的倒春寒长了些""您不在的家清淡无味，一点也没有生趣"……絮叨着母亲逝去后的日常生活。四年的时光里，草黄了又泛青了，四周的树上挂满了花蕾，再有一阵风，便会吹开一树一树艳丽的花来；母亲下葬时种下的葱，竟又粗又绿，有一尺多长；两棵柏树也有碗口粗；成片的板栗树上仍然挂满了没来得及采摘的果实，有的早已裂开了口，成熟的栗子从长满尖刺的壳里探着脑袋；大片大片的山楂树上缀满了一簇簇红艳艳的山楂……

母亲四周年的忌日转眼便来到了眼前。明天就是母亲的四周年忌日，这个日子是早已扳着手指一天一天数了很久。下午，便是淅沥的小雨。起初几滴，随后便密集了起来，秋天的雨多了稍许的寒意，我的心里竟悲喜交集。倚在沙发上，不开电脑，不开电视，心却飘逸了起来。这样的日子，我应该是与那位鼻梁高挺、额头晶亮、慈眉善目、眉目清秀的叫作“老美”的那个可爱的人巧笑逗趣的。或者，这样的时候，她会坐在客厅里，一边不紧不慢地嗑着瓜子，一边在看各色综艺节目。或在新闻时段，一本正经地给我指点奥巴马、金正恩、朴槿惠等世界名人的。或者搬一个马扎，端坐在阳台上，看来来往往的车辆……或者，打开录音机，听京剧、豫剧、黄梅戏，间或，轻轻哼唱一段：听着自己的往事，唱着自己的寂寞。然而，这些在四年前的那个秋天戛然而止。现在的她只端坐在照片里，目光淡定地注视着我。晚饭未吃，我料定，今夜一定会有场欢会啊。放下手里的一切，静静地等待入梦。侧卧、平躺，数羊、数鸡、数狗、数星星……年轻的、年长的，忧伤的、浅笑的，那么多时光呼啸着奔来；那么多亲切的身影奔来；那么多热切的眼神拥来……我知道，人生是一场相逢，人生又是一场遗忘，心无旁骛，万物皆美。然而，我该从哪一段梦起？又该遗漏掉哪一段？我还知道，生命是一场单程旅行，我们要留心和感谢每一道风景，没有能回去的时候，所以做最想做的事，说最想说的话。可，太多太多的话，哪一句在先？哪一句在后？今夜，注定无眠。今夜，难以入眠。

三

一大早便起床。

先烧上一大壶热水，用洗净的大红色车载水壶泡上一壶正山小种，母亲在世时，最喜欢的就是这种红茶的口感，再查一下昨晚下班后买下的四样点心，四样新鲜水果，母亲爱吃的豆腐、煮得正好的鸡、母亲最爱的排骨炖冬瓜……都用饭盒一样样装好；酒还是用比较温和的“兰陵王”，筷子用不锈钢的最好，结实、好看、耐用……清晨的马路上湿漉漉的，可能是昨晚下雨的缘故，虽然有点清冷却多了份清雅，秋天早晨的阳光洒下来，没有任何杂质，如这个温和可亲的城市：洁净、温润，泛着光泽，通透而又亲和。

接上三哥三嫂子，一个多小时便赶到了蒙阴。大哥大嫂、二哥二嫂是早等在了院子里。大哥早上三点便从青岛动身，即使雾大路远，却也按时到达。

哥哥嫂子们准备的丰盛的供品、待烧的纸钱、热气腾腾的饺子、专门定做的几套冬装……装了满满的一车，我知道，这些最新鲜的水果、各色点心、母亲生前喜欢的面食、鸡鱼肉菜……一定是哥哥嫂子们穿行在不同的柜台前，在记忆中比较哪一种更讨喜，也在心里与之讨论着，林林总总，只想在这个隆重的节日里，给母亲送去最丰盛的宴席。

一个多小时，便来到了父母长眠的山坡。

秋天草长，从七月十五至今不过两月，父母的坟上竟长了那么多的杂草，远远看去，心里立时涌出许多酸楚，强忍着泪快步走到坟前，知道母亲一定与我们急迫的心情一样。

山风一个劲儿地扑面，热辣辣的，如同长久的思念，让飘拂的发丝便在风中飞舞，一如母亲温存的抚摸，那些热切的风，是一个又一个结实的拥抱吗？各色精致的小盘一一摆上，四个家庭，满满的四大份，小小的供桌实在放不下，只好延伸到供桌的旁边；哥嫂们把专门制作的冬衣一一展开。敬上一杯香茶，那么远的路程，茶仍然滚烫；酒是浓香的，是因为思念的芬芳。香纸一一摆开，竟也伸展到很远——母亲在世时，就是一个乐善好施的人，想来母亲在另一个世界用钱的地方一定很多，怎么会让母亲手头紧张呢？

端起酒、敬上茶，大哥、二哥、三哥，还有父亲母亲最疼爱的我，一次又一次，一遍又一遍地对父母叙说着家里的种种、亲人的种种以及对他们的思念、叮咛——从来没有感觉到是阴阳两隔，总感觉到母亲还在我们身旁，静静地听我们说着家长里短，只是母亲选择了静听，但母亲的那些牵念、那些爱都存在我们的心里。

兄妹四人连同嫂子们，一次次地回忆父母生前爱说的话、做过的事，那些眼神、语气、动作，那些生活的琐事、那些记忆里的故事，都刻在了我们的心里，每一次的叙说，都是一种追忆，都是一种强化，都是一种对父母永生的感激。在一次次叙说中，我们把对母亲的爱藏进骨髓里，让那份相濡以沫的深情浸透了精神的芬芳，让那份长久、那份宁静的爱永驻心间，并把这份爱，传承给我们的后世子孙，源远流长。

时间，会在爱里凝固，爱会在世间永恒。

四

一晃便是四年。

我知道，再多的伤口，都会消失在皮肤里，溶解到心脏里，最后成为心室上最美的花纹，相生相伴，日夜疯长，终至成为皮肤的一部分，成为身体或生命的一部分。而一段时光鲜着，一段时光沉着，一段时光笑着，一段时光泪着，时光就这样连绵不断，就这样层层叠叠，在流动的岁月里，春夏秋冬，朝霞暮雨。

时光仍然在流动，而我的忧伤却一直站在那里，那么哀伤地注视着流动的时光和这个光影斑驳的世界。我知道，美丽易逝，岁月如梭，在岁月与人生之间，我仍然会一次次回到父母长眠的地方，我会永远记住母亲的真、善、美，记住母亲留下的爱意芬芳，秉持母亲传承给我的信仰、坚守，葆有一份美丽的情怀，在内心里找到永恒的美好，开阔出锦云般的又一方天地来，让母亲的爱，在岁月中凝成挺拔的身影，由悠远走向辽阔，由苍茫走向深邃。

冬至雨夜

冬至的那天，终于迎来了一年中最短的白昼和最长的一夜。

是特别疲劳的一天，原打算好好睡上一觉，可一觉醒来，刚刚零点半，也就是我刚刚睡了不足一个小时。翻个身告诉自己安心睡觉，此时普天之下于我最大的事，莫过于好好睡上一觉，然而，百般努力后仍然睡意全无。此时静静的夜里却听到门外一片沙沙声，“竹门风过还惆怅，疑是松窗雪打声”的诗句便浮现在眼前。疑惑着走到窗前，隔窗而望，外面黑沉沉的什么也看不见，打开一扇窗，将手伸到窗外，凉意自深的夜中漫卷而至，且有清凉的雨丝飘来。想来，这沙沙的声响是来自冬雨而非风声了。应该落雪的日子却飘起了雨丝，是冬负了雪，还是雪背叛了冬？这样闲闲地想着，索性打开电脑，就干脆坐下来写篇小文吧。

三千字、一个半小时，是那种应景的小文，写好并在公众号里发布，却仍然睡意全无，索性跑到水龙头底下洗起了热水澡。热气腾腾的身子，湿漉漉的头发，再睡去却已是接近凌晨四点的光景。沉沉的睡梦里，却见到了已逝十年的父亲和故去四年的母亲。父亲和母亲都是四十多岁的样子，仍然穿着日常的衣服，仍然住着老宅的房子，梦中非常清晰的对话，醒来竟然全然忘却，看看表，仍然睡了不足一个小时。怔怔地躺着，反复回味梦中的场景，回忆父母的表情、言语、神态……无限的忧伤突然袭来，漫天漫地。

今年的冬至是周三，为了不影响工作，提到周末与哥哥们一起赶回老家为父母上了丰盛而隆重的冬至坟。上坟的时候，多年的闺蜜电话里说，怎么总听着你不是在上坟就是走在上坟的路上啊？是的，我们家有良好的传统，清明、七月十五、冬至、春节、父母的忌日，无论如何都是要回家祭奠的。周末上坟的时候，无风无雨，一片祥和安宁，长久的停留在父母长眠的地方，与哥哥们一起向长眠的父母絮絮叨叨分别述说着工作生活中的情况和父母最关心的事情。回来后心绪安宁，无事入梦，没想到却在冬至的梦里有了与父母短暂的团聚，实在令我惊喜着又伤感着。于是，在这个又悲又喜的清晨里，与父亲母亲相守的那些记忆便一点点浮现，伴随着冬至的微雨，让这个日子因思念而更加绵长了起来。

一

冬夜读书是父亲最擅长做和时常做的事情，也是多少年来一直令我挥之不去的最美好的记忆。

二十世纪七八十年代的冬季是寒冷的，每到冬天，怒吼着的北风携着那些绵延不绝的冷，如同雕花的刻刀，所到之处冰凌高悬，万木披霜，江河冰封，那份壮美素雅实在令人赞不绝口，毛泽东的《沁园春·雪》就是最完美最真实最有震撼力的写照；那份冷让人一下一下清楚明了地刻进肌肤，最大的表现就是男女老幼的脸上手上脚上都长满了冻疮，晚上回家暖到半夜，冻疮就会钻心的痒，冬季过后好几个月才能恢复，第二年又是如此。“防灾防火防冻疮”是那个年代最通行的流行语。

那时的冬夜是漫长的，长到似乎没有尽头。

沂蒙山的冬夜不仅长而且寂寥，早早吃过晚饭的一家人各自回到被窝，外面是风雪声，薄薄的一扇门挡住了狂躁的北风、漫天大雪和万千寒冷。父亲与母亲并排坐在被窝里，母亲做着针线，父亲轻声读着古典文学名著，比如：《镜花缘》《三侠五义》《岳飞传》《西厢记》……一灯如豆，父亲的声音很轻却充满了感染力，在静静的山夜里如缕缕春风，让我的心河春暖花开，生出万千美好。母亲静静地听着，偶尔问父亲一句。父亲便停下阅读，耐心地为母亲讲解。窗外风雪肆虐，北风哐当哐当固执地拍打着简陋的门窗；屋内却是一派诗意静美，成为多年永不褪色的油画，唯美着我的少年、青年和中年。很多很多年后的很多时候，这个画面会突然地跳出来，让我回味很久。

父亲诵读的那些泛黄竖排的古典作品，在我竟充满了神秘和诱惑。我经常在父母外出的时候找出一本，对着那些古典繁体的字一顿一顿地读着，而父亲夜读的情景，成了我最初爱情的启蒙，虽然生活中他们也有争执，也有烦恼，但灯下夜读的温馨画面，那么美那么好那么纯真和浪漫，一直存放在心头。我不知道我周围的人中，有哪一位丈夫会耐心地为一位不识字的妻子夜夜读名著，一读就是三十年？即使父母去世多年，在我，都坚定地认为，他们是天下最幸福最浪漫的一对夫妻。当我第一次读“家人闲坐，灯火可亲”这样的诗句时，立即想到的就是父亲母亲灯下寒夜“红袖添香夜读书”的画面，它一直温暖着我人生的岁月。在近半个世纪里，那些寒夜静读的冬日成为我在人世间实实在在可以触摸到的岁月和感动。“但长相见，爱日如人愿”“愿你逐光远行，一步一步走向春天”总是我在想起那些画面时的感叹。

二

总是在冬夜，外面还有寒霜，父亲母亲就起床了。

父亲是个极爱整洁的人，起床后的第一件事是拿着扫帚将房前屋后甚至通往远方的小路，都清扫一遍。即使下了厚厚的积雪，父亲也会立即清扫干净，天晴化雪的时候，家家户户泥泞难行，而我家却干干爽爽，这全是因为父亲及时清扫积雪后，再覆上一层细沙的缘故，父亲的好习惯让我家始终与周围邻居家很是不同，那份终日里的干净清爽，令人舒心，也让我感觉到一份与众不同。家里也养着鸡鹅，但我家却从没有鸡飞狗跳走路下不去脚的时候，因为父亲总是一锨在手，随时打扫。以至于我心中好男人的形象始终是儒雅谦和、整洁有致的那类，我想，这全是父亲的缘故。

而早起的母亲会先点上沂蒙山特有的土暖气，当炉子上的水开了的时候，母亲会为父亲用开水冲上两个蛋花，再在上面滴两滴香油，加少许白糖，然后再去做一家人的早饭。虽是山村人家，但我们家却是一个讲究仪式感的家庭。比如大年初一，晚辈要规规矩矩给坐在上边的长辈磕三个头，长辈一定要给晚辈准备红包。而这个习惯一直延续到今天；比如晚饭，长辈一定要坐在饭桌的最上座，无论多晚也要等全家人聚齐了才开始吃。记忆里，累了一天的我等晚归的父亲回来，等着等着就睡着了，直到母亲把我叫醒。而这时，全家人一定是都到齐了。晚饭也成了全家发布信息、讨论事情的重要场所，因为晚饭这种宽松的氛围，也便让我们兄妹养成了从小开始“参政议政”的好习惯。这样的家风一直延续到今天，民主和谐的氛围在我们家很浓，主人翁的意识很强，兄弟之间、妯娌之间、姑嫂之间……全家上下互敬互爱、和睦亲善，这良好的家风全是父母给予我们的最宝贵财富。

三

“百花开而春至，百川汇而夏至，百草黄而秋至，问候来而冬至。”

夜深了，朋友的短信却又传了过来。忽然就生出了许多的感慨来：春分、清明……古人实在是高明，用一个又一个节气提醒着岁月的流逝、万物的轮转；即使对于逝去的亲人，一年里也会有众多需要祭奠的日子，正是这些日子，让我们一次次地诉说，一次一次地回望，于是，岁月里曾经的爱、温暖和感动在回望中清晰，在诉说中永恒，日子里那些美好的片段被打捞出来，被留存了下来……

旧日的岁月，连同父母的恩情，在我的心里揣着，伴我走在人生的路上，那么美好，那么令我感怀。在这冬至的雨夜，我又一次触摸到了岁月温暖的一角，我知道，自明天起，日渐长一丝，夜渐短一分，这长长短短的日和夜，如同川流不息的时光，一天天地积攒，直至冬尽春回，然后，再开始下一轮的流转：岁岁年年，生生不息。

秋天的怀念

当路两边的栾树结出了繁茂的果实、如同红色的灯笼一串串挂满枝头的时候，秋天真的来了。而这样的季节是适合用来怀念的，正如我怀念着自己的母亲一样。

九月于我意义重大。先是生命中重要亲人们的生日几乎全是农历九月，甚至我的父亲、母亲、爱人都是在这个季节逝去的——今天还是母亲在尘世的生日；农历二十日，是母亲四周年的忌日，却也是母亲在另一个世界的生日。

抬起头，窗外阳光明媚，成片的银杏泛着金色的光，挂满红灯笼的栾树如繁花似锦般静立在秋阳下，在常年绿树如荫的冬青丛中，犹如一团团燃烧的火焰。望着这满世界色彩斑斓的明黄、翠绿和火红，望着这份无法言说的明艳灿烂，“霜叶红于二月花”的诗句便在胸中涌来涌去，而思念的情结却也日夜加重。

“妈妈，咱们出去走走吧？”每当我这样提议的时候，无论是白天或是晚饭后，母亲总是立即回答“真的吗？你有空吗？”眼里的那份热切、欣喜却是让我一眼就能看到的。年轻的时候，我总是忙于工作，想用千百倍的努力证明自己对工作的那份热爱和对生活的珍惜，何况那时的母亲也年轻，父亲也还健壮，有万千理由忙于他们自己的生活。回想起来，那长长的一段岁月里，除了逢年过节、父母生日和家中大事、要事相聚，回母亲家的次数实在是屈指可数。父亲生病后，两位老人才得以过来与我同住，如此，才有了与母亲近十年朝夕相守的岁月，但即使是最初的几年，也全是白天上班后留母亲一人在家，现在想来，父亲去世后的最初几年里，母亲内心一定是孤独伤感的，即便母亲在我面前少有流泪，总是闲闲地说起父亲，如同父亲在世时一样。母亲呈现给我们的一派祥和宁静，竟让粗心的我忽略了母亲内心应该有着的苦痛，只是为母亲一日比一日更加的慈祥亲爱而高兴，却少了对母亲内心的慰藉，现在想来，应该深深地自责和内疚。

记忆中的母亲一直是健壮的、年轻的。直到有一天，同事善意地提醒："该给妈妈准备个拐杖了。"听到这话，我随口笑道："怎么会呢，我妈怎么会用那东西！"说完后，我却实实在在地愣了半天，脑海中不断搜寻母亲的样子。那天下班后，是第一次急切地跑回家，拉了母亲就上街散步。平时散步总是和母亲有说有笑，散步的过程总是缓慢的，也便从没感觉到母亲苍老了的步履。但那天傍晚，我是第一次清晰看到母亲——那个走路轻盈、身体健壮的母亲，竟走得有些吃力了。那一刻，自责爬满了我的心头——岁月太过匆忙，我竟然忽略了母亲正日渐苍老的事实，作为唯一的女儿，我应该陪伴在母亲日渐苍老的人生路上，给她更多的关怀、爱和陪伴啊。

自此以后，只要有时间，总会拉了母亲行走在院子内、马路边。春天的小草、夏天的蝉鸣、秋天的银杏、冬天的初雪，一直记得我们母女相伴的身影。而母亲关于栾树的故事却让我记忆犹新。

那是十月的一个上午。

周末晴好的太阳暖洋洋的，天地万物都是欣欣向荣的样子。因为是周末，便打算与母亲散步久一些。年轻时住在山区，没有今天的便利，吃水、种地、收粮，都要肩挑人抬，常年的劳作累弯了母亲的双腿，久坐后站立便有些吃力，走时间久了也需要停下来歇一会。于是，便拿了一个马扎随母亲走走停停。母亲独自散步的时候，是不会走太远、更不会走太久的。因为有女儿在身边，母亲明显热情高涨，不但走路脚下有力，而且谈兴也浓。当看到马路两边一排排高大浓密、挂满了果实的栾树时，母亲笑着说："瞧，这里有这么多的姑姑子树（臭椿树）啊。"我笑着说："您这是典型的张冠李戴，更是严重的官僚主义。人家这叫栾树，不叫姑姑子树好吧。"母亲却认真了起来："咱们老家遍地都是，我还不认识它吗？"于是，母亲就给我讲起了典故——母亲是讲故事的高手，什么样的段子到母亲那里都讲得栩栩如生，这点真让我羡慕；母亲还是唱歌、唱曲的好手，那时少有电视，仅有的一台收音机便是母亲的最爱，豫剧《朝阳沟》播放没几天，母亲就会把那些唱段大段大段一句不差地唱会了，做活计的时候，母亲就哼唱着，农闲的时候母亲就拿着针线坐在树下轻唱。从小到大，我特别黏母亲，多数时间跟母亲在一起，很少跟小伙伴疯玩。只要一有时间，我便会央求母亲唱一段，母亲从不扭捏，字正腔圆地唱，然后再给我介绍每一段唱的什么意思，把故事情节介绍得详略得当。每当唱起来的时候，母亲特别认真，眼睛里还会有亮晶晶的星星在闪，使母亲特别好看；母亲一双巧手也是十里八村少有的，做面食、剪窗花，没有母亲不会的，每当别人称赞的时候，母亲会爱说一句老话："我寻思寻思就会。"总之，母亲身上都是优点，哪一样都让我赞叹，都让我羡慕，都让我为不能遗传这些优点而感到遗憾。那个明媚的秋天，为了证明这树是"姑姑子树"而非栾树，母亲又引经据典、声情并茂地讲起了故事："相传，明朝开国皇帝朱元璋少时家贫却成就了一番霸业，更留下了不少传奇，其中有一件奇事便与这树有关。"上午的太阳虽然明亮，却并不灼热，打在母亲的脸上有一层神圣的光芒，尤其母亲讲史时总是一脸的认真。“有一次朱元璋在拼命厮杀后独自闯出重围，跑了一天一夜的他就跑到了咱们这里，眼看着追兵马上追上了，有一对父子正在田里犁地，朱元璋顺势躺倒在地里，犁地父子用新翻起的土地把他‘埋’在地垄里，追兵来后左看右寻没见人影便一路追杀了去——人啊，什么时候都要有长颗好心眼。”母亲加重了语气说着。我连连点头：“是的，就是应该有个好心眼。”“朱元璋见大敌走远，便对他们深深一拜说，等我当了皇帝，我一定回来给你们封官晋爵。于是，朱元璋藏身西岭的这块地也被后人叫作‘翻犁沟’；继续逃命的他又累又渴，见到一口井，便自言自语：‘若是能倒过来让我喝一顿就好了。’朱是天命里的皇帝，金口玉言，自是一言九鼎。那井真就倒了过来，让他饱喝一顿，便有了‘扳倒井’的美誉。直到天黑，跑得眼前直冒金星，肚子咕噜噜乱叫。又累又饿的他一头钻进了一片小树林，仰面朝天躺在一棵大桑树底下。当时恰好是初夏时节，桑葚正熟，朱元璋便把甜丝丝的桑葚饱吃一顿。由于桑树危难之时救了他，所以朱元璋便对着桑树许愿道：‘如若俺有朝一日当了皇帝，一定封你为树王。’可伸手不见五指的夜里，什么也看不清楚。后来，朱元璋终于在南京建都做了大明朝的皇帝。一年初冬，朱元璋在宫中闲来无事，突然想起自己遇难时许过的愿，如今自己果真当了皇帝自然不能食言。于是朱元璋选了个良辰吉日，带领御林军去找当年自己获救时的村庄和树林。那对父子一看官兵又至，吓得儿子背起父亲就跑到了山里，任怎么喊也不出来。这么大的山找两个人岂不是大海捞针？为了让他们出来，朱朱璋便下令火烧大山，几天几夜后，大火退去，却见儿子背着父亲烧死在一棵大树底下——唉，有时好心办的不一定都是好事啊。朱元璋只好厚葬了他们。于是又去寻找最初的树林。由于时至初冬，桑葚早已没了踪影，所有的树木全都光秃秃的。朱元璋在树林里转了一遍又一遍，却怎么也分辨不出哪棵是当年救他的“功臣树”，只记得当年自己躺在树下时，觉得十分高大，无奈最后在树林里找了一棵最高最大的椿树，错封为‘树王’——自此后让你头顶花冠，高大繁茂，无人能及。所以，从春天开花到夏天、秋天，长长的日子里，姑姑子——也叫‘臭椿树’便顶着最美丽的花冠在树林里鹤立鸡群。而真正的桑树从此气破了肚子，它旁边的柳树打抱不平气得脖子里长了瘿——不实事求是，后果多严重。不信你去看看。”见母亲说得认真，我连忙安慰起来：“您说得对极了，书上的确有这种传说，咱老家的确有臭椿树，而且跟这个差不多。但这是从南方来的树，结出的果也比臭椿更好看。”但无论我怎么解释，母亲总是认定了栾树就是臭椿，那又有什么关系呢，于是，在我们家便都同母亲一样，认定它就是它而非彼它。同时记得的，还有母亲讲故事时我愉快的心情和母亲的那些人生哲理，更有那年那秋那树下与母亲相守的静美的岁月。

拿出手机，面对一排排静立的栾树，对着心里的母亲，我轻轻地写下了下面的一段话：

你来，落叶铺路，秋风为签；
你来，桃花酿酒，暗香入诗。
你来，品茶泼墨，心事晕染；
你来，雨滴润笔，落字为念。

有时候，我们与有些事物，
并非刻意缺少关爱与对白，
我们只是觉得，没有遇到入眼的景色，
所以心底生不成眷恋与温暖。

今日霜降，秋意浓，念无恙。
今日，还是母亲在尘世间的生日，
低低地说一声：生日快乐，我的母亲，
真想抱抱您，隔了远远的时空！

为母亲种下一个花园

母亲去世转眼已是四年，四年来的思念总是让我日渐消瘦，寝食难安，日里梦里，总是在追寻母亲的路上，但我知道，无论怎样蚀骨的思念，总会被岁月蒙上许多的尘埃。于是，便在庭前的小院里为爱花的母亲种下一个花园，让芬芳摇曳的花朵为我的思念写下天长地久的诗行。

母亲最喜欢的是月季，无论是故乡的小院，还是后来哥哥们给购买的平房，以及定居到楼里，母亲品种多样的花群里，总是少不了月季的影子。月季花期长，记忆里，一年里总能看到月季怒放在阳光下，或粉或红的花朵，一大丛一大丛的，远远看到，总是让人心情愉悦。母亲对家里的每棵月季都很上心，浇水、施肥、除虫，每有花儿开放时，母亲会不时在花丛里剪上几枝插在瓶里，之后，母亲会长时间坐在瓶前，用随手拿到的笔临摹，儿时的绣花鞋面、春秋冬三季里的鞋垫，大小枕头上、书包上，都能看到母亲绣上的月季，或一朵独立，几片绿叶相衬，或三五朵相间，或一丛丛繁盛，无论哪一种样式，总是引来一片赞叹。

先是去花市买来月季，一丛丛地栽下，坑也深挖，水也灌足，再看着它们一天天长大，秋末冬霜来前，再把长长的枝条剪去，来年的春里，月季又一丛丛地冒了出来；但花市里买来的，成活率并不高，急得我寝食不安，邻家有姐善养花卉，见我每天着急上火，便前来指导，并把自家月季各类悉数移来。“月季喜阳光，通风，这是它能开得花繁如锦的首要条件，”大姐两手是泥，但却说得热烈，“日照条件虽好，但长期不修剪，月季也长不好。修剪的方法是：每年十二月后月季叶落时要进行一次修剪，留下的枝条约15厘米长，修剪的部位在向外伸展的叶芽之上约1厘米处，并同时修去侧枝、病枝和同心枝。五月后每开完一次花，就修去开过花的这根枝条的2/3或1/2，这样便会有更多的再生花芽的机会。”听着大姐专业的指导我才知道，月季花好看，但却是个顶顶实在的技术活。于是，按照大姐的指导，我定期施肥、浇水，最可怕的是病虫害，这时，我就用大姐指导的办法，用烟蒂浸水后喷在花上，仅半天的时间，虫子就被消灭了；在我的悉心关照下，月季茁壮成长，但到了夏季有几棵月季长了黑斑病，我便急三火四地给大姐打电话。电话那头，大姐爽朗地笑了：“都因过于潮湿闷热所引起，把叶子轻度地摘去一些就行；严重的，隔十天左右喷洒波尔多液或托布津、灭菌灵等2～3次防治就可以了……”

有了大姐的热心指导，我的月季园越来越像样子：红的、黄的、白的、粉的、大红色的，黄、红相间的；树状月季高大挺拔，笔直的树干上是大大的花冠；变色月季初开时浅黄色，慢慢地变为橙红、红色，最后略呈暗色；藤状月季如同蔷薇，爬满围墙，实在令人流连忘返；最可爱的当属花中皇后“月月红”了，从每年的五月到十一月，花开不断……姹紫嫣红的花园，引无数人驻足。

嫂子见我对花痴爱得很，从娘家专程带回来一棵蔷薇。母亲在世时，每遇路边成片的粉色蔷薇开满花蕾，便赞叹不已，母亲在那些花蕾丛中留下的照片中，全都是陶醉的样子，每次看母亲的照片，都很痛惜。便想一定为母亲种一片粉色的蔷薇，所以，嫂子带来的蔷薇让我心动，最感动的，是蔷薇的根有碗口粗，怕是有十几年的样子。连同根部的土，嫂子细心地用塑料布包了，怕不成活，又在太阳下晒了几天。选了院子的最西侧临墙栽下，经过一个秋冬，蔷薇却也安心地在这里生长了起来，今年夏天，竟然开出了几朵粉色的小花，让我惊喜了很久。

记得母亲在世时，喜欢闻桂花的香味，便托朋友买了两棵金桂，当高近两米的金桂被运到时，让我着实吃了一惊：好当然是好了，只是小院太小，无处可放，仅两个大大的盆就占去了小院的大半，只好央了人花大力气抬出小院，栽在了小院的两侧，可惜，栽下的第一年秋天，当遍地桂花飘香的时候，这两棵桂花却并没有开花，只静默地立在小院的两侧，任性地把自己等同于周围一般的树木了。

原来我所居住的地方，曾有过几处紫藤长廊，每到紫藤开花的时候，整个长廊便开满了一串串紫色的花蕾，远远望去似云如霞，实在是一大景观。那时，每到傍晚，我经常和母亲站在紫藤花下，母亲就像小姑娘似的赞叹：“真好看啊，这么多啊，真像洋槐花啊！”母亲已逝，但母亲的赞叹和母亲惊喜的眼神，一直都在。于是，我跑了好几处地方，专门买了三棵有十年树龄的紫藤，在小院的上方为它们搭了一个简易的石架，期待着来年花开的时节，能有成串的紫藤花自架上垂下，那时，母亲“真好看啊，这么多啊，真像洋槐花啊”的赞叹声，我也会听得更为真切！

母亲已逝，而花却常开，就像母亲的爱和温暖，永存心间。

第三辑

回首便是一生

一别二十年

亲爱的亮，整整二十年了，你在天堂还好吗?

“十年生死两茫茫，不思量，自难忘。”对于苏轼的《江城子》，我可能是普天下体会最深刻的。自 1998 年 8 月 8 日，你突然倒在工作岗位上,一句话没留下便去了我上天入地再也寻不到的另外一个世界后，整整二十年里，我独自品尝着思念的滋味，千般深爱、万缕哀思深藏于心，解之不开，挥之不去。

二十年，我不知如何表述这个数字。自你走了之后，我总处在矛盾中，比如说，总感觉时间既短暂，又漫长。短暂，是因为似乎你刚刚从家里离开，落花无语，言犹在耳，你的气息无处不在；你不在的日子，时间又那么漫长，似乎每一天都恰似人间百年，那么难熬，分秒间便似度日如年。

二十年，我不知道江河如何改变，沧海如何变成桑田，但我知道，二十年的时间，可以让七岁的女儿长大成人，可以让不谙人间世事、柔弱无骨的女子变成坚强的汉子；可以让思念的种子长成参天的大树，可以让参天的大树繁衍成广袤的森林，可以让“碧海青天夜夜心”兑换成坚强的生活信念。生活一直在路上，思念一直在路上，而我，亲爱的，就在思念的生活之路上一步一步地走着，回首时，二十年寂寂走过的人生旅途中，那些清晰的脚印里，写满了思念和无悔的大字。

一

往事不堪回首。

二十年了，我总会在经意或者不经意间回想起那一天。我回想着那一天的每一分、每一秒、每一个细节，唯恐有遗漏或者疏忽——我总会把那一天的每一分每一秒正着想一遍，再倒过来想一遍，然后，再打破顺序混在一起想一遍。之后，一遍遍地放大、过滤、回想，再一遍遍地回想、过滤、放大——回忆那一天你所有的话语、语气、眼神、动作，回忆那天生活中的每一个细节，但仍然没有发现任何蛛丝马迹，更没有发现任何来自你或者生活的一丝一毫的暗示。即使这样，二十年来，我如同面对一个重大科研课题般执着地从未放弃过这份分析、研究和思考，甚至，我一次又一次地与那天跟你在一起的每一个人交谈、回忆，试图从他们的话语或者眼神中发现一点什么，然而，一切的努力都是徒劳，我仍然一无所获，不得不回到你离开时的那个原点上，迷茫而痛苦着，茫然而无措着。你，或者生活，就这么给了我一个天大的谜，让我在“哥德巴赫猜想”般的命题中，绞尽脑汁，不能自拔。

那么，亲爱的，在你去世整整二十年后的今天，让我们再一次回到那一年那一天，好吗？

亲爱的，你有着惊人的记忆力，对于一些冗长的数字、旧日的事件、听说过的趣闻，你总是能准确地说出，从不曾有过偏差。所以你一定清晰地记得，那一年——1998 年法国世界杯在法国举行、克隆牛诞生、欧元启动进入倒计时，世界飞速发展；那一年，中国与南非共和国建交、中国香港第一届立法会选举正式举行、中央电视台首次在1号演播大厅举行《春节联欢晚会》；《泰坦尼克号》夺得11项奥斯卡金像奖、电视剧《还珠格格》火遍全国，开创了中国电视剧有数据统计以来的收视纪录；那一年，中国长江及淮河发生大洪水，造成4150人死亡，直接经济损失2551亿元人民币；那一天——1998年8月8日，是农历六月十七，那一天，恰是那一年的立秋，又逢周六，是一个平凡而平常的一天，看不出任何灾难的端倪。

清晨起来，一边吃着你做的可口饭菜，一边听你谈论昨天晚上的一些新闻。你热爱体育，关心时政，并把你认为重要的新闻、信息与我原原本本地分享着。那天，我如同每个平常的早上一样，享受着你的美食和最佳“新闻男主播”的热播，并没感觉到与平时的不同。你说完了国事天下事，又谈到你正在接手的工程——学工程建筑出身的你，因为咱们医院手术室改造，要赶在10月1日正式启用，8月7日院党委会决定，由你牵头负责，带领本院五名职工施工，院主要领导和分管行政的领导一同给你们召开了专题会议，要求你们务必加班加点、保质保量地完成任务。你是认真而敬业的。早在1990年，建设我们所在的原山东军工国防医院与原临沂供销疗养院合并为临沂地区沂蒙医院时的7座家属楼时，你就是重要的工程技术人员，更是重要的参与者，那时，咱们的女儿刚刚出生还未满月，你便从位于岱崮的军工医院赶到临沂参加工程监督、业务把关，一直到工程结束。所以，领导对你是信任的，更是放心的，尤其领导看过你拿出的施工方案后更是满意的。

“时间紧、任务重、责任大”，你再三强调着。昨天领导给你们开完会后，你们就连夜准备好了工程所需的物资。这个周末就不能陪我了。中午会回来给我做饭——结婚九年，你一直让我十指不沾阳光水，给予我最周到、细致的呵护。到外地出发时，你总是做好每一天的饭菜，标注出日期放在冰箱里，让我每天按日期取用；不出发的日子里，无论在外有怎样的应酬，你总是回家做好饭菜再返回。那天早饭后，你就到医院加班，因为是暑假假期，咱们大姐带着女儿来娘家，大姐在咱妈家，她的女儿先来咱家，两个女儿在家看电视、做手工，我在家里看看书、写写字，直到中午你回家我才知道时间过得真快。

“媳妇，我回来了。”三十五岁、身高一米八二，脸白发黑、挺拔向上的你，总跟大男孩般那么阳光、单纯。只要回到家，总是迫不及待地四外寻我，然后才是女儿，甚至是发动女儿一起宠我。在咱们家，我最小，女儿第二个，第三才是你。两个女儿听到你的声音推开我的书房，看到亲亲热热的我们，女儿对着姐姐咧了咧嘴说，咱们继续咱们的吧，别看咱爸咱妈直播言情剧了。

那天中午，你买了热乎乎的面煎饼，又到厨房做了红烧茄子、蛋炒西红柿、一个紫菜蛋花汤。边看你忙活，我边和你商量大姐和孩子来了是不是午饭后去看看。你说赶工期，中午不在家吃饭了；你说晚上七点能回来，到时再去看姐姐，之后我商量给大姐家孩子送什么礼物，你说晚上回来再说吧，自家孩子也不用客气。我说今天的煎饼真好，一看就有食欲。你说好好吃，下午再买新的。站在五楼的窗前，听到你咚咚咚的下楼声，看到你走出楼洞跟院子里的老王打了声招呼，然后抬起头望一眼咱家的窗户，扬扬手后笑嘻嘻地骑车而去。

有人说，灾难来临的时候，一点征兆都没有，自那天后，我坚信这个道理。

我和孩子们边看电视边吃过午饭后，躺在床上闲闲地翻着闲书，下午一点四十左右吧，单位里的两位姐姐急急地跑来叫我赶紧到单位一趟，说有点急事。那时，我刚从咱们院办公室借调到地区卫生局办公室，原以为是原单位有和自己手头相关的工作需要加班，便随了他们匆匆跑到楼下。

亲爱的，咱们所住的家属院还是 1990 年你参与建设的，与咱们工作的单位不过一墙之隔。我们三人匆匆跑到图书馆的楼下，便听到有许多嘈杂的声音——图书馆在院二楼的东侧，这也是8月7日院党委刚刚决定将其改造成手术室的地方。当时，我心下一紧，赶紧问两位姐姐，是不是有什么事？两位姐姐说，是的，宝亮被电了一下，让我千万别着急。我一听，便飞奔上了二楼。那儿的人好多，四处都是来来往往的人，大家都急匆匆、紧紧张张的样子。触目惊心的是，高高大大的你竟然躺在一张急救床上，心电图机、输液吊瓶、人工呼吸机等都用上了。行政副院长张大哥正跪在地上给你做着人工呼吸，咱院许多资深的医生护士也都在你的床前忙碌着。

为什么会这样？为什么会这样？为什么会这样？你不是说好下午七点就回来和我一起去看大姐吗？你不是说好下午再给我买面煎饼吗？一个小时前的你不是还那么阳光快乐地站在我面前与我共话家常，还在厨房里为我和孩子做着可口的饭菜吗？一个小时前，你不还在楼下扬着手对我阳光地笑着吗？我疯了一般地抓着身边的每一个人，嘴里只有一句话：求求您，救救他，救救他，救救他！我拼命地捶着地，摇着每一只随手抓住的手，希望大地能听到；我拼命呐喊，希望老天能听到；我奔到你的身边拼命攥你的手，摇晃你的身体——赶紧起来，赶紧起来，赶紧起来啊！女儿在一边尖利地哭喊着："爸爸回家睡觉，爸爸回家睡觉"……那一刻，你一定听到了，听懂了，因为我清楚地看到你的左眼角溢出了一滴清泪；我想，当时的你一定感受到了我们的悲痛欲绝，因为，有一刻，你的心电图有了瞬间的搏动，安静的人群里突然响起了瞬间的喧哗：有心跳了，有心跳了。那一刻，我竟因悲喜交加而昏厥在地……但无论怎样努力，无论怎样呐喊，无论怎样痛哭，无论怎样捶胸顿足，你只是紧紧地闭着自己的双眼，再也没有醒来。

恍惚中，我一直以为这不是真的，我一直以为这只是一个梦，梦醒之后，你还会和从前一样，依然是我那个温暖的靠山，依然是世上最疼爱我的那个人，依然会给予尘世中的我安心和开心。

然而，你没有。

下午五六点钟，远在蒙阴的亲人们陆续都赶来了：你家里的哥哥、姐姐，我的父亲、哥哥、嫂子们——因为婆母身体不好，家人还没敢告诉她。最让我受不了的是当七十岁的公公，这位参加过抗日战争、解放战争并在山东国防军工医院任副院长多年，坚强、正直的老人，听到这个消息时差点倒下——作为一直放在身边，准备为其养老送终的身强力壮的最小的儿子的突然离世，这份打击是如何的沉重与沉痛？亲人们没有一个人相信，强壮如山的你会突然走了！所有的人都不相信，所有的人无不痛心疾首。

医院里成立了专门的领导小组，安抚家人，处理后事。领导、同事们一批批地过来，他们说了什么，准备要做什么，我一句都听不进去，只是握着你的手，伏在你的身上哭。那一天，那一夜，似乎流尽了我一生的眼泪。

夜已经很深了，窗外喧哗的声音也渐渐消失了，你躺在病床上，高大的身躯一动不动，我从来没见过你如此安静地躺在床上，与你在一起的日子里，你的睡眠真少，精力总是那么旺盛——晚上，总是把我哄睡后再去看你的世界杯、看你的足球联赛，看你永远都看不够的体育赛事；早上，当我起床的时候，你早已做好了可口的饭菜。仔细回想起来，我竟然不记得你独自安静睡觉的样子。那天深夜的病房里，只有如师如母的王姨陪着我。我用洁白的毛巾，为你擦净每一寸肌肤，大滴大滴的泪水滴落在你细腻洁白的身上，王姨说，泪是不能落在逝去亲人的身上的，但那决堤的泪水，又怎能控制？我把头久久地埋在你的胸前，试图用自己的体温来暖热你渐凉的身躯。那一刻，我多么希望你突然坐起来，把我高高地举起再放下，举起再放下，然后点着我的额头笑着说：傻丫头，我在跟你开玩笑，是不是吓坏了？然而，你没有。

你知道的，亲爱的，我是一个胆小、缺少安全感的人，自1988年毕业后分配到原军工医院后，除了你之外，我基本不认识任何人。在陌生的环境里，我的世界里，除了咱们医院子弟学校的孩子，便是你。我对你充满了信赖、依靠，我只希望过一种最简单、自然、平凡的生活，你的高大健壮，给予了我强大的安全感；你的宽厚善良，足以让我的心安定。我也一直认定，你一定会给我长长久久的未来，然而，你却在这样一个阳光明媚的午后悄然离去，只丢下我一个人，独自面对这突然而至的灭顶之灾，独自面对这偌大的世界，独自面对这陌生的一切，独自面对这纷杂的生活！你知道，猝不及防的我有多害怕、多绝望、多悲伤、多惊慌失措，领导们过来跟我谈话、握手，长长的时间里，我不知道他们跟我都说了什么；一群又一群陌生或熟悉的人过来安慰我。他们如我一样难以置信，是的，难以置信。我真的不知道那天到底发生了什么？即使在20年后的今天回望过去，我依然能清晰地看到最初那个惊慌失措的我的样子，依然能感受到那种从上百米高楼一脚踏空的感觉，依然能清晰地感受到我的心一下子揪成一团，被一只手狠狠拎起，然后被万千尖利的刀划过后的那种尖锐的疼痛和疼痛之后涌动着的血流的声音。

我以为我会死去。那些日子里，一千个想法、一万个冲动，就是随了你去，去一同质问苍天，他为何如此狠心，竟至我们白发的双亲不顾，竟至我们幼弱的女儿不顾，竟至相亲相爱的妻子而不顾？真想就追了你去，不再独自承受这份苦痛，不再面对双亲悲伤的泪眼，女儿恐惧的眼神和瑟瑟发抖的小身躯，更不想独自承受那份蚀骨的悲伤。

心，经过了万千挣扎；痛，自然是椎心泣血。

追悼会是在三天后举行的。

亲人们来了，市卫生局的领导们来了，医院里的领导们来了，同事们来了，家属院里认识不认识的人都来了。据说，你走的那天晚上，整个家属院几乎都没人去睡觉，所有的人除了惊讶就是惋惜。大家都不相信，善良如你、勤劳如你、阳光如你、与人为善如你的人真会走了；大家都不相信，为什么好人不能长寿？大家都在痛惜，为什么好人不能有好报？大家都在疑问，纯真如你、朴实如你、亲和如你的人也会英年早逝，天理何在？

追悼会是隆重而庄严的，会上追认你为优秀共产党员，认定你因公殉职，对你短短的三十五年给予了充分的肯定。全身覆盖着党旗的你，安详地躺在花丛中；长长的送行队伍中，不足八岁的女儿抱着你黑白照片呆立在最前列，瘦瘦小小的她这几天被吓坏了，她实在不明白自己的爸爸怎么了，去了哪里，只一个劲地问我："爸爸什么时候能回家啊？"两位父亲——我们双方的父亲悲泪长流，风吹着他们雪白的头发，那种白发人送黑发人的凄凉让每一个在场的人心酸不已。

那一刻，我想起了三毛失去荷西之痛；想起了苏轼失妻之痛，想起了"天长地久有时尽，此恨绵绵无绝期"的帝王之痛……才那么真切地理解了，有一种痛是"才下眉头又上心头"，有一种痛是"碧海青天夜夜心"，有一种痛是生无宁日，是须臾难安，更是无法言说。

那时，我竟然想起了海子的一句诗："天空一无所有，为何给我安慰。"

二

一个人的一生，总会经历许多次的微震，而老天却给了我如此大的震撼；有人说，婚姻是女人一生的事业，而我在做了你九年的妻子后，一种叫作思念的职业却自此与我相依相伴，须臾不曾分离过。

这种思念有时是义无反顾的，有时是排山倒海的，整整二十年里，我在思念的海洋里无力泅渡。

曾读过众多怀念文章，但对于史铁生夫人陈希米的《让死活下去》最为欣赏，她在首页里引用《旧约·诗篇》中的一段话——“除你以外，在天上，我还有谁呢？除你以外，在地上，我也无爱慕”，竟让我那么认同，而她的许多句子，又都写到了我的心里：妻子对丈夫说“如果可能，让我先死去”。丈夫问“为什么？”“因为留下我一人，我不知道如何活下去？”

是的，史铁生死了，陈希米还活着。一个人的床，一个人的碗，一个人的话，一个人的衣。“一人独钓一江雪”，而陈希米的一江雪早已溢满了这茫茫的天地。让死活下去，终只是想让那个最爱的人活下去罢了。“活在我的床边，不再孤枕；活在我的碗里，不再独食；活在我的唇边，不再自语；活在我的褶间，不再单衣。”

“你说过的，你说，只要想到你，无论在何处，就都是你的墓地，你就在那儿，在每一处，在我们想你的地方。”这是陈希米以无处不在的想念来完成她对史铁生的悼念。读到这里的时候，我竟然与陈希米如此的心意相通——是的，我一个人了，可是我还是想让你活下去。自此后，这世间又怎会是我一个人独活？我在的地方就有你，而你之于我，又何尝不是无处不在？

于是，亲爱的，二十年，整整二十年里我们共搬过三次家，但在每一处新家里，一切仍然按你生前的原样保留着：家门的钥匙、你的印章、工作笔记，你记下的一张张便条，你的衣物、喝了一半的绿茶……进门前的鞋子，你专用衣橱里挂着你的衣物，电视机的频道也总是调至体育频道。记得女儿出生的1990年也是你最幸福的一年，那一年，是北京举行亚运会之年，更是在意大利举行的第十四届世界杯足球赛。记得那个夏天，是“意大利之夏”，更是你狂欢之夏。你拉了我夜以继日地守在电视机前，硬是把我这个“体育盲”教懂了什么是区域防守、长传突破、交叉换位；教会了什么是反越位战术、篱笆战术，还如数家珍般地讲解什么是欧洲五大联赛，何为足球俱乐部，你说起那位叫“米拉大叔”的 38 岁的喀麦隆老将罗杰·米拉来更是眉飞色舞。你总结说：这届决赛是四年前的翻版：西德对阿根廷，这也是世界杯史上唯一一次两队决赛队伍与之前一届完全相同，但这次西德以 1-0 击败阿根廷，成为继巴西及意大利后，第三支三夺世界杯锦标的队伍……你如孩子般时而击节，时而大笑，把幸福与我分享。其实，你是位好老师，我学象棋便是拜你为师，飘雨时节、落雪之时，你总会拉了我下上两盘，见了人就夸“我媳妇的棋艺厉害着呢，都是让我一‘车’方可平手”。我知道你是人前夸妻，虽然与实事有不小的出入，但听到你的赞誉，我的心里仍然美美得受用着。

2008 年 8 月 8 日是北京奥运会开幕式的日子，也恰是你因公殉职十周年忌日，我不知是天意，还是偶然，但那一届的奥运会，我日日夜夜开着电视机，桌上沏着你最爱的绿茶，只要一有时间，便会坐在电视机前一个人看着那些缤纷的赛事。我知道，这样的大事、要事一定是少不了你的。你必定会放下手里的一切，分秒守在电视机前，欣赏在咱们国家举办的这场比赛，对吗?

时常地，我会把楼洞里咚咚咚的响声，听成是你的脚步声，欣喜地打开门，却空荡荡的，我多么希望你突然站在我的眼前，笑嘻嘻地说：媳妇，我回来了，今天想吃什么？尝尝我的手艺。这样的场景、对话我不知设想了多少遍，在心里对话了多少遍。走在路上，偶遇身高、发式相似的人，我甚至会紧追几步，然后独自在滚滚的人流里，望着那个背影怔怔地站上几分钟……

然而，你没有。

你留了二十年的空白给我，让我恍惚，也让我疑惑；然而，处处又都是你，你的身影、你的气息，甚至生活中的一切，都让我感觉到你的存在与参与。有许多的事情，我都会在心里与你商量，听一听你的意见再做决定，其实，人生中的许多的大事难事、过不去的事，我想，都是你在天之灵的庇护，我总对所有的人说，你一直是我生命中最重要的那个贵人。然而，无论有着怎样的说辞，其实，我最想要的，只不过是喜欢和你在这个尘世中度过每一寸时光。

之后的日子，我藏起那颗脆弱的心，披上盔甲走向了世界。

二十年里，我学会了做饭，学会了换灯泡、修水管、做家务；学会了换煤气、扛水桶，做任何女人必须做的，也做任何男子在家应该做的……我想，今天的你一定想象不出我现在的模样，即使见了，你得很费力地才能认出我。因为，从前你那个羞怯安静如白月光般的小媳妇早已不复存在——我早已忘记了自己的性别，也让世界忘记我的性别。只是，我可以自豪地告诉你，你用生命留下的那块因公殉职的“金字招牌”，我和孩子只存在了心底。无论是女儿升学，还是工作，无论是我的职称，还是升迁，我们母女从没有向组织提起过任何要求，更没有利用这块“招牌”存一丝丝私利。生活中，我们从不在任何人面前提这件事，更没有因之而做任何文章。甚至，有许多不了解我的人总是问我：你家兄弟在哪上班？什么时候约着一起吃饭吧？我总是笑笑说：别客气，我们在一个单位。他总是很忙，连我都见不到——在我心中，你的因公殉职是神圣的、伟大的，俗世的任何私利，都是对它的玷污和蒙尘。整整二十年里，无论在哪个单位，所有重要的节假日如中秋、春节、大年初一，都是我值班；整整的二十年里，无论在哪个单位，我没有休过一次公休假，没有因私事影响过一天的工作。2005 年 5 月，我在单位负责宣传工作，阑尾炎手术前，我忍着剧痛加班加点提前把需要印的报纸排好版、校对好交付给印刷厂，手术后的第五天，我便带着女儿打车赶到印刷厂，在女儿的帮助下，我一边捂着还没有拆线的肚子，一边把一万五千份报纸一捆捆提到车上，再按要求提到街头的采血车、邮局和单位，目的是为了赶在 5 月 8 日世界红十字日的宣传。同事们都说我是拼命三娘，更多的人说我是拼命三郎，我知道，我的身后不但没有了你这棵可以倚靠的大树，还多了“寡妇门前是非多”的几千年的世俗，二十年里，在世人面前，我只能让自己站成一棵不能倒下的树，站成了一棵百毒不侵、自带免疫的树，风来了迎接风，雨来了承受雨，风雨里坚强地挺立成自己的一道风景。

“夜来幽梦忽还乡。小轩窗。正梳妆。相顾无言，唯有泪千行。”在我，思念是属于内心的，我只用笑脸示人。不了解内情的人，都只看到了我的开朗活泼，即使接触过很久的人，也不了解我内心有一座忧伤的海，许多人甚至不知道，我爱着的人早已离去二十年。在我，忧伤是我一个人的事，我甚至没有时间停下来向周围的人诉说；甚至，我找不到一个可以去谈论这件事的合适的时间和恰当的人。于是，忧伤着独自的忧伤，孤寂着没有尽头的孤寂，坚强着只有自己能懂得的坚强，只把一份满满的正能量，传递给身边的每一位人。

还好，我做到了。

三

一寸相思千万绪，人间没个安排处。

亲爱的，不说思念，说一说这二十年的生活吧。

你猝然离世后，我想用家破人亡来形容我们双方的家庭一点也不为过。

首先是我的婆婆、咱们的母亲。原本我们都是同村之人。所不同的是，因为公公的原因，在二十世纪七十年代初，你和家人便随着公公都搬迁到了城里，吃上了“国库粮”，而我是从咱们村里考学出来的“野丫头”，虽然相距不远，但你我之前并无交集。成为一家人之后我才知道，作为“高干”的公公，虽然一表人才，虽然受过高等院校的培养，虽然是山东省三线军工医院的党委委员、主持工作的副院长，但他对农村出身、大字不识、疾病缠身的婆婆却不离不弃。自我嫁到家里，婆婆每天三次的药都是公公拿好放在固定位置，短短几年时间内，婆婆动了大小手术三次，婆婆没有医保，公公又是一个正直的人，大小手术都是足额交纳了医药费，让并不富裕的家捉襟见肘；每次住院期间，公公更是亲力亲为，让我们这些做晚辈的看在眼里，记在心里，尤其是我，从公公的身上看到那么多金子般的品质。生活在这样的家庭里，虽然没有大富大贵，但也是幸福温暖的。公公婆婆对我这个最小的儿媳更是高看一眼，自进入家门，从没有高声对我说过一句话，时时处处当闺女般疼爱着。你更没有干部子女身上的骄娇二气，善良阳光，勤劳向上，谁家有事都跑在头里，对父母更是体贴孝敬有加。婆婆有病时，你我二人衣不解带住在医院里，为老人陪床照顾，家里的大小事都是你我跑前忙后，二老把晚年全都托付给了你我。然而，你走后，不到一年的时间，婆婆便抑郁而终，公公更是得了老年痴呆症：那么睿智的一个人在几千人的大会上讲话无不铿锵有力、条理清晰，就那么痴痴呆呆的，他所有的记忆都停留在了 1988 年之前——明明是咱家二哥，他一口一口地叫着你的名字，每一声都是那么自然亲切，每一声，都叫得我悲泪长流；后来我才知道，老年痴呆，是一种对近距离时间段的遗忘，如同脑里有一块橡皮擦，把不想记住的悉数擦去——一个人既无法规避又无法逃离，只得求助于遗忘，这是何等的凄凉；我的父母也是如此，因为我和你的婚事是我的父亲拍板，你走后，老人总感觉是他误了我的一生，让不足三十岁的我独自一人艰难生活，悲伤自责一直积郁于心。你去世的第二年，老父亲便得脑出血一病不起，多亏家里哥嫂们孝顺，虽百般治疗却也还是于你走后的十周年时离去。临终时他老人家含着眼泪对我说：“俺的宝贝闺女，十年了，你还是一个人，我是死不瞑目啊。”今天，老人去世十年，而他悲切的话仍然不时在我耳边回荡，让一颗做女儿的愧疚之心日日难安；在咱们家乡，为老人送葬时，重要的一个环节是女婿拜祭，但我的双亲都因为这个空缺而让我倍感愧对父母的养育之恩；我的老母亲因为照顾当时瘫痪在床的父亲，不小心摔坏了腰，生活几乎不能自理，原本让多少人羡慕的两个大家庭，便这样被你的离去而击垮。好在公公和我的父母，在全家人的照顾下，都还算是衣食无忧，体面地走完了人生的旅程，我的父亲在2008年、公公在2011年、母亲在2015都先后离世。回到了你所在的山坡，每年的清明、冬至、春节及你们的忌日，我们都会赶回去，想来亲人们一定都会感觉得到。

除了父母，最惦记的，应该是咱们的女儿吧？

二十年，女儿从一个不足八岁的小女孩，已长成了一个身高近一米七的大姑娘。而且孩子已成人妻，马上要做人母，这也是这么多年我最高兴的事。

陪伴是最长情的告白，相守是最温暖的承诺。亲爱的，女儿的童年从你逝去的那一刻便戛然而止，那个天真无邪的女孩是一夜之间长大的。长长的岁月里，恐惧一直占据着她的心，你逝去最初的日子里，她一刻都不肯离开我，即使我睡着了，她也会把我推醒，直到听到我的回声才能安心；放学回家，哪里都不去，总是第一时间跑回家，回家看到我才会安心，否则便四处寻找……她怕极了我会如同你一样，转眼便再也寻不到、找不见。原来上托儿所、学前班时，接送都是你负责，而自你走了之后，风里雨里只有我们娘俩。多少次，雪大路滑，我们摔了一个又一个跟斗，走回家时都成了雪人，手被冻僵，脚被冻麻；多少次冒着雨，我们在风雨里骑着自行车，分不清哪是雨哪是泪，有几次还和人家撞在一起，有几次还摔到了路沟里。你走后三个月，我们原来的单位解体了，我们都面临着重新选择。那一年，生活何其艰难，我每个月的工资仅不足三百元，到了冬天，我们居住的房子没有暖气，取暖用的是老式炉子，你在的时候都是你生火取暖，那些大块煤炭我总是生不着，建筑面积不足六十平方米的家里，即使盖上厚厚的棉袄，早上的鼻子都会冻得生疼，厨房的水管都因寒冷而冻得流不出水……后来，和许多人一样，原单位重新分配时，我选择了离家较近的血站工作。由于当时市民对无偿献血不甚了解，在宣传科的我，每天早上六点便随着采血车到农村、乡镇、厂矿，一走便是一天，晚上回来的时候，还要连夜赶写新闻。那时，一个人的我，负责一张报纸、一份简报和所有的站内站外新闻宣传和形象宣传、活动策划。那时还没有电子排版，出报纸时，需要我独自把所有的稿件写好，再在方格纸上数出文字用的格子，照片所占的面积和位置，然后，手工画好排版的格式后再送到报社看着做版、校对。那些年里，从早上到晚上，几乎照顾不上女儿，早上，总是她一个人背着书包走在上学的路上，下午放学后她会到办公室安静地等我。多少次，我们俩都感冒了，让同事在办公室给我们打上吊瓶后，她一边安静地写作业，我则用一只手写稿件、做报纸，需要换瓶的时候，由我来换；打完了，我便自己拔出针来。安静的夜里，女儿经常饿着肚子安安静静地不哭不闹，从来不催促我。常常是深夜一两点钟忙完了，我再把她从排椅上叫起来——身高一米五五的我，无力地抱起她，然后再深一脚浅一脚地走回家……后来，长大后，曾多次获得美术全国大奖的她放弃了自己的梦想，在女儿，一盒水彩的钱都不舍得花，为了减轻我的负担，她选择了上当地的卫校——她要在最好的医院里，当一名最好的护士。我想，你的不治而逝对她的影响是巨大的。

生活中的她积极向上，是我生活中的最好帮手。从小学五年级开始，许多小女孩都还在父母的怀里撒娇时，她早就学会了生活。早上上学的时候，她会带上一个手提袋，放学后，去到学校后边的菜市场买回青菜，回家放下书包后便开始做饭。曾经有一次下班回家的我，看到小小的她站在小马扎上正往锅里放菜。锅里的油太热，菜到锅里后便燃起了火，她吓得哇哇大哭，我跑进去，用锅盖盖上那个起火的锅，心疼地把她抱在怀里，而她却笑了：“原来锅里起火可以这样做，我知道了。”日子就这样缓缓而逝，二十年里，她是我生活的助手、心灵的依靠。遇到不顺心的事情，她都会细细地劝导，有些话还很在理，而且，她宽容、大度、与人为善，从不在我面前流一滴眼泪。在她的日记里，小小的她便发誓，要做我的父亲、兄长、朋友、姐妹，给予我世上最温暖的爱和关怀。有时我也常常想，她就是一名天使，是她给予我最好的安慰和爱。那天，当我读到一篇《出生前，我在天上挑妈妈》的短文时，因里面的故事而泪奔：每个孩子都曾经是天使，他们曾趴在云朵上，认认真真地挑选妈妈。他们挑中了你，然后丢掉天上无数的珍宝，光着身子，像个一无所有的小乞丐一样来到你身边，装出无助的样子，其实心里只有一个主意，就是要全心全意地爱你……那一刻，边读边想起女儿的种种而泪流满面。心里所有的遗憾便全都释怀——虽然你仅伴我短短的那么几年，但却给了我天下最好的女儿，为这个，也需要我一辈子感念你的好，铭记着你的情。

后来，女儿以笔试、面试第一的成绩考取了市级一家医院，实现了她在最好医院当一名最好护士的理想和愿望。工作中的她勤奋敬业，有担当，肯吃苦，珍惜着生活中的一切，获得了领导和同志的肯定。看到她能幸福地成长，我由衷地高兴。

2015 年她结婚了，在众多追求者中，她选择了平凡朴实的曾经的同桌，我也尊重了她的选择。结婚的时候，正是八项规定倡导的时候，女儿明理地选择了低调结婚，仅咱们的至亲参加了婚礼——虽然从小女儿便渴望有一场隆重的婚礼，全家也想通过婚礼把生活给予她的亏欠做个补偿，何况，哪个女孩没有一个白雪公主的梦呢？但女儿的明理却让我十分欣慰。只是在走向红地毯的那一刻，应该由你郑重把女儿的手交给她生命中最重要的人，然而，你却不在。当音乐响起，女儿的伯伯携着女儿走向地毯的那一端时，泪眼中，我看到女儿眼里闪动着泪光，我想，那一刻，女儿心里一定也在思念着你，想念那个生命中缺失了太久的父亲。

四

你在世时，家里欢声笑语不断，我牙尖嘴利，你却憨厚大气，大情小事，到了你那里都是云淡风轻，你总是用无限的深情望向我，即使我不会生活、一无是处，在你却是天下无双的宝贝。

认识你的时候，我是标准的文学女青年，喜欢白衣白裙白鞋白帽，低眉顺眼，见人就脸红，连一句高声的话都说不出，有着为赋新词强说愁的文人情怀。但你却骄傲得要命，从岱崮到蒙阴、到淄博、到济南、到青岛……领着我拜见你所有的师长、朋友和至亲。每到一处，无论对方的椅子多么洁净，你总会习惯性地先用自己的衣袖擦拭一下座位后才让我坐，茶水也都是先尝一口冷热才让我喝；我爱吃的手擀面每天早上五点起来做好；一日三餐变着花样做各式可口的饭菜；出入都是你用自行车带着，再远都愿意；无人处，你总是蹲下身，“来，我背你”。后来，有了女儿后，你仍然是前边抱着女儿，后边背着我，五层的高楼你一步两个台阶，噌噌噌地跑上去，满头大汗却从心里乐成一朵花。认识我们的人都笑话你上一辈子没娶过媳妇，你从不争辩，也不解释，一如既往地做那个宠妻狂魔、贴心卫士、天底下最好的暖男。

从天上，到人间。

真没想到，你把所有的爱浓缩到短短九年的时间，一股脑地给了我。也许，冥冥之中，你感受到了时间的匆促便每天时不我待？其实，如果时光倒流，我宁肯我们做平凡的夫妻——不似这样的大喜大悲，只有长长久久的未来。然而，你却如雨后的彩虹，给予了我夺目的光彩后，便沉寂在长长的岁月里，只是回忆里的那些彩虹实在太美，岁月又赋予了这些彩虹更加美好的韵味，因此，你便在云端里，日日伴我走在人生的路上。

五

桌上摆满了我们的照片。

我俩坐在沙发上，你有力的双臂环过我的双肩，俯下头，深情地看着我；身穿睡衣的我半仰着脸，是满满的娇羞。

照片的背后是我抄写的字：“绿玉枝头一粟黄，碧纱帐里梦魂香，晓风和月步新凉。吟倚画栏怀李贺，笑持玉斧恨吴刚，素娥不嫁为谁妆。”你在另一侧写着：“亲爱的，我们的爱像贴心的棉袄，不显于形，却温暖于心。”还有一张照片，是我俩在长柳依依、绿树如荫的公园里，我依在你的身边，小鸟依人的样子，不远处是手举野花奔向我们的女儿。照片的背后我写着这样的字：朝朝暮暮月月季季年年，明明白白痴痴傻傻怨怨；爱爱恨恨情情愁愁恋恋，你你我我依依永永远远。

其实，这样的照片咱们有整整的三本影集。那时咱们工资不高，你却从济南买了最好的海鸥相机，只要有时间，便带着女儿到公园去，到盛能乐园去，所到之处无不留下许多珍贵的照片。那时的业余生活单调，我们总在休息的时候全家动手整理照片，对于共同满意的再在相册的旁白处写下那时那刻的心情。你走后，我便把比较珍贵的照片塑封了起来，而这些无不成了我最宝贵的财富，伴随着我的每个晨昏。

如果你在，今年恰好五十五周岁。五十五岁的你鬓角一定有不少的白发，甚至也会发福。对于这些，我和女儿时常探讨，但我俩的观点总是相左。女儿的观点是你爱美食，看体赛又喜熬夜，所以身材一定不敢恭维，但我却不这样看，我想，你一定会保持着良好的个人形象，如同你生前一样：阳光的笑容、星子般的眼睛，充满了肌肉的双臂，因为我们都是自律而严谨的人，正如你在日记中所写到的：“当你成熟到足以克制一时之快、专注自身的责任而非权利时，你已站到了人生的最高处。”

“当你以宽恕之心向后看，以希望之心向前看，以同情之心向下看，以感激之心向上看的时候，你已站在了人生的最高处。”

“生活中，我们都是一根蜡炬，当我们点亮了另一支蜡炬的时候，我们没有失去什么，反倒是换回了整个世界的光明。”

何等的高洁，何等的心胸，何等的大气。

看着照片中的你，我在电脑上轻轻写下这么几句词来：

多少青丝化云烟，风雨已无言。琼枝蝶绕，嫣红霜染，恍若千年。

望穿双眼心相牵，妻泪为“君闲”。琴音依旧，海盟不变，沧海桑田。

“曾经沧海难为水，除却巫山不是云。”相逢的人，在路上。

此去经年，亲爱的，心却依然。

与君初相识

“记得当时年纪小 / 你爱谈天 / 我爱笑 / 有一回并肩坐在桃树下 / 风在林梢鸟儿在叫 / 我们不知怎样睡着了。”每当我读到三毛的这首小诗时，便总会忍不住回到三十二年前与你初相识的日子。

一

虽同住一个行政村十多年，但在二十世纪七十年代，你家便属于最早“农转非”的人家，你家兄妹四人，除大哥早在农村结婚外，你和大姐、二哥便早早随了在外工作的父亲成了“吃国库粮”的人。所以，我们之间并没有交集，甚至，腼腆内向的我都没有听说过你或你们家的事情。

1986年，我是临沂地区幼儿师范二年级的学生。我们班四十名同学，全是从全市各县区考来的女孩子，实现了千人竞过独木桥的梦想，的确可称得上是名副其实的学霸。经过幼师一年多的学习、打造后，一个个其貌不扬的女孩子，便从原来的丑小鸭蜕变成了能歌善舞、青春亮丽的准白天鹅。那时，我二嫂的父亲与你家大哥隔墙而居，我的父亲又与你家大哥同在村委工作。那时，在村里工作了四十多年的父亲已服务过三任村支书，到你家大哥已是村里的第四任村支书、后来的村主任，我的孝顺、懂事、能干，通过你家大嫂源源不断地传递给你们，二嫂的父亲便承担起做媒的任务，介绍我们相亲。

五一放假的第二天，春寒料峭，阳光明媚。在二嫂的母亲家，我见到了你，平板的短发、国字形脸庞、皮肤白嫩，在阳光下闪着白瓷的光泽，高大的身躯需要我仰起头来才能看到你的眼睛。那天的你一身灰色的西装、洁白的衬衣，在初春的风里，有一种玉树临风的阳刚之美。那个年代，生活在城里，甚至镇上的小青年最酷的装扮就是长发、喇叭裤，戴着“蛤蟆镜”。那时，你的父亲是当地军工医院的县级干部，也是当地走出去的最大“官”，走在相亲的路上我还一直在暗想，你一定跟那些年轻人一样，不知要“潮”成啥样。等见到你干净阳光的样子，我在心里竟多了份敬重。那是我平生第一次相亲，害羞地说不出话来，更不敢抬头看你。短短半小时内，我看出了你的紧张，高高大大的你竟也没有多余的话，只简单地问了几句学校里的事，说了说你的基本情况。看到你面红耳赤的样子，对你又多了份好感。

但年少的我，正有着太多的梦想和志存高远的心。我所在的地区幼儿师范学制为三年，每一年级四个班，每个班四十名学生，全校近千名学生全是天真无邪的如花女子，美丽着每一寸时光，惊艳着每一分春色。那时的校舍大都是低矮简陋的防震棚，但却别有一番天地和风景：低矮的练琴房里，不间断地传出刻苦练琴的声音，我们这些从农村走出的姑娘，在最短的时间里学会了识谱、弹奏，分清了民族唱法和美声唱法；悠扬的琴声、优美的舞姿、欢快的律动打动着每一个走近的人；无论走在学校的哪个角落，一定会遇到一两位背着手风琴，正认真练习的女孩，手指起落处，纷飞的音符便入了诗行，入了一个个朴素的日常和干净的内心；树下、操场上，更会有三三两两编排舞蹈、节目的姑娘，那飞扬的裙角、明净的微笑，让你想起四月温热的春天、五月如海的花蕾；迎面不小心撞个满怀的，一定是位白衣胜雪、怀抱书本正走得匆忙的女子，那一刻，她一定正沉醉在琼瑶小说美丽温婉、诗意美好的爱情里……

那时的我，是标准的文学女青年，穿白衣、白裙，着白色的凉鞋，戴白色的太阳帽，羞怯文静地读诗、写词，通读古今中外的名著经典，订阅的杂志是《作品与争鸣》，写的是朦胧诗，更是校园诗社的重要成员。但与许多热爱诗词的人一样，我对唐诗、宋词、元曲的喜爱到了无以复加的地步。平平仄仄的诗词歌赋，飘逸地穿越亘古华韵，萦绕于古香古色的墨字心笺中。我向往《诗经》里的那份风情和优美，喜欢那种几千年前独有的气息，读它们，可以使我身心安宁、妥帖悠远。而宋词则是一朵最美丽的情花。整天都是买诗词，背诗词，抄诗词，写诗词……一本本精美的笔记本里，工工整整地抄下了万千首诗词元曲。许多个夜晚，将窗帘拉上，挡住外面的喧嚣，一个人独对宋词，夜，真的静了下来；心，真的空了出来，一颗青春着的心更加敏感而热烈。

那时，我还热爱着三毛，喜欢张晓风、余秋雨，热爱着《红与黑》，幻想着如三毛般背着行囊浪迹天涯；那时候，我是琼瑶的粉丝，《几度夕阳红》《月满西楼》《翦翦风》《彩云飞》《庭院深深》《海鸥飞处》《心有千千结》……让我如痴如醉。我如同万千女孩般，梦想着琼瑶笔下那些诗意美好、爱恨缠绵、轰轰烈烈的爱情故事，从来不屑于凡俗中的平淡生活，更没想过要谈婚论嫁。

相亲的时间很短，前后不足半小时。从二嫂家出门前，我对着二嫂的母亲说我不想谈婚论嫁，此次相亲仅是为了避免我的父亲与他家大哥彼此尴尬，相亲后把不成的责任揽到我身上便可万事大吉。之后，我轻松回家。然而，到了下午，二嫂的父亲竟把订婚的包袱送到了我家——天啊，与你素未谋面，双方父母也不曾见过，在这种没有亲人见证、互不了解的情况下，仅用不足半小时就被莫名其妙地绑架成了你的未婚妻。

最初我是拒绝的，却还是开始了令人难以置信的爱情之旅。

二

我们是陌生的。

那么陌生的两个人，来自不同世界的两个人，需要如何才能碰撞出爱的火花？

是从书信开始的。

从1986年5月订婚，至1988年7月毕业，两年零两个月里，我共收到了你六十二封信，除去五一、十一、元旦、春节、暑假，平均每周都会有书信往来。那时电话还不普及，尤其在学校里，仅传达室一部电话，打电话需要转接，十分麻烦，书信便成了我们最好的媒介。此时，不由想起木心的《从前慢》来：

记得早先少年时
大家诚诚恳恳
说一句 是一句

清早上火车站
长街黑暗无行人
卖豆浆的小店冒着热气

从前的日色变得慢
车，马，邮件都慢
一生只够爱一个人

从前的锁也好看
钥匙精美有样子
你锁了 人家就懂了

那么多人喜欢这首小诗，我想一定是因为喜欢那时候的纯朴、至真吧？因为，只有最纯真的东西，才最能打动人心。

通信，是从最初的简单问候开始的。

第一封信是我们订婚后一个月才收到的。你清秀的字迹与你高大的外形不太相符，竟然让我有些意外；信封和纸张字面非常整洁，是我喜欢的样子。两千余字的内容，我竟读了好几遍，读的过程中，我竟然想起了你白皙修长的手指、阳光般的笑和纯真的眼睛，心里竟然也有几分欢喜。想来，距离让美学效应在这里起了作用。可笑的是，我把你的每个字每句话都进行了点评，时过三十多年再展读那些密密麻麻、逐字逐句的批注，不禁为当初的痴憨而轻笑了起来。慢慢地，信的内容不断丰富着——性格爱好、工作学习的种种以及将来的打算，可谓包罗万象。

应该是十分珍惜的。

从第一封信可始，便按时间顺序装订了起来，数次搬家，历经三十二年竟然都保存完好。因为年岁久远，那些发黄的纸张，脆了、皱了，却仍然完好无损。你去世后的二十年里，我竟然有许多的闲暇来读这些信件，想象着当初收信和读信时的心情，竟也成了我业余生活的一部分。那些洁净的信，是用各色信纸写就的，每一封都充满了热情、真诚。从最初讨论我们仓促的订婚开始，你便坚定着“舍你其谁”的决心，每一封信里，都在表达着你的坚定、你的真诚和你的痴情！你在信里谈你的人生见地、你的理想，谈你对建筑专业的信心和热爱，谈你工作上的进取与设想，更多的，是谈你对我的关心、关怀和思念。你对我的称呼，从最初的“兰妹”，到“兰兰”，到“兰儿”到“可爱的小花猫”……从中可以看出我们情感的进程,你一手娟秀的字体,是引发我好感的原因,你对家人的态度和对工作的认真，也是让我最终坚定跟你走的原因吧?

订婚之后不久，你便陪着老母亲去济宁治疗三叉神经痛，你在信上详细地介绍着治疗方案和每一个方案的优缺点，并介绍选择最终方案的原因；你介绍着母亲的体质和治疗过程母亲的反应，让我看出了你的孝道、细心和担当；单位有一个在淄博的在建项目，整整三个月的时间里，你详细介绍着工程的进度和在工程进展过程中存在的问题、注意的事项和在工作中你提出的建议，让我感受到你对工作的敬业和一丝不苟；每到冬季，负责整个单位冬季保温材料采买的你，对材料质量的要求和对厂家的严格，让我感受到你的正直、正气和坦荡；我在校期间甚至在咱们结婚之后很长一段时间内，春夏秋冬，你都会第一时间赶到我娘家帮助农忙。早已不干农活很多年的你，一身水一身泥，却乐此不疲，让我的父母感动，让我的兄长们感动，更让我感受到你的真诚和用心。你关心着我的学习，当听说我们开设了摄影课时，你立即借来了朋友的照相机，一放就是一个学期；你知道我喜欢文学，便买了许许多多的文学书籍来读，有时突然千转百拐地打一个电话，竟然是为了探讨对书中章节的理解，听听我的感受……我为你孩子气的纯真而好笑，而感动。

记得第二年夏天，你在信中写了一首海涅的诗：“假如我是一只小燕子 / 我要飞到你的身边 / 筑起我的小巢 / 靠着你的门窗 // 假如我是一只夜莺 / 我马上飞到你的怀中 / 从茂绿的菩提树上 / 夜夜为你歌唱……”那一刻，我真的为你感动。而这份感动，是一年后慢慢升温至 1988 年我快毕业时才升腾起来的。有时候，回复的信正要发走，又看到你的信来，隔着百里之遥，在心里相视一笑，爱意便暖暖升腾在彼此的心中。

你随信寄来的物品也多也杂。你寄可爱小猫的卡片给我，说我是天下最温柔可爱的猫咪；你寄银杏的叶子给我，让我灿烂着一个金色的秋；

你寄家乡的玉米须给我，说因为相思而“黑发千丈”。我用卡纸拆成白色的小兔粘在信的抬头，兔嘴处不忘画上三棵嫩绿的小草，因为属兔的你是我的大白兔先生；我寄“鸿雁过处，正思量”“小雨轻叩初春梦，心事无限思悠悠”的句子给你；我登“寻人启事给你：某男，二十五岁，身高一米八二。于1988年3月13日失踪至今，如有见者，请速告知，女失主将不胜感激；若幸被貌美心善年轻之女捡到，失主愿将其奉送，以表谢意！”落款竟是3月20日……那些欢愉和俏皮，都是美好和可爱。

多了许多短暂相见的时刻。

自从订婚后，只要有到临沂出发的机会你必定争取，每次来了，带了这样那样的家乡美食，只是站在学校门口简单地聊一聊，怕羞的我从没请你到宿舍坐一坐；学校放假、开学，你必定接我、送我。买票、拎包，坐在回家的长途汽车上。那时，老家与临沂之间仅一趟公共汽车，车上总是挤满挎着鸡、鸭走亲戚的乘客，也挤满了背着编织带的民工，你总是用手臂环着我，唯恐被别人碰到。夏天气味难闻，你怕我晕车，把靠窗的位置给我，整个旅程中，总是用手臂托着我的颈部好让我安然睡觉；你还会拿来姜片敷在我手掌的虎口处，再用另一只手握着，整整十几个小时不松手；冬天天冷，你把我裹在你的大衣里，把小手贴在你的胸口上，你总说，我能做的，就是让你安心，让你放心。

毕业之前，你用了近一年的工资买了海鸥牌照相机，想让我和同学们多留些照片做纪念；你请了假，赶到临沂，住在学校附近简易的宾馆里等了我整整八天，然后带着行李带我到你所在的单位报道，自此后，便开始了我们朝夕相处的生活。

三

1998年你因公殉职后，我在整理你的遗物时，发现了你的几本日记。其中的一本日记是自1988年7月31日开始的，记得当年我是7月12日到单位报到，7月18日正式上班。

1988年7月31日　星期日

说真的她很可爱，无论对什么事都不计较。文静内秀纯洁有学问，我用两只眼睛怎么看都看不够，夜里都会笑醒好几次。我怎么样才能不辜负她呢？我怎样做才能让她一生幸福无忧呢？我怎样让她知道我的这颗爱她的心呢？

1988年8月7日　星期日

今天终于从济南出发回来了。一同出发的同事都想在济南多转转，可我心里那个急啊，都出来四天了，刚刚到这个陌生单位的她，在家里该有多寂寞，多着急啊。磨破了嘴皮子终于劝说大家哪里也没转就往回赶——归心似箭啊。长这么大我从来没有这么急切地想回家过,从来没有为了谁这么牵肠挂肚过。到了莱芜，司机师傅竟然下车吃饭，让我们又晚回去了半个小时，好在大约二十分钟车又开了。接下来的这段路宽，车开得很快。用了一小时十分钟终于到家了。边下车边想，她是不是回自己老家了？要是没回去该多好啊。等到了家一看真回去了。看看已经是下午五点了，我先洗了澡，又打了开水和冷水等她回来洗用。打好水后我便步行到大路上接她。走了二十分钟，怎么还没见人影啊，我心里那个急啊。远远地看到一个人，我跑了起来，等到了跟前，真是她啊，我心里那个激动啊。有许多话就是不知先说哪一句，只是问了她这几天的生活情况，看到她瘦了，心里那个疼啊。

1988年8月14日　星期日

和她在一起的时光真是太快了。一眨眼便又到了周末。她每周末都要回自己老家，十几里的路，一路上来往车辆那么多，我真放心不下。送她回去，时间又紧，单位里这几天实在走不开，不送她吧，又实在担心得紧。

今天下午我去接她，我在桥上等了十分钟她便过来了。是她，你可回来了，我真想你。我有很多话要和她说，可是，快到单位时李工的手被割伤了。我不得不去处理这件事。我跑着去找了王大夫和刘大夫，很快就缝好了。我急急火火回来时，她已回自己宿舍了。唉，你就不能多等我十分钟吗？你知道我有多想你。可又一想，她从老家赶回来一定是累坏了。心疼着走到她宿舍，却见她的两个学生在那里，我还是走吧，在那里时间长了，她会赶我走的。回来的路上，我一直在生气，是生那两个孩子的气。我本想把孩子赶走，哪怕我在那里坐一分钟也是好的。可我怕她生气，所以没这样做。

1988年8月18日　星期四

今天是七夕，民间传说是牛郎织女相会的日子，不知她记得吧，整整一天，我也没好意思提起。

在这一天里，我从早到晚一直很忙，就连中午也没午休。说真的，我多想睡一会儿。可为了下午能和她一起到山上玩一会，哪怕是一个小时也行，可就连一个小时我也没得到。她很可爱，我有好多话要对她说，可在一起时又不知说什么。我多想和她一起出去玩一会，我多想……

今天下午吃饭很早，我本打算和她一起到河边看看，聊聊牛郎说说织女，或者坐下来好好聊聊她来医院的感想，可我万万没想到，她要叫着她的学生一起。孩子们固然可爱、天真，让孩子们一起去我不反对，可……就不能多些我们俩人单独相处的时间吗，何况还是这么重要的日子？

1988年8月21日　星期日

我坚信她是个很好的女孩，能得到她的爱是世界上最幸福的事。

昨天是星期六，她又回十几里路的娘家了。说真的，我不愿意她回的太多，这样来回跑她太累了，我真想送她到家，第二天再去接她。可这几天单位的事太多，实在赶不过来。有时我真想从这乱七八糟的工作中解脱出来，用更多的时间来陪她，用更多的时间做她喜欢做的事。

这几天我一直在想，若我俩今年结婚该多好。趁现在不忙，完成这一生中最大的事是最好的时机了。对这事她是怎么想的，我不敢问，我怕她生气。我什么时候能问问她呢？我要好好想想再跟她提。

1988年9月4日　星期日

今天是星期天，我一早就起来了。做了很多的事情，就为了时间走得快一些。忙活了半天，一分一分地挨到下午四点钟便跑到大路上去接她——我真的想她，想她，这一天过得太慢了，就像是一年之久。走在接她的路上，我真高兴，心一直突突地跳着，我想唱，我想跳，我想喊。不知怎的，我真想现在就拥抱她。唉，我多么想她，这是一份甜蜜的忧伤吗？

我一直在想我和她相处的每一分钟。我是多么高兴，高兴地我这几天一直在笑，笑我这几天也能过上这么幸福的生活——具有诗意的生活。以前我不知道生活还可以这样。我真想和她一起去爬岱崮山，不知她是否愿意。要是她愿意的话，这个星期我们就去，那里的风景很是秀丽、极具诗意。我想好了，去时要带着相机，在上边留个影就好了。岱崮山离这里大约有二十五里路，骑自行车走十里，步行走十五里左右，有八个小时就可以了，山上发生了很多的故事，她一定喜欢。1983年的时候我和同事爬过一次。对了，若是她走不动，不想走了，我就背着她，我真想每天都背着她，背一辈子……

1988年9月10日　星期六　晴

今天是教师节，是周末，是她的节日，最重要的也是她参加工作后的第一个教师节，我应该好好祝贺。可是，她感冒了。看到她烧红的小脸，我心疼死了。我对她的关心太少了，我没尽到责任和义务，都是我不对。

现在已是早上，应该是11日的早上，在这未眠的夜里，我思考了很多、很久。这样冰雪聪明、可爱无双的女孩，我怎么做才不负她一生呢？我怎样做才能让她幸福一辈子呢？我只恨不能掏了心来让她看看。

1988年9月18日 星期日

这几天我真高兴。尤其让我高兴的是医院见到我的人都夸我找了个好媳妇。虽然她才来工作不到两个月，但见过她的人没有不夸奖的。

星期一这天（9月12日），我去院办时，无意中在门外听到张院长、王院长、付科长，外科的老侯、张护士长、刘大娘等很多人都在夸她在学校里工作干得好，尽到了一名老师的职责，而且改变了以前的不合理教学方法。他们说了很多，也说了很长时间，到了最后他们与以前的老师做了对比，都说前任老师怎么怎么样。人家什么样我不想评价，但我为自己的媳妇骄傲，大家夸她，我们全家脸上都有光，最重要的是人家都在背后夸她，说明她是真的好。来医院很久了，她从不拿我父亲说事，一直那么低调地努力工作，从不张扬，更是和孩子们打成一片，虽然孩子们占用了不少属于我的时间，但现在想来，我真高兴。

昨天晚上我们聊了很长时间，说真的，她在我心里占据了重要位置，现在我都觉得一分钟见不到她我就很难受，也很孤独，有时还觉得很痛苦。我真想每时每刻都和她在一起，永远在一起，永远不分开，永远……

我不知道我在她心里的位置，我很想知道，很想。

1988年9月25日　星期日

这几天妈妈病了，但我却很高兴。

不是因为妈妈病了我高兴，而是她的做法让我太高兴了。

早就听说她孝顺能干，在我们村里是出了名的好女孩。妈妈病了两天，都是她跑里跑外，她不多言，心又细，给母亲梳头、洗脸、洗脚，为了让妈妈舒服些，用自己的胳膊给妈妈当枕头，我发现的时候都两个小时了，长时间一个姿势，我想她的胳膊一定酸了、麻了，多亏了她照顾妈妈。我有多心疼，我真过意不去，真过意不去。我以后更应该好好爱她，珍惜她，争取多帮她干点什么，尽自己最大的力量去帮她干点能干的事情，让她无忧无虑快乐地生活。一定要做到这些。

我知道我自己有多大的能力。我承认我不是一个合格的男子汉。我要以全新的面貌面对生活，我要尽我所有的力量去爱她。这是一个男子汉最起码的。我要做不到，我又算了什么呢？

…………

厚厚的一本日记，记得全是那时候你的心情和我们的一些琐事。我知道，这些日记自然不能与《浮生六记》相比，但里面饱含着的情谊和一颗爱的心是一样的。那些字里行间，表露的是一颗怎样低到尘埃里的爱之心？即使此刻读来，都让我为当初不能给予你更多相伴的时间，给予你更多的安心而悔责自己。

于是，就在这个夜里，我找出了自己当年的日记，去寻找当时的心情。

1988年8月7日　星期日

今天，终于盼到了他的归期。

我是下午四点半从老家走的，一路走得很慢，心里想着不知他回来了没有。想着，竟然有眼泪在眼眶里打转，我刚到这个陌生的单位没几天他就出发，我是多么孤独啊。要是他在家多好。要是他回来了多好。正走着，听到一声招呼，抬头一看，原来是他。心中的惊喜自然是无法言喻的。哦，真好，亲爱的小伙子，总算把你盼回来了。

1988年8月18日　星期四

昨天下午，我和杜磊、江天、丁强三位同学在一起。我们来到山顶玩了好久，山上的酸枣真好吃，大个的蚂蚱也是可爱。我们边玩边走，连蹦带跳，之后便到达了山顶。啊，村庄、小河、山峰，一览无余，的确令人心旷神怡啊。

说来这些孩子们真好。虽然我给他们当老师不到一个月，但他们是从心里喜欢我。走在路上，杜磊说："老师，你一定要小心，我们俩人一个在前开路，一个在后跟着，旁边的负责接应。老师您尽管放心走在中间，无论如何，也别摔着您——我们摔一下两下不要紧。"多么可爱的孩子啊。

在下山的路上，他们又说：老师，以后我们喊您妈妈吧？我说这怎么行呢？我还是个小孩子呢。可杜磊认定了我就是妈妈，还是天底下最好的，还坚持让我抱他们一下——多么可爱的孩子！

孩子们的话是可爱的。他们竟然对我说：老师，这个叔叔不好。我问什么地方不好时，他们却说，什么地方都不好，长的太高，走路也不好看。他怎么配得上老师您呢。老师您笑起来眼里有阳光，不是有月亮，不是有星星，我们看到心里就喜欢。孩子们天真无邪地争论着、点评着——哈哈，一定是刚才看到你不友好的表情，孩子们才会有这番言论的吧。

1998年9月11日　星期日

前天我们子弟小学召开了茶话会，为了庆祝今天的教师节，这是我走出校门后的第一个节日。

可是，我却感冒了。他整整一夜无眠。虽然我周身无力，但看到他心疼的眼神，我竟然那么幸福。也许这就是热恋的感觉吧？我不知道，但是就是不想分开，越来越感觉到他的可爱。也许这就是情之所至吧——情之所至；情之所终；情之所依，情深似海！

1988年10月10日　星期一

昨天，当我从家里回来时，因不太早了，二哥来送的我，说真的，我一点都不想让二哥送，否则他回去时天就黑了，我要多担心。

往回走时，我是多么盼望能看到他。但是，快到老地方了，还未见他的人影，我以为他没回来，心里很是失望。可突然地，却发现了他——他微笑着向我跑来，一时间，我心里温暖极了，真的，有什么快乐能与之在一起相比呢？只是当着二哥的面，我难为情极了。好久好久不敢抬头看他们的脸，只是听他们话着家常。

1988年10月11日　星期二

昨夜，当夜幕降临的时候，晚风把他送进我宿舍。当时心中涌起了一股暖流，哦，盼你来，果真就来了，只是刚开始还不好意思交谈。但这份默默地情怀也好，我突然明白了顾城的“草在结它的种子，风在摇它的叶子，我们站着，不说话，就十分美好”这样的诗句来。那么美、那么好，就像羞涩无语的我们两个。

但愿他能永远陪在我的身边，但愿这份幸福久些再久些。

1988年11月18日　晴　星期五

这几天心情好极了，青春的活力又回到了我的身上，童心又在我身上跳跃。我快乐得如同一只顽皮的小猴子，顽皮得如同无邪的孩童。啊，生活何其欢悦。啊，我真高兴，为我所拥有的心境，而这份心境全都缘于他。

啊，爱是什么，爱是甜蜜的热吻与潺潺的笑声，爱是顽皮的大男孩加上父亲般的呵护。

…………

那些可爱的、可笑的小心思，小感动，小情怀，也在真切地诉说着一个初恋女孩的爱与幸福。

也有闹矛盾的时候，在我的日记中，就有这样的记录：

1988年9月6日　大雨

一想到他，竟然私下里看了我的日记，就气愤难平。

走在路上，还是气愤难平——岂有此理，你怎么能这样待我？

一路上，我并不想搭理他。他爱说什么就说什么好了——你这个坏家伙。

坐在河边，他在说着什么，我已记不清了，只是看到他很急切、很着急的样子。

下起了小雨。我们便起身往回走。开始，我极不情愿地让他拉着手——何苦呢？好意思再如此吗？何必还要这样呢？可是他的力气好大，好霸道，我挣不脱，也只好任由他了。

可是，风雨越来越大，越来越猛。一会儿电闪雷鸣，柳树弯下了腰，闪电一个跟着一个，风猛烈地吹着，着实让人害怕。这时，我已顾不得正在生人家的气，紧紧地抓住他的手奔跑了起来。他是运动健将，跑起来自然流畅而快捷。他握着我的手，连拥带抱地推着我跑，那迅疾的雨点打在脸上好疼好痛，不过，随着风雨急骤，我心中的愤怒反倒减少了，在风雨中奔跑，那心情又是另一种：又激动，又温馨，有意思极了。的确充满了诗意——多亏生气出来，否则还不能有这雨中奔跑的乐趣呢。

当我们回来的时候，的确成了两只落汤鸡。他手拉着手把我拉到家里，在路过后院小卖部时，有好多避雨的人都看到了，真不好意思啊。

问世间，情为何物，直教生死相许。

也有患难与共的时候，在我的日记里就记录着一个事件：

1988 年 10 月 25 日　星期二

原来是个平常的日子，但却发生了一件大事。

下午，当我在球场打完球往回走的时候，碰到他的邻居小宋往下跑。我便好奇地问怎么跑起来了。她连说带骂，原来因为储藏室与当地的住户发生了纠纷，对方还把她的婆婆打翻在地。她的老公回来看自己的母亲吃了亏，便上去挥拳怒打邻居，在医院保卫科的制止下才算了事。

在他宿舍吃完晚饭洗完澡，正准备回自己宿舍休息，听到外面吵闹不已。他听了一会扔下一句“不行，我得去看看”便跑了出去。过了一会也没见他回来，外边仍然吵闹不止。不放心的我便来到外边，见外面乱纷纷，吓得赶紧往回跑，可又不放心，担心他会吃亏，便又跑回去。见一伙人正围着一个人打。那个被打倒在地的人，似乎是我心爱的他。我吓坏了，顾不上什么害羞，也顾不上雨点般的石头、皮鞭、木棍，拼命把围在他身上的人往外拉，边拉边喊“不许打人，不许打人”。也不知哪儿来的力气和胆量，只是一个劲地往外拉，终于把他拉了起来。这时，我已被那些人打了好多下。我拥着他，拼命往屋中拉，并尖叫着，那叫声包含着无尽的恐怖。这时，还有一伙人围上来向我们进攻。有拿长鞭的，有拿拖把的，还有拿木棍石头的……谢天谢地，我们总算突围进了他的宿舍，外面围着的那些人吵着骂着让我们出去，我和他紧紧拥抱在一起，彼此身体发抖。啊，那种心情、那种场面，是我今生所没有见过的。最后，在一片警笛声中结束了混战——原来他们开车来了很多人。因为我们这些军工三线居住在当地的农村，一旦有什么风吹草动，都会惹出许多的事端。

整个晚上，一家人都没有睡觉。

…………

读到这里，那一幕又浮上了眼前。之后的事态发展是：双方打架者和好了，却与我的爱人结下了仇。为了避免麻烦，第二天晚上，由医院王师傅开车把他及父母悉数送到了远在农村的大哥家，直到 11 月 10 日全家人才回来。这中间，我曾偷偷地去看过他，给他送这送那。经此一役后的岁月里，他多了一份理性和理智，再也不是那个冲动的少年了。这也算是因祸得福吧，而我在日记中写道：

不求你的富贵荣华，哪怕清贫如洗、一无所有，只要能拥有一份美好的希望和回忆，那么，一切的一切又能算得了什么呢？多吃一点苦又算得了什么呢？多受点委屈又算得了什么呢？

什么都不可怕，只要两心相许；

什么都无所谓，只要彼此相爱；

什么都可以没有，只要有一颗纯真的心。

啊，那么，假如真的如此，我则可以自豪地宣布：我是世上最幸福的女孩，因为我拥有世上最珍贵的东西；如真能如此，那么你就算是一个乞丐，在我心里也是王子，我都可以随你到天涯海角。

我在1988年的11月10日的日记中写道：

常言说，人生难得一知己，真的，有什么能与拥有一份纯情相比呢？又有什么能比拥有一位真正爱你、疼你、珍惜你的人重要呢？没有了，真的没有了。

是啊，爱人，生命中的一部分或者是全部！一个人只有事业上的辉煌，但却有一个不如意的家庭，那么他不算一个成功者；一个人只有一个温暖的小家庭，而在事业上无所建树，那么他不能算是一个幸福者。事业的成功是艰辛的、伟大的，可是幸福的家庭却并不是每一个人都能拥有。

丈夫不等于爱人，爱人不一定能成为丈夫。可是在一定条件下，丈夫还有可能变成爱人，不是吗？只要心中时刻想着对方，用自己的纯真去换得对方的纯真，不论贫穷富贵、顺境逆境，永远站在对方的身边，给他（她）理解、爱与关怀，我想，世间的爱情会永恒的。

爱是伟大的，也是幸福的。

去爱人吧——不要索取，在想得到别人的爱之前，想一想你又付出了几多真心呢？

但愿我拥有世上最宝贵的东西——真正的爱情！

四

在1988年9月日记的最后一页，我用钢笔画了一张知性女人的半身侧面头像，画像中的她深情地注视着右前方一束美丽的花束，在画的下方，题写了一首小诗——《给我的他》：

选择在秋天与你告别，
是想在你心中留下一片枫叶。
秋天的雨水很多，
我们就这样走进了雨季。
让心中的故事湿透，
伞，还撑在远方，
撑在那条不肯告别昨天的小路上，
走过去，收起伞，
收起滴雨的云，
等雨季不再来临，
我会把它放在阳光下晾晒，
然后，微笑着回想关于你和我的故事。
…………

我不知道，这算不算一语成谶？

好看的皮囊千篇一律，有趣的灵魂万里挑一。多愿你走出半生，归来仍是少年。然而，老天却安排你在三十五岁那年夏末初秋的日子里悄然离去，只留下我独自回忆与你初相识时的那些明媚的日子和落在日子里的那些小小的心动和细微的故事。

人生若如初相见，多好。

百年好合

我们结婚了。

1989年的农历二月二十日，乍暖还寒的时节，是我嫁与你为妻的日子。

一

早在1988年的12月24日，我们便领取了结婚证。

记得那一天是周六，也是平安夜。你说，领取了结婚证便是合法夫妻，所以领证的日子是需要挑选好日子的。而平安夜，仅看字面上的意思就很好，平安幸福，天长地久。其实，也是仓促的，仓促到我们竟没去照双人半身照，你只是找了一张黑白色的生活照，照片上的你我坐在你家的沙发上，是我第一次去你家时拍的，那也是咱们有生以来的第一次合影。记得是刚订婚后的国庆时节，我从学校回来，你我都穿着夏天白色的半袖上衣，同样是两张笑眯眯的面孔望着同一个方向。你坐在我的后面，手臂伸在背后、恰也是沙发扶手的地方，自然而随意。记得领结婚证那天，你用自行车带着我，与医院人事科的干事一起到了驻地机关。我站在门外等你们，出来后，你拿了两本鲜红的证书交于我说：从今天开始，你就是我合法的媳妇了，再也跑不掉了。我低着头腼腆地笑着，打开证书却哗的一声忍不住笑了：两本证书，仅你的那本结婚证上有照片，我的那本一片空白，而你那本上的照片却大得吓人，我们的那张人生第一次合影照片把结婚证一侧的一半都占用了，完全不符合要求。我笑着问你，没有照片的结婚证也算数吗？你笑着说当然算数，给你留下空白，想贴啥样的照片都行，不行把我贴上更好啊。回去的路上，你吹着《红梅花儿开》的口哨，口哨清脆欢快，一如你当时快乐的心情；你把自行车骑得飞快，遇到上坡猛蹬几下冲到坡顶，对着路两旁的树林喊，我有媳妇了，是天下最好的媳妇；对着天空喊，我有媳妇了，我媳妇是天下最好的媳妇！路上的行人纷纷驻足观望，我羞涩地把头埋在你的后背上说，别这样啊，人家会笑话的。你哈哈大笑着说，我就想让全世界的人都知道，我就想让天底下的人一起分享我的幸福。那一刻，我在心里写下这些诗句：

我孱弱的生命
是飘过你头顶的那缕青烟
消失了飘散了
也缱绻着前世今生的爱恋和成全
天和地铺开巨大的画布
让我们一起画下爱和美的永远
自此后
愿岁月静好
愿现世安稳

二

你是个对任何事都有准备的人，早早地，你便着手结婚的物品和用具，家里的所有用品，都是你亲自制作和准备的。

早在 1987 年的暑假，你便带我到你在淄博最好的朋友家，去看了最时兴的实木组合家具，回来后学工程的你便自己设计、改造并画好了图纸。你知道我喜欢书，与所有当时组合橱不同的是，你设计了一组带写字台的书橱，用时打开便成了写字台，不用时合在一起也整洁美观。你对着图纸给我讲组合橱的用途、不同之处和能存放多少书籍等等。我随口说了一声，他们家的橱子样式还好，就是质量太一般，跟纸片似的，用手按一下都能按出个坑来。你十分赞同我的意见。那年学校有活动，我提前返校，开学后的 8 月 18 日，你又写信征求我的意见，你说准备了最好的水渠柳，近期就要亲自动手，整个橱子做成原木色。你在信中跟我科普说水曲柳又叫水渠吕木、曲柳、秦皮，生产于东北、内蒙古，其树质略硬、纹理直、结构粗、花纹美观、耐腐、耐水性好，不易干燥，韧性大，是你听说过的最好的家具木材。你再三解释，说原木色就是刷漆后仍然是木质的本色，“水渠柳的花纹会原原本本地呈现。文艺浪漫的你一定会喜欢。组合橱是实用性很强的家具，你一定要提提意见，我保证做出你最喜欢的样式来。”透过娟秀的字，我都能感受到几百里之外的你热切的心情和真诚的眼睛。

之后，你不时来信告知家具的进程。我实在想象不出手指修长白皙的你如何一钉一木地做出那些庞大的组合家具来。我再三强调，找个有经验的木工去做方便快捷，何苦自己受累。你却笑着说，自己用的东西当然要亲手做，别人又怎会用心？当我寒假回去的时候，厚实、大气、美观的组合家具便摆在新房里，同时做好的还有一对单人水渠柳的沙发，扎实、厚实，一如你给我的感觉。听他们说，这样的工程三四个熟练工人都需要用时几个月才能完成，你却在这么短的时间内独自做好，实在令人惊叹。你指着书橱上那一块块清晰可见的花纹自豪地说，怎么样，手艺不错吧？可我清楚地看到，你的手指上缠了许多胶布，你握我的手掌明显变得粗糙皲裂，我当时心疼得几欲泪落——你是有多用心在打造属于我们的家啊？而那套家具我们共同用了九年，你走后多年我和女儿数次搬家，她都爱惜地搬来搬去，说：这是爸爸亲手做的，看到它们，心里就亲切就温暖！

记得1988年的寒假，你提了满满一袋花生带我去济南的朋友家——那是你最好的朋友，你总说是生死之交。朋友十分热情地招待了我们。在那两天里，你领着我转了当时能转的商场，精心挑选了一套收录两用机。记得当年七月我参加工作，第一次领工资是98元，而购买那个两用机用了980元，之后，朋友之妻还陪着我挑选了一套比较时髦的裙装。整整三十年，这件两用机和这套裙装我一直留着，正如我们订婚后第二封信里你寄来的两张照片一样，历时三十二年，仍然完好如初地保存在我的手边，怕经常翻看弄坏，我把照片塑胶后做成了我最常用的书签。

还是那年春节前，你陪我坐了整整一天的车，又到我学习生活了三年的临沂挑选了结婚用的衣服、鞋子。你肩扛手提着三五个包，一只手却始终紧紧握着我的手，一步不离，唯恐你眼里的宝贝会走丢。

之后的事情，全由你操办，我只一心一意地当我的老师。作为家里最高科技的彩电，你托朋友买了军工企业生产的长虹彩电，用了接近三千元——差不多是一个人三年的工资。结婚的头一天，你把我送回娘家。在我家，三个兄长，仅一个女儿的我，自然是全家的宝贝，结婚用物是按最好的物品、最全的物件准备的，成双成对的物品摆满了屋。结婚的那天，你带了一辆上海轿车、一辆卡车。抱被子的、拿家具的，虽然不是十里红装，却也是浩浩荡荡自家门口排到大路边，在当时也算是件盛事。母亲连同送亲的队伍一直送我们到村口。虽有初为人妻的喜悦，但一想到自此拜别养育了自己二十多年的父母，彻底走进另一个家庭，心里仍然有万千伤感。你穿着一身黑色的西装。打着红色的领带，浓黑的乌发、方正的脸、白皙的皮肤，站在三月的阳光下，如一棵挺拔的白杨树，引起乡邻们不住的赞叹。

话别母亲的时候，见我一直流泪，你紧紧握着我的手轻轻地说，别难过，这一辈子我不会让你受丁点委屈，我一定会让你幸福的。

三

生，容易，活，容易，生活不容易。

没有奢华的婚礼，没有铺张的宴席，没有旅游度假，甚至，我们没有那时结婚都有的婚纱照！事隔多年回过头来看，在我们人生最重要的三个关头——订婚、领取结婚证、结婚都显得过于仓促了点：素不相识的两个人见面不足半小时便算订了婚，双方父母没见过面、甚至没有亲人见证，更没有订婚的酒席；领取结婚证时，连一张规范的订婚照也没有；结婚的时候，周围的朋友和同事都去了青岛或济南拍婚纱照，而我们却也省略了这个环节。我不知为何一路走来留下了那么多的悬念和空白，即使 30 多年后的今天我无论怎样努力回想，也回想不起当初的起因和说辞，只是留下了那么多的缺憾在心里。

遇到你之前，我一直是个羞涩内向的小女孩。我惧怕生活，不敢去人多的地方，害怕一个人面对黑夜，惧怕孤独，缺少安全感……站在生活角落里的那个小小的我，只是安静地面对着生，面对着活。

有人说，爱情是美好的，更是可以疗伤的。于是，我渴求的，只是这个世界能给我一个肩膀的温暖和力量。

于是，上帝便派来了你。

婚后的生活，是细雨湿衣看不见，闲花落地听无声。那份温润，是一直到心里的，恰如你的爱。

有人说，有的爱像椰子，挺大的壳，里面却没有多少内容，有的却像橘子，每一瓣都是甜的。你给我的，是一个独一无二的橘子，甜到了心的深外。

记得结婚不久，你到外地出发，第一次忍受分离之苦，我只好写下篇篇爱的心曲，等你回来说与你听：

瞧，亲爱的，窗外是明丽热烈的夏的天，窗内，是一个含笑幸福的女人。

人生不满百，常怀千岁忧。短短的一生里，不能与外人道的烦忧实在是太多了。只是因为我生活在他人恰当的距离之内，看到的，只是其光鲜的一面，正如别人，此时羡慕的，是你的夫贵妻贤的幸福家庭美景，可老母常年病痛，家里的所有重担压身，我是真真地看在眼里啊。

一觉醒来，天已大亮。不知为什么，只要不在你身边，心便总是惴惴不安，总有一揪揪的疼痛。做了许多梦，其中，与一个不相识的人纠缠了许久，心里是满满的委屈，急急地盼你快来，喊你的名字，声音很响，响到我醒了，还听到自己的余音。

近三年里，有过数不清的梦，每个梦里都有你；有过数不清的幻想，每个幻想都有你；有过近一千次的祈祷，每个祈祷中都有你。祈求命运之神让我天天看到你，听到你，拥有你不变的爱心和永远的真情。也许，我的真诚感动了老天，也许我的真心打动了上帝，于是，我们幸福地拥有着彼此纯真的爱，生命也因此美丽温情了太多太多。

世界上只有一个名字，使我这样牵肠挂肚，像有一根看不见的线，一头牢牢地系在我心尖上，一头攥在你的手中；世界上只有一个人如此亲爱，亲爱到分开一天，便无法呼吸，生命也因此如秋天的枝叶，枯萎了许多。只当听到你的声音，看到你的身影，我才会瞬间复活，生动起来。

相思深如海。平凡如我，也拥有了一份如此纯美激动的爱情，我这一生，竟是如此的完美！

老公，请一直拉着我的手，好吗？

牵着你的手，所有的人生，所有的灿烂或不灿烂的日子，都变得崭新而明媚。你就是阳光，你就是欢乐；你就是真理，你就是答案。可亲可爱的你啊，方正为人，勤勉治学，扎实做事，举手投足便绘出了多少形象之外的美德？“欲闲德信把握度，轻重缓急皆有序，胸有成竹应万变，荣辱进度处坦然。”你处世哲学中蕴含了多少人生的哲理？一个小小的眼神，便支撑起了多少令我怦然心动的傲骨？

那些小小的相思和爱意都浓浓地沉在了心里，只是不知道岁月之于我会如此短暂和仓促，竟然让我们仅仅拥有了婚后九年的时光。

美好的生活戛然而止。

此情可待成追忆。话剧《恋爱的犀牛》里有一句经典的台词：忘记是一般人所能做的唯一的事，但我决定不忘记她。

从此，我成了一个充满回忆的人。

写在岁月里的爱与深情

岁月里总有某些转折。

最初我们所在的工作单位是山东省国防工业中心医院，说起这个单位，有着一段特殊的历史。

“好人好马上三线”。

二十世纪六十年代初，中国面临的国际形势十分严峻，出于国防的需要，党中央根据战略位置的不同，将我国战略防御区划分成 线、二线、三线，作为全国战略大后方。

大批原来处于一线的重工业企业特别是军工企业，向西部和西南部山区搬迁。小三线建设，即在相关的一些省份，建设一批省属军工企业，形成支持长期战争的工业基础。当时的“山东省革命委员会（即后来的山东省人民政府）”与原济南军区联合成立了山东省国防工业办公室（简称省国防工办），着手把十几个军工企业设在山东腹地——沂蒙山区。

遵照中央小三线建设要靠山、分散、隐蔽的建设方针，在沂蒙山腹地的蒙阴县，先后建设了六家小三线军工企业、一个医疗配套服务机构：山东民丰机械厂、山东光明机器厂、山东工模具厂、国营泰山机械厂、鲁光化工厂和国防办计量站、山东省军工局中心医院（当地人称“新建医院”）以及与蒙阴县毗邻的沂水县山东机械修理厂、山东前进机械厂；沂源县山东第一机械修配厂、山东第二机械修配厂、山东裕华修配厂、山东红旗机械厂等十七家小三线军工企业，形成了以南坦公路相串联，左右两侧五公里区域内集中建设小三线军工厂的格局。而我们所在的医院便是为这些军工企业设立的医疗、服务、保健的正县级医疗事业单位。

当时，来自全国各地的管理人员、各类技术人员、工人、后勤保障等数万人云集于此。此后直至改革开放初期，上至中央领导，下到省委、省政府主要负责人都在时时关注、牵挂着这些企业的建设以及生产管理情况，这些军工企业与国防安全息息相关，曾是国家核心战略布局的重要组成部分，但其详细信息对外保密，鲜为人知，所有与外界的通信只用代号，不写地址。每个企业包括医院都是一个与外界割离的完整的大集体，从衣食住行、吃喝拉撒，到文化娱乐都极规范、严谨。企业与医院之间的篮球联赛、循环赛赛事不断，各类文艺演出层出不穷，职工的业余文化生活丰富多彩……先进的思想文化带动了当地的经济繁荣，军工企业集中的岱崮镇也便有了“小香港”之称。目前保留最好的位于岱崮镇的军工文化园，保留了当初文化繁荣的景象，目前正在此处拍摄的电影《崮上情天》也再现了当时军工人的一段历史和生活。

二十世纪八九十年代，随着国际形势的变化和国民经济工作重点的转移，小三线军工厂根据“保军转民”的方针，陆续进行生产重心调整，融入改革开放的大潮中。军工医院先后与济南、青岛、秦皇岛等多地联系合作搬迁，最后确定了与原临沂地区供销疗养院合并。1990 年夏天，我们的孩子刚刚出生不久，作为职工宿舍建设的技术监理人员，你便背起行囊远赴临沂加入到了建设队伍中。两地分居，孩子又小又体弱多病，产假里的我，除了照顾好孩子，竟把所有时间用来思念远方的你，那一封封的情书里，表达着无限的依恋与思念。

也便从那时开始，我们又开启了婚后纸上谈情的岁月，在那清纯的年代里，我竟然写下了那么多爱的絮语。

二

因为爱你，我的心里装满了你，无论白昼，无论黑夜，我满心欢喜地感受思念。

是的，思念，浓浓的思念。

思念是一种幸福的忧伤，是一种甜蜜的惆怅，是一种温馨的痛苦，是一种“才下眉头却上心头”的执着。

便想起了与你在一起的一些小欢喜。

记得那天，阳光正好。你整理完家里的卫生，又在整理门前的小菜院，你浇水、刨地，你撒种、施肥，我坐在门前的竹椅上安静地看会书，再看看你。之后，我无聊地喊你过来说，猜个成语吧——咱俩现在这状态打一成语。你憨憨地问：是什么？我说：袖手旁观啊。你哗的一声笑了，阳光在你洁白的牙齿间一跳一跳的，我用书捂住脸，笑出了声。

还有一次，因为工作关系，你很是烦恼，把自己关在办公室一天没出门。我用传呼机呼你，你电话过来后，我弱弱地问，可不可以去看你？你说：“你来开门吧，谁敲门我也没开。”我便用钥匙开了门。见你正低头写字，我笑着打趣：“亲爱的工程师，做什么大学问呢？忙得连人也不见，只召见个仙女？”你便笑了，举起手里刚写下字的纸给我看：思妻容，今日寂寞如茶浓！我大笑不止：“亲爱的少年，你真长大了。原来避开繁杂的世界，跑到这里害相思病了，还害得我担了半天心。”你拥我入怀，竟有泪滚落，那是我唯一一次见你落泪。

每次回娘家，都是你来回接送。记得有一次你因工作脱不开身，我独自一人回去，临走的时候，发现你写给我的纸条：到家不要太逞强，一切为了爹和娘。孝心感动天和地，是我学习好榜样。知道你担心我回家干农活太累，当时，我感动极了，便在纸条的下端随手写道：到家俺可不逞强，老公女儿爹和娘。孝心真诚你第一，老公永远是榜样。想了想，又写道：只身回家走，寸心为君留。西风天渐冷，天高秋色重。感君千般好，愿爱永长久。

还有一件比较好笑的事。

每天上班，你总是自觉地先回家做饭，而我回家总喜欢敲门让你来开，那种家里有人的感觉特别美好特别安全，尤其每次看着高高大大的你系着围裙额上满是细密的汗珠地跑来开门，那种烟火的味道都让我心里很踏实。有一天，突然心血来潮，看到开门的你，便逗你开心了起来：这么帅的大哥，我能不能赚你点便宜——偷偷亲亲你？你反应真快，一脸难为情地说：这，这……俺可是良家少年，青天白日的，不好吧？我笑着呸了一口，一下便蹿到你的身上，挂在了你的脖子上。你两手举过头顶，一副无辜的样子：男女授受不亲，可了不得，可了不得。惹得下班回来的对门大姐直笑，我们俩赶紧关门回屋，而幸福却如一只顽皮的猴子，在我的心头跳上跳下待了很久！

有一天，我看了一篇文章："亲爱的，你可不可以为我戒色十天！"我回家说给你听，题目还没说完，你便连声说，好的好的，别说十天，一辈子都行啊。

二

今天早晨当我从家里下去时，爸爸说你已经出发了。当时我的眼泪差点就涌出来了，心里难过极了。我为你悄悄起身而怨你，多睡半小时与和你拥别怎么能比呢？虽然你这次出发仅两天，但毕竟是分离啊，如果不能与心爱的人儿话别，不能见到彼此的身影，心里该有多惆怅啊。我赶紧跑到大坡上四处张望，早上六点钟的太阳刚刚升起，远远地看到你们的车正在远去，当时心中竟然一喜，也许你也如我正在张望你一样地张望着我吧？

才刚刚分别了半天，心却是湿湿的——思念的心，随时都会有一座海涌出；心也因为思念而脆弱、纯净、柔美，如同初生的婴儿，无邪的眼神里，深含的是对爱的怀抱的渴盼，是的，渴盼爱人的早日归来。

“等待一万年不长，如果终有爱作为补偿。”女诗人的话，让我感受到思念的忠贞与豁达。埋进你宽大的椅子里，深吸一口气，便有你淡淡的体香直抵我心灵的深处。拿一本书，纸片与钢笔散落在桌子上。我拿起笔在纸上写下“世界人民欢迎您，老公，媳妇想念您。”“小点声，别让人听见。”刚刚写完，便感觉到你在这样对我说，不由得轻笑了一声。抬眼处，一杯新沏的绿茶，是淡淡的龙井，有浅浅的碧绿，里面还有两枚未开的玫瑰，经热水泡过，正迅速地饱满，如同一位青春的女子遇到了自己的真命天子。杯口一柱热气，袅袅腾腾。此时，我的日光散漫地望向窗外灰蓝色的天空。山里深秋与初冬的晴空是这样的好，颜色是很贵族气的灰蓝，温润又傲慢，却有着童话般的神秘高远和无尽辽阔，万里无云又似一个能干俏女人晾晒出来的洁白床单，有说不出的洗练与明亮。是的。好东西往往就是有气魄，就是这样能一下便打动人心，如同我正爱着的你，如同我正拥有着的爱情。不知从什么时候开始，我是如此的老实，如此的安分，如此的悠闲，如此的慵懒，如此的踏实？

回首二十多年，一路走来，我何曾有一刻这样稳稳地坐过？我不是一个长袖善舞、善于与人紧密相处的人。我天生就不具兼济天下的能力，喜欢的，只是独善其身。你让我进入了一个简单、敦厚与宁静的境界，使我用心修养善意的豁达与宽容，从而拥有了一份宁静，是那种与人与世两不相争的宁静。

想起了桌上与我日日相对的那盆兰草来。

细长的茎纤细如发丝，孱弱地弯曲着，使我感到了满腔的怜惜。于是，我日日毫不犹豫地开始惦记它们，适时地为它们浇水，松土，施肥，间苗，让它们顺利成长，就跟抚养孩子一样，有着没完没了的琐事。然而，我想起了你之于我，之于咱们的女儿，所倾注的满心的怜惜、无限的真情和全部的用心，恰如我之面对孱弱的兰草，一旦由衷地发生了郑重的情感，那也是一种掷地有声的承诺啊。

是的，想起了昨夜。

想起了生活的种种。更想起了你之于我的深情。

从临沂到蒙阴的岱崮，想来，那一百多公里路程的每一棵树上都写满了思念，每一条小河里都溢满了真情。以我二十多年的人生经历明白了：是因为我的生命中，有了你这样一个爱人。爱人的存在，就是一个安全感的存在，就是一个温暖季节的存在，就是一个清醒视线的存在。所有的植物，花繁叶茂，必然是植根于深厚肥沃的土壤。一种人生态度的换转与修养，也是因为个人生活的土壤。这土壤也许肉眼可见，也许肉眼不可见。犹如巍峨远山，犹如蓝天与大海，犹如最红最圆最温柔的夕阳，某一日，恋恋不舍地滚落窗口，倚窗遥望，与它对视，心领神会地接受了一个关于生命的教诲与暗示：隔着山水，我用心凝视着的爱人呀，你也一定凝视着我吧？

没有语言可以表达自己此时的情怀。对于你，亲爱的，我是这样敬重，这样想要顺从，这样想要倾其所有，这样想要以命相抵。我恨不能检讨自己平日所有疏懒和对你的怠慢，也恨不得收起平日我所存了的所有委屈——但却噤了声，一句都说不出。我知道，这样的话怎么说都不准确，不是薄了，就是厚了。

从什么时候起，我变得如此贪婪——想要多了还多的相守，想要长了还长的相聚？我还是那个只想奉献，不求回报的小女子吗？我还是那个对身边的你充满了无限感激、把爱当作生命的至情至性的女子吗？我还是那个在佛前许下重愿，愿用一切换得我们一世安稳的那个幸福的小女人吗？

在这样一个清丽的早晨，我被自己问得哑口无言，羞愧难当！

然而，此时，李白的一句好诗穿透岁月直抵我的内心：相看两不厌，唯有敬亭山。此时此刻，宇宙天地如此郑重，你我就是骨肉至亲，看不厌的爱人就是山，是石头，是石头缝里生长了千百年的大树，是我缠绵一世的真爱童话！

就在此刻，清澈明净的阳光照耀着窗子和窗子里的我，碧蓝的天空高远平和，我安坐在你的椅子上，定睛再看：面前绿茶已凉，书本闲搁膝头却一字未读，满心满目的，竟全是你高大英武的身影、淡然醉人的体香和至真至诚的绵绵情意。

几天了，我的心头总是充满了忧伤。早上起来，我唱道：我的心里充满了忧伤，忧伤如同春天的潮水，冲掉了我心的堤岸……这样唱着，心里的忧伤就更多了。我的天，我这是怎么了？

亲爱的，我爱你，而且一定是与你有关。

三

听说你们的工程受到领导的表扬，尤其你的设计一下节约了上千万元的资金，真为你骄傲。

不想说日月如梭、光阴似箭、光阴荏苒等这些俗不可耐的话，我只想用一种最朴素的语言和最平静的语气来叙述。因为在我的生命过程中，这一个月的生活可谓丰富多彩，它已在我的生活中刻下深深的印迹。

起风了，秋的味道渐浓。看着天气渐渐转凉，渐渐进入了寒凝的时刻，渐渐地思绪也该安稳下来了。

因为不相干的事情，我们却生上如此一场气，真是不知道为什么会这样。亲爱的，能原谅我的任性吗?

原来的我，总认为自己还算是豪爽的。在我，豪爽是清澈的眼眸，开阔的格局，是对琐屑细事的忽略和遗忘，是相逢意气为君饮的痛快淋漓。关于我的豪爽，现举例说明一二，比如说俺视金钱如粪土，时常挥金以赠朋友，比如说家人失手跌碎俺的至爱玉镯，俺不会责骂反而要赞碎玉之声的清脆美妙。除了真正的爱情，那些个蜀锦缠头、步摇条脱，俺一概不放在眼里。因此，好多人都说，和这样的人打交道，尽可以放松心情，不必在谈笑风生的同时，提防俺话语中的埋伏，猜度俺下一步的举措。

但没想到，生活中的我，特别是被你娇宠之后，竟慢慢显现出“小”来，有时竟如此不通情理。而你，亲爱的，竟是如此尊重我，把我的种种过往和坏性情默默拾回，一个人扛着，扛得再苦，也不叫一声痛，那种坚忍静默，想来都让我心里十分愧疚心疼。

想起了你说的那些话，“我这一生只做对了一件事，但仅此一件便使我得意忘形，可现实中，我时刻把它隐藏起来，不，想到就若狂！这件小事是什么？答对有奖”；又想起了你的“悟彻彻悟板桥惠，惜君怜情媳妇心，庆幸今生遇知己，吾汝学教佳伴侣”“很想和你吐心事，牵挂不时填满胸，知己不套无杂意，两心合一方自足”“躬行量力朝天笑，低头奋起展精神！”“人间灯火，实为你我，天地可鉴，吾尔珍恋！”“爱你与日俱增，亲你愈亲愈深，见诸行动！”“绿水无愁风趋面，青山不老雪白头，愿吾妻如日，胜彩虹”。

…………

你的每一句话，让我每一次想起，都暖到了心底。

你说："你不知道你对我的重要，你的高贵大气，气质澄明如水晶，每当在人群中，隔着距离、噪音、浑浊的空气，远远地看着你，就有一种热泪盈眶的冲动。"

可是，我想说，你已经过滤了的爱，如月光透过花叶，筛下安静的疏影，以至于你刻在我心底里的深情，是深深地刻到了骨子里面去了。你的至爱，让我感受到宁静的美、寂寞的力量，仿佛人生就可以这样删繁就简，一心一意开出孤绝美丽的花海一样。

写到这里，竟突然记起那天，我们一同在树下摘石榴，摘吃同步，甜润满口。天青色，忽有一霎雨来，那么清凉诗意，那么怦然心动。

"身体健康，精神愉快"是1989年你之于我的祝福语，我已经得到。我庆幸、感激老天，我得到的，不仅仅是一位亲爱的爱人，更是心灵的师友！

四

昨夜电闪雷鸣，一夜暴雨。

想着远在临沂的你，今年的雨水这么大，你们的工程又如此紧张，听说为了赶工期需要连夜加班，总是感觉到一种忧伤袭来。

夏天是一个让人忧伤的季节吗？我不知道，但忧伤、惆怅，如一把秋天的草，把心塞得满满的。

世上珍贵的东西很多，在我，你的一个眼神、会心的一笑、絮絮的话语，哪怕是双唇无意间的紧抿，都是一种无可比拟的珍宝。你对亲人的那份责任，设身处地谋划和体贴入微的关照，让每一位走近你的人感觉到舒服。

尘世的红男绿女，每个人都有好的一面、可爱之处，但也有这样那样的缺憾，且让我们把这些许的烦恼变作生活的调料，可好？

千江有水千江有月，万里无云万里天啊。

五

昨天，从梦中醒来，你笑着说：媳妇，生日快乐！咚的一声，我的心，便开出了花，如十五的烟花，瞬间便灿烂了整个心空。看到你送的礼物，读着你的信，我的心满满的全是幸福。

媳妇：

在这喜庆的里子里，又迎来你的生日，可谓是锦上添花，可喜可贺。

回想一起走过的一年，苦苦甜甜里留下了许多难忘的记忆。

感谢你，做了一个好儿媳。一年里，你对爸妈可谓尽心尽力，对兄弟妯娌姊妹可谓真诚相待，对侄男侄女们倾注了无限深情。为此，你也赢得了全家的好评。

感谢你，做了一位好母亲。因为你的十月怀胎，为我们养育了一个好女儿。

感谢你，尽到了一位好妻子的本分。你温柔、贤惠、体贴、能干，处理好家里的一切，让我放手事业，无后顾之忧。有人说，“成功的男人后面有一位优秀的女人”，我还没有成功，但我的每一点进步，都离不开你的帮助！

媳妇，感谢你的辛苦，感谢你的付出，更感谢你情感的支持！我们正年轻，青春也正好。只是看到你每天那么努力辛苦——看在眼里，疼在心头。

从青丝到白发。我们的路还很长，好在一路上有你，一路上有我。

“执子之手，与之偕老”，心里存了这句老话，便感觉到生活的踏实妥帖。

你和女儿是我最宝贝的一切，你们的幸福是我奋斗的唯一动力！

媳妇，让我们笑对人生，永远幸福相守吧！

六

新年的第一天，你送了一双漂亮的鞋子给我。穿上恰恰合脚，幸福便在心中升腾。而让我温暖和感动的，是你留在鞋盒中的精美贺卡：“穿爱人牌鞋，走幸福道路！我的至爱，在这崭新的日子里，祝您在人生的旅途中，一步一个幸福的脚印，走出一路风采，路越走越宽，越走越长，越走越激情飞扬！”

晚上，你把孩子送到咱们爸妈那里去，只与我静享着烛光晚餐。

你说，你啊，表面活泼，其实性格内秀内心充满矛盾，所以，你有很多忧伤；

你说，君子和而不同，小人同而不和。艺高人胆大，一定要技高一筹。做事要用心，做人要用心，生活更要用心；

你说，每个人生活在世上，顶着一些东西。有些东西或人或事，不要刻意，不要喜形于色，不要气堵胸膛。做任何事情，我们遵循的，大多是约定俗成的规律。有些是不得已而为之，不一定正确。我们把握好规律，有些东西该如何办，按照法律法规的要求去办。现实的，如吃饭，多吃一口少吃一口，我们自己可以决定。有些可能不想吃，但为了对主人尊重，也要吃上一口，这也叫与人为善；你说，要尽快地如小鸟般丰羽。要用发展的，联系的眼光看问题，做到无故加之而不怒。多分析，为什么会出现这种情况，目的是解决这种苦闷，是找出没有把握好的东西或者规律。要勤于观察，善于思考和总结。循序渐进，太阳没有永远的正午。不要刻意地痛苦或忧伤。

你说，能受苦方为志士，肯吃亏不为痴人。“洼则盈，敝则新，少则得，多则惑”的人生体察，既智且仁。你说，现实生活中，“天下熙熙，皆为利来；天下攘攘，皆为利往”的浮生相是不足取的。认真做事只能把事做对，用心做事才能把事做好。

你又给我说着特蕾莎修女的箴言。

你说：人们经常是不讲道理的，没有逻辑的，以自我为中心，不管怎样，你要原谅他们。即使你是友善的，人们可能还是会说你自私和动机不良。不管怎样，你还是要友善。当你功成名就，你会有一些虚假的朋友和真实的敌人。不管怎样，你还是要取得成功。你耗费多年所营造的东西，有人想将它毁于一旦。不管怎样，你还是去营造。最简单的事，犯错；最沉重的挫败，灰心；最大的缺点，坏脾气；最低劣的感觉，怨恨；最宝贵的礼物，宽恕；最愉悦的感觉，内心平静。如果你找到了平静和幸福，他们可能会忌妒你；不管怎样，你还是要快乐……

在新年的第一天里，在那静谧的夜晚，你一直在说，而我一直在听，似乎不善言谈的你说尽了一夜的情话，而伶牙俐齿的我，就醉倒在你的絮语里，久久不愿醒来。

七

拉上百叶窗，便隔断了一窗的阳光和无限的市井声。脱下外衣，我再次躺下。

那是我们爱的温床，里面盛满了爱和回想。

闭上眼，全是你英俊可亲的面孔；深深地吸一口气，全是你浓浓的体香。绕抱住双肩，让我感觉到你手掌的温度和厚重的力量。

无限的温情和甜美的心情，在这夏日的午后，溢满了我爱的心房。

此时，想起了我们的那次谈话。

我说：人生岁如飞刀，刀刀无情催人老。革命身体最重要，劳逸结合君知晓。为把身体珍重好，压力心焦脑后抛。一笑人不老，二笑人年少，三笑四笑妙妙妙，老公试试好不好?

你说，忙中有闲，但光阴不待，争朝夕，多做事。没办法，笨鸟先飞，愚者劳顿!

我说，夏风微，人未睡，朦胧之中与郎会，盼相见，不离别，不求富贵，愿偕同穴，地老天荒你和我。

你说，爱情不是炫技，不是试验个人魅力，不是比拼三围和资产，而是彼此的倾慕和信任，是两条船都以彼此为岸，下限是忠诚，上限是幸福。

我说，一段相思三寸草，冬去春来，枝叶更繁茂。燕子回来啼破晓，句句声乱秋千道。常怨相逢寅错卯，夜夜银河，空把痴情抛。五月骄阳处处照，盼让老公常抱抱。

你说，三千花落梦中飘，霓袂舞红绡。繁花似锦人醉，长夜伴笙箫。香阵阵，月遥遥，语悄悄。愿将风雨，化作彩虹，共渡心桥。

我说，一日不见胜十春，望穿秋水等君音，人说大海宽且深，不及念郎一寸心。

你说，昨夜凝思心语长，珍重情缘惜时光，感谢妻怀知春暖，绵绵情丝润心田。

我说，对月梦中唤君名，夏风三更读漏声。两地相思风解意，星空明月寄深情。

你说，相思二字写来真，天上人间四处寻。百味何如相思好，风来疑是暗约人。

…………

我不知道，这世上是否还有人如我般唯爱是图，迷恋你的气味；会不会如我般对着你的背影默默思念，那份思念里，满含着无限的感激。

是的，感激。

感激你成全了我一份唯美的爱情，纯真到极致，如同深冬的雪，一脚下去，噗的一声，拔出脚来，还是满满的雪白；感激你让我改变了人生的轨迹，远去的日子，都如泡沫，太轻或太重，但都不重要，重要的是我的心如初秋的泉水，清澈恬静，风吹过，只会有一丝丝的涟漪，很快又恢复到最初的宁静古朴。在满怀爱的日子里，永远守望着你的声音，等待着与你相守。

八

那是一个秋天的早晨，刚刚走到办公室便收到你的来信，信很短，仅有一句话、一首诗：

夜来静坐，对万家灯火。

浓浓真爱无处躲，好个幸福的我。

隔着山山水水，媳妇媳妇亲亲我。

短短的、一句话、一首诗，却让我柔肠万千。

秋天正午的阳光柔和明静，它散发的温暖似乎伸手可握，我甚至能深深感觉到这份温暖在我的血液和呼吸里涌动，而窗外的天气还是和多年前一样，遥远湛蓝，如同祖母的眼睛，平和安逸。

大地无言。岱崮远山的气韵，透着隐约的熟悉。这些安静的楼群和土地，就像风中蓦然回首的女子，丰富、内敛、灵性，充满着让人心安的意味，如同我此时正安坐着的桌椅，暗含了一个无法言说的期待。

岁月的光影。

恩爱的记忆。

还有阳光、雨露，还有风花雪月，还有你我的真情。

一步恍若百年。

行走在你身边的每个日子，宁静而踏实。太多的感动，太多的相知，好似我们早已恩爱了几生几世啊。我珍视着这样的心情，但我不知该如何告诉你；不知如何告诉你的，还有这样如此宁静甜美的等候。

山之高，月出小。月之小，何皎皎。我有所思兮在远道，一日不见兮，我心悄悄。而我的心，我知道，你早已收好。岁月将繁华全都伸展了开来，请珍重并细细体味人生的这千般美好吧。

九

应该是前天晚上吧，你梦到在旅游时把我丢了，怎么也没有寻回来，为此，你像个孩子般恼了好几天。甚至两个早上没有吃饭。当天中午，我给你写下了下面的话。

放下心中的烦恼，好吗？其实，一切都是美好的，一切都是完美的。

也许，是因为你太在意我的一切，日夜牵挂于心，梦中便会不自主地表露，其实，亲爱的，你常告诉我，有老天在护佑着我们，一切的一切，都会是美好如意的！

爱是一种奇特的礼物，你的爱更是圣洁的馈赠。你是最细致入微、情感细腻、有着非凡想象力的人。因为你的珍爱、呵护、宽慰，我心灵的花园里，日日开满了美丽的花蕾，它的宁静，它的芳香，就像甜美的音乐令我陶醉。幸福本身就是充足的理由，我们的爱超越了尘世，我们的爱超越了一切！世界上没有两个人如我们一样日夜思念，心系对方。我们谦虚、忍让、真诚地面对对方，保持一颗纯洁的心，善良地面对周围的每一个人。这样的爱情是神圣的，这样相爱的两个人是会受到天地的恩宠和眷顾的。因此，我的至亲，我们会一天比一天好，一日比一日更幸福美满的。

真正的爱情，让所有的事物变成了美。有了这样的爱将意味着，变成了爱的美和变成了美的爱之间无法区分。那将意味着，每一天神秘的天使都将向我们揭示一种新的美丽。我们是活在行为中，而不是生活在年月里；我们是生活在思想中，而不是生活在呼吸中。思者最广博，心灵最高尚，行为最善良的人，活得尤其精彩，正如彼此爱着的我们。

心手相牵，让我们永远笑对生活的每一天吧。

十

1989年的中秋节，你是在临沂工地上度过的，因为军工医院搬迁至临沂在即，宿舍楼建设竣工也迫在眉睫。那年的中秋，你捎回了各式的月饼，更捎回了思念，你在不同的月饼盒里给我留下不同的惊喜。

“亲爱的，今夜月不圆，因为你不在身边；今夜月很圆，仿佛你就在眼前。”

“至爱，记忆是欢快幸福的礼物，此时，我对着太阳清点与你相爱的每一寸时光！”

“我的亲亲：你是我一日深似一日的爱恋，你是我一月重似一月的牵盼，你是我一年浓似一年的情牵，你是我一生一世不再更改的梦幻！”

享受着你的爱和关怀，我在那年的中秋写下这样的日记：

亲爱的。写下这三个字的时候，我的心情是甜美的。因为，我知道，时间会带走许多——美好的感觉或者美丽的感受，很多东西远去了，即使我们奔跑都赶不上。正因如此，我们是多么的幸运！

一直以来，你都是我精神的支柱和红尘中最坚实的依托，每当我累了、烦了或者无奈了的时候，身边的你便会给我无穷的力量；即使是平常的日子，一想起你，心里也会涌起一层层幸福的涟漪，这份幸福，足以让我微笑着度过人生中所有的一切。有时候，我一直在想，今生能如此度过，也便幸福无悔了。

锦衣、美食、香车、金折，在我，都抵不过最好的爱情：彼此相伴——两个人，并排站在一起，亲密地看着这个美好的人间，多么幸福。

日子也许很平淡，但很熟悉，好像对方的气味就是自己身上的气味；拥有一致的生活品位，散步的时候，有永远也说不完的话题；拥抱在一起的时候，有一种安全和踏实的感觉，如同冬天晒过的棉被，有一种阳光的味道；累了的时候，知道对方的心就是自己的家。而这一切，都是你所给予的。

成熟的感情都需要付出时间去等待它的果实，但是，现代都市的人却欠缺着耐心：有谁会用十年的时间去等一个远行的人？有谁会在十年远行之后，依然想回头找到那个人？现在的爱情，能比十年走得更远吗？

其实，骨子里，我是个极其守旧和传统的人。爱一个人，便渴望终其一生，白首相依——无论贫穷也好，平淡也罢，我只想和对方牵手相依，永不言弃。然而，到处是善变的诺言，处处是触手可及的速食爱情。好在，亲爱的，我遇到了你，于是,你便成全了我一份最美好的爱情和拥有童话般爱情的感觉。

我知道，高高大大的你，其实是细腻的，哪怕是一次小小的分别，在你在我，都是一种蚀骨的伤痛。此时，你又远行，两个月的时间，让我如何不想你？

不由得记起了你的叹息来：长相思，总别离，秋水望穿盼见妻。独凝望，心相语。问天天不老，问情情正切。久经别离后，思念发如雪。

十一

亲爱的，刚刚读过《爱过半世纪》，短短的千字小文，却让我感动了很久，我便迫不及待地说与你听。

怎样的爱情，使一个女人苦等五十个春秋？使一位如花的少女，变成古稀的老人？怎样的一个男人，使一个青葱的女孩，无视世间的多彩，心灵之门只肯为一个人打开？怎样的一颗心，甘愿为了另一颗心沉沉浮浮，苦苦甜甜？这样的爱情我懂，这样的男人存在，这样的人心，如金子般，你我都拥有一颗。

五十年里，没有碎裂的伤痛、彻骨的思念以及等待的绝望，只有淡定的从容、平静的相守、永远的激情。在生命的角落里，次第开放着的，是写满了爱情的花蕾，只有真爱的人才能体会。

爱，是人们对生命的理解和珍惜。时间终会淡化所有的一切：青春、容貌和火热的激情。红尘中的往事也会在记忆中润泽成珠，黄昏里细细回味着的，哪些是云卷云舒下淡淡的喜悦，哪些是车马喧嚣声中悠长的思念，哪些是蚀骨长存的永久的记忆，只有那颗易感的心才会懂得。

红尘中有许多的事，更有许多的人，哪些事让一个人沉沦，痛惜不已，哪些人比自己的生命更加宝贵，最终成为一种信仰、一种依托、一成其为不灭的灵魂，去追随、爱戴、珍视，让其永远自尊、自爱、喜悦、幸福，如同阳光之于万物，雨露之于禾苗，分秒不能分离、缺失。

因此，张茂渊是幸福的，她拥有一段伟大的爱情，而我的幸福却高过她许多，因此，我比她幸福了许多。难道不是吗？

十二

你的情书如春天的花蕾般芬芳着我的生活，你知道我有多开心吗?

你说，如果存了清宁心意，只求如许安静充实的生活，心里便会阔实安静许多；你说，好的婚姻就是随时愿意和对方分享生活中的小事。是啊，尼采也说过，婚姻生活如同长期的对话。我想，我们是比较“话唠”的那一种吧?只是我们的对话，更多的是写在了纸上。那天，你又捎来了五页纸的“情书”，这些情书里也没有多少甜言蜜语，不过都是些今天你们吃了什么，工作进展到什么程度，同事谁和谁又发生了点什么，甚至下雨天你们收留了一条流浪狗的话。但就是这些细水长流的生活小事，构成了我们“情书”“情话”的大部分内容，让我感觉到你的生活我正在参与，从未缺席。

今晚我又在读沈复的《浮生六记》，短短的小文却让我百读不厌。林语堂说，娶妻当娶陈芸娘。我真喜欢这句话，甚至因为这句话而喜欢上了林语堂。但我还是喜欢芸娘更多一点。我喜欢她对生活的热爱，喜欢她的深情，喜欢她与大君生活的种种，那么温暖、诗意。读着这些文字，我又想到了我们，其实，我们的生活，也有与之相媲美的动人之处呢。

小雨轻落的时候，高高的小轩窗下的风铃叮咚响着，有清凉的风徐徐吹来，打在半湿的头发上，有微微的沁凉漫上心头，这样的时刻，除了《浮生六记》，伍尔夫的《一间自己的屋》也是极适合夜里静读的。就像此刻，我只觉时光清美，心里心外总是周邦彦“午阴嘉树清圆”般的词。读着，想着，心里却多了一份惆怅。因为，在我们相处的日子里，曾有过多少倾心相拥的日子?此时，突然忆起你我静夜伴读时偶尔抬头，然后相视而笑的样子。万千风情都在那一瞥里，是一种默契，是一份懂得，更是一种无言的幸福。

青山不老。今夜，且容我用一颗微凉的心，于平静清澈的秋夜里，独自回味岁月的味道吧。

夜色澄明，一片恬静。

…………

逝者如斯夫。

“愿得一心人，白头不相离。”卓文君的《白头吟》，是多少女人心中的梦想和所愿。

那些爱的岁月里，我们在纸上写满了爱的誓言，一餐一饮中见证着爱的岁月。那些年月里，我时常做着同一个梦。梦里，总有这样的情景：白雪皑皑，长衣飘飘，一起牵手走过岁月的河……居家的日子里，你下班归来，精心为你冲一杯清香的绿茶，从杯中袅袅散出的热气里，嗅着淡淡的茶香，醇厚、甘甜……而你，也静静地看着我，端起杯中的幸福，一饮而尽，然后相视一笑，开心而又默契……

那些年月里，我还时常做着这样的梦：你出发归来，我远远地看着自己的老公跑来，眼里是藏不住的关爱，当众匆匆一瞥里，是分别后绵长的思念；当众拉了手，手温里传递的是分别后无尽的牵念；回到家，一盆热水、一条手巾、一杯热茶，趁女儿转身之机飞快地亲一下……当女儿回转身时，装作不经意的样子，再回身时两人却在意味深长地对视……锅里是温热正好的可口饭菜，倒上两杯红酒，轻轻地抿一口，听你热闹地讲途中的喜乐见闻。虽然喜欢和朋友聚在一起，却会从心里盼着他们早些散去，就连最爱的女儿，也会拍了背说：睡了睡了，老爸累一天了，明天再让爸爸陪着你玩。之后，便关了门，喁喁地说上一夜情话，哪怕是早上梳头时落下了一根头发，也要听老公细细地说一遍，只等老公的鼾声起了，才关了灯，一遍遍地吻了世界最亲的那个人，让他的体香穿越心灵，然后，握了他那宽大的手掌，静静地等天亮……

然而，幸福总是短暂的。

在我们结婚9年后的那个夏日里，你走了之后，再也没有回来。

你走后的那些长长的日子里，我夜以继日地写着思念悲伤的怀念文章。我写《走好，我的爱人》，写《今夜，我拥了月光等你》，写《来生，还做你最爱的人》，写《永远的缺憾》，写《爱人远去的日子》，写《不老的爱人》，写《清明的忧伤》，写《梦里花落》，写《独坐春天》，写《这个冬天没有雪》，写《一生珍爱》，写《预约来生》……那些肝肠寸断的文章影响了许多人，而且也获过各类文学大奖，其中《走好，我的爱人》还被拍成影视短片，获得过国家级奖励。

你曾一直对我说："人生要有奔头，也要有靠头。你就是我的奔头，而我，会做你一生的靠头。"但你走了，带着我们的爱恋，带走了我的春天，更带走了我一生的那个靠头。从此，在茫茫的人海里再也没有了你的身影，在繁华的街道上再也寻不见你的足迹，在月升月落的日子里再也牵不到你的手，在有风有雨的时候再也找不到你温暖的怀抱，累了苦了哭了，不知道去哪里寻找你的肩头来靠一靠……

"每一样东西，每一个时辰，每一点每一滴都在说你不在！到处都是你，到处都没有你。"陈希米怀念史铁生的感受，何尝不是我怀念你的感受？杨绛在《我们仨》中写到"我一人思念我们仨"，这八个字饱含着的寂寥、悲伤、思念、无奈，我又如何体会不到？而白居易的"君埋泉下泥销骨，我寄人间雪满头"的伤痛和纳兰容若的"谁念西风独自凉，萧萧黄叶闭疏窗，沉思往事立残阳"内心孤独悲怆，我又是怎样真切地体会着？

二十年的光阴那么长，长得一眼望不到边；二十年的光阴又那么短，短到在一呼一息里。在这长长短短的光阴里，我早已习惯了坐在岁月的角落里，把思念一笔一画写成岁月静好的样子，而你，恰好在这一笔一画里，从来没有走远。

然而，写尽了人间爱恋又能怎样？写再多的情深似海又能如何？在我的生命里再也没有了你。穿行在四季的韵脚里，读一段简约的宋词，写一段不老的相思，品一盏薄凉的人生之茶，夕阳西下再也不会无限美好，朝升月落再也不会如诗般美丽……

只能为你把相思写老，可终究走不出你。

碧海青天

从前，总认为死亡离我们万分遥远，我们有大把的青春和无限美好的人生与未来，然而，二十年前的那个夏天，我第一次面对生离死别后才知道，原来死亡一直在我们的身边，不知何时，它便会挥着一把无情的利刃，生生地割断美好的一切，让痛经久不衰地沉入心底，日夜涌动。回首二十年前写下的怀念文章，当时的那种蚀骨伤痛，仍然历历在目。

一

秋雨潇潇，轻叩着门扉，也敲打着我的心。春已尽了呢，我的爱人，你却在初秋将至的日子里，不幸因公而逝。我没有挪动你常坐的沙发，只为你沏上一杯你爱的绿茶，再为你打开电视，调到你爱的体育频道，一如从前般让温馨的生气慢慢充溢整个空间。

望着满屋不语的照片，再一次用心握住你宽大有力的手，泪眼中，你一如从前般宽厚地笑着。你是不善言谈的，婚前如此，婚后也是如此。你只是用实实在在的行动表达着你内心的深爱。“我会让你幸福的。”

这是我们相识至今十几年里，你说过最最甜蜜动情的话。你虽然只比我年长几岁，却那么自觉地为我支撑起一方宽广明媚、轻松愉悦的天空。你把我的喜乐当作自己的喜乐，把我的忧烦当作自己的忧烦。你将一生的爱，浓缩在十年内，全部奉献给了我及周围的每一个人。现在想来，你的宽容、责任、稳重、善良与温情，竟与你的年龄那么不相符。红尘素居里，拥着你无限的真爱，我总以为我们会有长长久久的日子和无限美好的未来。攥在手中的幸福也有时间和心情从从容容地细细品尝，死亡对于我们是那样遥远，遥远得从来不曾假想过。然而，在那个阳光灿烂的夏末初秋里，你却来不及与我道别一声便匆匆而去。三十五岁的年华，上帝于心何忍！巨大的悲痛让我难以承受这份残酷。我将痛楚不舍的目光一次次梳理你的每一个毛孔，一寸寸亲吻你的每一丝肌肤。我不相信，那渐凉的身躯就是我曾生命蓬勃的爱人？然而，肝肠寸断的我，千呼万唤却唤不回你渐远的脚步；泪雨如注，却不再浸湿你柔情无限的心田。爱人，你怎么忍心舍我独行，怎么忍心让这巨大的痛苦吞噬我年轻而脆弱的心！你带走的，不仅是你鲜活的生命，更是我整个的心、全部的情以及一世的眼泪和今生的欢颜啊！

爱人，总感到你还会回来，你的气息、你的身影、你的温和无处不在。我知道，你只是出了一次远门，不久便会回来与我相聚相守，继续做一对平凡的米面夫妻。

记得吗，爱人？八月，我们打算相携看海；十月，我们曾约好了朋友一起登山观日；明年春天，我们计划好了十年的婚庆；五十年后，八旬的我们相拥在沂河边读着满头的霜雪共叙当年的恩爱悲欢……

爱人，好希望你能如书中所述的那样踏雨而来。于是，每一个飘雨的夜晚，我都燃起一支蜡烛，等你前来。茶等冷了，我重新兑上一碗；心等冷了，我披上衣裳；房子等冷了，泪雨流满檐边……可你一直没来。爱人，你可知道我的痛苦、无奈与不甘？

天长地久有时尽，此恨绵绵无绝期。爱人，我会永远守望你的归期，在雨止的清晨，在月圆的秋宵。

望你珍重，更望你走好啊，我一生一世的爱人！

二

此刻，外面的夜正明净、姣好。我独坐窗前，让月光静静地洒满一屋，洒满我的衣襟。耳畔似有天籁的和声，隐隐地，缥缈地漾起，如丝般柔和静美。我知道，此刻，你一定会踏月而来呢，我的爱人。

此刻，我的心中又盈满了无数关于月的诗句："无言独上西楼，月如钩"，"月明如素愁不眠"，"除却天边月，没人知"，"伤心明月凭阑干"，"月有阴晴圆缺"……太过凄美和忧伤了，一如我此时的心情：诉不尽的酸甜苦辣，道不尽的离合悲欢啊！

举头望月，不由想起"天上人间"的句子来。爱人，你去了那远远的地方，可否感到"高处不胜寒"？你可感觉到，天堂与凡尘之间，还有一段爱恨情痴的漫漫长路？

不知明月几时有，不知何时初照人——把酒问青天啊，爱人，月如玉盘，为人间铺就了迷人的缠绵，也照见了我涩咸的清泪和伤感；轻轻低问，爱人，你可喜欢我为你备下的这瓶醇酽、浓烈的美酒？只是你不要醉了呢，在这月光如水水如天的夜里，我还要与你倾夜长谈。

有你的中秋，我不曾记得有这么美丽的月华，只记得美丽的故事：我们曾月下对弈，因了你一时疏忽而让我轻取敌首，手舞足蹈，此时，我的耳畔还清晰地响着棋敲满月的声音；我们曾相拥读月，那些寒瘦的诗句，从苍茫的古中国踏月而至，几度圆满，几度消瘦，此时，我分明听见唐朝古寺夜半的钟声，正一下一下悠扬地响起；我们曾守着圆圆的月饼，圆圆的满月，真情相许，心意相通，乞求着"但愿人长久"，而此刻，却只留下天人永隔的伤感，对景难排啊，爱人。

此时，我第一次感到美好的中秋之夜原来是日渐萧瑟的深秋。在青春清清楚楚走过的月夜里，那些甜美而忧伤的感情又有谁能清楚地诉说和丈量？只是那些深埋在心底里的情感会永远积淀在心灵的某处，时时灼痛着我的心，让我每一次在回味和嚼咀中，感受到它的珍贵与沉重，也会让眼睛和心灵夜夜不眠。

月亮是情人的一瓣唇？是归客故里的一盏灯吗？爱人，在飘飘欲坠的岁月里，我们再也不能真切地共享这片既给我温馨，又给我慰藉的月光了。

此刻，我的心头又响起了萨克斯的旋律，轻缓、舒慢、悠扬而又苍凉。我仿佛又回到那个共听萨克斯的月圆之夜，多少欢慰与感怀，星星点点跋山涉水，徐徐荡漾而至，如同你温柔宽厚的手抚慰我伤痕累累的心，放逐着我的无奈、忧愁与不甘。

相见时难别亦难啊，爱人，在太阳即将升起的时刻，我渴望在下一个满月的夜里，你踏月而来；我再一次地乞求，在人生的路上，夜夜都有一轮盈满的明月为你我高悬。

三

春天的阳光正暖暖地照在我的身上，窗外是一点点、一寸寸浓起来了的春色。这本是一个明媚温暖的季节，但我却只能拥着无边的思念独自感受如水的春光。“离恨恰如春草，更行更远还生”，永远的缺憾如潮，浸湿着我有痕的心田。

那个热烈如潮的夏日，你没来得及告别一声便踏着夏日的骄阳和一身的汗水走了，去了一个天霄地壤阻隔的地方，我知道，再见到你将又是一世一生。于是，思念便在之后的日子里疯长，被日子一层层地加厚，又被泪水割裂成一片一片，都是梦，如漫天飞雪，如淅沥春雨。

此刻，在这样一个阳光明媚的春天的傍晚，我独自坐在窗前，读着一个个令人感佩的爱情故事的同时，守望着心中的那份缺憾。

美丽的加州，一个叫莫莉亚丝的女子，在一个晴好的夏日里，与先生罗夫曼共同参加攀岩俱乐部的攀岩活动，当快要到达顶峰时，位于妻子右上方五米处的先生突然失足，正在攀岩的妻子毅然脱离崖壁，伸出手准确地搂接住迅速下坠的他，紧紧依偎着共赴万丈深谷，这漂亮的搂接动作，成了永恒的瞬间被烙印在在场的每个人的心中。虽然她无力救活自己的先生，却用生命尽情诠释了那个伟大而崇高的字——爱；在中国的嘉鱼，身为小学校长的董方保和他年轻的妻子，在洪水漫天袭来时同时抓住了一棵小树，当幼嫩的树干无力承受两人的重量时，妻子平静地望了丈夫一眼：“还有那么多孩子等着你呢，多保重啊。”便从容放手，消失在了湍急的洪流中。这凄美的放手，道出了一个爱着丈夫的女人最后的心声：让我的死换回你的生；沙特阿拉伯首都利雅得的一个男子因患眼疾致双目失明，万念俱灰痛不欲生时，他的妻子竟为他献出了自己的一只眼睛：分一只美目给爱人，分一半世界给佳侣——请转动着我的眸子去感受生活的心动和幸福吧，我，无怨无悔。

可是，当你离去时，我还守在温馨的家中等你归来。因此，我不但没有与你共赴终点的幸运，而且无缘为你献出点什么，哪怕拥你入怀，让我的心跳伴你上路都不能够，我只能攥紧你渐凉的双手倾尽我一生的泪水，我只能用一袭黑衣为你向隅而泣一生。哦，爱人，我们短暂的婚姻，有一个温馨的起点和啜饮千般欢爱、沐浴万种柔情的九年。然而，当你走到生命尽头的时候，却留给了我一生的缺憾，这个缺憾，是我无论怎样努力都不能够弥补的。

拥着这份一世的缺憾，我在春日的黄昏里，与思念共坐，静静地看夕阳下的春光一寸寸地朦胧，一点点地热烈。

四

一条精致的白金项链和一块精美的心形钻石项坠，虽谈不上多么昂贵，我却将它视如珍宝。因为，它是一个丈夫对妻子的真爱，更是一个已故丈夫留给妻子一生一世的眷恋。

自小与胭脂女孩无缘，每日衣长裤短地疏懒着自己的形象。对首饰之类物品并不怎么在意。结婚之时，坚持“好女不穿嫁时衣，好男不吃婚时饭”的原则，决定白手起家：刚参加工作的我们，没有伸手向父母要钱，而是将各自的积蓄凑到了一起，虽然倾其所有也不过千元。除去衣服鞋袜、窗帘、床单之类，连张百元一套的婚纱照也没照，更不用说项链之类奢侈品了。为此，你总感到歉疚不已，我却总是轻轻一笑：“好女不带金！不是酸葡萄心理，没有首饰，心里更觉清爽呢！”

婚后几年，工薪层的我们，因了家政建设；因了应孝敬双方父母；因了长大的孩子的业余爱好；因了我们夫妻工作之余自身的“充电”；还因了我这人爱书如命，见到喜欢的书从不看后面的标价只管往包里塞；更因了我与你都是热情豪爽之人，时不时呼朋引伴的同聚小酌，每月有限的工资早已所剩无几，因此，虽“婚龄”不短，但这金那银的还是一直与我无缘。农历九月，将是我们登记十年的纪念日，还是我三十岁生日，早早地，你便相告到时送我一个惊喜。我只淡淡一笑：“夫恩妻爱，小女可人，实乃千金难求之美事，夫复何求？”但从此后，你便早出晚归了起来：又是搞房内设计，又是承接家庭装修，每日忙得灰头灰脑不成样子。见你如此辛苦，更少了夫妻相守的温润。心疼之余，我曾不止一次地口出怨言，可你只憨厚一笑，温柔有加地说：“就好了，就好了。”有时见我冷着脸，便打趣道：“为了咱们第一个十年，更为了庆贺夫人又‘成熟’了一岁，我不辛苦谁辛苦？何况是三十岁，怎么也该让夫人幸福地‘立’起来，是吧？”然而，没能等到九月，你便在一次意外中永远地走了，让我时时体味着“碧海青天夜夜心”的无奈。

在躺了整整二十天后，不得不整理你的遗物时，痛苦欲绝的我扑倒在你的办公桌前肝肠寸断。抚摸着你曾用过的每一件物品一如握了你宽厚温存的手，无不让我泪流如注。泪眼中，见办公桌上的最里层有一精美的方形铁盒，打开是几本精致的日记，里面细细记录着你对我如水的关爱和从不曾言说的真情，记录着你对生活的憧憬和明天的设想，更有平淡生活中的点点滴滴……在最后一天的日记里，你认认真真地写道：“今天，我到老白金店的钻石专柜，用我近一年业余劳动全部所得以及这几年的私房钱 6666 元整，专门定做了一条白金项链、一块心形钻石项坠，表示我们一心一意、永世相守的喜悦，也希望我的媳妇因了它而永远六六大顺，快乐如风……”

于是，在我们十年合法纪念日和我三十岁生日的那天，我郑重地替你为我戴上了这条项链。虽然，它的外表与其他项链没有什么不同，但翻开钻坠的背面，便会看到特别定制上的一幅精美的图案：一支代表爱情的箭穿过连在一起的两颗心，下面是一行阿拉伯数字：27——52199（爱妻：我爱你久久）的字样。这是你留给我一世的诺言和真爱。戴着它，一如拥着你的爱，在走过了又一年风雨霜雪之后，我知道，它还会陪我走过人生的暮暮朝朝、岁岁年年……

五

在每天的晨昏和长长的日子里，爱人，我总是长久地独坐窗前，心里却感觉不到时间的流动。悲伤一浪高过一浪地冲撞着我千疮百孔的心。眼泪早已流不出来了，在你走的那日，我便将一生的泪水全都倾给了你，在通往天国的路上，你有没有感受到心灵的潮湿和道路的泥泞？

说起来，咱们的婚姻也算一段奇缘呢。你我虽是同乡，却从不曾谋面，更没有通过音信，见面短短半小时之后，我便成了你的未婚妻。对于这桩婚姻，我曾有那么多的无奈和勉强，在此后的相处中，我不时戏说着自己是失足少年，是二十世纪八十年代最后一桩包办婚姻的“牺牲品”。你从不争辩，只是憨厚地笑着。只是，从此后，你便将爱与责任记在心头，为了我们情感的交融、心灵的沟通，你做了最大的努力，用不倦的热情和努力，全方位地改变和完善着自己，如同一棵枝繁叶茂的大树为我遮阳避雨。慢慢地，我喜欢上了你，爱上了你，最后竟离不开你，心甘情愿地与你一起慢慢变老，幸福地拥有了我们自己的生活。

那时的日子是甜美的。工作的地方是闭塞的，却也是秀美的，有清清的小溪，有连绵的远山，有清新的空气，也有浪漫的田园。夏日里，我们相携到河中嬉戏，清清的河水留下我们青春的影子和絮絮的情语；春秋时节，我们登山望远，手拉手一直走到日暮黄昏；冬日里，我们守着炉火，捧一本心仪的文集轮流读着；或者踩一架简陋的风琴边弹边唱，让欢乐温暖整个冬季；或者在无眠的夜里，相拥说着人情冷暖。记得吧，那时的院子前有一块大大的空地，你便种了蔬菜，晨昏里，我跟在你的左右，看你浇水施肥，除虫打药，你如一个懂行的老农令我惊奇和赞叹，家中的饭桌上一年四季里少不了你劳动的收获。

日子就这样快乐而无忧地流逝着，我躺在你宽大的怀中，日日做着不老的梦。

记得吗，爱人？是在我们结婚半年后的日子，你宽大的手拉着我纤弱的小手走了好久，之后，便在一块厚厚的草地上坐下。我躺在你宽大的臂里，甜美地闭着眼睛，你不时往我的嘴里塞着山枣：“咱们要个孩子吧！”我竟将山枣哽在了喉咙里：“我还是孩子，要那劳什子干吗？”“只你一个孩子宠不过来，再有一个，才最完美呢！”于是，一年之后，你便如愿做了父亲，只是你盼望的是个儿子，上帝却给了我们一个女儿，你还是那么欢喜地迎接着这个小生命：“女儿好呢，贴身小棉袄。”只是咱们的“小棉袄”太过娇弱了，每日吃不完的药，打不完的针，可你从不厌烦，从喂饭到喂药，细心而又周到。我这人嗜睡如命，有了女儿也是如此，你从不舍得叫醒我：夜里，女儿饿了，你宁肯让她喝奶粉；病了，你独自细细看护。爱人，准确地说，咱们的女儿是在你的背上长大的，只要有你在，我们母女是懒得举步的，你常常是背着“大孩子”，抱着小女儿，当遇到熟人时，你才肯赶紧放下背上的，憨憨一笑：“她不舒服呢！”我总以为，你是我今生永远的靠山，可是，你却在我最没有设防的情况下，离我而去，再也不曾回来。

记得结婚之初，我们刚参加工作不久，手里并没有多余的钱，可你看我嗜书如命，发薪之日总会跑到书店捡了我喜欢的书狂买，为此，总是粗茶淡饭的我们，家中却四壁皆书，相识的人们总笑称我家是“图书馆”。后来生活慢慢好了，可你依然保持自己节俭的习惯。还记得那个流泪的春节吗？每年春节，我都希望一家人新崭崭的，从前，虽然生活拮据，但你总让我和女儿鲜亮亮的，对自己却不在意。那年，咱们到省城为你买了一套贵重些的衣服，可春节那天你却依然是一身旧衣——虽然只穿过几次，却也是旧衣呀！你笑嘻嘻拿出了一件奶油色的羊绒大衣——你悄悄把自己的衣服卖给了同事，又偷偷用这钱给我买了一件。那时，羊绒大衣还是奢侈品，可我已有了三件！为此，我们有了婚后的第一次争吵。看着我泪流满面，一米八多的你竟痛惜地手足无措！

爱人，还记得朋友们对你“小蜜”的戏称吗？咱们单位有着通宵打扑克的传统，你却从不参与，有时，大伙会到家里拉你入伙。每次你总趴在桌上一笔一画地为我抄稿——你有一手漂亮的钢笔字，而我写字是从来没有耐心的，为此，你包下了所有稿件的抄写任务：每有小文发表，你更是按顺序剪贴好。这样的事情朋友们见得多了，便喊起了“小蜜”。你却从不生气：“给妻子当‘小蜜’，感觉好极了！”后来，这一昵称成为一个笑话，为我们的生活带来了不少温馨与甜美呢!

爱人，还让得那次“丢妻计”吗?那是我们第一次曲阜之旅。在回程之前，购票的你让疲惫不堪的我坐着休息，我却跑到附近的小书摊看书。你捏着两张票满车站找不到我，竟跑到广播室让播音员在极短的时间内把“临沂的张岚，速到广播室，爱人在等”的话播了无数遍。当我悠悠地出现在你面前时，你跑过来，瞪大眼睛、不由分说攥住我的手怒吼了起来：“你知不知道自己分不清东南西北没有方向概念?你知不知道车站有多挤，人有多多，走丢了让坏人卖了就再也找不回来了?”其实，当时因劳累，我面色菜黄，头发蓬乱，衣服也不整洁鲜艳，谁会拐了我去卖?但一路上，你却攥住我的手不曾再分开过。

还记得吗?也是在一个夏日的夜晚,也有着像今夜般柔密如水的风。骨子里我是喜欢自虐的。那次为了单位的一点不愉快我又自虐了起来。你最痛恨我这一做法，便一次次地劝我：“你傻不傻，用别人的缺点惩罚自己。”任你怎么劝，我依然不吃不喝不说话。你的确愤怒了，便少了平日的那份温柔与耐性。我是一直被你宠惯了的，见你如此对我竟又气又急地和你吵了起来。我那么刻薄地说着伤人的话，那么没有风度地指责着你……我有肚痛的毛病，痛起来是要立即注射镇痛剂的。你一见我的样子，竟想也没想背起我就往楼下飞奔。趴在你温暖的背上，我把羞愧感激的泪流了你一身：今生里，你是唯一一个对我最宽容，最不讲原则的人啊!

知道你有“小金库”是几年前的事。当时，我也有点伤心，感觉这是一种离心离德的举动，但没有戳穿你。你还是依然如过去般每月把应给两家老人的钱一分不少地寄去，家里的开支也不曾紧缩过，对来来往往的亲朋还是如从前般慷慨着。你只是利用业余时间在做着兼职，并把这部分收入一分不剩地存起来。为了你的自尊，我假装不知，从没在你面前提过。你去世后我在收拾遗物时，见到了一份白金钻戒和白金钻石项链的订单。你在日记中写道："我用偷偷存下的'私房钱'送给妻子一个大大的惊喜。十年婚庆的日子里，我要为她戴上'钻石恒久远，爱情永相伴'的首饰，以弥补她素面朝天嫁我的那份遗憾。"手捧着那份订单，我泪如雨下。你啊，总把我放在心尖上。

其实，我一直是为你骄傲的，正如你为我骄傲一样。那年，你为了缩短我们的距离，执意要参加成人高考。技校毕业，又工作多年的你，复习起来是有些吃力的。可工作之余你便苦学不止。我尽我所能为你找资料，分析考试类型，你终于考上了。看着你孩子般高兴的样子，我感到你可爱极了。三年的学习过程中，我一直伴你左右，因为，这是我唯一能帮你的。当你以优异成绩毕业的时候笑嘻嘻地说："毕业证里，有你的一半，还有你的一半。"之后，你又坚持参加了本科的自学考试，并用两年的时间结束了全部课程。爱人，你知道我多为你骄傲？没有人像我们一样，多年在夏夜的酷热里彼此伴读，没有人像我们一样相期相勉相知日重，所以，也没有人能了解我们在这一过程中的苦乐忧喜和彼此的那份深深情爱。

爱人，你是爱热闹的，永远有颗孩子般年轻向上的心。每到春节，你总是欢天喜地地贴满春联年画，让整个家中张红着绿，将过年的气氛夸大了再夸大，之后，再用鞭炮张扬着我们的幸福与满足；如今，你去了那个漆黑的地方，是不是陌生而又孤独？那儿可有你爱喝的绿茶？可有你喜欢看的足球、相熟的朋友？可有绿色的邮差，将你用我送的那支精美的钢笔写就的信笺送来？没有了女儿的淘气，没有了我的疏懒，爱人，你是否能轻松一下，休息片刻？或者，没有了我们母女的娇痴而让你失落、牵挂？

你是憨厚的，爱人，每当我俩生日或结婚纪念之时，浪漫温存的我总是希望有些意外惊喜。于是，憨憨的你总会送些书籍、小包之类的物品让我开心。记得吗，那次临近我生日之时，我们闹了别扭。我想，这个生日，怕是个悲惨的日子，可刚走到家门，你如往常一样将门打开，嘻嘻一笑：“公主回来了，屋里请，屋里请。”我紧绷的脸早已绷不住了，不好意思地蹭进你的怀，你一直将我拥到客厅，却见桌上摆着我喜爱的饭菜，一只大大的蛋糕上燃着蜡烛，轻缓的音乐淌流在每个角落，更让人难以置信的是象征一心一意的11支火红的玫瑰正鲜艳欲滴，幸福一下冲撞了我的泪腺；即便你走的前几天，我们还约了要好的朋友，带上食物在沂河的沙滩上度过了一个美丽的夏日。此时，我的眼前，还在晃动着你的身影，一趟趟地蹚水而过，为我们拿鞋带衣，将女儿背来背去……

曾以为日子就这样，握住你的温暖徜徉漫漫红尘，在山与水，天与地之间领悟红尘那凝重而深远的感叹，和着淡淡的悲喜。然而，爱人，你却倒下后再也没有起来，你就那么悄悄地走开，如同早上的雾般突然从我的生活中消失得无影无踪，只留给我痛彻心扉的悲哀、无断绝的悲哀。

今年的生日，我将举杯为谁？谁又能与我共度？疼我爱我的人啊，你可知道，这巨大的悲痛，我柔弱的心胸如何承受？你可知道，你带走的，是我一生的追念，更是一生的遗憾！那日，你静静地躺在那儿，任我千呼万唤，任我泪流成河，可你始终没有睁开你那温暖的眼睛。抚着渐凉的身躯，我竟有种无奈、不甘、手足无措和不真实的感觉。我拼命捉了周围人的手问：告诉我，这不是真的。可他们只回答我行行热泪。“睁了眼看我，睁——了——眼——看我！”我拼尽了一生的力量摇动着你，摇动着你。可你却一直那么凉凉地躺在那儿，任我多久地拥抱也不肯温暖半点。那一瞬，我听到了自己心破裂的声响。你知道吗，爱人？从此后，世上少了一对恩爱的夫妻，多了一位哀怨无助的小女人；上帝，竟如此残忍！

没有你的日子里，爱人，我迅速地苍老和惊人地消瘦着；没有你的日子里，平时不大的家里一下空荡了许多，没有了生气，也没有了温馨，更没有了琴瑟和鸣的喜悦。虽然，家里的每一个角落都充溢着你的气息，我却再也寻不到你温暖的怀抱、有力的双臂。每月每日，爱人，我一刻都不敢离去，怕你推门回家找不到我会心急；每时每刻，我穿着你喜欢的衣裙盼你突然而至；有风有雨的夜里，我更是坐断天明！然而，你却没来，我知道，从此后，明媚的阳光下，我们是再也不能真切的相依相偎了。这世界从此再也没有了你，你只能在我的梦里从容来去，我那不堪收拾，如雨后桃花的梦，虽然灿烂却已破碎——在梦醒时分。可是，我却恋恋不已，一遍遍地赖在床上，等你入梦！

看不到真实的你，除了心痛，我更多地在想，你是否瘦了许多——因了对我和女儿的牵挂与不舍；你那年轻英俊的面孔上，是否也有了皱纹——因为自己的英年早逝和许多未了的心愿？我知道，你还不曾忘记我，因为，你还会不时来和我谈天说地，虽然是在梦里，但我是懂你的，正如你懂我。即使现在，你也从未对我说起幽冥中的悲哀，你只跟我谈从前的快乐和美好的记忆。我知道，今天，在万家团聚的春节里，窗外是此起彼伏的鞭炮声和热闹的电视声，窗内是灶冷清寂的一屋思念。已经睡去女儿的脸上仍有泪痕，睡梦里，她一定又梦到你在时的热闹，梦到你把她抱在怀里、托在胸前和一家人嬉戏时的场景吧？今天，你一定会劝我高兴一些，就像你生前看到的我那样。我知道，我也应该向万千快乐的人一样守一个安稳的旧岁，许一个快乐的新春才是，这不仅仅是为了你的期盼，也为了我们更有理由痛饮和沉醉。可是，爱人，今生里，你不能伴我白头，那么，就请你原谅我绵绵的痛苦吧！

守着长夜，守着孤灯，守得住天与地之间的那份和谐与默契，却守不住红尘，守不住缘分，守不住你。深深浅浅的梦里，始终把不稳那盏昏黄的灯。爱人，什么是生死相许白头到老？什么是痴心相从刻骨铭心？雾散云开的世界里弥散的就是那寻觅不着的天长地久？风过雁鸣的红尘梦里坠落的便是那昨世今生的情缘？

夜早已深了呢，爱人，城市又以它迷离的色彩和娇情令我心痛和悲哀。没有你的日子里，爱人，世上又多了一双不眠的眼睛。含泪凝望那轮亘古的圆月，穿过今生的痴情，我想与你相约而来，恳请上苍让我们彼此铭记今世相濡以沫共度的岁月和曾有的恩爱悲欢，像琥珀里的生灵珍藏好你我锦绣年华里的恋情，穿过流年的沧桑，让我们预约来世的恩爱相守；来生，还让我做你最疼爱的女子，好吗？

六

“执子之手，与之偕老”“被酒莫惊春睡重，赌书消得泼茶香，当时只道是寻常”，在经历了二十年的相思、二十年的思量之后，才懂得其中的真意和美好。

岁月已逝，真情不老。人生是短暂的，而人生的意义却是无限的。我的爱人仅仅在世三十五个春秋，短暂的一生却充满了意义：对工作兢兢业业，对世界友善真诚，对生活乐观向上，对家人体贴有担当，最后倒在了工作岗位上。在他逝去二十年后的今天，仍有许多人对他怀念、惋惜，整整的二十年里，让我更明白了一个道理，生命的精神与生命的长短无关，短暂的生命也可以为世人留下丰厚的精神财富。因此，爱人去世后，我珍视着爱人“因公殉职”的“金字招牌”，更加敬业更加努力工作，教育女儿努力学习，认真工作。岁月深处撒下的思念种子，四季繁茂，我用一支淡笔，把相遇的故事书写成诗，把生活的点滴写成故事，提笔写下的是天长，落笔写下的是地久。那些岁月中的文字里有风、有雨、有爱、有情，在岁月辗转中不惊不扰，一心用微笑将过往的美好收藏。

只想说：过往不悔，来生愿往。

第四辑

相逢如初见

女儿结婚小记

虽然有那么多的不舍，虽然一直刻意地回避着这件事，但女儿结婚的喜日子还是唰的一下来到了眼前。

一

知道我是个不会过日子的人，手里有一元钱，早做了四五元钱的打算。就一个外甥女儿，三个舅舅、舅妈对女儿比亲生的还要宝贝十分：早早地，做生意的大哥就把钱先拿来了——“妹妹，咱闺女结婚是天大的事，人家孩子有的，咱一点也不能少。”虽然都是血汗钱，但当哥当嫂子的，在这个时候，没有一个心疼钱的。二哥专门批了上好的酒和烟，满满的一车送了过来，龙飞凤舞地写下了满满的祝福，再用红色的文件夹存了送过来，每一句都是一个父亲对女儿的祝福，每一个字，都是父亲对宝贝的满满爱意——从小到大，二哥给予女儿的爱，远远超过了一个父亲所能给予的。二嫂早早买了新鲜的棉花、最好的布料、最好看的花色，择了上好的日子与儿女双全的同门嫂子一针一线地缝了两床被子、两床褥子——机器做的固然好，但不如一针一线自己缝的踏实，一针一线缝在里边的都是满满的祝福啊——再用崭新的床单包了，找个吉祥的好日子送了过来。结婚用的喜糖需要去选，当天用的红纸，吃宽心面的红筷子、红碗，家里墙上贴的喜字、女儿出门用的鞭炮……零零碎碎的物品，大家也不用对我说，三哥三嫂一趟趟地跑出去买，回来看看缺什么物品再一言不发地买回来补上，甚至连夏天用的凉被，三哥三嫂都买了好几床……那些日子，三嫂三哥比自家孩子结婚都要忙，不知道的，还以为嫁的女儿是他家的呢，三哥花起钱来的那份豪爽和大气，我都感觉不是那个相处了四五十年的哥哥了。

闺女的大娘是个热心肠，对这个侄女更是格外上心，早早地便一次次打来电话，询问结婚的日子，女儿的姑姑更是当成心上的大事，今天一个电话，明天一个电话，女儿的嫂子们张罗着选花生、买栗子，张家、高家两家亲戚，对于这个要出门的女儿的婚事，也空前地重视并细致地准备着。

楼上楼下、同院子里住着的，虽然没有血缘关系，却也非常关心：年近六十的李大嫂，是看着女儿长大的，没有女儿的她，一直把女儿当成自己的疼爱，二十多年来，每天都做了女儿爱吃的饭，热气腾腾地送来，我也视这位嫂子如同母亲般，每有事情，总找她商量。李嫂子全然担起了女儿出嫁前的总管，这事那事，从早忙到晚，一点都不马虎；王姨、吴姐、吕姐、魏姐、徐姐、薛姐……这些一起从军工医院过来的姐姐们，近30年热气腾腾的感情总让我感动着；还有那么多的同学、同事，总是一遍遍电话打听着结婚的日子，叮嘱着一些我不懂的习俗和我应该要做的事情。

只有最应该忙的我，却成了一个局外的人，做起了甩手掌柜。

不是不想去操持。女儿所有的物品，都想亲自去买最好的、最喜庆的，把所有的祝福都存进去，把所有欠了女儿的，都补上去……去商场里转了一圈又一圈，那些大红色的床品喜庆吉祥，欢欢喜喜地走过去，这样那样地选。售货员只一句：孩子要结婚吗？那要挑最好的，这个是富贵吉祥，孩子用了一辈子幸福；这个是金色满园……怎么就走了？不挑了？售货员拿着货在背后直嚷。她哪里知道，仅仅一句话就让我泪流满面，又怎么好意思再挑下去呢？

也买了两样东西：两对红色的鱼——富贵有余，两串火红的辣椒——女儿婚后的生活红红火火，怎么看怎么喜庆，而且挑选的时间短，售货员不及问就买完了。拿回家，女儿是欢天喜地接了——毕竟女儿是亲生的，怎么看也不是充电话费送的。

二

结婚照是早就拍了的。

之前，两个孩子商量着去这里去那里。最后却选了离临沂不远的沂南外景地。

提前好几天，女儿女婿就商量着让我同去——其实，他们选沂南而不是外地拍摄，我就知道他们的“小心眼”——他们的婚纱照里，一定要有我的参与才算完美。

拍摄的那一天，提前联系了最好的女友相陪——“没有你陪着，我那脆弱的小心脏怕是受不了的”——女友见我说得可怜，拍照那天果然放下手里的工作，陪我们去了沂南。

一路上并没有同游的快乐。脸是怎么也舒展不开。虽然不时地盼女儿有一个幸福的归宿，不就是我这些年来最大的愿望吗？何况用女儿的话来说，她现在只是把一个人的爱，变成了两个人的爱，她像是给妈妈找回来一个失散多年的儿子。

摄影场地不大，有一大片的勿忘我，有一片黄色的小菊花，远处是连绵的山，近处是人工搭建的极简的风车、古堡造型，三三两两的新人这样那样地在有限的场地上完成着百年好合的留念。

虽然天气很热，上来下去，变换着这样那样的造型，穿了厚厚礼服的孩子早就出了一身汗，但热情却是十分高涨。慢慢地我也被孩子的热情所感染，笑不经意从心里溢了出来。女儿是一直拿眼角看着我的，这个敏感孩子的心思，很大一块是在我的身上啊。见我有了笑意，两个孩子的劲头一下就上来了。现场有一棵高大的柿子树，两个孩子竟然也爬了上去，女儿长长的婚纱一直垂到了地上，风轻轻地吹过，掀起纱的一角，竟有了一份唯美至极的恍惚。

活泼的女友也不示弱，拉了我前后左右地照了起来……

三

礼服是两个孩子自己选的。

整个婚礼，除了舅舅舅妈操心的，剩下的都是两个孩子亲力亲为。我唯一参与的，是帮女儿定制了婚纱和旗袍。

节俭惯了的女儿坚持要租婚纱。跑到婚纱店去看了，没有适合女儿的——虽然是90后的女孩，却比一般的孩子传统得多，何况这种租用的婚纱，不知被多少新娘穿过。于是，我动员女儿“就做一件吧，人生就这么一次，结完婚后放起来，等你的女儿长大了的时候，让她看看，多有意义”。为了打动女儿，我还讲了一件婚纱三代女人穿的趣闻，终于打动了女儿的心。

解放路上的“红颜秀”是我多年定做旗袍的老店。老板娘年轻优雅，手也极巧。一听说女儿结婚，便推荐了这样那样的款式。

婚纱是最重要的。拿出店里的样子让女儿选，露太多的，女儿不喜欢；不露的，又不好看。最后，女儿选了一款折中的，裙摆三米多长，在镜子前一试，高挑的身材、洁白的婚纱，再配上店里几十元钱的首饰，竟也美艳动人。女儿也很满意,立马在店里选了几十元钱的红鞋红袜——一件婚纱几百元钱，想想怎么也亏欠了女儿。然而，女儿却开心地说：“是妈妈亲自挑选的，比啥都贵重，何况，幸福不幸福不在结婚穿了什么，而是要两个人三观相同，互敬互爱。”听着女儿小鸟般清脆的声音，我除了点头，还是点头。其实，不知从何时开始，在我心里，女儿的任何话，都有了很重的分量。

“怎么也要有一身旗袍吧？”老板娘认真地说。是啊，选什么呢。女儿也拿不定主意，感觉都很美。最后选了一件红色长款的，迎面是一只手绣的凤凰，脖颈处如水滴般露出了一点点，秀气的盘扣让脖子更显得挺拔，穿在身上怎么看都是惊艳。正要走呢，一抬眼，一件红色一字领收腰的礼服深深地吸引了我，最美的是胸前金色的玫瑰花瓣，妩媚灵动，华丽高雅，急急地取下来让女儿试，怎么看都美。女儿却总是不舍得：“已经有旗袍了，再做一件，实在是浪费啊。”“要了要了要了……”我一口气说出三个“要了”。老板娘笑着说：“重要的事情说三遍，那就要了。”连哄带骗的，又做了一件西式的礼服。

别看女儿对自己苛刻，对别人却很是大方。

之前也曾想过，女儿婚礼上我应该穿什么的问题，但一直没有动身去选。有一天下班，女儿红红绿绿地抱了几件衣服回来，跟着我这个房间那个房间地说了半天，却是为我定制的三件旗袍：一件是纯红色无领半袖改良的，上面缀满了手绣的珍珠，一件是绿色带印花的中国风的，腰身处的荷花每一走动都摇曳生姿，一件是上半身米白、下半身朱红带花的，怎么看都雅致静美，于我，每一件都是惊喜，每一件都是刚刚好。原来是女儿寻了我换下的旧衣，私下里偷偷定制的。女儿不但给我定制了婚礼上穿的衣服，还为未来的爷爷奶奶、公公婆婆都分别定制了可身的衣服。婚礼现场，当穿着同款的红色改良旗袍的我与亲家母同台时，彼此惊艳了一下，更让在场的亲友大声喝起了彩。

四

日子是春节刚过就定下来了的，只是为了注重影响，对外滴水不漏地做着保密工作，每有知己亲爱的朋友相问，我只能与他们一次次地撒着谎，内心里的那份愧疚几近崩溃，但却仍然坚持了下来。

接下来，选酒店成了婚礼中最重要的事情。

我是个喜欢热闹的人。自世界上最亲爱的那个人离去后，近 20 年里，我经历的最多、最残酷的事情就是，眼看着最亲的——婆婆、公公、父亲、母亲先后离世，痛苦连着痛苦，悲伤之后仍然是悲伤，亲人们的离去总是让视亲人为生命的女儿痛不欲生。但考虑到社会影响，最重要的是怕给大家添麻烦，没通过单位正式下过任何通知，尤其在 2011 年 3 月，在军工医院主持工作多年、1991 年离休的公公去世时，家人坚持没开追悼会、没送花圈、没下通知，只是几个亲朋好友简单地处理了公公的后事。现在想来，对公公心存了很大的内疚——忠诚敬业、品德高尚、革命了一辈子的他，应该有一个正式与世界告别的仪式，然而，我们却没有给过他。

都说女儿是父亲前世的情人，做父亲的对女儿的疼爱，是怎样都无法言说、表述的，因为父亲对做女儿的那份无原则，是世上任何人都无法比拟的，从这个意义上来说，女儿人生的缺憾实在太大了。因此，私下里，我一直做着一个梦，梦想给女儿一个最圆满、最美好的婚礼，让女儿也能像其他女孩一样风风光光地嫁人，让更多的亲朋好友见证她的幸福，祝福她爱情甜美、幸福一生。

于是，我再三征求女儿的意见，除了必须参加的最重要的亲戚，再叫上他们小两口的同学，我的文友、在临沂的同学和几个好朋友，订上十桌也就足够了。选择酒店的时候，考虑到交通、环境、菜品，女儿最后选中了离家很近的颐正园。一次次地陪女儿反复地去看：环境、停车、大厅的布置、婚宴大厅的选择、酒桌的摆放……甚至连结婚时的菜单都斟酌了又斟酌。

一切都在计划中进行着。

就等着那个幸福日子的来临。

女儿有一个事前准备综合征。万事都要亲力亲为，整个婚礼一应物品、人员、细节都会充分准备，一遍又一遍，力求最好。这样就会让自己比别人累上更多。

整个婚事，女儿最看重的就是婚礼现场：婚庆公司的选择，整个婚礼的流程，婚礼氛围的营造——不能太煽情，我妈会受不了的。就选喜庆欢快的，让大家都高高兴兴，让婚礼快快乐乐。女儿女婿对婚礼大厅的布置、舞台的布置、色调的选择都认真仔细，还做了光盘，把他们从认识、求婚、到日常的一些有纪念意义的场景、细节都做了进去："妈妈，非常高大上。非常诗意浪漫，大家保证喜欢，一定会很出彩的。"女儿幸福满满、充满信心地对我一遍又一遍地强调着。

这期间的女儿是劳累的——身体的，更有心理的，有那么多的事情要去做，于是，下班之后直到很晚，才能见到女儿一脸菜色地"晃"回家——似乎连走路的力气都没有了。

更可怕的是还有那么多的焦虑和恐惧：对未知生活的担忧，对即将到来的婚礼的焦虑，对仍在雨季天气的担心——万事追求完美的她，总希望一切是最圆满的。我看在眼里，疼在心上，只能尽可能地做一些可口的饭菜，用心回想我自己出嫁之前的心理，体会着她此时的五味杂陈，每夜每夜即使睡不了几个小时，我也会尽量地拥抱着她，像她儿时那样，一下一下慢慢抚着她的背，希望用我的爱来缓解一些她内心的焦虑，也只有在这个时候，女儿才能踏实地睡着，但即使睡了，那眉头也是拧在一起，如同那解不开的心结。

那些日子几乎每天都要到酒店看一眼，担心的事情还是出现了——酒店的门面装修没有完成，而且在婚礼之后也不能完工。在心里将婚礼的场景预演了半天，经理也答应结婚那天，无论有几家，一定把女儿女婿的彩虹门放在最中间。但心里还是添了一份堵——再怎么样，也不完美呀。但再改酒店，附近的是来不及预定了，只好反复地劝女儿，不会有大的影响，还是很好的。劝说之下，女儿也安静了下来，认同了这件事。

离举行婚礼的日子还有三天，我竟然做出了一个惊天的决定：取消颐正园的婚礼，严密封锁消息，除了女儿的婆婆、奶奶、姥姥家的至亲外，不邀请任何人参加婚礼。

五

有很长时间了，相熟的，看着孩子长大的亲朋好友们，见了面就打听“孩子啥时候结婚，到时一定告诉我呀，一定要去喝喜酒啊！”这样的问话总让我心里暖暖的，但婚期临近了，包括女儿奶奶家的亲人也没有告诉具体的时间和地点，只跟他们说“随时等电话吧”——八项规定刚刚开始实施，我是全单位第一个写申请的人！

亲朋好友一次次地做着我的工作：就这么一个女儿，又是一个苦孩子，虽然上级有规定，但谁谁谁不都在风风光光地嫁女、娶媳吗？谁谁不也在升学宴满月酒地喝着吗？就你有原则，就你怕事，就你树上掉片叶子也怕砸着头！何苦对孩子如此苛刻？——这样的劝说怎能不让我心动？这样的劝说怎能不让我的内心一次次掀起灵魂的浪花？我是一个注重仪式感的人，何尝不想在人生最重要的时刻给孩子一份最隆重的祝贺？何尝不想让孩子所有的至爱亲朋，让每一位关心孩子成长的亲人、师长们亲眼看一看长大了的孩子，也让我们亲手端上一杯酒，表达我们深藏在内心的谢意呢？

何况，当女儿知道取消颐正园的婚礼时，大大的眼睛里一下涌满了泪：妈妈，我的同学不能来了？我的光盘不能放了？我的婚礼现场那些诗意的安排都要取消了？为什么？为什么？为什么？别的孩子都行，到了我这里为什么都不行？我只要一个简单再简单的婚礼也不行吗？我知道这个决定在女儿内心惊涛拍岸般卷起千堆雪，更知道这个消息对女儿带来的震撼和伤痛有多大。除了紧紧地抱着她，除了奔流不息的泪水外，我能做的，只是一遍又一遍地对她说：对不起，宝贝，都是妈妈不好，妈妈不能给你一个隆重的婚礼——即使说这话的时候，我的心里，仍然有一万个母亲和一万个我在争吵，那时，最大的冲动是封锁消息，继续在此举行仪式，不让女儿心里留下遗憾，但万千分析之后，我还是决定对不起女儿，对不起所有关心女儿的亲人、朋友、师长们，所以每有人问，我一边嘴上说还要等些日子，时间没确定呢，一边在心里一遍遍地说着“对不起，对不起，原谅我这善意的谎言”，虽然知道对方听不见，但仍然在心里虔诚地说了一遍又一遍。

那一夜，我与女儿彻夜长谈，那个夏夜闷热的风比夜色更深远，更凉薄，女儿即将成为新娘的喜悦一扫而光，只是嘶哑着声音一遍又一遍地问着“为什么，为什么”，那无辜与伤痛的眼神一直深深地刻在我的心里，即使此事已过去一年有余，回想起来，我的心里仍然有千万个歉意和不忍。

女儿是天下最善良的女孩，每当遇到让我感到为难的事情的时候，最后让步的都是女儿。看到女儿伤痛的样子，我咬着牙做出了一个决定：离开我们以及她婆婆居住的地方，选一个偏远地，给女儿一个仪式——每一个女孩都梦想要的做新娘的仪式，哪怕再简单，哪怕再简陋，哪怕只有我们不足二十人的亲人在场！

第二天一早，女婿开车载着我和女儿急忙赶往离临沂百里之遥的蒙阴——此时已是周五，周一上午就要举行婚礼啊，一切都是未知，一切都还需要我们去落实。

一路高速，然而，去往蒙山的路因大雨冲刷断断续续十分不好走。由于道路不熟，我们只能用导航寻找要走的路。

并不熟悉的经理来了，还好，周一没有大型活动，但作为婚礼，这是他们承接的第一例。

大厅是个戏台一样四面环坐的样式，显然不能用来举行仪式；酒店房间倒不少，推开门，一个个都是山里的样子——陈旧、简陋，毫无现代气息，在这样的地方，实在是难为了女儿，但仍然比没有要强，看到女儿渴盼的眼神，我的心除了痛，仍然是痛。

经理跟在身边："我们会尽力的，但条件就摆在这里，怎么弄也就这样了。"目前吃饭是最不要紧的——婚宴一桌四十也好，五十也好，实在无法选择——给再多的钱，也做不出更好的饭菜，就这个条件了，只要能吃就行，何况都是自己的至亲，用哥哥的话来说，"咱们不用吃饭，站着看看闺女把婚礼举行了都行，最重要的是要有一个能举行婚礼的场地"。

"有没有带讲台的会议室？"经理见我问便爽快地答道："会议室倒是有一个，但我不认为能举行婚礼。"经理话没有说完，我便赶紧地让他领着我们赶到会议室。

这是一个中型的会议室，有一个讲台，下面有七八排排椅，四面墙上挂着会议的条幅。大体目测了一下，我对经理说：把下面的排椅从中间分开，留出一条走道，会场上早已看不出底色的幕布需要拿下来。

于是，立即赶回临沂，直奔女儿的婆婆家，把临时更改场地的事通知了亲家，让亲家参加婚礼的亲戚也降至最低——路途遥远，想多去也不可能。

亲家全家忠厚正直，对人和善可亲，做生意的人最讲究面子，原本他与自家的亲戚都有孩子结婚，两家商量着一起比着热闹热闹，但当我说明原因后，满口就一个“好”字。

于是，连夜通知了我娘家、婆婆家的哥哥姐姐们，其他的七姑八姨一律不再通知。

高、张两姓的亲戚——女儿的伯伯、姨娘、姑姑姑夫、舅舅舅妈，以及女儿的哥哥嫂子、姐姐姐夫，能来的一个不少地都来了。最感动人的是姑姑家的姐姐，坐了整整一天的火车，从遥远的南方归来，当她凌晨三点多钟赶到临沂的时候，正是一天中最深的夜。她独自一个人从火车站的南面，穿过整整一条沂蒙路，来到位于南坊新区我的家中。推开门的那一瞬间，一身的风尘、满脸的疲惫，却紧紧拥着我说：舅妈，真高兴，我真为舅妈和妹妹高兴，一转眼，妹妹就长大了，祝福她呀！

1986 年，还在上学的我与先生订婚后第一次去婆婆家——与先生订婚前我与他及其家人素不相识，见面不足半小时就订了婚。之后我便返校，直到暑假回来时与先生是人生第二次见面，与他的家人素未谋面，去他的家，更是初次登门，恰好是我暑假回家的时候，见到了先生这位唯一的外甥女——清秀、高挑、文静，小姑娘高高的鼻梁、浓黑的眉毛，一口一个舅妈叫着，我走到哪里跟到哪里，又俊美又贴人，没半天时间便比多年的亲人还熟悉还亲热，几十年来，即使她的舅舅去世近二十年，我与这个外甥女的感情一点没变，每次电话都能拉上半天，有啥心事她也喜欢跟我说，这次妹妹结婚，她放下幼小的孩子，一个人奔波几千里赶回来，给妹妹送上最浓烈的祝福和满满的爱。

婚礼前的准备，一切都按照临沂的风俗进行着。

结婚的头一天，我亲如母亲的姨、多年如亲嫂子般的邻家嫂子便赶来为女儿婚被的四角订上染成红、绿色的花生和精心挑选过的栗子；手巧的嫂子为女儿一针一线地缝着大红腰带，按照当地的风俗，还为女儿在腰带里放上了 666 元崭新的人民币，寓意女儿女婿一生六六大顺；邻家的姐姐、侄女、同事用红色的纸把五角一枚的硬币一枚一枚地包起来，留着第二天婚车过路、过桥时用；嫂子们用红色的纸剪出一对对的鱼放在为女儿准备的化妆盒里，剪出一张张福字放在为女儿买好的新盆里；三哥用黑色的墨、大红色的纸写下一个又一个“大吉”……而我却坐在桌前，替证婚人、替来宾代表写着证婚词和贺词。我努力静下心来，搜肠刮肚，极尽所能，只想在短短的字里行间把世界上最好的祝福语都找出来，揉碎了再一点不剩地通通写进去……

傍晚时分，我娘家、婆婆家的哥哥嫂子们都到齐了，男人们在家慢慢说着话，喝着酒，我的几个嫂嫂、侄媳妇、最亲的姐姐妹妹六七个人拿上物品去给女儿“填箱”。

与女儿婆家仅一河之隔，过了桥一拐弯就到了。

正是夏天最热的时候，远远地便看到路灯下围坐了一群人，见我们过来，说说笑笑着的他们呼啦一下全站起来迎了过来——原来都是等我们的。客客气气地谦让着进了女儿的婚房，家里早已是灯火通明，不大的房间一下涌进来十几口子人，一下子便感觉到人满为患。坐也没坐，我们便动手填起箱来：女儿家里衣橱的上下左右的四角都放满了饼干、糖块、花生、栗子，崭新的人民币也是不能少的，衣橱的四角各放上两张崭新的；我从家里精心挑选的六样礼物、女儿订婚时婆婆给的礼金一并放到了保险柜里……

填完箱回到家已是十点多，女儿在娘家婚前最后的一夜，竟是我一生中感觉最短的夜，搂着女儿似乎没合上眼，天就亮了。

刚刚五点多，楼下最亲的嫂子便赶了过来，约好的化妆师也赶到了。

鸡蛋、宽心面、上车用的年糕、女儿随手提的小巧的手包……在嫂子的指挥下，一切都有条不紊，而我竟不知所措，只是置身于忙乱之外，看着大家忙里忙外。

女儿的三个英俊高大的弟弟铁塔似的把起了门：“姐夫来了，姐夫来了，不能让他轻易进来。”孩子的笑声一浪高过一浪，我的心却更紧地揪在了一起——再有一会儿，女儿真的就要离开这个家，离开相伴了二十五年的我，开始崭新的生活了！

在红包的“利诱”下，女婿终于进得“闺房”，牵着女儿的手来到了客厅。

女儿的嫂子早拿了梳子等在客厅——“梳梳妹妹的头，一生幸福啥也不愁；梳梳妹妹的头，幸福一直到白头……”精明能干的侄媳妇边给女儿梳头边祝福着。

“吉时到了，闺女该上车了。”哥哥又来催了。

女儿红着眼，拉了女婿跪在了我和嫂子的面前：“一叩首，谢谢妈妈的生育之恩，是妈妈给了我生命；二叩首，谢谢妈妈的教育之恩，是妈妈教育我怎样做人做事；三叩首，谢谢妈妈的成全之恩，谢谢妈妈同意我们两个人走到一起。”女儿的话，让我百感交集。

女儿的亲姨，端起一盆放着大红喜字的水，对着女儿坐的车大声说：“嫁出去的闺女泼出去的水，好好过日子，幸福一辈子。”

载着女儿的车走了，我与妹妹泪流满面。

回到家里拿手包时，发现诗意的女儿规规整整地放了两本相册《你我的故事》——全是她从小到大与我在一起的合影；《感谢有你》——全是我俩在一起旅游的照片和生活的瞬间。用心地放起来，含着泪坐上了去蒙阴的车。

从临沂到蒙阴近百公里的路程，除了婚车，家里的亲戚只能自己解决交通工具。当我们陆续赶到蒙山的时候，已经是上午十一点多了。

女儿下车第一件事，就是拉着我跑到“会议室”：会议室临时改成的舞台上用幕布做成了星空的样子，紫色的英文字母写着“我们结婚了”，六个紫色的气球摆放在舞台的四周，一张铺着紫色台布的桌子放在舞台的右侧，“会议室”的中间用紫色的台布铺出了一条通往舞台的小径，另一头是一个紫色的花门。整个舞台最奢华的，是用了六个可以摆动的激光灯。

六

婚礼的整个氛围是紫色的，虽然稍显沉闷，却多了一份浪漫和神秘。

我与最亲的邻家嫂子连同亲家公亲家母一起坐在最前排，至亲的家人们分坐在两边，静静地等待着婚礼的开始。

音乐响起，是欢快的节奏，阳光帅气的司仪站在舞台上，声音甜美地问候大家，世间所有的喧嚣一下都安静了下来。

之后，女婿很精神地出场了——连日劳累奔波，小伙子却仍然精神焕发。

当人群有一点骚动的时候，我回过头去，见身穿洁白婚纱的女儿在两个小花童的陪伴下静静地站在舞台对面的花门下，等待着新郎走来牵起她的手。

“会议室”没有多余的阳光，紫色的氛围里，灯光打在女儿的身上——神圣、庄严、美丽，充满了梦幻的感觉。一刹那，我有一种不真切的感觉。而那一刻，我最大的感觉就是想对那个走了太久的人说：瞧，咱们的女儿长大了，今天嫁人了！若是你在，该有多好！若是你能在我身旁，该有多好！那一刻，真有喜极而泣的冲动。

而此刻，我的身边，是我娘家和婆婆家的至亲，他们站在我的身边，含泪注视着这神圣的时刻，把世上最真的祝福送给面前的这个女孩！

该双方的父母上台了，邻家嫂子牵着我的手走上了舞台——从1986年开始，在漫长的近三十年的岁月里，她给了我和女儿世界上最真挚的关爱！这一刻，她离我最近，我能感受到来自这位宽厚、能干、亲和的老姐姐的力量和温暖。

当司仪让我说两句的时候，面对一对新人，面对台下的至亲，我说什么呢？我只能面对皇天后土深深地弯下腰：“一谢天地众生，感谢赐给了我这么可爱、善良、懂事的一双儿女，在这一刻，我感觉，我一生所有的苦难都是值得的；二谢众亲，这个女儿是我的，但更是大家的。从八岁开始，是大家帮我共同抚养了这个女儿，她是在大家的关爱下长大的。幸福需要分享，爱情需要见证。今天，各位至亲放下手里的一切，不远百里，有的甚至不远千里来见证一对新人的爱情和幸福，更送上发自内心的深深祝福，实在让我感动；三谢我的女儿。在二十五年的岁月里，与其说是我陪着她长大，不如说是她给了我面对一切的勇气、信心和力量。她的善良、正直、俭朴、宽容是我人生的一面镜子，让我时时照见自己的内心，提醒我，无论怎样也要相信世上的真善美，无论怎样，也要做那个最正直、最善良、最宽容、最美好的人。”

“作为母亲，我没法给女儿房子、车子做陪嫁，我能给的，是送给女儿、女婿一本书《岁月凝香》，这是为了庆祝女儿婚礼而专门赶写的一本亲情散文集，里面是满满的母女之情，是满满的至爱亲情，更有满满的感恩之情。我想让女儿带着一份感恩去面对生活，面对每一位亲人！这里我还想给大家解释一下，为什么选择蒙山呢——蒙山高、沂水长，我想让秀美高峻的蒙山与各位众亲一起见证两个孩子的爱情，更见证他们的幸福，祝福他们一生幸福，白头到老！”说到这里，台下响起了热烈的掌声——此刻，我亲爱的、一路走来的家人们，你们最懂得我这位母亲在此时此刻此景此情的心声，这几十年来，是他们用无私的爱温暖着，更支撑起我与女儿人生向上向善、努力生活的天空，面对他们，我只有满心满怀的感激之情啊。

仪式简短而欢快，笑一直洋溢在女儿的脸上。虽然没有电子屏，没有鲜花，没有香槟，没有大大的蛋糕，但是女儿拥有了世上最珍贵的爱和最真诚的祝福，这就足够了。

安排好大家吃饭，亲家两口作为主人去招呼到场的亲人。此时，我走出大厅，走出宾馆来到院子里，一个人独自面对着静默的蒙山。

有风从山上吹来，下午一点多的阳光是炽热的。抬眼远望，八月的蒙山万树葱茏，雄壮秀美，绵延的山脉似雾如烟，极有韵致；仰起头，瓦蓝瓦蓝的天空，如同盛开的棉花，有时如仙女，有时似群羊，眨眼间的变化多像匆忙着的人生，似乎女儿稚嫩的、甜甜软软的声音还在耳边；似乎，那个坐在月光里尽情弹奏《渔舟晚唱》的身影还没有长高……而此刻，她却刚刚完成了一个女人一生中最重要、最庄严、最神圣的时刻，从此以后，她将独自走进完全陌生的一个家庭，融入这个文化背景、生活习惯、处事风格截然不同的家里，从一个小家庭进入一个大家庭，不但要与他们和睦相处，更要与之风雨同舟，还要承担起一个女人生育子女、孝敬长辈、团结兄妹的责任，未来长长的人生路上，她需要一个人独自面对着莫测的人生，创造出属于她更属于他们的一方天地，胆小的她、柔弱的她、未经世事的她，能行吗？

山是静默的，它只是安静地注视着我这个心事重重的母亲，“登东山而小鲁”，年轻而富饶的蒙山，充满了生命力啊——低下头来，瞧，树木、花草、山路都在它怀里丰盈；抬手是枝繁叶茂的山楂树、柿子树、松树，它们靠天公赐予雨露的恩典生长，又要经历狂风雷电的历练；低首是漫山的花草，狗尾草、蒲公英，随手拔一棵野草，一种淡淡的苦苦甜甜的味充斥着舌根，像极了五味杂陈的岁月和人生，而八月的阳光却明丽地照着蒙山头上更加高远的苍穹，灿烂而多情。

这一刻，世间出奇的静——空旷、寂寥、悠远；而阳光，萦绕又萦绕，带着宿命的美感。

八月的蒙山，绿荫如织，无限葱茏，充满了生机。

特殊的嫁妆

为出嫁的女儿准备一份丰厚的嫁妆，让女儿风风光光地嫁出去，是每一位做母亲的心愿吧。

读过陆苏的一篇短文《十里红妆》：

> 十里红妆。
>
> 会让每一个听到的女子心向往之吧。说的是从前家底殷实人家的女子出阁，浩浩荡荡的嫁妆队列排出十里之遥。
>
> 那阵仗、那排场、那规模、那气势，多幸运的女子才能摊上啊。重要的是那份昭告天下的不管不顾和欢天喜地、不服来比的霸气。

几句话便让我怦然心动，急急地上网搜寻“十里红妆”，“度娘”提供的信息完整翔实：所谓“十里红妆”是旧时嫁女的场面。人们常用“良田千亩，十里红妆”形容嫁妆的丰厚。旧俗在婚期前一天，除了床上用品、衣裤鞋履、首饰、被褥以及女红用品等细软物件在亲迎时随花轿发送外，其余的红奁大至床铺，小至线板、纺锤，都由挑夫送往男家，由伴娘为之铺陈，俗称“铺床”。

发嫁妆时，大件家具两人抬，成套红脚桶分两头一人挑，提桶、果桶等小木器及瓷瓶、埕罐等小件东西盛放在红扛箱内两人抬。一担担、一杠杠都朱漆髹金，流光溢彩。床桌器具箱笼被褥一应俱全，日常所需无所不包。蜿蜒数里的红妆队伍经常从女家一直延伸到夫家，浩浩荡荡，仿佛是一条披着红袍的金龙，洋溢着吉祥喜庆，炫耀家产的富足，故称“十里红妆”。

嫁女，对每一位母亲来说都是含泪的微笑。而“十里红妆”的准备是自女儿出嫁前一年就开始的：各式物品细心采买，各式家具都要请木匠到家里精心打造，朱卫军老师的《木匠张》写了自己年轻的姥姥就因为与给自己打嫁妆的木匠张日久生情，当嫁妆打好了而宣布退婚另嫁的故事。可见，“十里红妆”准备的时间一定是足够长的，长到可以让一个富家小姐重新爱上一个穷苦的手艺人，那么，在漫长的等待中，这“十里红妆”里，一定倾注了母亲的万般不舍和无限真爱吧？

女儿的嫁妆，从远古的“十里红妆”到二十世纪六十年代的枕头被子、脸盆痰盂，到后来的三转一响（手表、自行车、缝纫机、收音机），到现如今的冰箱彩电，空调家具，金银珠宝，房子车子……现代人的嫁妆五花八门，人们凭自己的财力和精力，为女儿准备着最丰厚的嫁妆。

我有一玉痴女友，啥都不迷，却偏迷各色玉器，就连嫁人也嫁给了有同样爱好的玉老公。志同道合的两个人生女后第三天，就在院子的大槐树下，用土砖砌了一个一米深、半米宽的窖，在一个月朗星稀的美好月夜里，把一块上好的和田玉手镯用白色的丝绸包了、放在一个青瓷罐里，再把瓷罐埋在窖里，每年四个季节里各取出七天让女儿把玩，取出和放回时，父母只是接触瓷罐，并不碰玉。如是经年，当女儿结婚的时候，那块玉少了天然生成的和田玉原本会有的绺裂、棉点或者僵皮的瑕疵，而是油润细腻有光泽，充满了灵气和生命，尤其当母亲亲手戴在女儿手上时说的一番话，让我感动了很久：“孔子谈玉，说玉有十一德，东汉许慎在孔子玉德论的基础上，提出了玉的五德说即——仁、义、智、勇、洁。和田玉是中国的国石，它有着自己的文化，更有着自己的寓意。二十三年来，除了日月天华，这块玉只存储了女儿的气息和我们绵长久远的爱。它见证了女儿的成长，也见证了女儿纯洁如玉的少女时代。自今天开始，它重见天日，伴随着女儿开启人生崭新的旅程。我希望它能见证女儿纯真美好的未来、坚韧不拔的品性和幸福久远的人生。它在，爱在，幸福就在。”那一刻，我见到许多双眼里闪着晶莹的泪花，那一刻，我读出了一位母亲沉淀坚实的爱和祝福，那也是我见过的最为独特的嫁妆。

我也是一位有女儿的母亲。

三年前，女儿结婚在即，没有“十里红妆”可送，没有车子房子可给，没有上好的玉器可赠。虽然有无限的爱和祝福，但总得给女儿一份值得回忆的嫁妆吧。女儿十八岁成人礼时，我送了一份特殊的礼物：女儿父亲生前的档案。在女儿刚刚过完八岁生日的时候，她年轻英俊的父亲因公殉职，自此后，我与女儿相依为命。女儿懂事能干、善良聪慧，十八岁生日时，我把她父亲短短三十五年的人生历程整理成一宗完整的档案交给了女儿。

档案分为三个部分：一部分是文字材料，记录着能搜集到的她父亲自幼年时的出生记录、上学材料、学习成绩、毕业证书，入团、入党志愿书、各类荣誉、奖章，以及因公殉职时上级决定、处理意见和追认优秀共产党员的表彰决定，还有民政局因公殉职的批复材料，通过档案，让女儿了解自己父亲一生的足迹和在平凡岗位上做出的不平凡业绩，更让女儿懂得生命的伟大和奉献的意义；一份我与老公从恋爱时的书信、日记及短短九年婚姻生活中留下的所有便条、留言、电影票存根、外出旅游时的车票、门票等各类记录，让女儿从字里行间懂出真爱永存、爱情恒久的意义和穿越岁月的爱的力量；另一份是老公与女儿相处的点点滴滴。女儿郑重地接过来，打开第一页看到的，是一张山东省国防工业中心医院的就诊卡。也就是说，这份特殊的成人礼，是从开始孕育、一个新生命开始的。最重要的是，就诊卡上我的名字，是老公郑重写下的。接下来是女儿出生时新生儿卡介苗接种证、独生子女证、女儿出生时的接诊记录复印件——因为是在我和老公工作的医院生产，女儿出生时因难产，自出生后就开始治疗，这些治疗的所有记录便都复印后细心地存在了档案里。一页页翻下来，是女儿从幼儿园到上小学的所有记录，而所有的记录里，都留有老公的笔迹——让女儿明白，短短八年的成长岁月里，那份如山的父爱一直都在。父爱从没有缺席，一直都在。

女儿与父亲的照片档案里，从我怀孕时老公笑得合不拢的嘴，到扶着大肚子的我在树荫下散步，到坐在沙发上头贴在我的肚子上认真地听胎音；从女儿刚出生时众人围在一起抢救的场景、到女儿第一次打针时抱在怀里泪流满面的心痛；从第一次喂饭时的耐心到第一次洗澡时的小心翼翼；从第一次领着学步到第一次送去幼儿园时眼里的柔情，到第一次女儿绘画获全国大奖时把女儿抛起时的热烈；从第一次去百鸟园的兴奋，到女儿一年级时参加学校组织徒步活动到李官时跟随在学生队伍旁边的身影;从第一次过生日点上的蜡烛,到八岁生日时每年的全家福……那一个个珍贵的瞬间，让旧日的岁月重回眼前，让曾经的爱定格在尘世里，给女儿坚强的理由和快乐的力量。

自此以后，女儿宝贝似的珍藏着，不时拿出来翻看，闲暇时，母女还会指着某张照片，笑谈当时的趣事和场景，似乎，我们生命中最重要的那个人从没有走远，仅是出了一次远门，不久就会回来一般。

于是，在给女儿选嫁妆时，我也是颇费了一番心思，几次思量后，决定写一本书作为女儿的嫁妆。

亲情是世上最宝贵的财富，它可以让人坚强，让人善良，给生活温情，更给生命以希望。尤其女儿在父爱缺失的少年、青年里，比一般的孩子更渴望亲情和爱。于是，《深爱，百转千回》里，我用浓情的笔记录了我的母亲和我与母亲在一起时的美好时光。而我的母亲也是与女儿生活密切相关的，在女儿的成长过程中，与我们一起生活了很多年的母亲，对女儿的影响是深远的，情感是厚重的，最重要的是母亲身上那些善良、坚强、睿智的品格以及忠孝传家的良好家风，一直都是我们家最宝贵的财富，需要去传承和发扬；《为你，花开倾城》里，我用温柔的笔墨，记录下与女儿生活的那些甜蜜美好的点点滴滴，这些美和好，就像岁月里的琥珀，凝聚着一路走来的共同记忆和亲爱之美，见证着亲情的珍贵和岁月的永恒；《生命，是一场遇见》里，写我们的故乡，写故乡的趣闻旧事，写一起经历的四时的风景，每一篇里，都有我们母女共同的身影，只要展读，便会怦然，便会回望；《回首，爱已满怀》里，我写人世间遇到的那些小心动、小幸福、小善良、小美好，无不是阳光的、向上的，而这些心动、幸福、善良和美好，女儿也大都参与其中；还有《忽然，那么想念》，还有《浅秋，念一声珍重》……我为之起了一个富有深意的名字《岁月凝香》。整整三个月，我日夜赶写着书稿，终于在女儿结婚的前两天印制完毕。当打开飘着墨香的书时，二十万字里，用心生活、用爱书写着的人间最美诗篇，“老美”“大美”“小美”——我的母亲、我、女儿一家三代，便从书中款款走出，那一刻，我感到了无限的欣慰和释然。

女儿婚礼上，当司仪宣布有一份神秘的嫁妆时，众多亲友都疑惑地等待着，当穿着礼服的女童、男童手捧用紫色缎带打着蝴蝶结的书送给女儿、女婿的时候，当司仪打开书深情地朗读着《天使，你是谁的女儿》其中的章节的时候，我感觉到，许多人的内心都闪着亮光，许多人的心多了一份温软，许多亲友的眼里都饱含了滚热的泪花，而我知道，在场的我和女儿的内心，就像两颗流星的光辉映照着对方，因为我们再一次感受到彼此的爱，感受到二十五年相伴人生路上撒下的爱意芬芳。

这份嫁妆说贵重它不值分文，说它普通却弥足珍贵，它记录的是最珍贵和值得我们维护的亲情和爱。远在北京的记者朋友，为此还专门写了《专著陪嫁：铁杆闺蜜一起玩到大》《走过苦难，母女携手成闺蜜》长篇纪实文章并配发图片，分别发表在四川省妇女联合会创办的《分忧》和河南省妇女联合会《妇女生活》，一时成为佳话。

人生就是穿越纷繁，最后又重归简约，还原成一种朴素却又高级的纯粹。但盛宴散尽后，总有一瞬，让我们不能自持，泪流满面。

周末琐记

清晨，是在小鸟的鸣叫声中醒来的。

睁开眼，却没敢动，怕惊醒了身边睡得正香的丫头。昨夜是几点进入梦乡的，不记得了，每次在一起，都有说不完的话，聊不够的事，而每一次也都是一直聊到睡着了为止，所以，对于每次准时入睡的时间实在是无从把握。

经过一夜的休息，女儿的脸色好了许多，一缕缕晨光透过窗帘的缝隙照在女儿毛茸茸的脸上，让睡梦中的女儿更平静、可爱、恬淡，望着她，旧日的记忆点点滴滴浮现在眼前——女儿已长大，而我还不太老，还有什么比这更美好呢？

翻了个身，女儿轻轻抱住我说：“俺亲爱的大美妈妈，几点醒的？在妈妈身边睡，真香啊。”女儿甜甜的声音里仍有睡意，却仍然遮不住那特有的娇憨和甜美。

自女儿出嫁一年来，女儿女婿坚持每周一三五或二四六来小住几天，而周末住下似乎是第一次。看看天还早，我们就躺在床上有一句没一句地说着闲话。女儿是那种多话的人，结婚前是人未到，语先闻，只要她在的地方，那一定是人声鼎沸、热闹非凡；结婚后渐渐沉默了许多，大有“笑渐不闻声渐悄”之势，话明显比原来少了很多，每天一副心事重重的样子。有几次我对她开玩笑：“生活的压力就那么大吗？把宝贝闺女说话的动力都压没了。”女儿也只是轻笑而答：“你们不都说沉默是金吗？我正修炼内功，做一个有内涵的金人呢。”话虽这样说，我的心里还是多了份疼惜：独自过日子，需要劳神费力的事一定不少，何况一个上有老下有小的大家庭，有乐也有累；自己又是追求完美的人，工作上大家都非常优秀，再不努力，与别人之间的差距会越来越大，需要学习的地方一定很多。看来，少年不识愁滋味的日子是再也没有了。

眼看着日上三竿，说着话赶紧起床，洒扫庭除，开始崭新的一天。

推开窗，拥拥挤挤的樱花树、几棵玉兰、三两棵香樟树似乎都在窃窃私语，仿佛如我们一般也刚刚从梦中醒来，闪动着秋天的眸子。风起处，几片叶子撒娇似的落下来，轻盈的落叶夹在细微的秋风中，在清晨阳光的簇拥下涌了进来，落在窗台上、书桌前，像一个个老朋友般无拘无束。

这时，鸟儿也飞来凑趣，一只鸟儿对着窗户的玻璃一下一下地撞击，试图冲进屋里来。

“妈妈，这里太有诗意了。晚上能跟妈妈聊天至深夜，早上在鸟儿的叫声中醒来。苏东坡的赏心十六事中‘凉雨竹窗夜话’‘花坞樽前微笑’似乎都有了……”“心境，完全是心境。”我故意拿腔拿调地逗她。

“妈妈，妈妈，中午咱们去生生园看银杏吧，应该是刚刚好的样子。”深秋未至，望着门前满地的樱花叶，女儿快乐地提议。

“那要看咱们是不是能把家里的一切搞定：卫生要打扫，水管要修，几个壁橱、门口的镜子都要挂起来……”没等我说完，女儿便缩起了秀发。

做家务女儿是能手中的能手。从十几岁开始，叠被做饭，样样比我强上许多，打扫卫生更是又快又好。有时，我一上午整理不好一个房间，她却早把所有的卫生打扫完了，我四处查看想寻点问题证明快而不好，却总是洁净有序，最后让我认输了事。换被罩更是她的拿手活，把脏被罩三两下褪去，把准备好的被罩铺好，两手拿起被子一头的两个角，又是三下两下便套进去了，再把拉链拉好，麻利地抱到阳光下，整个过程不过几分钟，却行云流水，干净利落，每每让我感叹：这活你就都包了吧，别指望我了，我的手都不叫手……女儿却总是笑着说："感谢政府感谢党，感谢大美能到场——我负责'打理全家，您负责开心如花'就行——能到场陪我说说话就不错了，哪能劳您大驾亲自动手呢。"每当这时，我窃喜，却也羞愧难当：瞧这妈当的。

水管是前几天就堵了的，只是不太严重，跟物业说了，物业无人可派，恰好我也没时间在家，便只好一直这样将就着，但周六全家大聚会时，却是实在不能用了，不但堵，且大有水将漫家之危，只能周末维修，虽然浪费大好的时光，却也是解燃眉之急。电话打给物业，再四处寻找修理工。二十分钟后维修工先进屋修了半天，又跑到屋后把下水道的管道井盖一个个打开，然后再到楼下储藏间查看。小小的储藏间一个一个密密地挨着，却全都挂着锁。只好再上楼一家一家地找。因是周末都不在家，便打电话给物业一家一家联系。终于等回来一家，却没带钥匙，协商好了让开锁公司帮忙，费用由我来出……几个小时后，储藏室看了，水管修了，但仍然没有解决问题，修理工只好无奈地说："需要请更专业的人员来。"于是，电话打出去一个小时后，带着机器、穿着水靴的师傅来了，不一会儿，家里也便机器轰鸣，响声震天，我和女儿负责把盛满水的桶一次次从阳台提到洗手间猛冲……

挂壁橱、门镜的也来了，一时进进出出，来来往往，热闹非凡。眼看着午后三点已过，女儿着急地一遍遍问怎么样了，快好了吧，我温柔地看着她，一点脾气都没有地说："貌似不行！去银杏林怕是要再另找时间了。"女儿只能着急地这里看看，那里瞧瞧，形象地说道："掌也磨了拳也擦了，就是帮不上忙啊。”

等一切搞定，早已是日落时分。女儿仍记挂着去银杏林的事。我边打扫卫生边拍拍那小人，再指一指夕阳西下后的光线道：“这个点去银杏林，拍出的照片怕是给谁也不敢看了，民以食为天，咱们还是高高兴兴把肚子填饱一下吧。”女儿噘着嘴说：“工作态度会影响一个人的发胖概率——我看了一个报道，英国一项涉及2000人的调查，72%的人坦言，工作不顺心是狂吃高热量食物的最常见借口。今天我不顺心，我也要狂吃。”“艺术的第一利器，是它的美，”我说，“吃成胖子了，可上哪里美去？”“谁还不知道，那是人家林风眠说的，也值得您老人家拿出来显摆。”“小人儿一点都不买账，让我一点威信也没有——嘿，说起威信，我说个笑话——有个儿子问年老的爸爸：爸爸，你现在用微信了吧？爸爸眼一瞪，很有情绪地说：‘我的话你们从来不听，我让你们做的事从来不做，我在这个家里哪里还有威信可言啊！’”没等我说完，那人儿便笑弯了腰……

“要想让别人一天高兴，就请吃饭，虽然天色将晚，但靠您闺女的人格魅力，一呼肯定会有很多人响应的。”女儿自信地提议，立即得到了我的响应。于是，女儿便给舅舅、弟弟打了一番电话后，立即进厨房开始准备晚餐了。

海米炝芹菜、清炒藕片、木耳油菜、清炒三丝……“宝贝，咱今天请到的都是食人间烟火的、疼你爱你的最亲爱的人，可不是兔子啊。”看到女儿热情高涨地端出一盘盘清一色的素菜，我语重心长地提醒着。

“健康生活，科学饮食，放心，硬菜马上就出锅了。”女儿一点也不含糊地说。走进厨房瞧了瞧，天啊，人家说的硬菜，是一盘裹了鸡蛋，过油后又放上葱、姜、花椒等各色调料，再加上水后用慢火炖出来的豆腐！

当哥哥、侄子们陆续赶到的时候，女儿正麻利地往高脚杯里倒早就醒好的红酒："这杯子，一碰就唱歌，碰了咱就喝——咱们也要过有品质的生活呀……"

嘿，在这秋意浓浓的夜里，一定又有不少有趣的事情发生。其实，我最记挂着的，是百看不厌的沈复的《浮生六记》，每当于夜深人静的时候，斜斜地倚了墙细读那惊心动魄的一帘幽梦，是如何被细细地捣碎、研细，再铺落一地，我浮躁着的思绪就会渐渐安静下来。

"别面不如花有笑"，我知道，饭后，那小人儿会携了夫君的手回到自己的家里去，而我，持一本至情至性的《浮生六记》，读芸娘的饮食起居、山水风月、花木虫草，体会那份情真意切和天然去雕饰的质朴，在这眉尖心上都是秋天篱落的夜里，很美。

有女如师

我自认是个勤学的人，年过半百依然坚持生命不息、学习不止，这样那样的证书林林总总的不少，可圈可点的人生老师更多，但很多时候，女儿却是我人生最贴心的老师，教会了我许多人生的道理和面对生活的态度。

一

在不满四十岁查体时，医生便说我是四十岁的人，六十岁的心脏，而且还有高血压——没办法，这是父母给予的“财富”：母亲家族有心脏病史，父亲家族有高血压病史，而我的父亲母亲在爱我的同时，便把这份基因都毫无保留地遗传给了他们最爱的而且是唯一的女儿。于是，吃药便成了我生活中的常态，但心里却极其排斥这件事。女儿买了药放在家里的餐桌上、我办公室的抽屉里、我每天背着的包包里，但我却跟吃糖豆似的，难受或者想起来了，才吃一粒，有时十天半月都记不得，所以，血压时常跟过山车一样，有时高得吓死人，有时低得找不到。每到换季的时候，更是起伏不定，如同大海里的波涛，每天头部左侧的血管凸起老高，我却依然与己无关般兴高采烈地招摇过市，全然不放在心上。为此女儿着急上火，而我却一笑了之。

一天晚饭时，一家人吃得正欢。女儿却认真地问我：“妈妈，这饭就要每天都吃吗？”“肯定要吃，否则就会饿死了。”我莫名其妙地回答道。“是啊，我们一天要吃三顿饭才能活下来，从来没感觉吃饭麻烦，反倒乐此不疲，更不会推三阻四，是吧？”女儿一脸皮笑肉不笑。“吃饭是维持身体必需养分的，不但不难过，吃是一种享受——民以食为天，老祖宗都这么说。”我不知她葫芦里卖的什么药，仍然认真地回答着。“那么，为什么不把吃药当成吃饭呢？不吃饭会饿死，不吃药，哪天出了问题就是天大的问题。生活中，我们需要鲜花、红酒诗意着人生，离不开阳光、空气和水分，现在，药也是您生活中的一部分，更是您健康生活的一部分，为什么不能坚持——就像吃饭一样自觉呢？其实，吃药也不代表人生不再开心，活得没有滋味，而是为了让我们更有质量地活着呀。”“是不是怕我病了，将来给你生活添麻烦？”我一脸坏笑地问。女儿一听气极，看女儿认真的样子，我笑了。自此以后，认真吃药，开心生活，不为别的，只为了女儿的良苦用心。

二

我是个很在乎别人感受和评价的人。有一段时间，感觉自己的小文章实在读无可读之处，正如很多人指出的小女人、小文艺，缺少大气之作，便放下笔，很长时间只顾埋头吃喝玩乐，不再读书着墨，且乐此不疲。女儿看在眼里，急在心头。有一天，拿出我的几本文集，一本一本地看，还有声有色地一篇篇地读，不知她意欲何为，我只是远远观望，并不插话。忙活了半天，见无人搭理，女儿便颠颠地跑过来拉住我说：“妈妈，您能不能听我说句话？”“说。”我惜字如金地吐出了一个字。“妈妈，人人都有自己的角度，所谓青菜萝卜各有所爱——允许人家喜欢，也要允许人家不喜欢。喜欢的就多读读，不喜欢的咱也不勉强人家看。何况，挑毛病谁都会，并且谁都有毛病，但锦绣文章不是人人能写。重要的是您得坚持不懈地写下去，这样，才能让别人有挑毛病的机会呀。”女儿继续说，“不能自己就洗手不干了，我认为您与其说是怕别人说三道四，倒还不如说是想偷懒，这可不是我那个能干妈妈的做派。”女儿的话真说到我心坎里了。不知从哪天开始，我真的感觉自己拼命三郎的劲头不见了，人变懒了不说，还学会了给自己找借口。

“您才多大年纪？颐养天年实在太早了些，”女儿一副不屑的样子，“何况，有那么多人喜欢您的文章。不写，最起码会伤了我的心呢。你一直是最棒的。”什么世道，世上都是母亲在背后挥着鞭子催孩子前进，我家却反了过来，挥鞭子的竟成了女儿，但女儿温柔的鞭子打下来，却也让我又扬起了小蹄子，在文学的小道上爽快地撒起了小欢。

三

有段时间，很喜欢看鉴宝栏目，不但从里面学了许多知识，更喜欢看鉴宝前后的悲喜人生：这样那样、真的假的宝贝鉴上一番，真的开心喜欢，假的垂手而归，总是心里感慨一番。又一次在看鉴宝栏目时，我对也在一边欣赏的女儿说：“瞧，这个祖上传的，那个祖上留的，我倒好，祖上啥也没留下来，也省了去鉴真伪的麻烦了。”女儿在一边笑笑说：“谁说您祖上没传下宝贝来？瞧您，又善良，又能干，又可亲，咱家谁离了您一会儿都不行。这么个大宝贝，鲜活鲜活的，都不用去鉴定，货真价实。”“哈哈！”被人夸奖总是开心的，虽然是自己的闺女。我定定地看着那小人儿笑了：“说，想达到什么目的？”女儿却一本正经地回答：“啥目的也没有，就想让您开开心心、快快乐乐的。一想起俺的妈妈，俺就觉得，世界上所有的宝贝都不如俺妈妈宝贝。”嘿，女儿就是这样，对亲人对朋友对每一位相熟的人，都极尽热爱、赞美和珍惜。看到她，总感觉不好好生活就对不起人生对不起生活对不起她似的。

“最重要的，您健健康康的，咱们全家和和美美的，就是天下最大的财富。”女儿又笑嘻嘻地说。是啊，在女儿，无论是吃穿用度，个人追求，知足常乐一直是女儿的一大品德。

四

难得有时间与女儿散步。

周末晚上女婿夜班，饭后便与小女漫步在通往超市的马路上。路上车不多，行人也很少。三三两两地走着，大多是出来散步的。我与女儿散淡地说着话，红灯时与其他人一起迈步前行。女儿却一把拉住我：“俺亲娘咪，红灯啊，还走？”我指了指前边都在走着的人不以为然地说：“大家不都在走吗？何况也没有车。”女儿却拉紧了我的手不松开，说：“没有规矩不成方圆，既然制定了规则，就要遵守。中国式过马路就是典型的从众心理，即使是错误的，大家还都去做。俺妈妈是有品位的人，才不会呢。”说得我一点脾气也没有。

别看女儿年龄不大，但垃圾分类、不乱丢垃圾都是她教会我的。

记得也就十几岁吧，她就坚持把垃圾分类：损伤性的与日常垃圾区分开，有时我怕麻烦，总是统统放一个垃圾袋里，之后一扔了事，但记不得从何时开始，她总是坚持把垃圾分开，即使我已装好了，她也会再重新扒拉一遍，有一次就因为扒拉垃圾再分类，把手都扎破了。那一次，她举着流血的手说：“看看，我早知道里面有破碎的玻璃杯子，提前就很小心了，都把手扎破了，那些捡破烂的，被扎破的概率岂不更大？”自那以后，我都是主动分开装，尖利的针样物品，记得给盖上帽或者用剪刀剪下，而随手不乱扔垃圾的事，女儿更是坚持了很久，每每外出，总不忘带上几个垃圾袋，产生的垃圾及时装在里面，离开时再带走。我在前边走，她会拿了袋子跟在我的身后，唯恐随手乱扔。妈妈是有品味的人，这是她最好用的撒手锏。

五

敬爱如父的哥哥病了，我上下求索、遍寻良医，寝食难安、日夜忧戚，只恨自己不能代哥受苦，更恨自己无能去除病患。身在医院的女儿自然十分关注，除了帮助寻医问药就是对我百般安慰：“妈妈，对生病的亲人关爱很重要是因为，病人无论是身体上还是心理上甚至是情感上都比较脆弱，适当的关怀关心能让他们感到温暖，心情好了，免疫力就提高；对缩短病程、早日康复的确有很大帮助，但过分关爱却也是一种伤害。您想想看，信息社会，能用钱解决的事不是事，能用医学治愈的病不是病。让体内的白细胞出来战斗战斗，练练兵，一个人整体的战斗力就会增强，反倒是个好事，瞧您现在的状态，一是会让舅舅错认为病情很重反倒更加焦虑，二是对您自己身体也没有一毛钱的好处。时间久了，舅舅的病得不到最有效的治疗，您的身体也垮了，是不是应该从这种情绪中走出来？”女儿的话让我豁然开朗，我不断调整心态，尽快从牛角尖里走了出来，在全家人的努力下，哥哥也终于康复了。自此以后我也明白了道理，无论什么事情，面对它，正视它，尽最大努力解决它，而不是一味地沉浸其中，顾影自怜。

六

中午快下班的时候，女儿打电话说她去病房时把一个小手包给弄丢了："今天着急去看舅舅，我身份证、银行卡、饭卡，还有给舅舅带的一些钱也在里面呢。"虽然女儿叮嘱我不用着急，但听到女儿着急的声音，下班后我赶到她单位的食堂陪她缓解一下压力。女儿一见我便开心了起来，正吃饭聊着天的时候，接了个电话立即开心地说："找到了，一会儿给送过来——多亏我在饭卡上写了手机号，否则……吉人自有天相。"正说着，一个女孩子走来问："大姐，是您丢的手包吗？"女儿站起来高兴地说："是啊是啊，快坐快坐，一起吃饭吧。"女孩站在那里问："看看没丢东西吧？"女儿看了下就合上了，连声说："没有没有，出门的时候我就放了一个证件和饭卡，太谢谢您了。"边说边对我使着眼色。那女孩一听长吁了一口气，说："那就好，我捡到的时候就这样，还担心说不清呢。"女儿满脸感激地说："太感谢了，您真是好人，帮了大忙了，谢谢您。"望着女孩远去的背影，我憋出内伤般不解地问："为什么？"女儿叹口气说："一看就是个老实人，捡到了给送回来就很好了，肯定是别人把里边的钱拿走了。我这样说，是想让她下次发现了还去捡，还去给失主送。千万别出现像'老太太摔倒了要不要扶'一样的问题，让全国人民都纠结。"女儿喝了口水继续说，"比方说这两天刷屏的那篇小文《罗一笑，你给我站住》一样。文章一出，争先恐后地瞬间转发，被罗尔文章感动，被罗尔爱女的情怀感动，被罗尔用文章筹资而不是向国家伸手要钱感动，大家的热情、同情、关注里都是让人感动的温暖和爱。但后来网上出来了'小铜人'，出来了罗作家'三房两车一公司'的财产，让很多善良的人为之失望。其实，不是大家不想善良，但就是这些真真假假的东西，让大家在善良的路上心生敬畏而已。""那你的意思，到底是相信善良还是不相信善良——一会儿人家送回个空包，你也千恩万谢，一会儿网上捐助很不靠谱，真让人搞不懂。"我意味深长地看着她说。

"一点都不冲突。"她笑嘻嘻地说，"人家送回空包就很了不起，我要成全她的善良之举，让她更有信心做一个好人；网上的东西真假难辨，只要是向善的，就去转发，就去关注，只要是负面的，不去推波助澜就好了。”说了半天，我从她那一点点散着人世暖意的话里听明白了，无论怎样也要做一个善良正义有责任的人。

七

“记绾长条欲别难。盈盈自此隔银湾。”现在，与女儿在一起的时间是越来越少了，但却更多的感觉到她身上的善良大气、阳光美好。那些言谈举止中温暖的味道和成熟的韵味，总是和着岁月的气息和满满的人间之爱，不管不顾地扑面而来，散着淡淡的香，透着不染尘世的痕迹，给我无限的感动，更让我时时自检，受益良多。

最美的遇见

人生中有许多的遇见是美丽的，比如一朵正在盛开着的花，一本有益的书，一件难忘的事，一个可爱的人……然而，我却想说，万千相遇的美好，也不及我与女儿的遇见，这才是我一生最幸运、最美丽的事。

一

女婿值夜班，女儿晚饭后回来小住。

手脚麻利的她几下就收拾好了房间，拿着刚买回来的红柚坐在我旁边。

修长的手指剥着柚子，圆圆的柚子皮很难剥，虽然借助于工具，却因为用力，女儿秀气的面孔在灯光下竟微微地红了起来。终于分成两半，再把暗红色的果肉一段一段剥好后放在盘子里，再用牙签仔细地插了，一段段地送到我的嘴里，就这么看着我吃，然后说："就喜欢看妈妈吃东西的样子。"那神情，似乎在欣赏大片。"妈妈，你要多吃水果，不然会起溃疡的。"我边写稿，边享用着女儿的美食，嘴里边唔唔地应着。

“知道多少钱一斤吗？6元呢，半个柚子足够我吃一顿盒饭的了。上次回来看您把半个红柚扔到垃圾筐里，知道我有多心疼吗？”会过日子的女儿声音里那触手可及的疼痛一下子跑出来，在夜的空中回旋，仔细嗅一嗅，空气中流动着的，还有她淡淡的体香和青春的味道。

“没人给我剥呀，”我羞愧地说，“何况那么凉。”弱弱的声音自己听着都没有多少底气。

“提前放在暖气片上，或者用热水连皮一起烫一下也好，就像咱们刚才这样。”对于吃，她总是有太多的点子，我一直深信不疑。

“再给您买几个蘑菇养着玩吧？”她突然抬起头，眨着纯净的眼睛认真地问。

“好啊好啊。”我快乐地答着。

还是去年，下班后，她背回来两个长约七八十厘米、两头都长出了小蘑菇的蘑菇包，整整一个冬季，每天我都会为它们喷水，过不了几天，再把长大的蘑菇掰下来，做汤或清炒都是美味，用不了几日它们又会长出新的来，循环往复。整个冬天，小小的蘑菇竟成了我的牵挂，更给了我许多的小快乐、小惊喜。早上上班之前先给它们喷足水，下班后再急匆匆地跑回家，看到它们不停地发芽、长大，那份喜悦总是从心底里一股股地冒出来。女儿一直是我生活中快乐的制造者。

此时，静静的夜里，外面是冰冷的天和地，屋里，是一汪静静暖暖的幸福。

二

周末，女儿一瘸一拐地回来。

我捧起她的腿惊问：“怎么回事？谁干的啊！”边问边拍，女儿一边疼得龇牙咧嘴，一边摆摆手说：“别急别急，没事没事。都好几天了，马上就好了。”

再三追问下，女儿告诉我，是那天午餐后回单位上班，被一个老妇女用电动车撞的。

“人呢？撞你的那个人呢？”我急着问。

“让她走了，”女儿轻轻地说，“又没什么事，留着她干什么？您还打算请她吃饭？”

“没让她陪你去医院拍个片吗？万一骨头撞坏了，可怎么得了？”看到女儿嬉皮笑脸的样子，我气急败坏地问。

“不用不用，真没事。”女儿见我不信，瘸瘸拐拐地走了几步。

“怎么就放她走了？她是你亲戚啊？”我恨恨地说。

“亲戚倒不是。但她慌里慌张、毛手毛脚的样子，一下子让我想起了你。”女儿笑着抱住了我。

这时，我气急无语，只拿了白眼看着她。

三

也有温柔的时候。

“那个最美的人，看到俺那个大美妈妈了吗？”电话那头的人在调侃着。

“没有，我没见到她，找她何事？你要是表现好些，我可以转告一下。”我笑嘻嘻地回道。

“我想让您转告她，让她照顾好俺的妈妈，俺可就这么一个宝贝，否则……哼，否则，我就虐待她闺女，看她心疼吧。”对面的小人儿坏笑着使劲说。

“嘿，我说对面那个‘识字班’，阿姨年纪大了，你可要好好照顾俺女儿。否则……”我也坏笑着恶狠狠地说：“否则，你妈老胳膊老腿的，看我怎么收拾她。”

有时，她电话过来问：“大美啊，在忙啥？”我叹口气回答：“人闲桂花落，夜静春山空。月出惊山鸟，时鸣春涧中。”“哈哈，不就是在那里闲着没事发呆吗？还说得那么文艺。”女儿一语道破天机。

“嘿，一点悬念都没有，你到底是不是亲生的？一点乐趣都没有——友谊的小船说翻就翻了，自此以后，还让不让人和你愉快地玩耍了？”我愤恨地连说带问。“好好好，好好好”，女儿一定是怕了，电话这端的我，都能想象得出一只小鸟从她心里扑棱一声飞走的样子。便听到她明显讨好的声音，“花自飘零水自流，一种相思，两处闲愁。俺最亲的那个娘哎，俺不但是你亲生的，还和您一样文艺范呢。”于是，皆大欢喜，更“握手言欢”着。

四

有一天打扫卫生时，见女儿的书桌上有一张纸条：“我是幸福的，第一是因为我爱，第二是因为我有爱——诗人白朗宁夫人。”看了半天，猜测着女儿当时写下字条时的语境，想象着女儿当时的样子。我坐下来，顺手拿起笔，写下了《麦田里的西西弗》的一段话：“我们都不是随便的一个人遇到另一个人 / 我们都是经过跋山涉水 / 漫漫长路才找到彼此 / 在我们的人生长河里 / 这因缘际会的短暂的一瞬 / 那不是偶然，那是我们的选择。”

想了想又加了一句：“在几生几世里，有那么多可爱的、能干的、优秀的女孩子哭着喊着要做我的女儿，我却一点都没动心，只选了你一个笨丫头，若不是我，你一定是无家可归的。要懂得珍惜哟！”

过了几天，在女儿的笔记本里，我又见到了这张纸条，纸条中在我的文字后面，她工整地写着：“是的是的，全靠大美收留，才有了咱俩这样幸福的生活，珍惜，一定好好珍惜。”而纸条下面的笔记里，记录着这些条目：

1. 给大美注册一个公众号，让她时常写点小文，一是防止老年痴呆，二是让她打发时光，否则，大美太孤单了。

2. 每周至少回来住三晚，即使第二天上班会跟打仗一样紧张。妈妈这里太需要人气了。

3. 每半个月陪大美逛一次街、看一次电影。冯导的《我不是潘金莲》上映，听说很烂，但还是要带妈妈去看。

4. 每周回来帮妈妈大扫除，她干起活来又慢又费劲，效果还不好。

5. 对大美多赞美多鼓励，尽量猛夸。

6. 网上看到适合妈妈的东西随手买回来，写妈妈的地址，每天有邮件收的日子，很美。

7. 每天提醒大美吃药、买她喜欢的零食，边写稿子边吃零食，那样显得比较忙。她会喜欢。

8. 周末请舅舅、舅妈、弟弟们到家里玩，‘高大厨’亲自下厨露两手——阖家欢乐，也让妈妈热闹热闹。

9. 叮叮当当的东西看到就买，每个门上、窗上都挂一个，妈妈开门关门的时候，都会有响声，心里会很愉快。

10. 多和妈妈合影，尽量让妈妈在合影中显得漂亮些，这样妈妈会很开心；多给妈妈照相，尽量照得年轻些，这样，妈妈看上去不会太老。我也不会太心酸。

11. 人生如白驹过隙，稍纵即逝，年华似手中流沙，都会慢慢流走，我只想陪着大美一起走，永远！

12. 珍惜每一天，再次相遇，还不知要等几生几世。而大美，是我最愿意当孩子宠的那个人。

…………

瞧，这样的遇见怎一个美字了得？

在这寂静的冬夜，我也只想隔了屏幕对你说：我亲爱善良的小美，愿有人永远待你如初，疼你入骨，深情永远不被辜负；愿你生活有歌，岁月有梦，人生有诗，拥有不被生活消磨的诗意和永远坦荡充满阳光的远方。

幸福来敲门

生活中，总会与一些小小的幸福不期而遇，而这些幸福带来的愉悦，就像是一粒粒珍珠，镶嵌在我心灵的天空，灿烂而美丽。

一

拿好钥匙正准备锁门上班，家里的电话却叮咚叮咚地唱起了歌。“这一大早的，谁啊？”边想边跑回来接起电话：“您好，请问您找谁？”我十二分纳闷地问。“就找您。”陌生男子的声音着实吓了我一跳，家里的座机一直没对外公开，知道这个号码的不足三人。“送花的。”“送花？……”咚一声，我听到自己心底石头落地的声音，但却一头雾水地怔在那里。

“是啊是啊，今天是感恩节，您可是第一份，要求八点前务必送到，都交了加急费呢。”电话那头传来男子清晰的声音。

一听是感恩节，我的心哗的发出了很大的声响——每一个节日都少不了的这份问候，自然是那个丫头做的好事。

打开门，一束包装精美的花携了寒意扑面而至：粉的、淡绿的、香槟色的……每一朵玫瑰的顶端都有一颗亮晶晶的珠子，似晨起的露珠，又似夏夜璀璨的星星，让人心动不已；蓝色包装纸上用粉色心形的夹子夹着一张明信片："亲爱的大美宝贝，感谢您给了我生命，感谢您带给我的快乐和幸福，感谢您教会我感恩和坚强。未来的日子里，咱们一起加油，风景在路上，幸福在心里。爱您的小美。"明信片的右侧，很文艺地别着一朵淡紫色的菊花，别致而又清雅。低下头附在花上，有缕缕的清香自花束中飘出，那一刻，我的心轻易地被融化了。走出家门，那个初冬的早晨，是从不曾有过的美丽和惬意。

二

因有个材料要写，傍晚下班后没有回家，想利用清寂安宁的时间突击完成。

"咚咚咚"，有人在外敲门，一抬头，窗外的天不知什么时候早就黑透了，北京路上的街灯安静地立在夜色里，眨着温暖的眼睛。

"谁呀？"这个点能想起我，还知道我在办公室并找到办公室的人，实在让我想不起来。

"亲爱的大美，请别叫我雷锋。"是丫头清脆的声音。

"是俺的宝贝来了。"我惊喜地叫着。"嘿嘿，不是一个，是两个宝贝呢。"随着清脆的声音推门而入的，是女儿和女婿。

"刚才是哪个小狗打电话说，下班后携夫君直接回自己家的？怎么这个点还饿着肚子追到办公室骚扰我，实在没有天理呀。"我的话虽如此说，心底里的高兴只有我自己知道。

"咳，别提了。"女儿抖一抖手里的袋子说。我仔细看了一下，是几个五颜六色的小窝头。"妈妈，您不知道有多好吃。为了买到它，我排了半个多小时的队，鞋带都被人给踩开了——瞧，脚上全是泥呢。”女儿一脸的委屈，明摆着想让我表扬表扬。

“不就是几个窝头嘛，至于吗？”我不但不表扬，还故意露出不屑的神情。

“这可不是普通的窝头啊，是您闺女的一片冰心、一片冰心啊，”见我没有丝毫的赞美之意，女儿拉长了声音道：“是冰冷冰冷的心呀，您的反应让俺很寒心呢。”女儿高高的声音里是藏不住的委屈。“小声点。”我把手放在嘴唇上：“别把办公室的屋顶掀开了，这可是公共财产，否则，损坏公物是要赔偿的。”

“什么人啊。”女儿恨恨地说着，又从包里掏出一包真空五香瓜子，“抽空香香嘴，不能吃太多，否则你的血压又会升高的。可不能回去太晚了，否则，我严重抗议你虐待俺的妈妈。”

“好的好的好的……”我一边连声应着，一边打开包装，拾一粒瓜子放到嘴里，五香瓜子特有的香便充溢了身心，正是我喜欢的味道，“有它相伴足矣，不劳二位了，哪来哪去吧。”我笑嘻嘻地把那两人推出门外，心里却是汪着浓浓的蜜。

三

“您的快递放到传达室了，记得去拿啊。”又是快递员粗声大气的声音。

我是一个不会网购的人，快递几乎与我没有关系。纳闷着，来到传达室。一个黑色快递包上千真万确地写着我的名字。

拿回家打开，是两件漂亮的羊毛披肩：一件黑底玫花，一件玫底黑花，时尚、大气，洋溢着暖暖的气氛，最重要的是一看就是母女装，实在让我欣喜。

正纳闷呢，波妹妹的电话打了过来：“姐姐，披肩收到了吧？刚查了一下信息，知道到您单位了。”波妹妹热情似火的声音，在这个冬天隔了几里的路程，仍然让我感觉到了很烫的温度：“姐姐，可实用了。在办公室穿外套吧，又笨又不方便；仅穿毛衣或裙子吧，又感觉到有一点点凉。穿披肩刚刚好，它的小袖子正好到肘关节处，对里边的衣服起到保护作用。最重要的是适合姐姐的气质，一定很美。我还给小美买了一件，希望小美也能喜欢。”

与波妹妹有近十年的交情了，她阳光向上，对生活充满了热情，了解她的人,都被她一直以来的才气所折服——上学时是名副其实的学霸，工作上能力过人，备受称赞。她最了不起的，是对全家人的那份呵护，有病的姐姐需要她长年照顾，姐姐女儿的学业由她一手操持；她小小的儿子写得一手好文章，都是她心血的结晶。生活中有过这样那样的不幸和坎坷，但她总是一笑而过。因此，我最欣赏的，除了工作能力过人和对家人的细心关照外，是她对生活的那份态度，全身上下满满的那份热爱，即使隔着电话，也会被她洋溢的感情烫出一个一个的洞来，而洞里汪着的，是火热的激情。曾见过她家的整面墙的壁橱，全是用她的生活照、艺术照做成的橱门，走进去，那些不同时期的她就站在花丛里、阳光下、大海旁冲着你明媚地笑着，快乐地笑着，深情地笑着——见过自恋的，没见过如此自恋的。她却笑着说：“这是热爱生活的一部分啊。”因为她也是很早的时候便失去父亲，但她却坚强向上，让我很是敬佩。想起她便会让我想自己的女儿坚强向上的样子。与她们在一起，会充满满满的正能量,一直向好,无限热爱世间万物,向人们展示着人生无极限。

一段时间以来，波妹繁忙工作之余，都不忘关照我这位笨拙的老姐，时不时来电话问候，最让我感动的，是她家里七十多岁的老母，贴了几幅美丽的贴画，认真装裱后送我欣赏。当我和女儿看到这幅画时，一下便被满满一框花期正盛红彤彤的玫瑰所感动。曾经热衷于十字绣的女儿尤其喜欢，热切地举着画框左看右看，用银铃般的声音兴奋地说：快看啊妈妈，透过画框，我似乎能听到花开的声音，似乎听到那些花儿们一起叽叽喳喳地嚷着“爱生活，爱阳光，爱世界万物啊！您听听，您听听”。

哈哈，多好的比喻，多可爱的人，真是让我欢喜。

四

下午上班时寒风大作，冬天的风总是比平时多了几分凌厉，让我心生寒意。

开车到大门口，却见门前停了一辆车，驾驶员是位年轻的女子，正立在刷卡机前不停刷着出入卡。风吹着女子单薄的外套，一张脸惨白，想来是在此站了有几分钟了。身边的女儿叽叽喳喳地说：我知道，一定是出入卡没有电了，前几天我就遇到这种情况，怎么刷都打不开。热心的女儿边说边开车门要下去帮忙，却见从左侧过来了一辆车，驾车的是一位穿大红外套的年轻女子——我们居住的小区出入分左右两个门，分别负责进和出。看样了红衣女子是从外面刚刚回来，所以正对着大门的感应器。只见红衣女子从摇下的玻璃窗内伸出手为其刷卡。立在门前的女子一看，开心地过去打过招呼，立即上车启动。红衣女子就一直伸着白藕般的手在冷风里，等那女子上车离开后，才转进了家属院。女儿在一旁开心地说：妈妈，看到善良友爱的人我就感动。然后，她叽叽喳喳地讲了两个小故事：一个是圣雄甘地有一次坐火车，人群拥挤，甘地的一只鞋不小心掉了下去，火车缓缓驶出，甘地毫不犹豫地脱下另一只鞋，使劲朝第一只鞋掉下去的地方扔过去。旁人非常不解，问他为什么把另一只鞋也扔下去，他说：“鞋已经丢了一只，再如何伤心抱怨都无济于事，还不如把另一只鞋扔下去，如果刚好被有需要的人捡到，这样他就可以拥有一双鞋，而不是一只鞋。”另一个是一位流落街头的拾荒者，自己都吃不饱，却用来之不易的钱买了面包，全部喂给海鸥，海鸥吃饱了在他身边盘旋，他露出了灿烂的笑脸。

女儿说，他的身上虽然肮脏，内心却是一片净土；他虽然生活在社会最底层，灵魂却无比高贵。女儿说，善良无关贫富，它静静地根植于每一个人的内心，悄悄地温暖着这个世界。女儿还说，有了善良与温暖，世间便不会感到艰难和痛苦了，多美多好呀。

望着女儿认真的面孔我不停地点着头，“对啊，是的，多好”地应付着，心里升腾起一份快乐来。国无德不兴，人无德不立。罗素也说过，“在一切道德品质中，善良的本性是世界上最需要的”，而我，在这个寒冷的午后，因素不相识者互相传递出的友爱温情而温暖，也为女儿心存的善良友爱而感动，似乎，那位美丽优雅的女子和我的女儿用言行各自在我心中种下了一朵最美的玫瑰，发出醉人的芳香。

五

晚上来串门的哥哥捎来了“2013年~2015年全市无偿献血奉献奖”证书。红彤彤的荣誉证书下面烫着“临沂市人民政府无偿献血委员会”的字样，在灯光下眨着眼，似乎在跟我打着招呼。拿着证书，我反复地看了好几遍，心里的幸福感慢慢地升腾赶来，虽然我有数不清的获奖证书——上学时的、工作上的、文学创作上的，甚至获得过省级三等功，但在我心里，它却比任何一本证书的含金量都高，比任何一次荣誉都珍贵。因为，这个荣誉是需要献血者达到实实在在献血量之后的一个表彰，与专业职务、地位级别、改革创新等等没有任何关系。它是一种自愿无偿的爱心捐献，是需要持续奉献的累加。拥有这个证书，证明着我的身体是健康的，证明着我是一个献血量达到表彰标准的长期献血者，证明我是一个有爱心有责任心的公民，证明有众多急需救治的患者的体内流淌着我的血液，正因如此，一个生命得到延续，一个家庭重获欢乐……而多年之前，在我的父亲重病的最后岁月里，曾用我的献血量让父亲享受过等量用血的政策——我献过的血，曾等量地流淌到父亲的血管里，用特殊的方式表达着我对父亲的热爱与不舍。这种幸福一直深藏在我的心底：献血光荣，利人利己；予人玫瑰，手有余香。

女儿第一时间把荣誉证书的照片发到了我们“相亲相爱一家人”的微信群里，并大力煽情：妈妈是一位英雄。多年来，她不但是全市无偿献血宣传的拓荒者，用二十年的时间，把无偿献血的理念深入到市民的心中，更是身体力行一直坚持走在无偿献血的路上，当属我们的“家庭楷模”。在此，我郑重呼吁，自今日始，在全家范围内发起向妈妈学习的热潮。上至九十九岁的，下至刚会走的，大家都要学习妈妈的这种奉献精神。九十九岁的二爷爷已经不符合献血年龄了，刚会走的小依依也不符合……这样吧，就是全家老少适龄献血的亲人们，近期拿出自己的献血年度计划和阶段计划，不能献血的或者不符合条件的，也要积极创造条件，争取在咱们掀起献血的热潮，争做全市的“献血之家”。不允许有一个落后分子！信息发出不久，群里响应者众，一时红包满天飞、鞭炮齐声响，做工务农的，纷纷在群里报名，女儿边抢红包边高兴地嚷，瞧瞧，咱的号召力和影响力有多大。看来，需要专门联系一辆献血车上门服务呢。

又是一个远程互动和幸福的夜晚。

“当幸福来敲门，在这之前要做的事情要付出的努力实在是难以想象的。当幸福来敲门，你一定要做好准备打开你生活的大门来迎接幸福。”看过《当幸福来敲门》之后大部分人的感觉是这样。然而，我想说，幸福无处不在：它在一个轻轻的问候短信里，在一束鲜艳的花蕾里，在一个素不相识者微笑的眼睛里。有心的生命，需要借彼此心的温度来取暖。怀着相信幸福、相信感动、相信美好的信念，我穿梭在时光里，享受着幸福来敲门的幸福，也时时地举起自己的手，随时准备敲响他人的幸福之门。

意外的惊喜

有人说，女儿是父亲前世的情人，可在我眼里，女儿这个“情人”不仅仅是父亲，对于母亲，更是贴心的棉袄和最好的“情人”，生活中，与她在一起，一直是惊喜不断。

一

秋深日短，傍晚六点光景，天就完全黑了下来。

刚刚从济南回来，扔下行里便直扑电脑，要做一个十万火急的课件。但家里的电脑却十分不给力，吭吭哧哧好不容易开了机，界面上的光标一个劲悠闲有余地转圈，我心急如焚，却越点越慢。虽然运用了所有掌握的电脑技术，但仍然不见任何效果，运行速度缓慢得不成样子，照这个速度，课件到第二天也难以完成。于是，紧急电招我家的电脑高手侄子来救火。

侄子帅气阳光、秀美文雅、善良可爱，不但颜值高得不成样子，电脑技术更是高手中的精英。虽然不是电脑专科出身，却有一身响当当的硬功夫。许多高精尖的电脑操作都不在话下。这么说吧，前几年，很宝贝的手机用了不几天，却被我掉到水里，一开始问题不大，比较偷懒的我也就凑合着用，但终于有一天，打进来的电话却只能看着，怎么也无法接听，打出去更是不可能——手机触摸屏不能用了。忙忙地跑到售后维修，售后看了看说能修，不仅仅是触摸屏问题，应该要换主机，费用大约两千多元，但里面的信息无法导出。当时我一下急了，所有的电话都是存在手机里的，所有的重要记事也是存在上面的，如果不能导出的话，损失无法弥补。好话说了三大筐也没有用，打电话给几个相熟的维修朋友和站点，全是如此。当我抱着试试看的心态打给侄子时，侄子说，我试试看吧。于是，我把手机交给侄子，第二天，侄子不但导出了信息，还全部修好如初，不但省了两千多元，更保存了重要的信息。

其实侄子电脑精英的美誉是有目共睹的，绝非是浪得虚名，多年来，从手机苹果四代开始，侄子的手机用的都是最新款，这一切无不是通过电脑过硬的专业得来的。曾经有一台电脑，坏得不成样子，甚至成了碎片，侄子一夜不眠修理如新。在我们眼里，与电脑相关的高科技，侄子都能拿下。有一次我在外地出差，有一个文件就是处理不好，没办法，千万里外打给侄子，让人惊奇的是，侄子远程给处理得好好的，让我惊叹不已。于是，我们整个大家庭里的电脑、无线、手机……只要是与电子相关的高科技，全都是由侄子打理，不但省心，更快捷高效。

刚下班回家的侄子一听老姑有事相求，立马飞奔而至。侄子对老姑总是有求必应，从不含糊。

侄子说干就干，重装、清盘……看到侄子来了，我的心情一下放松了：磨刀不误砍柴工，修好电脑，课件自然不在话下了。

正和侄子有一句没一句说着话，还没下班的女儿来了电话："俺漂亮亲爱的大美妈妈，到家了也不'咳嗽'一声。晚上吃什么？"其实，这一路行程是一路汇报着的，短信、微信、视频，俺那小美女儿一刻也不停，只是进门后忙着电脑的事情，还没汇报倒也是真的。

“老房子上火了——电脑出问题了，正找你弟弟来救火呢，哪里还有吃饭的心情。”我硬硬地说。

“累一天，怎么也得吃点，家里还有面条吗？有煎饼吗？有藕吗？”女儿自问自答着：“我给你叫外卖吧，又快又好吃。”

“要什么外卖！又长肉又费钱的。不吃，坚决不吃，你叫了我也不吃——省省心吧，我都急死了。”我生气地说着。

“好吧好吧，那就不叫了。不用着急的，俺漂亮可爱的妈妈呀，不行晚上我们回去一起帮您做。”女儿永远春风扑面，亲善有加，即使面对我这个正在发狠抓狂的“恶人”！

放下电话，我和侄子全情投入到电脑上来，在心里，我希望电脑立马修好，越快越好。

“砰砰！”听到有不小的声音。侄子抬头问我：“不是姐姐、姐夫回来了吧？”“怎么会？下班她就会说的。没听到打电话说下班，肯定是没有回来。不用理会，一定是楼上砸东西的，这里隔音效果很差。”我笑着安慰侄子。

砰砰！砰砰！砰砰！敲门声仍然继续着。

“这个点你爸爸、妈妈不会来，姐姐、姐夫没下班，谁会到咱家来？”我一边对侄子说着，一边起身去开门。不放心的侄子也紧随身后。

“谁啊？”我大声问着。“送外卖的。”打开门，外卖小哥提了大大的包站在门外：“你家叫的外卖。钱已付，好好享用。记得给个好评。”

“哈哈……”我和侄子大笑不已。打开外卖：一份海鲜疙瘩汤、一份鱼香肉丝、一份素炒山药胡萝卜、两个煎饼。

“色香味俱全，而且全是姐姐爱吃的。”闻着扑鼻的香味，侄子笑得“花枝乱颤”。

吃着女儿订的外卖，我的心里是满满的暖意和感动。

二

生日的头一天，女儿、女婿便来我这儿住。吃饭的时候，女儿便说："妈妈，明天早上您别早起了，我来做饭给您吃。"然后一遍遍地问："亲爱的大美妈妈，您明天在不在办公室呀？"因为第二天有个会议，我便说："上午应该是不在办公室。"女儿便若有所思地应着，而粗心的我却并未在意。

第二天，定好闹钟的女儿一大早便起床，然后一个人反锁在厨房里，任我怎么叫也不开门。半个小时后，女儿端来了一碗面条，恭恭敬敬地说："亲爱的大美，祝您生日快乐。"此时，我才恍然大悟，今天是我的生日。然后，女儿变魔术似的端上了三盘煎牛排：煎至八分熟的牛排被女儿细心地切好，盘子的一边是煮好的青色的西兰花、紫色的洋葱，再上面是煎好的黄白相间的一个鸡蛋和用清水煮好的一点面条，在牛排、面条、鸡蛋上面有规则地涂上了番茄酱，用精美的盘子装了，放在整洁的桌子上，那好看的色相、香喷喷的味道，实在是让我食欲大开。即使此刻，我仍然还能回味起那个秋天清晨的特有的味道。

早上九点钟，在去开会的路上，我正感动地品读女儿发来的情真意切的祝福短信，便收到快递的电话，说有鲜花送到让我接收。我一猜就知道，一定是喜欢制造惊喜的小美所为，忙让同事帮忙代收。散会后急急地回到办公室，桌上一束彩色玫瑰正静静地散发着清香：黄的嫩黄，粉的淡粉，紫色的透着浅粉，绿色的花茎、淡蓝的小花瓣簇拥着各色的玫瑰，有一种非常不真实的静美和雅致，我欣喜地抱起花束，在灯光下、在日光下，看了又看。这不像鲜花的花束，的确是用鲜花做成的，插在花束中的贺卡，也是那么的与众不同。在"祝我最爱的大美宝贝，身体倍棒，貌美如花"的祝福语边上别了一朵美丽的紫色的花朵！我实在想不出女儿是从哪里找到的这家花店，这样的花束，实在让我惊喜了很久。

晚餐自然是热闹非凡。

女儿送上了两个精心包装的礼盒，一个礼盒的边上也是别着一朵雅致美丽的鲜花，打开来，是一个普通的杯子。女儿笑嘻嘻地说：“且慢，见证奇迹的时刻到了。”只见她拿来一杯开水，轻轻地倒进面前的杯子里，立时，我与女儿的合影清晰地出现在杯子的一侧，另一侧是女儿龙飞凤舞的字体：我们爱生活，更爱大美妈妈！看到这里，全家惊叹不已，都以为她又学会了魔术奇功；另一个礼盒却是含金量极高的“六福珠宝”。打开，是一条用红绳拴着的黄金吊坠，图案是一只首尾相接的美丽凤凰。“这是一款万福古法足金挂坠，是用手工一点点打出来的，吊坠的两面是完全不同的两种图案，绝对不会有重款。”看着这份沉甸甸的大礼，我的眼睛湿润了：女儿、女婿省吃俭用，90后的孩子却节俭到令人难以置信，平时穿的衣服一身不会超过三百元钱，每双鞋子都是在夜市花几十块钱买的，每年却为自己的公公婆婆、为我购买着保险，支付着数额不小的保险金；所有的节日都会记得为全家购买礼物，我的生日更是挖空心思，别出心裁送上两份：一份是他们小两口的心意，一份是替她去世的老爸表达的。

蛋糕也有女儿准备的惊喜。

一层层地把包装打开，一个头戴皇冠的美丽女子亭亭玉立地站在飘满大红玫瑰花瓣的天空下，那美丽的衣裙是用一片片火红的玫瑰花瓣做成的，女子舞动的裙裾逸出的美，一下打动了我的心……

三

作为母亲，我自信是收女儿礼物最多的人——没有之一。

自女儿记事起，给我送礼物成了她生活中很重要的部分，后来竟成了习惯。而心灵手巧的女儿，所送礼物大多是自己手工制作的，既节俭又漂亮还充满了意义。女儿小时候送的礼物多是一封封手写的信。那些信封是女儿自己找彩纸做的，信纸上绘上图案，有时还会在信纸的上下两端粘上手折的满天星、小纸鹤；有时还会配合内容画上速描插图；图文并茂的信里，有时用红的绿的粉的彩纸，如同小女孩多彩的心事和如糖果般甜美的日子。无论用怎样的信纸，装点着怎样的图案，无一例外表达的，是满满的关爱、关心和感激。时隔多年，在读信的过程中，那些因为爱而感动，因为女儿的用心而生发出的赞叹和幸福一直清晰地记着；再后来就是满瓶折好的满天星，上千颗的星星里，每一颗都写满着祝福，隔了几十年的光阴，前前后后也搬了几次家，但女儿的满天星仍然放在家里最显眼的地方，随便某一个时刻打开那些瓶子，随便捡出哪一颗星，星星里藏着的用稚嫩的笔画写下的祝福仍然如调皮的孩子般蹦蹦跳跳地穿越过时空扑面而来；还有那些五颜六色的千纸鹤，同样写满了祝福，挂满家里的角角落落，有的纸鹤尾巴上还会系上细小的铃铛，有风吹来，就会发出细碎的叮咚声，似春天润物细无声的微雨，虽然看不见，却早就打湿了心底。

女儿渐长，送的礼物也不尽相同，但仍然是出自她的小手。一针一线用十字绣绣成的钱包、卡套；用废旧瓶盖制作的精美钥匙链，废旧器具里种植的小巧的盆栽——一棵小小的多肉，或者是一盆可爱的榕树，甚至一棵不起眼的文竹；或者女儿用彩纸包起并打着蝴蝶结的一个自制的笔记本、一把小小的梳子……每一件小礼物，都是女儿动了千万个心思精心准备的，每一件小礼物背后，都是女儿满满的祝福和无限的爱意。

女儿长大了、结婚了，而送礼物的习惯非但没有改，反倒更发扬光大了，甚至每天都有礼物送来——四时的袜子，各式各样的围巾，冬夏春秋的内衣，长长短短的外衣外套，床上用的、家里摆的、冰箱里放的，甚至一周所需的青菜……只有想不到的，没有女儿送不到的。仔细看一遍，发现女儿送的多是日常家用的东西，看来，结婚后的女儿因为体会到了生活的真实和内涵，懂得实用的东西远远胜过浪漫的情调，只要能用到的东西，她都会早早地为我买来备下，除了省却了我大把的时光和精力外，更有无法言说的体贴和暖意，抬眼看着家里零零碎碎的物品，目光所及之处，都会让我的心升腾起无限的幸福和感动。

也有浪漫的时候：一年365天里，每到下雨的时候会发个微信小红包提醒着带伞；起风的时候，会发个小红包提示着口罩存放的位置，甚至落叶了、下雪了都是女儿发红包的理由，10元，8元，最多99.99元，但醒来就有红包静静地等在那里的感觉都是满满的快乐和惊喜；每个节日必不可少的精美鲜花，都是女儿遍寻之后精挑细选的最美花束，那些独一无二的鲜花，诗意绽放，美丽多多，有时，这一束枯了还没舍得扔掉，那一束又来了……这些小巧精美的花儿，愉悦了心情，更让每一个平淡的日子芬芳俏丽着。

而就在昨天，女儿的礼物却有了重大变化——我收到了女儿网购的六箱书——亚马逊网上发布的人生必读的100本书清单中的80本。

“亲爱的大美妈妈，衣服呢，您也不是那种太摆谱的人，穿不了太多。就给您买成书吧，怎么也是俺心目中的大作家。瞧瞧咱家的书，实在与您名不符实。”女儿在电话里笑声不断。

打开箱子，《神曲》三部曲、《平凡的世界》《飘》《呼啸山庄》《傲慢与偏见》《红与黑》《简·爱》《源氏物语》《呼兰河传》……从1813年的《傲慢与偏见》到1925年的《了不起的盖茨比》，到2013年的《生命不息》（*Life after Life*），整整跨越了200年的文学精装本，就这样整整齐齐地码在我面前的箱子里。迫不及待地一本本打开，三联书店出版的杨绛的《我们仨》，与我之前读过的又有不同，它特有的咖色竖条纹的手感，正如杨绛娟秀端丽的人生和纯真朴实的爱情一样，让我不胜欢喜；商务印书馆出版的伍尔夫的《一间自己的房间》英汉对照的体贴和贾辉丰译文中闪现出的文采，实在令我爱不释手……

“怎么样啊，还满意吗？大作家？”女儿一个电话才把我从书中拉了出来。“老天，得花多少钱啊？长这么大，我从没舍得下这么大血本一下买这么多书！你这败家的小女人，真该让你亲爱的老公管管你了——你们不吃不喝了？一个月挣俩工资都嘚瑟在你老妈这里了。”我从内心里心疼地说。

“嗨，亲娘咪，网购的，一共花了两千元。也就是别人的一件衣裳钱。”女儿一点都不心疼地说。“根据网上最新报道，世界人均图书阅读量，美国是7本左右，日本是8本左右，韩国是11本左右。而咱们国家才多少啊——4.56本！”女儿开玩笑地说：“咱们不是与其他国家有差距吗？为了填补这个差距，您要带头多读书，否则江郎才尽了，写不出美文来岂不让粉丝们失望呀？何况，您带头提倡多读书、读好书、好读书，不是影响力大效果好吗，我也算间接为国家做贡献了不是？”听人家这么一说，我也就坦然接受了。自此以后，每天看着书架上的书就开心欢喜，只恨不能同时打开所有的书，一目十行地看完……

“放心吧，亲爱的大美，俺计划用两年的时间把您的书架填满。您每天除了写点小文章，就坐在阳台上读读书，冬天晒着暖阳，读着好书，想着闺女；夏天乘着阴凉，读着好书，想着闺女。人生要多幸福就有多幸福了，是吧？何况，也算我在咱家建了一个希望书屋，搞了一个‘翰墨芳香工程’。您老人家知道，我这人除了一日三餐填饱肚子外，其他的几乎是零消费啊。”

是啊，女儿节俭是在众亲朋间出了名的，对她这个老妈毫不吝啬也是有目共睹的。此刻，坐拥书屋的感觉，除了夜不能寐外，就是时间流逝太快，似乎一眨眼，天就亮了，而我的书还没有读完。

购书只是女儿“翰墨芳香工程”的一部分，这项工程内容也极其丰富：先是买了一个大号的书桌。很多年来，我一直用铺一块布的简陋的桌子代替书桌，桌上桌下堆满了各式书籍，怎么看都显得凌乱、窄小。“这么重要的大作家，书桌必定要最好的。”女儿小两口跑遍了家具城，挑选了一张大号的实木书桌，然后买了羊毛毯铺在上边，除了放置电脑外，还买来大大小小的各色毛笔、笔架以及纸砚。书桌的旁边又选了小巧精致的茶桌、上好的手绘茶具，连同一张精巧的藤艺沙发，书橱上还挂了两只风筝。女儿说：“老妈，您要好好享受人生了。自此以后，打拼天下是我们的。您只管安心待在家里，写书累了就坐在这里喝点茶，或者躺在沙发上眯会眼，再累了就约三五好友出去游游。我只想妈妈做世上最快乐无忧的人。”

女儿总是为我考虑，她的那份贴心总是那么恰到好处，正如她的礼物，每一件都是那么美好，浸润着无限的爱、体贴和懂得。

四

生活中，女儿的惊喜总是不断：曾经买来两件白色的体恤，用压克力的颜料在白色T恤上做手绘，两件体恤组成的图案是母女两个相携走在春天的小路上的画面，当我与女儿穿着这件体恤、牛仔裤走在大街上的时候，曾引来无数的目光；有一段时间，女儿迷上了十字绣，女儿绣“平安”字样的车挂件，绣自己画好的“寒梅图”，绣比较烦琐的“家”的图案，最大的壮举是在我母亲七十五岁生日时，用二十天的业余时间赶制出了一幅“百寿图”，让母亲高兴得合不拢嘴。

时光流逝，岁月更迭，我们过着最平凡的日子。然而，我那怀着朴素干净情怀的小美，却让最朴素的日子多了许多惊喜，那“蜂蜜柚子茶”里的甜，那“葱抓饼”里的香以及那一个又一个简单却诗情画意的小快乐，让日子多了一份深长意味，多了一份绵远的韵味，让属于我的光阴和天地，打动着我的内心，让草木情深的欢喜，都成了我们丰盈自足的快乐和美好。

所有的相遇都是久别重逢，红尘素居里，我与小美就在这一个个小惊喜里静守着、珍惜着我们这一世的相逢与快乐。

温暖的小记忆

“妈妈，今天下雪了，外面很冷，多穿衣服啊。”早上刚刚七点，小女甜甜的声音又准时飘来。不知从什么时候开始，一天的好心情似乎都是从女儿的电话和问候开始。而清晨的叮咛竟也成为我生活中非常重要的一部分，似乎哪一天听不到，生活就缺少了什么，是的，缺少了热气腾腾的生活氛围和动力。

打开窗，门前的樱花树叶又深了许多，零落的叶子在晨风中打着旋地落下，仔细看，零星的细碎如发的雪花小心地飘着，似乎怕惊扰了初冬的大地，又似乎是一个胆小的姑娘初到一个陌生的环境，那份小心翼翼，骨子里的那份胆怯，让我从心里多了一份欢喜。喔，今天是小雪，雪花竟然没有爽约，一份欢喜从内心升腾起来。

走在上班的路上，打开车窗，让冷风轻轻地吹来，路两旁的树叶飘下来，如同调皮的孩子追赶着，一下一下拍打着车的前窗后窗；有的，还从敞开着的车窗飘进来，带着一夜的冰凉与丝丝的寒意。拐个弯，便是通往单位的小径，小径的两侧是高大的法桐。繁茂的枝丫从路的两侧探过身来，两两相抱，夏天如朝气蓬勃的姑娘，漫天的绿清凉了我每个走过的日子。整个秋天，我都是开车从此经过，从西向东望去，树与树之间渐渐地连成一片，最后汇成一个点，给人一种无边无际的向往，如同油画般。

从初秋开始，茂密的树叶先是浅黄，随着秋天的猛烈，渐渐的深黄、浓黄、烈黄，起风时，那从深到浅的黄便在风中摇动，而我第一次发现，树是由底部慢慢向顶端黄去，当底部的叶片一片片浓烈如火红般挂在秋风里的时候，顶端的树叶，才刚刚有了黄意。当小雪的早上我再走过时，整片树林金黄色一片，那触目可及里的浓黄让心震撼着。昨夜风吹落的金黄的树叶如小山般厚厚地堆在路的南面，环卫的大姐正努力地让它们堆在一起；前几天插好架子的桂花树也罩上了雪白的塑料布，任凛冽的寒风可劲地吹，桂花们只是隔“布”欣赏着这小雪初降的景致。

还未走到办公室，女儿的短信又叮咚而至：“亲爱的大美妈妈，今天小雪，许的愿会心想事成的，我祝愿我最亲爱的大美妈妈身体健康、笑口常开，俺要做妈妈冬天的拐杖、温手的小火炉；俺还祝愿天下所有的人都幸福常在，好运常来。”“谢谢宝贝，你让我感到冬天的暖意、人性的至美，好爱你。”我随手发过去，为生活中无时不在的人性之美而感动着。

每遇流浪的猫、狗，女儿都会准备好丰盛的食物放在它们常去的地方，对于家里的每一个动物女儿都细心照料，再忙也要给他们准备好充足的食物、饮用的水。“万物都是有灵性的，”女儿说，“姥姥告诉我，这些不会说话的牲畜跟了我们，就要喂饱它。那些让狗饿得吃土，让兔子啃笼子的人是有罪的。”女儿的话让我想起了旧日母亲日常生活的种种来：深秋刚孵出的小鸡、刚出生的猫崽，母亲都会为它们准备好棉絮；夏天瓢泼大雨哗哗地下着，母亲在大雨中淋得湿透也会去找母鸡和那一群没有长大的小鸡，有时闪电一个个地下来，母亲仍会耐心地等在那里，直到把小鸡们一个不少地“请”回家；家人的照片，母亲也都是规规整整地放好，若看到有放倒或斜放的，母亲一定会把它摆正："歪歪斜斜的，那照片里的人多难受啊"；女儿的布娃娃、小狗熊也都是要小心放正的，即使家里的家具、用过的物品，母亲都是认真地放好。儿时见惯了随手乱扔家具的人家，用的物品都是随手一扔，用时再顺手拿起。母亲不是，总是认真存放，下雨前还会把物品统统收到屋里；每次用洗衣机洗好了衣服后，母亲都会双手合十认真地说："谢谢你，洗衣机，让你受累了，多亏了你啊。"那时候还对母亲的幼稚感到好笑，现在想来，善良的母亲身上充满了人性之美。对于与之相关的物品、动物、人类，都充满了尊重、爱戴和敬畏，以至于母亲去世三年了，但母亲留下的所有美德，全都传承到了我女儿的身上，这份宝贵的财富，让我心生感激，充满敬意。

原定了周末在临沂的众亲来我家小聚，但上午却接到王校长的电话说学习小组晚上要集体学习，女儿一听，立即一一打电话给众亲，取消了晚上的聚餐，力劝我这个身为班长之人要以身作则，好好学习，并且硬要参加我们的读书会。在这一点上，我倒是很敬佩女儿，虽然她上班十分紧张，几乎每天都在加班加点，周末也鲜有休息的机会，但硬是在繁忙的工作中拿了两个毕业证、两个学位，还取得了国家健康管理师等资质，目前，还在自学的路上奋勇向前，私下里让我暗暗叫好和佩服着。

匆匆忙赶到学校却发现，四十七人的学习小组，却只有三位姐姐、一位妹妹在场。校长姐姐笑着说："越年龄大的，越知道学习的重要性。咱们即使有一个人，也要把读书会坚持下来——同时热烈欢迎小美同学的加入。"身旁的女儿悄悄竖直了大拇指。是的，承诺了的，就要做，这是尊重，更是一种美德。

前段时间，电视剧《延禧攻略》大火，主角魏璎珞一路所向披靡，毫无对手。对于她的每一次成功复仇，无不大快人心、舒爽开怀。茶余饭后，我和小美在讨论该剧的亮点时，她的一番话却让我暗暗叫好："除了喜欢她的敢作敢当，敢爱敢恨外，我最喜欢她对袁春望的宽恕——她明明知道袁春望在刻意陷害自己，睚眦必报的她不但没有杀了他反而彻底原谅了他，这一点顶顶让我喜欢。”“哈哈，我怎么没看出来，说说看？”我故意逗她。“妈妈，您想啊，魏璎珞不是因为内心强大，才能够承受很多，而是她承受了很多，才使得她内心强大。一个人只有内心足够强大了，才能接纳或者原谅整个世界。”说着，一双大眼睛里竟然有了泪光。我想，在这一点上，女儿的感受一定是很深很多吧？

有一天，我们讨论人生的价值，女儿语出惊人：“健康快乐最值钱。”其实，这也是她一贯的人生观。身在医院工作，同时，过早经历了失父之痛，女儿更多地懂得了生命的意义，作为一名护士，她每天对周围的亲友宣传的生活理念就是健康快乐；在朋友圈转发的，也必是些与身体健康有关的内容。有一天，她转发了一篇微信文章《母亲患癌症去世，女儿的一封信看哭了无数人》，她重复着小女孩的话：“到什么时候都要记得，一定要活着，一定要健康！”“妈妈，我都流泪了，小姑娘说给妈妈的话就是我们要说的话。爸爸去世二十年了，我们在爸爸生活的城市里，听爸爸曾经会听到的烟花燃放的声音，呼吸着爸爸呼吸过的空气,看着爸爸平日里看过的风景,我们距离爸爸似乎那么近,却又那么远。这是多么无奈又痛苦的事啊，妈妈一定要照顾好自己。”前段时间我感冒了，小两口买了这样那样的药跑回来，女儿紧紧张张地试额头、看舌头、量体温，一幅严肃认真的样子，女婿则忙着烧水拿药，一幅大敌当前的阵势；之后，一天几个电话地问候。不时叮嘱“感冒要多喝水，多吃水果补充维生素 C”，知道我从不按时按量吃药，便一天几次地微信叮嘱“不要乱吃药，更不可加倍计量吃”“感冒灵吃了没有？一包就行，吃多了伤肝！”，有一天半夜突然发消息过来：“想妈妈啦。妈妈睡着还是醒了？好些了没有？刚刚做了个梦，梦到妈妈生病我都哭醒了。妈妈快点好起来吧。俺就一个妈妈，有多担心啊。”关切之情溢于言表。

生活中，我从不按要求刷牙，女儿总是不厌其烦地示范给我看，但怕麻烦的我总是匆匆刷几下就算，长期不规范的动作，让左侧的两颗牙的牙根破损，女儿带着我一次次到医院找了最好的大夫去诊治：先是治疗，再取牙模，再去试带调整，从不怕麻烦。有一天突然发了一张牙齿全坏的图片给我看，然后郑重地说："看到了吧妈妈，刷牙姿势不对，有多可怕！！！您还不引起注意吗？"我立即回复道："哈哈，吓死宝宝了——俺可胆小得紧呢。"她立即回复笑脸过来，并说："俺爱妈妈，俺妈妈是世界最好的妈妈。"女儿总是那么讨喜，温柔体贴如小猫咪，更多的时候像大人，但骨子里总感觉像是没长大的孩子。

有一天在朋友圈里看到我的一张照片，截图过来问："谁给你拍的，拍照片的那个人一定是'坏人'。干吗把俺这么美的仙女妈妈拍成了路人甲？我得问问他。"我哈哈大笑："不是很好吗？"她立即回道："哈哈，主要是这个模特好看，穿啥都好看，穿啥都大牌。发型也美美哒，知性、干练。俺妈最美，气质如兰。俺妈气场强大，气场碾压众人。俺骄傲。"在她的眼里，平凡如我，却一直是她眼里天下最美最好最无双最令她骄傲的妈妈。

也有傻傻的时候。

有天中午给我打电话，听着我在吧唧嘴，便甜甜地问："妈妈吃啥呢，这么香？"我笑着说："在吃手指啊。"女儿竟然大笑了起来："哈哈，俺的妈妈呀，你都五十了，才刚学会吃手指啊？"我不由笑喷了起来："呸，我吃的是手指饼干。"电话那头的女儿立马说："友谊的小船说翻就翻了，不和你玩了，快洗洗睡吧。"

席慕蓉说："爱的本质一如生命的单纯与温柔。"其实，生活中的女儿一直少心机、很单纯，有时听着他们小两口的对话也让我开心不已。

有一天，女儿在单位做课件加班到很晚才回来。小两口一边吃饭一边聊天。女婿问："这么高难度的课件，媳妇咋让你一个人做呢？"女儿骄傲地说："不知道了吧，这是因为我掌握着核心科技啊。"女婿不紧不慢地问："请问，你是格力空调吗？"过了两秒钟女儿才笑了起来——格力空调广告语是："格力空调，掌握核心科技。"

夏天来了，女儿女婿在我家一起换了新的老粗布床品。女儿一边换一边问女婿："怎么样，怎么样，这套怎么样？简直太舒服了吧！"女婿仍然是不紧不慢地来了一句："媳妇啊，太好了，太好了。简直是中央一套啊！"

一次下班回家，小两口走了一条不认识的路，七转八拐，女儿一头雾水地问："老公，你这是走了一条什么路啊？"女婿仍然来了一句冷幽默："不知道了吧，媳妇？我悄悄地告诉你，咱们走的是一条水泥路啊。"

一天晚饭，小两口在讨论一件事情的时候，女婿不服，女儿快言快语地说："老公，为了把事情说得更直观明白，我就给你举个例子吧。"话还没说完，女婿笑嘻嘻地打断道："七月的核桃八月的梨，媳妇啊，你还是举个核桃说明一下吧。现在核桃比较多。"话还没说完，一家人便笑翻了天。

始终相信，默契与灵犀是月下未眠的花儿，百转千回款款深情中，又会在凡俗的生活中生发出温柔相依的花枝，而日常中那些温暖的小欢喜，又如同微风中蓄满了阳光的风铃，叮叮咚咚地响在四季繁花的人生路上，又热烈，又温馨，又美好。

幸福的“厨娘”

爱上做饭是从女儿嫁人之后开始的。

年近半百，做饭的次数屈指可数，一是感觉把大量的时间用在吃饭上实在浪费，在我，填饱肚子就足以万事大吉；二是闻不得那股油烟味，尤其走在路上或日常交往中，他人身上随意飘荡着的油烟味会让我敏感许久。结婚最初九年，我过着衣来伸手、饭来张口的日子，做饭这样的大事自然不用我操心；后来的几年，正是女儿长身体的时候，人生的变故让我走进了厨房，但都是为了应景，心思全然不在做饭炒菜上；再后来，女儿渐长又贪美食，竟然无师自通地在有限的食材和条件下研究如何满足自己小小的味蕾，不知不觉中主动承担起了做饭的重担。随着时日增长，竟一天比一天有激情。在保证吃饱的前提下，也追求着色香味俱全，小小的她，做饭的天赋日益显现，同样的食材，同样的火候，她做出来又好看又好吃，总是让周围的人赞不绝口，让我这做娘的羞愧汗颜并有了很大的危机感。很多次我私下里问她：“同样的原料，同样的炊具，同样的厨房，做出的饭菜差别咋就那么大呢？”每当这时，女儿便会笑着卖起关子来：“俺亲爱的大美，怪只能怪您老人家没有俺这双化腐朽为神奇的手啊。”“咱可要好好保护好你这双神奇的手啊。”我讪讪地说。“哪能哪能啊。您尽管安心享受人生，做饭这样的小事，还是我来吧。”女儿一副舍我其谁的样子，在千叮咛万嘱咐中，我便安然地享受着女儿的美食。

女儿结婚后，每周都要回娘家小住几天，刚开始时，都是到同住一楼的哥哥家吃饭——哥哥不但是烹饪专科学校毕业，更是有证在手的名副其实的大厨，他做出来的饭菜，除了好吃好看外，都有名堂——正规点叫作饮食文化，因此，自2006年哥嫂来临沂后，我与女儿每天的晚餐几乎全在哥哥家吃。不但享受了美味，更增加了亲情，下班后一家人坐在一起，谈天说地，幸福满满，哥哥嫂子乐此不疲，我和女儿也快乐地坐享其成，在这种有吃有喝有亲情有乐子的日子里，皆大欢喜。女儿也在这万千美食中茁壮成长，似乎眨了眨眼的工夫，人家就长大了，嫁人了。

女儿结婚后的最初一年里，周末相聚自然是欢喜无边，一家人早早围桌夜谈：哥哥作为一家之主举杯言庆，忙完了的嫂子端坐上位眉开眼笑，女儿女婿彬彬有礼，小侄子全力做好副陪，我只负责打闹斗笑。一时之间，全家都成了妙语如珠的弄语高手，欢笑开怀，乐此不疲，一周的压力烦恼就在谈笑间烟消云散。但不是周末的日子就出现了小问题——女儿女婿下班时间从不确定，工作量极大的他们加班是常态。于是，全家人饿着肚子，守着一桌子美味，三五分钟打个电话或者发个短信，我们急，他们比我们还急，等他们晚上八点多钟下班再赶回来，饿极了的一家人，自然没有周末相聚时的淡然优雅、你谦我让，更少了推杯换盏的乐趣，风卷残云般一顿猛吃，饭菜凉了又热热了又凉，吃到肚子的美味和心情也大打折扣。如此一来，血糖有问题的受不了，晚饭后的习惯性散步也成了问题……于是，经过一家人多次商榷，最后确定，除了周末相聚仍然定在哥哥家外，其余时间自行解决用餐问题。

当下，食品安全早成了大家公认的心头之患，外出吃饭，自然不放心，等女儿下班后再做也不现实。于是，我便如履薄冰般地冲进了厨房。

多年来，我和女儿的饮食几乎以清炒为主，小瓜、菜花、土豆……各类青菜也能炒得清香可口，但让累一天的女婿也常年吃素会让人感觉这个丈母娘实在不靠谱。为了让自己更像一个慈祥亲善的岳母，便从炒辣子鸡入手，开始了“幸福厨娘”的生活。

去菜市场买来鸡，小块小块地剁好——第一次竟然把刀柄剁掉，才知道剁鸡需要专用的剁刀。然后打电话向哥哥请教整个流程：先把鸡块用热水“冒冒”，然后放在锅里使劲炒，等把鸡块炒炸皮后，再倒出来，先用油炸炸锅，再把鸡块倒上反复炒，此时放上大量的葱段、姜片——“这个量一定要大啊，”哥哥反复叮嘱着，“再倒上酱油，若是有豆瓣酱放上一点调调味就更好了，辣椒要晚放，否则就炒烂了。”听哥哥说完，我严格按照程序操作，可家里没有豆瓣酱，猛然记得有一盒蒙山豆干“豆黄金”，手忙脚乱打开却傻了眼，原来是一小包一小包的豆腐干。眼看着鸡块在锅里啪啪乱响，担心糊锅便加了点水，四十分钟之后，整个厨房香气扑鼻，于是出锅，成就感很强地先给女儿将照片传去，大肆宣扬一番如何的色香味俱全，如何的成功。女儿吃惊不小地立刻打进电话来：“俺亲娘唻，家里不是来了能干的田螺姑娘？咋就一转眼成了高大上的大厨了？”得到夸奖心花怒放。摆上高脚酒杯，倒上进口红酒，再炒上两个素菜，碗筷摆放整齐，穿着带荷叶边的围裙，早早候在桌前，整个晚上察言观色问味道如何，女儿女婿大赞好吃，心里竟然升腾起无限幸福的感觉，那一刻，才体会到做饭竟然也是件幸福美妙的事。

世界上最怕认真二字，做饭也是如此。自此以后，我把对女儿的疼爱之情化为巨大的做饭热情，把对女儿的关爱之情也化为巨大的做饭热情，更把对女儿每天的牵挂之情、思念之意也统统浓缩在这一蔬一饭里。只要有时间，每天扎根厨房，不但精心研究祖国博大精深的饮食文化，还会左手掌锅，右手掌勺；油盐酱醋葱姜蒜，蒸焖煎炸煮炖炒，把研究的结果运用到实践中。即使在外吃饭，每遇可口的，便会认真讨教，把走到哪里学到哪里的传统发扬光大。有一次，在临沂宾馆喝喜酒时，有一道菜是用虾仁、鸡蛋、娃娃菜炖出的汤，清淡可口，回味无穷，找了服务员过来，却不知如何做成，同桌的大姐们七嘴八舌，我便明白了大概：整个菜的关键是要把鸡蛋打碎后用热油炒成蛋花。忙忙地跑去超市买来娃娃菜、虾仁，从冰箱里找出两个鸡蛋打碎，用平锅热好油后再把待用的鸡蛋下锅，三下两下后就炒出了黄焦可口的蛋花，等用清水煮的虾仁、娃娃菜快出锅时，放上蛋花、酱油、醋，再放上一点香菜，竟也味美无限，广受欢迎。

人生岁月滋味长，自此后明白了一个道理：除了工作、学习、娱乐外，烟熏火燎的小小厨房之中，却也有一番乐趣。于是，经过几个月的“炊”练，我已荣升为资深厨娘，不但会炒家常的小菜，也会做红烧茄子、糖醋排骨之类的大菜，鸡蛋小饼、葱花油饼也做得香喷喷，包出的水饺也是广受赞誉，那一盘盘热气腾腾的美味，让日子多了很多滋味。不知从何时起，最喜欢的声音竟然是听菜倒进油锅里的那一声脆响，哗啦哗啦翻炒几下，浓香渐渐溢了出来，幸福也便在内心升腾。看着孩子们把饭菜一扫而空，我的幸福指数也在天天增长，最重要的是，每周小聚，也把做饭的阵地从哥哥家转移到了我家的厨房，看到我像模像样地在厨房里忙活，女儿得意地说：“士别三日，当刮目相看。积极生活就是爱，饭里情爱日月长啊。特别是家里油烟的味道更能体现出家的温度，在热气腾腾之间体会出更多的幸福感来。”感慨最多的是哥哥：“那么不愿做饭的一个人，不但做了，还很像样；不但很像样，还有些痴迷，真是让人意外。”

想留住一个人的心，要先留住一个人的胃。虽然女儿女婿是打不跑、撵不走的血肉至亲，但做出精美的美食才能更好经营一个有声有色的家——吃下去的是柔情，品出来的是爱意。张爱玲曾说过：“爱不是热情也不是怀念，不过是岁月年深月久，成了生活的一部分。”小厨房，大真情。其实，做饭的妙处，是当我真正用心做饭后才体会到的。因为，做饭让我更加热爱生活，在柴米油盐的平凡中感受生活最原始最朴实的美好；在做饭的同时，也感悟了生命，因为，做饭犹如做人，如果火候掌控不好，调料放的不当，都会影响味道和口感；做饭让家庭更温馨——油烟机轰隆隆的声音，高压锅嗤嗤的声音，洗碗哗哗的声音，无不让人感受到热气腾腾的生活，让人对生活的体会更深，感悟更多：做一名幸福的厨娘，一饭一蔬里，全是浓得化不开的亲情和爱。

那日从济南出发回来已是晚上七点多钟，一路上惦记着女儿两口吃饭问题便心急火燎地往家奔，走近院子却看到厨房里亮着灯。隔窗看去，只见女婿系着围裙，女儿在边上洗洗切切，两个人不时头碰着头说着什么，很开心，也很温暖。女儿虽然是独生女，女婿家境也还殷实，但两个人三观一致，都是节俭有致的孩子，虽然女婿从小没做过家务，但结婚几年来，家庭中的十八般武艺竟然渐渐精通，一有时间，两个人便走进厨房，有商有量地做着饭菜。女儿说，好的爱情会从风花雪月渐渐变成柴米油盐里温暖有力的婚姻。而婚姻就是和一个人相依相伴，走过一年四季，品味一日三餐。女婿也曾经说过，要让自己将来的孩子明白幸福的家庭就是“爸爸在厨房做饭炒菜，妈妈在洗衣晾被，一家人在灯下做着手工或者共同喜欢的事情”。看到窗内这暖人的一幕，一种幸福感扑面而来，这种幸福，不只是一锅热气腾腾的汤带来的，更是家人给的一种安心和快意。我加快脚步，咔嗒一声打开家门，带着一身冷气推开厨房的门笑着说，对不起，我回来晚了。女儿手也没洗一下便抱住了我，就像抱住了整个世界般那么用力那么开心。原来他们听说我出差，便提前赶了回来，想给我这“幸福的厨娘”一份惊喜。

惊喜是满满的，但我惊喜的不是这顿意外的晚餐，而是两个孩子对生活的态度和看法。

相约“倾情”音乐会

持续的秋雨让秋风多了几丝凛冽，看看身边的行人，初冬或厚或薄的衣服都加在了身上，深深地吸一口气，似乎都能嗅到冬的气息。连日来，身边几位亲人的身体多多少少有些问题，在这样的季节和天气里，让我的心情始终沉甸甸的。

一

傍晚快下班的时候，接到好友的信息：28 日晚临沂大剧院有个“为你倾城”音乐会，要不要参加？群里正热火朝天地讨论并统计人数呢。朋友是个浪漫多情会生活的人，文章写得也漂亮，虽然交往不是太多，但在心底总是多了份亲近。听她这么一说，立马到群里一看，的确是热闹非凡，原来是电台的一档栏目搞的活动，有要一张的，有要多张的，有代捎的，有原计划不参加，但见群里众姐妹热情高涨也调整出时间积极参与的……大家都沉浸在组团参与的快乐里。快乐的情绪是可以互相传染的，透过手机，我都能感受到那份热气腾腾的气息和从心里洋溢出的幸福。立马让我想起一句流行甚广的话来："生活不止眼前的苟且，还有诗和远方"——每个女人的心里，那份诗情浪漫并不会因为岁月而流逝啊。

女儿上班后工作很忙，但那时候，生活都很宅的我们，仍然有大把大把单独相处的机会，女儿几乎没有单独外出过，除了上班下班，大部分时间宅在家里看看书，或陪我一起做做家务，从这个房子到那个房子，两人有说不完的话，有时一句话没说完对方就明白了，甚至一个眼神也会传情达意，用女儿的话说"妈妈，咱们默契指数达到了99.99%"；工作间隙，我们会相约一起吃个简单的午餐，聊聊最新的见闻；周末相约逛街，为彼此挑一些心仪的物品；晚上相约一起看电影，《夏洛特烦恼》《老炮儿》《唐人街探案》《捉妖记》《寻龙诀》《速度与激情7》……女儿知道哪家影院是新装的味道太大不能去，哪家影院的音响最好视觉效果最好，哪家影院好停车并有免费的停车券可用……每次电话相约时间合适的话，她便手机团购电影票并约在电影院前集合。离得较近的女儿每次都是先我到达，之后便会伸着长长的脖子张望，远远地看见我后便飞跑着过来，拉着我的手上电梯、穿楼道，再走到取票机前排队取票，我则远远地站开去，那么欢喜地看着她。有一次朋友笑着说："哇，你女儿看你的眼光里，满满的全是爱啊。"其实，这份爱不但是在眼光里，更是在心里呢。取完票之后，女儿会到柜台前，先换好停车券，再领着我到小吃柜前，对服务员说，这个、这个、这个都要一份。那样子就跟个小大人似的："妈妈你随便挑，您闺女请客。"有时我故意客气客气："又啃闺女，好过意不去啦。"女儿小大人似的，自豪而幸福地说："又不是请妈妈吃满汉全席，放心，您闺女不差钱，想吃啥您不用说，用眼睛看看闺女就知道了。"之后，我们便会双手满满地朝影院走去。此时，环保至上的她一定会从包里取出一个纸垃圾袋给我："妈妈，垃圾可不能随便扔，咱也算是有身份的人不是。"有时我故意逗她做扔状，她便会忙忙地跑过来用手去接，那样子，要多可爱有多可爱。

女儿结婚后，上有八九十岁的爷爷奶奶，还有做生意的公公婆婆，下有年幼的侄子侄女，一大家人热闹非凡，从小家人较少，女儿便非常热爱这个大家庭，热爱家里的每一个亲人。有事没事的，总是在我们面前说“爸爸怎样怎样，妈妈怎样怎样”，就好像这个爸爸妈妈是二十多年前亲生的一样。有时听到她叫的“爸爸妈妈”那份亲切那份响亮，我的心里就老酸老酸的，快二十年不叫“爸爸”了，女儿这么亲切地叫着，是不是潜意识里的补偿机制？好在女儿婆婆一大家人，也拿她做掌上明珠，让我的心里也放下了许多。

事事追求完美的她，总想做好属于自己的每一个角色：每周六雷打不动地要到几十里外婆婆家的爷爷奶奶那里，吃顿饭，聊聊天，帮年纪大的爷爷奶奶拿点药；每天下班回家后，与嫂子一起帮着做做一家人的饭。每周还要到我这里住上一两次。时间对她来说总是不够用的。没有结婚之前，女儿就跟百灵鸟似的，每天一下班就会叽叽喳喳说上几个小时，我总是听她说东说西，说长道短，有时对她的话题并不是太感兴趣，但总是被她对生活的热情所感染，即使不感兴趣的事，在她的口里说出来后，也是充满了趣味，用我妈的话说：“这孩子不去当播音员，实在太可惜了。”重要的是，人家还有边说边表演的爱好，有时表演的也还算是到位有趣，于是，每天下班的时候，家里便热闹得不像话。有时我跟她打趣：“人说，一个女人是五百只麻雀，我怎么看咱家里像是有五万只呢。”即使到她舅舅家也是如此，以至于，她一天不在家，家里就顿时少了人间烟火，少了生活气息，少了吃饭的热情但现在，女儿的话明显少了，一进家门便手脚不停地做这做那，晚上上床后倒下便睡。灯光下，女儿憔悴的脸让我怎么看怎么心疼。一起逛街、看电影的机会更是少之又少。一段时间来，公公、婆婆、爱人还有她自己，身体都有些小问题，想来她的压力一定很大。这样想着，便拿起了电话：“亲爱的小美，周五晚上有个音乐会，有没有时间一起欣赏？”“亲爱的大美妈妈，音乐会？周五晚上？”电话里明显听出女儿惊喜的声音：“票好不好要？要是您不为难的话，我就问问小刘有没有时间。”女儿总是这样，从来不把自己的需求放在第一位，每次都是怕给我添麻烦，而且凡事都要与爱人商量。

还好，女儿两口终于能一起参加音乐会，真是让我多了一份惊喜。

由于时间紧张，下班后我与两个亲爱的姐妹会合，女儿与爱人下班后直接赶到，相约剧院门前见。我是个对路线没有概念的人，竟一直把临沂剧院误以为是沂蒙路中段的蒙山沂水大剧院，竟留出了四十分钟赶路的时间，后来在女儿和姐姐的提醒下，我才知道，看演出的地方就在附近，为此狠狠地笑话了自己一番。

赶到剧院时，美丽热心的敏和潇早就取好票在那里等着了。远远地看过去，来看演出的人还真是不少。5 号检查口排起了长长的队伍。取了票便忙忙地打电话给女儿，时间观念很强的他们已经赶来。电话没打完人就已经跑过来了。看到远远跑过来的身影，心一热一热的，手拉手走进剧院刚坐下，演出刚好开始。

二

舞台上设有宽大的背景影像，鼓手、吉他手、贝斯手、键盘手、男女歌手都在边唱边舞着，整个剧场欢快、热闹，座无虚席。

第一次与女儿听音乐会，多多少少有些兴奋。女婿内敛而有涵养，更善解人意，只要我和女儿在一起，他总是把空间让给我们，自己安安静静地陪着我们，偶尔幽默地插句话，让我们开心不少。

刚刚坐定，女儿便与我咬起了耳朵：“今晚的音乐会绝对让您震撼！来自英国的安德鲁·杨被称为‘萨克斯王子’，是世界顶级演奏大师，与萨克斯大师波尔·博柔笛以及被誉为‘萨克斯之父’的肯尼·基齐名。”看来这丫头提前做了功课。“他曾于2001年、2002年、2003年、2006年、2008年来华巡演，所到之处无不掀起一阵萨克斯风热潮。”女儿是弹古筝的，看来，音乐无国界，音乐无界线不无道理。

奔放、舒缓柔美的旋律自剧场入场处响起并越来越近，人群有些许骚动，我们坐在前三排左侧，回过头去，见长发飘飘的一名帅气的老外正忘情地边吹边从过道上走来，热情的观众不时围上去，拍照、合影、拥抱，老外微笑点头示意，对每一个友善的举动都积极配合，还会深入到中间排的座位上与观众互动。女儿一下就兴奋了起来：“妈妈，来了来了。准备好耳朵和眼睛啊，这可是一场听觉和视觉的盛宴呢。”一向稳重的女儿竟早早准备好手机，当老外走到我们的位置时，女儿一下站起来抓拍了几张。之后，便欣喜地翻看了很久。

音乐会正式开始。

梦幻的灯光，宽大的背景，《征服》《重逢》《无心快语》《彩虹之上》……女儿紧紧抓着我的手，忘情地听着。是啊，萨克斯那至纯至真的优雅旋律原本就是我的最爱，总是音乐一响起，便会使自己不知不觉地融入其中。

一个音符才刚刚飘来，女儿便兴奋地说：“《梁祝》！妈妈，是《梁祝》！”话音刚落，《梁祝》优美、凄婉的旋律如春风般徐徐飘来，在感受美的同时，也在心里对女儿关于音乐的敏感和精准赞叹。

《可惜不是你》《传奇》《万泉河水》《我和你》……当这些耳熟能详的旋律响起的时候，剧院里热情地回应着。大家有节奏地打着节拍，安德鲁·杨一次次走下台，用特有的方式与观众们互动着、交流着，那种因为音乐不分性别、不分国籍而拉近的心的距离感动、感染着大家，似乎坐在这里的都是久别重逢的亲人，心与心之间没有了距离，此刻有的只是沉醉和投入。

如泣如诉的《泰坦尼克号》主题曲《我心依旧》，热烈欢快的《雨中的旋律》《乡村路伴我归》……一支支深情的、温柔的、怀旧的、欢快的乐曲，时而如小溪流水潺潺流淌，时而如高山瀑布从天而降，将观众领入一个绚烂多彩的音乐殿堂。这些历经数十年的经典旋律不知曾牵动多少情动的心灵，此刻听来仍然是温馨依旧，激动人心。

有人说萨克斯是都市休闲音乐，让你在喧哗中找到舒心空间，完美呈现，是心灵的音乐、灵魂的音乐。是的，音质柔和松弛、圆润甜美、具有很强的抒情性和歌唱性的萨克斯，最让人怀想从前，回想那逝去的岁月——仿佛那些前尘往事，那些未来或平静或激荡的生活都由萨克斯演绎出来了。

女歌手莫妮克的演出也是可圈可点，她用中文演唱的歌曲可以说是字正腔圆，一下增加了不少的亲近感。最出彩的仍然是安德鲁·杨，他时而粗犷热烈、时而委婉动听的乐声，展示了欧美流行音乐的极强的感染力、震撼力和独特的现场魅力，不局限于单一的音乐领域或表演形式，让我们领略了大师浪漫高雅、热情奔放的风采，一个长达几分钟的音符，震撼着全场观众的心。

《昨日重现》的旋律刚刚响起，女儿便惊喜地说："妈妈，您最喜欢的《昨日重现》。是啊，多少年了，这首歌一直让人难忘，经典、怀旧，令无数人落泪。同样的，这首音乐一直伴随了我几十年，在办公室、家里、出发的路上，只要有时间，我就让这首歌的旋律回旋在我的空间里。而此刻，听到它，再看到舞台上落英缤纷的花瓣，我眯上眼，忘情地听着，泪竟悄然而落，女儿恰到好处地递上了纸巾，这美妙的旋律，这迷人的夜晚……

已是夜里十点了，音乐会接近尾声，乐队所有成员出来谢幕，可观众席上却一动不动。安德鲁·杨用萨克斯吹出了两个音符《回家》，然而，大家仍然不愿离去。于是，安德鲁·杨激情飞扬、痛快淋漓地用一曲《嘿，朱迪》伴着翩翩的千纸鹤，把剧院的气氛推上了高潮。

在观众的簇拥下，安德鲁·杨演奏着一曲《友谊地久天长》从舞台走下，一直走到入场口，女儿竟像发烧友般早早地在入场口等候，那一刻，我看到了快乐在其心底蔓延、飘荡。

“就这样被你征服，喝下你藏好的毒……”走出剧院，我心情愉悦地哼唱着。“妈妈，好感动，好爱这样的音乐会。”女儿说出了我的心声。

啊，这美丽秋夜的晚上，这美丽醉人的音乐会。但更陶醉我的，是与女儿相处的点点滴滴。

第五辑

回望故乡

故乡的明月

静下心来的时候，故乡的明月总是一次次照见我的内心，让故乡旧日的时光和旧时的心情，一次次又明亮起来。

一

儿时的明月光是幸福美好的，因为那时的月光里，总有母亲相伴的温馨。

记得在一个春天的夜晚，我突然醒来，月光透过木质的窗棂洒在屋内的地面上。那些月光，最初是被窗棂过滤成一缕一缕的，而落在地面上的它们却浑然一体，似河面般光洁无波。我掀起被角，许多的月光竟一下跑到我的怀里，我不知道发生了什么，伸出手，竟然捧起了一掌心的月光。屋里静悄悄的，一点声音也没有，温润的空气里充满了桃花、梨花和树木生长发出的清香味。我被这一片光包围着，又幸福又惊诧，立即爬下床，光着脚跑出了屋子。温润、皎洁、明亮的月光均匀地撒在院子里，照着院门前的丝瓜架、月季花、高大的柿子树和低矮的围墙。

母亲正独自坐在院中的树下，平时绾着的发髻散开了下来，乌黑的长发如瀑布般披在肩头，月光均匀地洒在上面闪着盈盈的光泽，低头专心劳作的母亲哼哼地哼着小曲。那一刻，我怔怔地站在月色里茫然地望着有些陌生的母亲。母亲抬起头看到我，便立即停下手里正在剥着的花生，轻轻移开脚下的篮子，走过来抱着我又坐回了树下。月光斑驳地落下来，整个夜空明静、安详、踏实并且混合着暖暖的味道。我用小手好奇地抚着母亲的长发，手抚处，月光也在跳跃，那些月光跳到母亲笑时露着的牙齿上，细细的，如闪闪的贝壳；跳到母亲弯弯的眉上、大大的眼睛上，那眼睛里似有一尾鱼在游……我从不知道母亲是那么美。

静静的夜里，整个山村都睡了，大地万籁俱寂。那一刻，我听到母亲心跳的声音和来自我内心的惊喜与迷醉。母亲说，这些花生米是种子，过不了几天就会种到地里去，到了秋天它们就会结出许多的果实……然后抬起头指着不远处的月季花说，用不了多久，它们也会开满了花，一朵一朵的，就像你也会很快长大一样。不记得那夜是怎么回到屋里，又怎么进入梦乡，但那个春夜里许许多多粉红色的桃花、洁白如雪的梨花，还有看不见的许多的花儿，都在我的梦里绽开，一朵又一朵，硕大而美丽，如长长的藤蔓一直延伸到无限的远方。那一刻，我模糊地感受到了生命、温柔和美丽——那一年，我六岁。六岁的月光连同那夜的一切，便刻在了我的心头。

二

故乡的明月是热闹而安静的，曾经多少次照见着年少时的身影。

麦收时节，生产队的人们白天抢收，夜晚便聚在一起。偌大的打麦场上灯火通明：十几个身体强壮的小伙子头戴斗笠，脖子上扎着毛巾，穿着长袖长裤，围着打麦的机器在打麦——有递麦捆的，有往机器里送的，有负责在机器的出口处把吐出的麦瓤用叉挑走的，有负责把打好的成袋麦粒运到麦场一角的；年纪大些的男人们便一起做轻快的农活“扬麦”——把刚刚用机器脱好的麦粒高高地扬起来，微风拂去里面的草等杂物，沉甸甸的麦粒再落下来；女人们——大姑娘、小媳妇或者老太太们围着麦场坐成一圈，负责把麦捆里饱满的麦穗用锋利的镰刀割下来，然后把麦秆整齐地捆起来。麦穗是集体的，这些被割下来的麦秆却是自己的，将来或做成铺在床上的床垫，或编成遮雨挡风尘的苫子，于是，这个季节，这样的夜晚，是整个生产队男女老少最集中的时候，尤其是女人们集体亮相的时候。女人们谁也不想让人比下去，有趣的事、新鲜的事比赛着说，从家里拿来的饭也比赛看谁家做的花样多，最能体现一个女人心灵手巧的当属手里正干着的活，全村的老少爷们都在，谁家女人身后堆的麦秆捆多，那家男人的嘴上不说，脸上却挂满了骄傲。最快乐的便是孩子们，在麦场的中间撒着欢地跑来跑去——你抓一把麦粒扔到我的头上，我抓一把麦瓤撒到你的脖子里，闹着、笑着、滚着……小时候的我总是安静的，更多的时候，我会离开这份喧闹独自回家。

从麦场到家里不过二三里的路：穿过一条马路，走过一个山坡便是我家，山坡上长满了黑松，一眼望不到边。

我清楚地记得，那些夏夜里，我一次次独自走过这条回家的小路。路边的那些树木花草都不记得了，只记得那些明晃晃的月亮和月光下小小的我。无数次我边走边仰望着圆月，那硕大的圆月似乎触手可及。我走，它也走，我停，它也停下来。我与它轻轻对视，它只是忧伤地盯着我，一言不发。小小的我有时还会在松涛声声的月夜里，坐下来，坐在月夜山坡的小路边。抬眼，山坡下热闹的打麦场尽收眼底，低头，身边零星的萤火虫飞来飞去。夜风轻拂脸颊，虫儿低声鸣叫，远处的蛙声时隐时现，如水的月光洒满衣襟……这样的时候，我会长久地凝视着月亮，静静地什么也不想，什么也不做，只是认真地盯着月亮，怕一眨眼便错过了月宫中的桂花树、吴刚、嫦娥……在长久的注视中，我看到了月亮中的山川，看到了月亮中那些经久不衰的忧伤和一句句诗，然后再急切地跑回家，打开日记，记录月光下的心动和那些青春诗行里的纯真——带着浪漫的想象，内心萌动着快乐，胡思乱想，又满心欢喜。记得那年我不足十岁。

三

有一年的深秋，我重病住进镇中心医院。秋天正是抢收抢种的大忙时节，在整整二十多天里，父亲母亲放下家里的一切一刻不离地陪在我的左右——从未出过远门的母亲衣不解带地日夜陪在我的身边，父亲每天跑里跑外，找医生、筹划医药费，晚上就在病房的水泥地上打个盹。

八月十五也是在医院里度过的。记得那晚父亲买了两斤月饼、五个岱崮火烧，在医院食堂里炒了一个五花肉茄子、一个土豆烧排骨。父亲气喘吁吁地把这些吃食悉数摆在病床边的床头柜上，再把床头柜推到病床边，和母亲一起把我扶起来半坐在床上，他们则侧坐在床边。父亲拿着月饼，细声细气地说“今天过十五了，俺的天仙闺女吃个月饼，所有的病都好了”。母亲则在一侧端着水紧张地看着我。平时拥挤不堪、偌大的病房仅剩下连我在内的三个病号。那一刻，十五的月亮透过病房的窗户照进来，月光下的母亲消瘦了一大圈，父亲嘴上的燎泡也是清晰可见。想着父母受的罪，想着自己因病痛而有的软弱，想着没来得及收的玉米、未种的小麦和我落下的功课，竟悲从中来，泪水滚滚而落。看到我的样子，母亲早比我泪水先至，边抱着我边哭出了声：“咱不用想家里的事，亲戚们会帮忙做好的，你只管身体好起来……”父亲更是急得团团乱转，一会骂“该死的病”，一会骂医生，都是庸医不能手到病除让他的宝贝受罪，手足无措、痛惜深情的样子至今令我记忆犹新。

好在二十多天后我便出院进入恢复期。只是那一年，家里的收成受到了很大影响——花生都长了芽，收回来的玉米由于没及时晾晒而发了霉，小麦也因错过了最佳种植期导致第二年减产了很多。但父亲母亲却一点都不在意——“天大地大，天底下最大的事情就是俺的孩子好好的，不留下病根”。甚至病好了那么久之后，他们也不肯放我去上学。

四

“凭阑半日独无言，依旧竹声新月似当年。”如今，离乡三十多年，人生中滋味越来越醇厚，但故乡那轮亘古不变的月亮依然照见着故乡的岁月，也照在我的心头，每次看到它，抬首盈盈处，都会让我想起棉麻织就的粗衣，想起潺潺的河水上荡着月亮的倒影，至深至切地想起从前的那些疼爱和相濡以沫的温情与眷念，就如同今晚中秋的月夜一般，我所有的情感都在明月之上，都在故乡的土壤之中，都在我无声的涌动里：月到中秋分外明，“今夜月明人尽望，不知秋思落谁家？”。

故乡的炊烟

“雨后千山净，炊烟处处新。世情殊不足，风俗岂能淳？老棘余生意，槁花空悟春。相逢非古意，在我着乌巾。”秋雨的傍晚是适合怀旧的，尤其读到元代诗人王冕的《雨后》，更勾起了我对故乡炊烟的无限情丝。

记忆中的故乡，依山傍水，绿树成荫。在家家户户独门小院里，整体的布局大多是清一色的五间正屋、三间西房、两间东屋，南边是猪圈、鸡舍、兔笼，错落有致，整洁有序，必不可少的石磨则静静躲在院子的一隅——院里还会有树，更会有花，但最重要的当属作为厨房之用的两间东屋了，它是炊烟升起的地方，更是美味的所在。

民以食为天，即使旧日清贫如洗，智慧的山里女人也会把清苦的日子融进岁月的甘美，把粗糙的四季揉进万般滋味。于是，厨房便是女人展示智慧的地方，是男人藏在心里却私底下与别家比较的地方，是孩子们之间炫耀的地方。因此，山里人家的厨房自然也不会马虎。是厨房当然离不开锅灶，锅灶又有大、小之分。小的是用来烧水、炒菜日常之用，大灶配着一口大铁锅。过去人口多、吃饭多。平时蒸馒头、“捞米饭”、烀猪食都需要这口大铁锅发挥重要作用。这只灶的烟囱一直延伸到屋外且高高矗立在屋顶，远远望去，家家户户的烟囱如山村沉默的岁月，低眉顺眼地立在四季里，却在一日三餐中展示出各自的不同。每日，家家户户房顶上升起缕缕的炊烟，或浓或淡，或大或小，却反映出人们的生活质量不同，亦可判断出这个家庭的兴盛衰弱——炊烟与人们的生活息息相关，炊烟多的，则人丁兴旺；炊烟少的，则说明家里多半是老弱病残；哪家炊烟断了，就知道哪家的生活困难了，这也就是“断炊”之说。

记忆中的炊烟，是一幅极美的画卷。

清晨的炊烟是轻柔的、淡淡的，如同山村单纯的梦。虽说一日之计在于晨，但在一日三餐中，清晨的饭菜是简单快捷的。炒鸡蛋、烀米豆、煮小米粥或烙小葱油饼……匆忙的清晨分秒必争，准备上学的孩子边吃边嚷“要迟到了，要迟到了”，门外小伙伴的催促声，更让吃饭的那位心急火燎，吃到一半放下碗筷就跑，母亲则拿上一个卷好的煎饼追到村头；天不亮就去上工的“劳动力”肚子也是空的，估计着饭菜差不多了，便大步流星赶回家连洗手都是匆忙的，吃起饭来更是三下五除二。吃饱喝足后，跑到院子里看看栏里的猪，掀掀水缸里的水，然后再带上足够一中午的茶水，又一头扎进了烈日下的田地里。

中午的炊烟是郑重其事的。

无论是对来访的亲戚，还是自家田里的那位都很在意着这顿午餐。农村走亲串友不成文的规矩是吃过早饭后，拿上十斤馒头、四斤挂面、两瓶好酒，刚过了麦季或春节前后还必须割上“一刀肉”，再翻山越岭一路紧赶着走，差不多到了吃午饭的时候方到要去的亲戚家。乡里人是热情的，来的都是顶顶要紧的亲戚，女人们便把家底子都拿出来，左邻右舍的婶子大娘齐动手，在炊烟紧一阵、慢一阵的忙活中，七个碟子、八个碗也便全端了上来，客人吃得开心，当家陪客的脸上有光；即便是平日午饭，也是顶顶用心的。想想自家男人在田里忙了半天，汗珠子不知浸湿了几遍月白衫子，心便硬生生地疼。于是，炉火便烧得更旺了些，手下切五花肉的刀也更利落了。来不及擦把汗，手脚麻利地盛好绿豆汤、装上饭菜，临出门时再跑到院门外的菜地里摘上两根鲜嫩的黄瓜，便一溜小跑赶往自家的地头。田里的男人抬头看看日头，望着远远走来的人影，不用看第二眼，就知道是自家的女人，心下一喜，便歇了牲口，蹲到地头抽上一根烟，静等着送饭的那位来后，边吃边炫耀炫耀自家地里的庄稼，说道说道今年的收成……

最有趣的当属傍晚的炊烟，它是悠闲的、热闹的，充满欢趣的。

太阳眼看着坠到了西边的山谷，月亮正在赶来山村的路上，倦鸟归窝。于是，这一刻的天空完全属于炊烟，远远看去，村子里各家各户屋顶上的炊烟撒着欢地在小村上空飘荡着、缠绕着。它们一会儿聚拢在一起，一会儿又四散开去，如同一个个嬉笑淘气的顽皮孩子。炊烟下，是母亲系着粗布围裙弯腰填柴的身影，是淡淡葱花的香味，是五花肉炸锅的浓香，是锅与勺撞击的叮当之声，是听到回家脚步声的喜悦心情。此时，在外疯跑了一天的老母鸡咕咕地领着自己的孩子踏着黑走进院子，早回的鸭子警惕地发出了鸣叫，一时，院子里便鸡鸣犬吠、猪哼鹅叫，好不热闹。顶着星星回来的男人，走进村口便能分辨出哪一缕炊烟是自家的，也能猜出今晚饭桌上的饭菜，眼前便晃动着自家女人的样子，心里一暖，脚下便加大了脚步。放学回来的孩子把书包随手一放，人早就跑没了影子——石头剪子布、抓特务、打弹子、抽陀螺、斗鸡、老鹰抓小鸡……奥秘无穷的游戏让孩子们忘记了回家的时间，直到母亲站在村口喊着自家孩子的乳名，玩的正酣的那位才会扔下其他小伙伴满头大汗地往家跑……

“处处柴门掩半边，莺啼绿树隔炊烟。”炊烟，是亲人无声的召唤，是生活最真实的体现，它可以入诗，更可入画，但烧柴做饭是一件很累很烦琐的活，前期得上山砍柴背回来，湿度大的木柴会呛得人又咳嗽又流泪。在乡村，夸一个男人是否勤劳能干，总是说谁谁家里的水缸天天满满的，谁谁家的木柴劈的长短一致堆成小山。甚至相亲的时候，会看一看家里的木柴垛，便从中看出这家日子是否殷实，男人是否体贴。说媒的也会拿木柴说事："您是不知道啊，他家里光木柴垛就垛了一人高的两垛！"那夸张的声音和表情，早把姑娘羞得低下了头，姑娘的母亲心里早多了七分欢喜，嘴里不停地说着"全凭她三姑做主，她三姑说的人家，能有不好的？"在心里，女儿要去的人家，阳光暖暖地铺下来，炊烟一直一直地飘着，尘世里的欢喜，又安宁又和美……

记忆中的炊烟，不但充满了人生的味道，若用心，还能嗅出邻里的亲疏。

费孝通关于人际关系有一段描述：西方社会就是一捆捆的柴，虽然因为家庭捆到一起，但柴还是分开的、有边界的。中国人是石子投到水里，人际关系就像水面的涟漪，这是一种由己推人的模式，你是我的一部分，我是你的一部分。读这段话的时候，我想起的不是石子，而是故乡的炊烟——那些高高升起的炊烟，一开始在各自的屋顶逗留，还会分出你我，但在晚风的撮合下，你家的炊烟爬上了他家的屋顶，他家的炊烟攀上了另一家的屋脊，用不了一会，便会你中有我，我中有你地融为一体，就如同东家的小狗，西邻的鸡鹅，刚刚还追得鸡飞狗跳，用不了一会儿便相安无事；还如同前村的小儿，后村的女娃，刚刚还你推我一把，我搡你两下，眼泪还没干呢，便又你追我赶地撒着欢地玩了起来；吃饭时，张家的地瓜粥，李家的玉米糊，你送我一碗，我端给你一盆，不分彼此，欢喜万千。你中有我，我中有你的情谊，如同傍晚美丽的炊烟，又怎能分出彼此呢？

"暧暧远人村，依依墟里烟。""碧穗吹烟当树直，绿纹溪水趁桥弯。"世世代代里，炊烟就是乡村特有的符号和表情，就如同鸡鸣犬吠是乡村的特殊音符一样，但当我在陶渊明《归园田居（其一）》和范成大《早发竹下》的诗句里读那些古典炊烟的时候，我的眼前一直闪现着一幅幅静美的水墨画：远处的村舍依稀可见，村落里飘荡着袅袅炊烟；村头的炊烟，形状像碧蓝色的波纹，到了桥边，也乘势拐了个弯。“丝丝古柳纲罗鸦，拍拍平田鼓吹鼃。不是青烟出林杪，得知山崦有人家。”宋代诗人史弥宁所作的《炊烟》，描绘的是大山深处的风光，大山里林木茂盛，到处是葱绿和葱茏的景致，倘若不是炊烟袅袅升起，又哪里会发现山崦处会有人家居住呢？而宋代诗人邵雍的《山村咏怀》，更是别有一番风味：“一去二三里，烟村四五家。亭台六七座，八九十枝花。”它初看是一首数字诗，从“一”到“十”皆嵌入诗句里了，其实是一首生机盎然的山水画：一路行来，行至二三里开外，沿途可见有袅娜着炊烟的村庄四五个，六七座亭台，以及八九十枝花……画面极富诗意，意境深邃旷达，精彩纷呈，令人应接不暇。那份身临其境，在读的过程中，竟然也是呼之欲出。

有炊烟的地方就有爱和生活。我们有时在这里，有时在那里，总是不停奔波在人生的路上，但所谓的诗和远方，其实都抵不过故乡的一缕炊烟。

近几年，再回乡村的时候，故乡里的家家户户早已用上了天然气。村庄的上空那种“疏林外、一点炊烟，渡口参差正寥廓”“篷窗细雨湿炊烟”的意境也只能在古诗词里寻觅了。但在我的心里，故乡的炊烟却依旧会在记忆中的黄昏时分升起，一缕接着一缕，袅袅娜娜地在天空中飘散，给旧日的岁月带来烟火和温暖的气息。即使偶尔遇到“炊烟”两个字，恬静、祥和、古朴而美好的旧日村庄便会立即呈现在眼前，儿时纯真的岁月也会清晰如昨，那么美，那么暖。

故乡的石磨

那日，在朋友的工作室里见到了用古朴的旧石磨做成的茶几，“盘石轮困隐涧幽，烟笼月照几经秋。可怜琢作团团磨，终日随人转不休”。这样的句子一下便涌满了心胸，而故乡旧日的岁月也如石磨般吱吱呀呀地闪现在了眼前。

二十世纪七十年代，沂蒙山家家户户院子里都会有一盘石磨。据资料记载，由鲁班发明的石磨至少已有两千多年的历史。这样的石磨是由两块相同的短圆柱石块和磨盘构成，它的原理是通过磨的上扇与下扇旋转挤压，从而磨制各种谷物，是农家必不可少的物件之一。

推磨，是沂蒙山人生活中的头等大事。

过去的生活单一，沂蒙人主要的食物——煎饼，是先将玉米或地瓜干用水浸泡后，经过石磨一点点磨制后变成可用的煎饼糊，再到鏊子上“摊”出煎饼来；做豆腐的豆腐糊也是一样，只是比煎饼糊加水多些；日常用的辣椒面、豆面，也是先将原材料晒干后再上石磨磨制而成；磨面最是一项费时费力费心的事情，需要先把晒干的麦粒或小米通过石磨挤压之后，再用细箩筛去麸皮，把比较细的留下来，就成了做水饺、做茶汤的面粉了。只是箩面的人完工后，满头、满脸、满身都是白色的面粉，夏天的时候，脸上流下的汗水会让一张脸变成大花脸，怎么看都很滑稽。

山里油水少，人的饭量就大，尤其家里有几个半大小子或者壮“劳力”，当娘的天不亮就要起来，摊上四五个小时的煎饼也不够一天吃的，甚至，盛放煎饼的缸不到晚饭就见了底。于是，每天推磨、摊煎饼便成了沂蒙人家风雨无阻的头等大事。尤其到了春节过年的时候，需要摊煎饼、蒸米糕、做豆腐、包饺子……这所有的一切，无不通过石磨才能完成。因此，进入腊月，家家户户最忙的当属那盘石磨了，似乎从早到晚到深夜，一刻也不曾闲下来过。

推磨，是一项体力活。

“磨道虽短累死人”“人生有三累：推磨、盖房和说媒”，这些直白的俗语，却道出了推磨的艰辛。

山里人家，大人们白天需要上山劳作，孩子们则需要上学，推磨这项需要多人合作的活，多半放在晚上或者早上。因为我们家每天晚饭比较正规，更是一家人处理家务、决策近期人情往来、讨论重要事项的时间段，一家六口人围在桌前，七嘴八舌，连吃带说怎么也会“吃”到晚上九点多才能吃完，所以，便把推磨集中在每天的早上。记得那时，每天早上天刚蒙蒙亮，母亲和父亲便已推完了当天的大部分煎饼糊，母亲则去忙着摊煎饼，哥哥们便被叫起来和父亲一起完成剩下的任务。后来，大哥参加工作后，推磨的事便由二哥带领着三哥和我完成。

推磨，还是一项技术活。

沉重的石磨推快了只会空转却磨不下来粮食，推慢了效率又太低，一盆糊子需要推到日上三竿。所以既要掌握节奏，领头的那位还需要把握住速度。于是，一圈又一圈，一盆玉米糊推下来，不知要走多少步，要转多少圈。这种单调的活有催眠作用，有时端着磨棍机械地跟着磨转，人却迷迷糊糊地睡着了，而这样的事情在我们家时有发生。但能干的二哥却有办法调动大家的积极性，那些讲不完的故事，总让我们瞪大了眼睛听完这段盼着听下一段。二哥的谜语出得也好，讲石磨的谜语到现在还记忆犹新："石山上，石山下，石山腰里飘雪花。"我和三哥猜上半天也猜不着，半山腰里飘雪花多浪漫啊，怎么也不会和这无聊石磨扯上半点关系。关于推磨，我还曾有过一次被秋天的蝎子蜇到、痛得哭喊了一夜的经历，现在家庭聚会聚在一起时，哥哥们还会拿此打趣。但就是在每一年二百多天的推磨里，它将农家原本粗糙的生活，推出了一点点精致来；将本来是粗粮的苞谷，细细磨了，筛成精细的苞谷面，做成可口的苞谷饭，让本来苦涩的乡村日子有了一丝温馨和甘甜。

对于石磨我也曾有过特殊的记忆。

二十世纪七十年代，同门婶家的二姐，不但生得美丽标致，还是十里八村有名的"铁姑娘"。那时，她家七个男孩，两个女儿，但大姐早夭，婶婶便剩下了这七儿一女。二姐体贴大娘的不易，除了在生产队里出劳力外，农业学大寨时，更是响当当的铁姑娘，干起活来连棒劳力都要敬她三分。冬季闲时，二姐还是村演出队中的女一号：齐腰的一对大辫子、水灵灵会说话的一双大眼睛迷倒了许多男女老少。二姐是那种出得厅堂入得厨房的女孩，用老人们的话说"这个孩子心里出活，琢磨琢磨就能琢磨出新花样"。那时刚刚时兴缝纫机，全家老老少少的衣服都是手巧的二姐做，洗衣、做饭更是又麻利又勤快；全家里十口人的鞋子更是一箩筐一箩筐的做。二姐精力也好，白天干一天活，晚上又做一晚上的针线活，往往是鸡叫两遍了还在忙活。尤其农家人必不可少的推磨、摊煎饼也全不用婶婶插手，于是，二姐便成了十里八村母亲口里的"人家的孩子"，更有了"好闺女不用多，二姐一个顶十个"的俗语。二姐还通情达理，谁家有点家庭纠纷，不足二十岁的二姐也会去劝和，大家竟然也会信服她。那时，大姐尤其喜欢我，每年都会用下脚的布头给我做成拼接的上衣或短裤，又新鲜又好看，我的绣花鞋子、各种绣花的鞋垫也都是二姐的“作品”。记和第一次学写的字，还是二姐用树枝在地上写下“毛主席万岁”几个字。清楚地记得二姐鼻尖上细细的汗珠和碎花上衣上好闻的“雪花膏”的味道。如此出众的女孩自然是众多男孩子追求的目标，说媒的更是挤破了婶婶家的门。然而，就是这样一位漂亮、能干、有爱心的二姐，却在为全家摊了整整一天煎饼、给全家每人做好一双新鞋后永远离开了这个她那么热爱的人间——婶婶与自己的妹妹说好了亲上加亲，但二姐已有了心上人，更坚决反对这种近亲结婚的包办婚姻，能说合很多邻里的二姐，竟然用了两年的时间都不能说服婶婶，便在那个秋日的傍晚悄然离开了所有的亲人。

自此以后，婶婶每天悔恨不已。尤其推磨的时候，推一会儿哭一会儿；婶婶的哭声是连说带唱，怎么听都是一种凄惨。

晚年的婶婶尤其凄惨。不足六十岁的叔叔病逝后，成家立业后的儿子们都搬到县城生活，红红火火的四合院便只剩下了她一个人。每次我和妈妈回老家的时候，都要一起去看望她，每次婶婶都会说起“若是你二姐在……”每次总会老泪纵横。后来听说婶婶在自家院子里倒地去世几天后才被人发现，一想起那么优秀的二姐和婶婶的晚年，总让我唏嘘不已。

无论生活发生着什么变化，但山里人家日出而作、日落而息的山乡生活仍然不会改变，安安静静围着石磨生活了几世几代的习惯仍然不会改变。

大字不识几个的母亲是智慧的，更是有远见的。从我记事起，母亲便告诫我：“俺就你这么一个闺女，再难也要好好供你上学，怎么着也不能让你围着锅台、磨台转一辈子。”当二哥、三哥和我相继考学走出山村后，母亲也为此自豪了一辈子。

如今的山村，机械化早已代替了人工，甚至不用动火便可以吃上随便想吃的任何美食，披星戴月推磨的岁月早已一去不复返了。石磨在乡村早已退出了历史的舞台，许多人家里早已寻不到石磨的影子。间或有也是落寞地被丢弃在院子最不起眼的一角。那些凝结着前人智慧的石磨，连同给予一代代人寄托的老手艺，都成了一种古老文化被沉在了记忆的深处。走在都市精致公园的小径上或者漫步在高高的景观台上，偶尔还会发现石磨的影子，作为一种农耕文化的符号，它们将成为一种记忆而一直被现代人推崇和怀念着。

故乡的村庄

沂蒙深处的故乡，是个山清水秀的小村庄。

去到村庄，首先遇到的必定是条河。河道清浅，河面也不宽阔，微风吹过，波光粼粼，而蓝天和白云、青山和鸟迹就会倒影其间。山洪未至的时候，脱掉脚上的鞋子，卷一卷裤角便会蹚水而过。曲曲弯弯清脆流淌着的河，是故乡里的生命之河。这些清澈、干净、透明的水，承担着沿河而居的村民的饮用、淘洗、灌溉、洗浴的使命。山高无泉，而清冽的泉则来自清澈的河水。二十世纪五六十年代，祖祖辈辈里远远近近无不是肩挑背扛地来河里取用；河水里有长长的水草、鲜美的河虾、自由游弋的小鱼。掀起一块块巨大的石头，大大小小的螃蟹便会四下散开。河水解冻之后，便会有年轻的媳妇挎着成篮的衣物来河边清洗，红红绿绿地晒满河滩。小小的孩子便会在河边玩耍。夏季水深，这里便成了孩子们的天堂，选一块水深之处，成群结队的孩子自河岸高高的石头上鱼贯而入，身下溅起丈余雪白的水花，再从不远处露出头来，之后，迅速爬上岸来等待再次跃入水中，一次又一次地不知疲倦。这些玩疯的孩子自然不用大人照管，自发地结伴而至，累极则归。那些拥有碧水蓝天的童年，就那么白花花地存在于每一位生于二十世纪六七十年代沂蒙人的心底，每一次想起，都会有清水般的感动在心里涌动起来，那童年里的阳光投射到水里闪动着的金子般的光，就那么令人晕眩地闪耀在岁月的深处。

过河后拐上窄窄的路拾坡而上，就会走进小村。

如果恰好是春天，春日的阳光下村庄静谧，泛着淡淡的光，墙上的牵牛花开着粉嘟嘟的小喇叭，背阳的山坡后面被雪覆盖的砖缝会长出绿油油的小草，榆钱树上结着可以熬成稀饭的榆钱。这种稀饭虽有淡淡的苦香，却是春季农家必食的物品。村中那棵上千年的银杏树，枝繁叶茂树冠蔽日，粗壮的树身，五六个成年人都合抱不过来。春夏秋三季里，这里是小村新闻发布中心，是文化娱乐的中心，是聚集聊天的中心；树身有一大洞，更是孩子们藏身的好去处，也成为孩子们玩乐的中心。每到放学之时，树上树下全是半大的孩子。树下有一石碾，每天下午各家拿了粮食碾压，孩子们便在树下石碾边忙个不停。女人们你帮我碾，我帮你压，边劳作边聊天；即使碾完了，女人们也还会站在石碾边说个不停，直说到天都黑了，这才慌慌地拍拍身上的尘土，拿上自家早已碾好的粮食，急三火四地跑回家生火做饭。

走在石头砌成的小路，看到最多的，就是各式各样的树：房前屋后种苗栽树，这些树木不但是将来垒屋盖房的材料，还会是嫁女婚娶打制家具的原木，“十年树木，百年树人”，没有十年八年是完成不了这些使命的。但那些青绿如少年岁月的叶子却另有妙用：随手摘下一片轻轻一卷，就会变成一只哨笛，放在口边便会吹出清脆的哨音，小伙伴争争抢抢，或者三五成群用力吹起，会“哥哥打，哥哥打”地惊跑胆小的鸡群，还会引来好奇的小狗。它会寻声而至，摇动毛茸茸的小尾巴，睁了圆溜溜的眼睛望着你。当哨音停下时，它则会失望地跑开，再吹，它又会欢跳着跑来。忽高忽低，时远时近的哨音里，山里孩子的心如同一只小鸟，从哨音里飞出，越过屋檐，越过银杏树，飞出小小的村庄，飞向远方连绵的群山……

故乡的小院

房子是石头砌成的房子，小院是石头砌成的小院。

在沂蒙，山连着山、山靠着山，石头便成了最普遍、最廉价的资源。沂蒙的小山村大都是三面环山，不大的村庄一定是被绿树环抱着的，通往村里的路大都是高高低低的碎石路，村里的房屋、院墙，都是用石头垒成的。在沂蒙令人称奇的是，墙面都不用水泥，也不用泥巴，整个外墙看上去就像是堆积的石块，大石缝里嵌着小石头，小石缝间嵌着薄薄的石片，密密麻麻，层层叠叠。由于石块的颜色深浅不一，看似杂乱却又整齐划一，令人不得不赞叹山野村夫不俗的建筑技巧，这样的墙，在农村还有“干碴墙、吓死狼之说”。

沂蒙人家的小院不大，一般堂屋三间，两头再分别加上一间叫作“挂屋”。在北方，坐北朝南为上房，成为“主屋”，由长辈居住；东西屋低于主屋，由晚辈居住或做仓房；东屋一般是灶房，靠近灶房的一般是鸡舍、猪圈，另加门楼或阁当。屋顶多用黄草、麦秸苫盖，二十世纪七十年代后，便一律改为红色瓦房。白墙红瓦，深藏于广袤的绿树繁花之中，远远望去，便也可以入诗、入画了。

一

当春风吹绿了门前的那棵大柿树的时候,春天便来到了沂蒙的小院。

蛰伏了一个冬季的小院突然醒了过来。春天如孩子般一刻也停不下来:他拿着画笔,调皮地爬上每一个树梢,树梢便快乐地绿了,轻风吹过,发出欢快的笑声,笑声引来了筑巢的麻雀或各种各样的鸟儿;他拿着画笔,走过河边,厚厚的河冰便一夜间融化了,小河唱着欢快的歌向东流去,河边的柳树便长出了新芽,树下便围起了成群的孩子,清脆的柳哨便响在沂蒙的田间小路和孩子欢快的笑声里;他来到孩子们身边,女孩们脱去厚厚的红棉袄,花儿般的笑靥开在美丽的脸上,春水洇湿了她们美丽的大眼睛,桃花般的心事便藏满了女孩的心房,日里夜里,把春天的诗纳进鞋垫、缝进衣衫;他走过篱笆围成的院墙,院墙内外便爬满了母亲们种下的葫芦、丝瓜、芸豆,那些鲜嫩的枝叶日夜不停地疯长着,如果你停下脚来,就会听到他们热切谈论的声音,就会听到比赛般的歌声,就会听到它们拔节的声音;他拿着画笔,经过窗前母亲栽种的小花园,月季、杜鹃,比着赛地美丽着农家的小院,姹紫嫣红;他走过田野,嫩绿的麦苗便一夜夜地疯长着,绿满了田野、山坡……

年年此时燕归来。当春风吹拂沂蒙大地的时候,最热闹的当然还是那些自南归来的燕子们。

沂蒙最常见的鸟是燕子。"旧时王谢堂前燕,飞入寻常百姓家。""无可奈何花落去,似曾相识燕归来。"燕子是季节性很强的候鸟,便有了"报春归来的春燕""翩然归来的报春燕"等称谓。沂蒙人都知道,只要见到燕子,春天也就来了!古人曾有"莺啼燕语报新年"之佳句,燕子成了春天的象征。

作为鸟类家族中的"游牧民族", 燕子在秋季,总要进行一年一度的长途旅行——成群结队地由北方飞向遥远的南方，等到春暖花开的时节再由南方返回北方生儿育女、安居乐业。之所以如此，是因为燕子们以昆虫为食，且它们从来就习惯于在空中捕食飞虫，而不善于在树缝和地隙中搜寻，也不像松鸡和雷鸟那样杂食浆果、种子和在冬季改吃树叶（针叶树种即使在冬季也不落叶）。可是，在北方的冬季是没有飞虫可供燕子捕食的，燕子又不能像啄木鸟和旋木雀那样去发掘潜伏下来的昆虫的幼虫、虫蛹和虫卵。食物的匮乏使燕子不得不每年都要来一次秋去春来的南北大迁徙，以得到更为广阔的生存空间。早在几千年前，人们就知道燕子秋去春回的飞迁规律。相传在春秋时代，吴王宫中的宫女为了探求燕子迁徙规律，曾将一只燕子的脚爪剪去，看它是否在第二年仍旧飞回原地。无独有偶，晋代有个叫傅咸的，亦用此法观测，结果这只缺爪的燕子在次年春天又飞了回来。燕子一般在夜里飞迁，尤其是在风清月朗时飞得很快很高，白天则在地面休息觅食。对燕子的飞迁习性，古代的诗人说，家燕有一个“怪癖”：它们总是在夜深人静、明月当空的夜晚迁飞，而且飞得很快，有时只能看见它们的影子一闪而过，根本看不清它们的模样。

家燕还有着惊人的记忆力，无论迁飞多远，哪怕隔着千山万水，也能够靠着惊人的记忆返回故乡。燕子像许多其他动物一样，有着人类无法比拟的知觉天赋。其中最惊人的是辨别方向的能力。有人做过试验，在德国某城市捉到七只燕子，涂上标志，然后用飞机载到英国放掉。第二天清早，七只燕子中有五只已回到自己在德国的巢里。

燕子返回家乡后，头一件“大事”便是雌鸟和雄鸟共同建造自己的家园，有时补补旧巢，有时建一个新巢。家燕们不断用嘴衔来泥土、草茎、羽毛等，再混上自己的唾液。没多久，一个崭新的碗形的窝便出现在屋檐下；有的也会不请自入地看中沂蒙人家客厅的屋梁，出出进进，不几日便筑起大大的鸟巢，每每吃饭的时候，会不时有燕子的粪便落到餐桌上，但正在吃饭的家人也不见怪；燕子孵化时节，也是家里最热闹的时候，老燕觅食回来，小燕们一齐张大嘴急迫地叫着、嚷着，老燕子便把衔来的食物塞到一只小燕子的口中，其他小燕子连续发出几声无奈、失望的鸣叫后才归于平静。老燕子便一刻也不停地飞到广阔的田野寻找食物。沂蒙人家乐于让燕子在自己的房屋中筑巢，生儿育女，并引以为吉祥、幸福之事；尽管燕子窝下面的地面常被弄脏，甚至出入时还会有燕子的粪便掉落在衣服、头发上，但人们并不在意；春天燕子归来筑巢的时候，很多人家还会故意留着自家的门，希望他们能入住自家，甚至外出劳作时，也会记得给燕子们留下进出的门户。

“阳春三月麦苗鲜，童子携筐摘榆钱。”沂蒙人家的房前屋后、小院正中少不了的，当属榆树。能保留在院正中的榆树，不但长得好，还一定是枝叶繁盛、形状秀美。在树下支上石桌，春夏秋三季晴好的天气里，树下的荫凉便是一家人围坐一起吃饭喝茶的最好去处。

榆钱也叫榆荚，是榆树的种子，榆钱脆甜绵软，清香爽口，又因它与“余钱”谐音，寓意着吉祥富足。榆钱绿色、片状，中间鼓出来，边缘处薄薄的，嫩绿扁圆，一分硬币大小，因为它酷似古代麻钱，故名榆钱。榆树的花总是先于绿叶开放，在前一年生枝的叶腋下一簇簇、一枝枝、一串串，清风徐来，满树的榆钱随风摇曳，那神情，恰如清朝陈维崧《河传弟九体·榆钱》中描写的“荡漾，谁傍？轻如蝶翅，小于钱样”；唐朝施肩吾的《戏咏榆荚》对榆钱也有描述：“风吹榆钱落如雨，绕林绕屋来不住。知尔不堪还酒家，漫教夷甫无行处”；唐朝韩愈的“草树知春不久归，百般红紫斗芳菲。杨花榆荚无才思，惟解漫天作雪飞”更是家喻户晓。榆树不但是春的使者，自古更是困难时期解决温饱的“美味”。据《尔雅》记载：榆皮（榆，白枌）荒岁农人食之以当粮，不损人。另据史料记载，嘉祐年中，过丰、沛，人缺食，乡民多食此（榆皮）。其实，不但榆皮可食，榆树的叶子也可食。遇到荒年，春天吃结出的榆钱，夏天吃榆叶，一年四季都可供充饥，实在饿得不行了就扒榆树的树皮来吃。在二十世纪六十年代，春天正是青黄不接的时候，当春风吹来的时候，榆钱也便成了沂蒙人家必不可少的食物：既可果腹，又香甜可口，比起花生壳、玉米棒不知要强多少倍。房前屋后、沟坎坝间，春风吹来第一缕绿色的时候,也吹开了一树树一串串一簇簇缀满枝头的榆钱。春季万物萌发，榆钱最先登上枝头，当然也是最快走向餐桌的野菜，它清甜脆嫩，含水量适宜，没有任何奇怪的气味和味道，相反生吃的榆钱还有些许的甜美，与任何粮食和配菜调料都可搭配，因而成为沂蒙人最喜爱和最容易料理的野菜。

于是，从早到晚，榆树下便站满了采摘的大人和孩子：早起带着露水采摘的，一定是勤劳的母亲们；傍晚时分，在榆树上哧溜上下的，一定是淘气的孩子们。在他们，采来的榆钱不仅仅为了好吃，更多的是比赛——看谁家的孩子爬得高、采得多。也有搞恶作剧的，从一棵树上下来，跑到另一棵树上拼命摇晃，树上的孩子会溜下来，树下的孩子便立马抓一把榆钱塞到嘴里，边吃边跑，还不忘回头把一串串的榆钱扬在小伙伴的脸上、身上；手巧的母亲们则会做出许多不同的食物——把榆钱和在地瓜面、玉米面里做成窝头，可以吃很久；用大量的榆钱加少许玉米面放在箅子上蒸，不过也要掌握一定的火候，否则不是太干就是太黏。

母亲是十里八村有名的巧手，无论什么样的食材在她手里都可以化腐朽为神奇，做出的饭菜总是香甜可口，回味无穷。母亲蒸的榆钱饭出锅后，我们每人盛上一大碗，浇上些许葱花、酱油做成的汤汁，然后开始狼吞虎咽；母亲还会用上一点白面、加上两个鸡蛋煎成榆钱鸡蛋饼。儿时最常吃的是“榆钱糊豆”，似乎每天晚上都少不了：母亲先把少许豆子煮开了花，再放上玉米面，然后挎一只竹篮到自家院里的榆树前，一手把着榆枝，一手把成串的榆钱收到篮子里，再用水洗净，锅里的玉米面糊豆也差不多了，然后抓进去一些榆钱，再加少许盐，几分钟后出锅，晚上一人一大碗，滑润喷香，又饱腹又舒服。春天晚饭后串门，家家户户的晚饭，少不了的都是一锅“榆钱糊豆”。

后来榆钱成了绿色食品，偶尔才能一见。不同的是榆钱饭不再是充饥的替代品，而是尝鲜的美味，品种比儿时更繁多，做得更精致。除了“榆钱粥”“榆钱饼”，我还吃过“榆钱饺子”“榆钱豆腐卷”。当有一天读到刘绍棠老师收入到语文教材的《榆钱饭》时竟那么亲切；央视《舌尖上的中国》之榆钱饭，也让我看了又看，童年的记忆似乎一下便回到了眼前。有一年春天旅游到了敦煌，遍地高大的榆树密密匝匝，举着一串串嫩嫩圆圆的榆钱，绿了我们的双眼；餐桌上也不时见到榆钱饭，让我油然而生梦回故乡之感：原来，敦煌人与沂蒙人一样，家家户户有吃榆钱饭的习惯，每到春天榆树开花，敦煌人都会采摘新鲜榆钱，淘洗干净，拌面蒸熟，再辅以大油、韭花炒食。每到此时，市场里的大油往往都会成为缺货。就是在那里，又让我饱尝了故乡葱茏的春天，同时还有晕染出一圈圈儿时母爱的涟漪，连缀起一串串愉悦与温暖。

春天的小院里，总是与香味有关：早起的母亲在厨房里烙下厚厚的煎饼，看看上学的、上工的也该吃饭了，便停下手里正烙着的煎饼，到小院的一角，割上一把刚长出的韭菜，洗净后细细地切了，再切上点昨天就买好的豆腐，打上两个鸡蛋，放一点盐，然后端到厨房里，在烙好的煎饼里包上刚刚调好的韭菜馅，放在“鏊子”上煎五六分钟，香喷喷的“摊煎饼”就做好了，上学的、下田回来的，倒上一碗白开水、一气吃上三四个，一上午都会力气满满。

沂蒙人家的院子前后会种上许多棵香椿树，春天来的时候，大大小小的香椿便长出了细小的新芽，把香椿的芽掰下，细细地切了，拔一棵自家院前的小葱切成丝，再切上一两个青辣椒，若是有豆腐切上一点也是极好的，放点盐，倒点酱油醋拌一下，就着刚刚烙出的煎饼，也能吃上一顿；或者，就用早春的香椿炒鸡蛋，也是一件让人回味很久的美味，不但香甜，重要的是绿色养生，那时感到极平常的吃食，如今想起，却全是最好的健康食品啊。

可是在那物资匮乏的年代，尤其在春季这个青黄不接的季节，是最难熬的，榆钱等野菜是大自然给予人类最好的馈赠，在那时，有太多的人因为这些春天最先萌发的野菜而生存了下来，所以，今天偶尔吃一顿榆钱饭，是对那个艰苦年代的敬意，也是为了纪念几代人记忆中那些最初的美食……

如今沂蒙人家比过去的农家小院多了几许现代感：拔地而起的三层小楼、全套的现代设施……沂蒙人家越来越现代，但没有变的是沂蒙人的那份纯真、敦厚和对美好生活的追求与向往。

二

夏天的小院是热闹的。

小院的墙上早就挂满了各式各样的瓜果：黄瓜、豆角、大个的葫芦……路过的行人，站在院墙边说话的婶子、大娘，随手摘下一根水灵灵的黄瓜，用衣袖擦几下，一边说着话一边咔嚓咔嚓吃着，或者摘几根鲜嫩的豆角，边吃边有一搭没一搭说着闲话；长着长着，院墙上的葫芦藤实在担不起密密麻麻的葫芦们的这份重量了，母亲给它们加了底座后再吊起来，或者干脆借着院墙搭起一个葫芦架，上午忙活完家务，便拉个马扎坐在架下边乘凉边做着针线活，房前屋后的婶子大娘们也会过来凑趣，于是，家长里短便从架下飞出了小院，飘到了小村的四面八方……

夏天的小院是多彩的。

夏天的太阳光火辣辣的。母亲便选了晴好的日子，把家里的棉衣棉被拿出来，需要拆洗的，便坐在大门旁的柿子树下，一件件地拆开，把棉絮放在太阳底下暴晒，棉衣、棉被的面和里子分别洗了晒在当院，风一吹，红红绿绿的也是一番风景，差不多要干了的时候，再整整齐齐地叠好收起。棉衣这样的小件母亲总是利用空闲一个人零零碎碎地做好，再在太阳下晒上半天，然后就收到柜子里，冬天里拿出来，会有一股香樟夹杂着阳光的味道，又暖身又暖心；棉被是大件，是需要两个人共同完成的。每年的夏天，选晴好的日子，隔壁的婶子一早就会过来，扫好院子，在当院的树荫下铺上几张席子，把洗好、晒好的棉被的棉絮、被表、被里一床一床地拿出来，一边说着话，一边开始缝棉被。这时候也是我最快乐的时候，给母亲和婶子穿针引线是我的任务，给母亲和婶子倒煮好的绿豆茶，拿山里人家特有的柿饼、山枣或者洗净切好的一块块碧绿碧绿的萝卜……更多的时候，是我一边吃着这些香甜的“山货”，一边躺在松软的新被上，阳光下被子散发出一股清新的香气，直往心里钻；斑驳的阳光从树荫下照在母亲明净的额上，生发出的是一份温暖、端庄和亲切。母亲和婶子边做着针线活，边说着家长，缝好后晒在小院的晾衣绳上，再继续着缝下一条，当太阳西斜的时候，六七条洁净的棉被便挂满了小院……

夏天的小院是欢快的。

树上的知了似乎从不知道疲倦，从早到晚一刻也不停歇地唱着歌，听到知了的歌声，总会有一种时不我待的紧迫感，好像它们积攒了一辈子的心事都要在这一个夏季里说完似的，越是烈日炎炎，知了的歌声越响亮、越绵长、越持久，好像灼热的太阳打开了它们唱歌的开关；这时，下过蛋的母鸡也会一声高过一声地咯咯哒叫个不停，边叫还会满院子转悠，大声地向世界宣布着自己的功劳和伟大——了不得了，俺又下蛋了，快来看看啊。没下蛋的，有时也会虚张声势地满院子乱叫，往往会赚来主人的一顿暴打；刚刚孵出小鸡的母鸡也不示弱，领了众子女咯咯咯地一路叫着寻食觅吃，时不时会有一两只贪玩跟不上队伍的小鸡，大声呼喊着自己的母亲和伙伴，那细嫩的声音里充满了恐惧和焦虑，母鸡边咯咯咯地叫着，边一路狂奔了接应着落单的那个孩子。当见到自己的孩子后，母鸡便又归于悠闲地领着众子女在小院里闲庭信步地觅食；最让人揪心的，是那些想做母亲想疯了的母鸡，主人一次次从鸡窝里捉出来，它再一次次跑回去，执着而认真，气不过的主人便一次次把它按到冷水里，从凉水里跑出来、全身湿淋淋的它们，仍然一刻也不耽搁地再奔向自己的“窝”；最整齐最持久的，是雨过天晴，青蛙们此起彼伏的蛙声一片：合唱、轮唱、独唱……到目前为止，我仍然坚信，它们是全世界最快乐、最优秀的歌唱团，它们快乐地歌唱着，歌唱着对夏雨的热爱，也歌唱夏天的美好,更歌唱自己幸福的快乐生活……到现在我仍然相信，没有哪一个乐团能与之相比，没有哪一个团队与它们般知足常乐、心怀感恩和美好。

夏天是沂蒙孩子们的乐园,捉蜻蜓、逮蚂蚱、下河游泳、河边捉虾……惯常的粘知了就够孩子们乐此不疲的了。

用面筋粘知了是沂蒙孩子最喜欢用的方法之一。那时沂蒙人家的面粉紧缺得很，要面粉的任务就交给我了，母亲偶尔做回面食的时候我都会问母亲要上一块，然后再交给哥哥们；毕竟做面食的时候少，我便时常趁母亲不注意时偷偷从面袋里抓出一把，然后，哥哥们便把弄来的面粉或者是面团在清澈的水渠边上耐心地揉搓淘洗，一遍一遍直到把里面的麦麸淘洗干净为止。更多的时候，既没有面团，也没有面粉，聪明能干的哥哥们便会弄一把新鲜的小麦放在嘴里反复地嚼，直到把小麦嚼成糊糊，再拿到水里淘洗，同样也会得到宝贵的面筋。淘洗出来的面筋质地均匀手感细腻，由于费时费力，一大把面团也就只能淘出枣核般大小的面筋，因此哥哥们便都视为珍宝，将其一层层地包在浸了水的蓖麻叶里。然后找出一根又高又直的竹竿，便呼朋引伴地粘知了去了。

粘知了的地点一般会选在正午河边的杨树林里。大片大片的杨树枝繁叶茂，蓊蓊郁郁，正是知了们栖息集居的好地方。午后的太阳光被那浓密的枝叶筛成一地细碎的金子，斑斑驳驳地洒落在哥哥们的头上、身上。清清的河水缓缓地流淌着，我们的身影和那一渠的浓荫都倒映在水面上。夏风习习地吹着，不时还有几滴知了的尿飘落在我们的脸上，引得大家一阵阵地笑骂。

粘知了最要紧的是要有耐心。知了这东西机警得很，一有点风吹草动它便会逃之夭夭。哥哥们细心地将蓖麻叶里的面筋掐下一点儿，一圈一圈缠绕在竹竿的顶端，然后便屏住呼吸一点点地向目标探进。在离树枝上的知了仅两三寸的时候，便将竹竿猛地向上一蹿，顶端上的面筋便牢牢地粘住了知了的羽翼，任它怎么挣扎也逃脱不掉了。

其实粘知了是一件很辛苦的事。首先大都选择在正当午，上田劳作的乡亲们都回家了，整个树林静悄悄的；其次，需要长时间不间断重复着同一个姿势，用不了多久便会让人肩酸眼痛，疲惫不堪。每当累了的时候，哥哥们便会到田头给我摘山枣，采野草莓，还会捉大大小小的蚂蚱用草串在一起；热辣辣的太阳照在头顶，不一会便会满脸通红，哥哥们便会跑到渠里采来大大的荷叶让我举着，有时跑到玉米地里，掰几个鲜嫩的玉米插上树枝，架在随处可见的枯枝升起的火上，不一会玉米便噼噼啪啪烤出了香味，我们便坐在树荫下香甜地吃了起来，口渴的时候就到河里喝点清清的河水，哥哥们还会在树荫下划上棋盘，直到天黑才会领着我们回到寂寂的小院。

晚上捉萤火虫也是乐趣多多的事情。

夏天的晚上，树林里、草丛中、小河边、村头、田边、路旁，漫天飞舞着的萤火虫就像天上游动的星星，让孩子们追着、跑着……萤火虫跟苍蝇差不多大小，有着扁平的身体，最神奇的是尾巴能发出黄绿色的光。

儿时的乡村夏夜是静谧而神秘的，在花草和墙角处，不仅能见到萤火虫，还能听得见蟋蟀、油葫芦和纺织娘的叫声。各种低吟的虫鸣、清脆的蛙声，便组成了夏夜的多重奏，即便在没有月亮的晚上，乡村的夏夜也是美丽的。放下饭碗，大人孩子便陆续聚到村口的老槐树下纳凉聊天，闲闲地说着笑着，全然忘却了白天劳作时的辛苦和山里人家的万千愁怨；天真烂漫的孩子更是在大人们的眼皮底下撒起了欢，爬树、上墙，“狗蛋”把“拴住”打了，“扣住”把“富生”推倒了，“小三”扯了“妮子”的头发……喊着叫着，哭着嚷着，但用不了一会，刚刚还“仇人”似的两个孩子，却早又搂腰搭背地玩到了一起。但无论是捉迷藏、做游戏还是让大人们讲故事，全然不如捉萤火虫玩得开心。

捉萤火虫也是技术活。最初我跟着哥哥们用手抓，一不小心，虫儿瞬间便会从指缝溜走，欢喜顿成一场空；可下手重一点，萤火虫或死或伤都是遗憾。聪明的二哥便想出了高招：用长长的柳枝扎成圆圈绑在竹竿上，然后，找到墙角的蜘蛛网缠绕上些许，这个特制的“圆网”便成了捉虫神器，不一会便粘上数不清的萤火虫，远远看去，哥哥举着的简直就是一个又大又亮闪光的圆，似乎是哪吒的风火轮，无论走到哪里，都是“哇”声一片。许多男孩子也学了二哥的样子，举着一个个大大小小的圆，呼呼地跑来跑去，又威风又骄傲，然后，再把这些萤火虫摘下来放进早就准备好的一个个的透明玻璃瓶里，制成特别的“手电筒”，惹得小孩子们都跟在哥哥们的身后跑来追去；淘气的男孩子们还会把捉到的萤火虫发光的尾巴揪下来贴在眼皮上，远远看去像人的眼睛发着亮光，有的还会躲在墙角处，等人走近时才突然蹿出；邻家的小妹更是独出心裁，她把摘下来的萤火虫包在一团洁白的棉花里，萤火虫在里面跑不掉又伤不了，捧在手上就像一盏闪亮的灯笼，引得村子里的人都来围观，小妹得意得不得了。

作为村里最有学问的父亲，从来不会放过教育我们的机会，看到玩得正嗨的我们，父亲便会招招手让我们坐下，给我们讲车胤借光读书的故事，依稀记得大致内容是说晋朝有个叫车胤的人，为了省点灯的油钱，把萤火虫放进多孔的囊内，利用萤火虫的光来看书，后来考取了功名。这样的故事听得多了，我们家的孩子也便比别家的努力了许多，以至于后来，我们兄妹三人同时考学走出山村，成为十里八乡少有的读书改变命运的励志故事，一直被乡亲们传颂着。

此刻，隔了几十年的光阴，想起那些记忆里的萤火虫，想起那些热闹着的夏日村口槐树下的记忆，也想起了法国作家于·列那尔写过的一首题为《萤火虫》的散文诗，仅有一句话："有什么事情呢？晚上九点钟了，他屋里还点着灯。"

三

立秋过后，随着一场又一场的秋雨，秋天便来到了沂蒙人家的小院。

时序刚刚过了秋分，就觉得突然增加了一些凉意。早晨到田野里走一走，天空更加湛蓝而高远。蓝蓝的天空飘浮的云朵，一会像群羊，一会像奔马，一会像河流，一会像山川。静静地立在秋日下，听到成熟的瓜果日夜窃窃私语的声音，听到大雁南飞的雁鸣，便会油然而生"秋深露重天渐寒，云淡风轻夜更深"之感。

西风吹起，小院的秋色便浓郁了起来。

秋天的小院，是五彩缤纷的。

母亲种下的鸡冠花因为染了秋色，红得更加深重，高高的花径挺立着，又似一束束火炬点燃着秋的热烈；大丛大丛的月季花，粉的、红的、浅白的开得正好，似乎是一首首秋日的诗，只看一眼，便会让人深醉；房前屋后的梧桐树冠在秋风里抖一抖，灿灿的树叶便盘旋着次递飘落，顿时便有了碎金满地之感；大门前的柿子树挂满了果实，与北山洼里那一片一片的火红遥相呼应；还有一排排的苹果树，又红又艳的是红香蕉苹果，那红红的样子如同孩子秋天的脸蛋逗人喜爱；金光闪闪。呈现出一片黄澄澄的颜色的，是地地道道的大金帅苹果；那些山楂也不示弱，缀满了一颗颗红玛瑙似的果子，连枝头都压弯了腰；篱笆似的花椒树，日夜散发着浓浓的香气，黑色的种子迫不及待地露出来，好奇地打量着这个浓墨重彩的世界；葡萄呢，种在南墙角的葡萄从春天开始便铆足了劲，开花、结果，全都藏在茂密的叶子下，如同深藏着一个秘密，秘不示人，此刻的它们却一串串长长地垂了下来，如同一个个憋不住的喜悦，走近细看，那些紫中带亮、圆润可爱的葡萄，活像一串串紫色的珍珠。

还有梨、枣……小院里的果香浓郁得让那两扇大门关都关不住。在这样的时候，母亲和父亲则不时电话打给我们，说着内心的喜悦，试探着问问可否回家，还会千方百计捎给远在各地的我们，让我们一起分享着故乡，不，是家中小院丰收的快乐。

秋天的小院，是拥挤的。

苹果、山楂、核桃、板栗、山枣、柿子……红的、黄的、绿的，各色瓜果一筐筐挑回家，还要联系好买家，把精心挑选后包装好的瓜果再一车车地运出去；白天忙着抢收地里的庄稼，晚上还要把运回家的玉米一个一个地去皮扒好，手巧的就把玉米一个个的织成一串挂在小院里的树杈上，运回来的花生也要从花生的秧上一个个摘下来，然后再放在阳光下晾晒……小小院子里，便堆满了金黄色的玉米，高高的树上也一串串挂满了枝；从地里收回来的地瓜干一席席地晒满了院子，即使屋顶也不能闲着，北屋顶上晒满了玉米，南屋顶上晒满了花生。院子里谷子将要回仓，黄豆正在街上晾晒，芝麻正垛在东屋房顶上笑开了花。蔚蓝的天空下，绵延的山把整个小村包围着，绿树在青瓦红瓦之间点缀着。家家户户的小院里，火红的辣椒一串串，金黄的玉米一垛垛……偌大的院子竟然从不曾有过的拥挤。

秋天的小院，是喜悦的。

花生要收，地瓜要收，玉米要收，小麦要种……三春不如一秋忙啊。

秋天的山里人，没有哪一个季节跟秋天一样忙碌。这时的田野里，也都是一片忙碌的景象，掰玉米的、刨花生地瓜的、切地瓜干的，比比皆是。有干着活说笑的，有叫喊着大人的名字远远打招呼的，有吆喝着子女来拉庄稼的，田野里人欢马叫，热闹非凡，秋日广袤的田野里一片欢腾。通往村中的小路上，一辆辆满载着粮食的手推车吱呀吱呀地唱着动听的歌；身强力壮的汉子们挑着满满的粮食，一颠一晃地往家走；年纪大些的婆婆们挎篓提篮的出工出力，丰收都藏在她们深深的皱褶里。山坡上，金黄色的谷子刚收割不久，高粱又熟得火红一片，山坡上、田野里，到处是紧张秋收的人群。村头上、打谷场里，到处堆着像小山一样高的庄稼秸秆和金光闪闪的苞米穗子。白天忙不完的，就擦着黑回家，家人就会焦急地提上马灯去迎接，这个时候，你又会看到，秋夜里的一串串马灯从不同的山脚、坡里缓缓走来，走向村庄，走向家园，走出秋夜里一道道靓丽的风景；这时候雨也多，眼看着还有一眼望不到边的地瓜干要收，雨点却不容分说地就下来了。这时候最盼的是人手。亲戚多的，忙完自家的，便跑过来帮一天工，主人便有说不出的感激；在外工作的，再忙再远也会请假来帮上几天——天不亮就出门，忙到天黑还不能进家门，往往头挨不到枕头就睡着了，睡不了一会天就亮了……

每到这个季节，父亲总把“争秋夺麦”四个字挂在嘴边。时令不等人。几亩成熟的玉米着急地站在地里等待收获，需要穿过一行行站立的玉米秸，把玉米一个个掰下来，再把玉米秸砍倒，收拾好掰下的玉米运回家，再把存在地上的玉米根一棵棵刨出来，之后要运上足够的肥料，均匀地播在地里，然后再耕地、调垄、播种、灌水。每一道工序都是万千辛苦，每一道工序都不能马虎——“人欺人一时，地欺人一年”，父亲总是这样说。于是，不善于干农活的父亲，付出比别人多几倍的劳动，争分夺秒、保质保量地种好秋季的麦子。一个季节过后，往往会让父亲累脱几层皮。

收地瓜也是争分夺秒的事情。

我生活的沂蒙山属中山丘陵地带，村后屋前都是山，层层叠叠的土地上只适合种植高粱、玉米、小米、地瓜，除了玉米外，地瓜又属于沂蒙人的主食，于是漫山遍野种满了地瓜，走在秋天的田野里，除了地瓜，仍然是地瓜，一片又一片的地瓜地，总是望不到边际。

春困、秋乏、夏打盹，睡不醒的冬三月。孩子们总有睡不够的觉。到了秋天，母亲和父亲是舍不得叫我和三哥上工的。天不亮大哥、二哥在父母的带领下早早赶到瓜地，先把长长的瓜秧去掉，然后再刨出地瓜来。薅瓜秧也是项体力活，长长的瓜秧相互交错，拽不动，扯不断，这时候，镰刀便派上了用场。等我和三哥吃过早饭赶到地里的时候，刨出来的地瓜一垄垄井然有序地躺在地里，在秋阳的照耀下使劲伸展着筋骨。把地瓜堆成堆，然后，麻利的大哥、二哥负责切片，我和三哥则负责把叠压在一起的分开，有时遇到黄瓤的，二哥则会专门挑出来，让我尝，咬一口着实甘甜。

秋天的小院，是盛满了幸福的小院。

我和三哥都是秋天出生的，想来，在那些清贫的日子里，那些忙碌的秋天因为我们的到来而更加忙碌，但喜悦和幸福更是可想而知的。为了我们更好地成长，在我不足五岁的时候，父亲和母亲专门盖起了这座小院，让我们兄妹离开了住有四个大家庭的四合院，从此这座独门独院的小院便成了我们成长的天堂，记载了我们兄妹成长的万千快乐和幸福。

就是在这座小院里，我们兄妹四人相继走出了大山；还是在这所小院里，父亲和母亲拿出最大的热情迎接着来自县城的三位嫂子；还是在这座小院里，父亲、母亲看着我被另一双手牵起，从此在他们的视线里渐行渐远……

这一走便是近三十年。

前几天，参加全国军工文化研讨会时，我专程又回了一趟故乡的小院。正是秋收时节，四处都是秋天丰收的欢乐景象：故乡早已较少种植地瓜，代之的是各色水果，一路走来，苹果、桃子、梨，瓜果遍地都是。虽然今年雨水较大，寿光还发生了大的水灾，但风调雨顺的故乡，仍然丰收在望。那一棵棵枝叶茂盛的果树上，果实累累，树枝都被压弯了，有的甚至被压断了，果农们不得不用木杆撑住。“水果门市部”前，摘下来的苹果堆得像小山一样，成群的婶子、大娘们把这些香甜的水果装进木箱子里，一辆接一辆的卡车等候在旁，不久便会运到国内各大城市和国外一些地方。

走近故乡小院的时候，岁月的风雨中，那个用十级台阶连起来的偌大的小院仅剩了三间房屋。我们走在小院里，一边回忆着从前的种种，一边寻找着当时的石磨、柿子树、上下两院台阶的痕迹……惊讶地发现，记忆中那个盛放下我们童年那么多快乐、忧伤、梦想的小院，那个我们每次全家聚会就会畅谈不已、魂牵梦绕的小院竟然如此之小，小到令我怀疑起曾经的记忆和岁月来。

然而，无论岁月的风雨如何侵蚀，故乡小院的秋色仍然那么美。它美在和煦的春风，美在酣畅的夏雨，美在温馨的秋阳，美在父慈母爱的美好日子，美在亲情融融和暖生烟的旧日岁月，它还美在忙碌的田野，美在收获的村庄，更美在我们成长的每一点记忆里。

四

冬天的小院是安静的，就如同冬天的村庄、冬天的田野一样。

冬天用的木柴、食粮都是提前准备好的，二十世纪七十年代沂蒙的冬天，大雪封山是常有的事。于是，从入冬开始，家家户户的小院里，便堆起了一垛一垛劈好的木柴，粮囤也用草苫子早早盖好，猪圈、狗窝、兔笼也提前做好了过冬的准备；那些家具——那些忙碌了三季的农具们，第一次落寞地存在了库房里，只有到了明年开春的时候，它们才会得以重见天日，再显身手。

首先是风。

尖利的西北风似乎把积攒了一年的能量全部用于冬季，它们呼啸着一路跑来，掠过山川、田野，粗暴地卷起枯叶、尘土，然后，再愤然地高高扔下；所到之处，草木干枯，河水结冰；然后，拐着弯地蹿进每一户农家小院，生硬地拍打着每家各户的门窗，有时候，还会掀起屋顶上成片的瓦块。小院是拒绝的，却也是无奈的；院中高大的柿子树、槐树早就没了春天的葱茏、夏天的繁茂、秋天的多彩，只能在西北风中抖着无辜的身躯拼命抗争，无奈地随风摇摆着；但那些不依不饶的风，一夜一夜地拍打着小院，那些简陋的门和窗在它们顽强的拍打下，不时发出哐哐的声音，这样的声音，让冬夜更加寒冷而漫长。

还有雪。

村庄是乡村的符号，而没有哪个季节如冬天一样，使村庄以及村庄的小院与四周的景象浑然一体，丝毫没有雕琢的痕迹，尤其洁白的雪落下后，整个世界浑然天成，忙碌着的山村也少有地沉默了起来。

沂蒙的雪，不是欲说还休的娇态状，不是落地即化的匆匆过客，更不是千呼万唤后的蜻蜓点水，它们来得勤，走的迟。三天五天就是一场铺天盖地的大雪，有时上一场雪还没开始融化，下一场雪又迫不及待地赶来，雪连着雪，雪压着雪，雪堆着雪，雪推着雪，雪拥着雪。沂蒙的雪，是李白的“燕山雪花大如席”“天山三丈雪，岂是远行时”“地白风色寒，雪花大如手”的鹅毛大雪，是华少淑的“燕山雪，纷纷大如拳”的壮硕无比。这样的雪落在窗上、接在手里，都是清晰可见的六角花瓣；打在身上、屋顶上能清晰地听到扑哧扑哧的声音，若是站在小院里，密密匝匝的雪片纷纷落下，用不了一小会，整个人便会变成雪人，融入天地之间；最重要的，它总是突然而至——没有预约，也不会有丝毫迹象，白天，在阳光中突然就降临了，而且，越来越大，直到阳光渐渐地淡去，整个天空全是弥漫的雪，抬头望一望房顶上盖了厚厚的一层，白白的，一如母亲常说的“大雪下得涌，瓦屋白草岭”的景象；傍晚，纷纷扬扬的大雪随着落日而至，扑哧扑哧的雪让回家的人披了满头满身，“日暮苍山远，天寒白屋贫。柴门闻犬吠，风雪夜归人”的诗句便是最好的写照；有时，晚饭吃得正欢，便会听到屋外唰唰的落雪声，用不了一会，院子里就白茫茫一片；有时，一夜无声，第二天晨起推门，却会推出一个银色的世界。那些鹅毛般的大雪悄无声息地铺满整个大地，东南西北，山川、大地、河流什么都不存在了，只有厚厚的积雪，只有银装素裹的世界，而那些庭院里的树便应了“千树万树梨花开”的意境，远山近树、小桥流水和田野小村，全都覆盖在厚厚的白雪下，大地披上了洁白的外衣，如诗如梦，恍若童话。最美的是沂蒙的山崮，一到冬天，白雪堆积，数月不化，远远望去，如一朵朵洁白硕大的花盛开在沂蒙的山川大地，美不胜收。大雪封山、大雪盈门、大雪堵门是常有的事。记得 1986 年我在临沂读书的时候，住的是简陋的防震棚，一夜无梦，第二天早上，却怎么也推不开房门，原来是昨夜静悄悄的一场雪把低矮的屋门堵了一半，女孩子们立刻从温暖的被窝里爬出来，堆雪人、抓雪球、铲积雪……似乎一下回到了童年时代，欢乐的笑声让那个冬天校园的清晨清晰地留在了我们的记忆里……

在这样的清晨，全村第一个起床的一定是父亲。早早地，父亲便拿起大扫帚从自家的小院扫起，一直扫到大路上；有时积雪太厚，父亲就会用铁锨、扫帚扫出一条可行的小路来，往往是满身大汗、头上冒着热气地走回家；母亲便连忙找出贴身的衣服给父亲换，边换边心疼地责备：“汗湿过的内衣，凉下来后有多冷？”父亲总是顺从地接过母亲递过来的衣服，然后再喝一碗母亲做好的“茶汤”，冬天早晨这样的场景一直在我们家呈现着。其实，母亲不仅仅对父亲如此，对我和三哥也是。每天晚上，因为惧怕被窝的冷，我和三哥煨在火炉旁总是不肯去睡，母亲便用火盆放在被窝里暖一会，等我们一次次过去试试暖了之后才肯上床；母亲则把我们脱下的棉袄、棉裤、棉鞋烘在炉子旁，第二天起床的时候，再用炉火烤一烤，这样的棉衣穿在身上暖暖的，即使外边的风雪再大，起床时的幸福感还是满满的。但这样的活计是有一定风险的，记得有一次，在为三哥暖被窝的时候，火盆倒在了床上，差点酿成了火灾……

雪后的日子是快乐的。山里的孩子多，打雪仗、堆雪人，在雪地里奔跑着、追逐着，嬉闹、捕麻雀、抽陀螺……简单的游戏就会玩上半天，一个个冻得红扑扑的小脸蛋像六月盛开的玫瑰花。嘴里不停呼出的热气，瞬间凝固成白霜挂在眉毛上，每双手都如同小红萝卜似的，许多孩子还长满了冻疮，但却总是意犹未尽，好似天底下再也没有比这更快乐的事情。在冬夜里踏雪也是很美的一件事。门前屋后厚厚的积雪如同毡一样，即使在上面打个滚儿，起身后衣服也是干干净净的，就连草棍也不沾一根，更别说泥土。踏在上面咯吱咯吱的声音会让人兴奋。这时的月夜，无风却会有大大的圆月，又温柔又亲近，好似一伸手，月亮就会俯下身子与之促膝交谈似的。积雪在月光下眨着亮闪闪的眼睛，大地在沉睡中，踩在积雪上发出的声音会传到很远。再看庭院，这样的月夜里，独自站在白雪覆盖着的庭院之中，满院一片白，一如铺上了一床洁白的地毯，那些梨树、苹果树、石榴树、葡萄树、李子树都穿上了新衣裳，格外的漂亮，树上挂着的一朵朵雪花又像是盛开的鲜花，恰似“忽如一夜春风来，千树万树梨花开”描写的意境。静静的月下，可以听到雪和大地的窃窃私语，可以听到雪和草木的轻轻对话。看着月下满树的“玉树琼枝”压满枝头，俯身攀折一枝，雪花簌簌飘落，树影也随之滚落，这瞬间的喧闹才让攀折的人醒悟了“此花非彼花”来，之后满院静寂，月和影在积雪的抚慰下一起入睡。想来，这应该就是袁枚“吹灯窗更明，月照一天雪”的意境吧。记得多年之后晚读石涛的小册，墨梨花一枝，似有雨润之感，最爱的是画侧题诗——“人说梨花白雪香，我爱梨花似月光。明月梨花浑似水，不知何处是他乡”。读之，似有梨花的香味自画中溢出，似有月光的清辉拂过心头；后来也醉心于汪曾祺“梨花的瓣子是月亮做的”这样的妙句，想来，他们一定也有过无数次的月下陶醉，或者有过冬夜月下的痴思吧？

冬天雪后小院屋檐上一排排的雪挂也是一种美景。

每到冬季，这样的雪挂总在下雪后整齐地挂满了所有的屋檐、树枝。它们如同列队的士兵一样，整齐有序地排列着。太阳出来了，暖洋洋地普照着它们，有的仍坚守着，有的就坚持不住了，啪啪地一段段掉落在地上，化为了冰水滋润着大地。儿时爱听着屋檐上冰柱化水滴落的声音，不停敲击着屋檐下倒扣着的水桶、摆放着的盆盆罐罐，发出或清脆或低沉的各种不同的声音，仿佛演奏着不同的乐章，别有一番滋味在心头。母亲总是说“下雪不冷，化雪冷”。化雪的时候，家家户户的屋顶上便升腾起一股股的热气，如同炊烟般袅袅婷婷飘向四方，冷，没记住多少，但化雪时的热闹喧哗却清清楚楚地记在心头。

最温情的，当属冬天的小院。

每年一入冬，父亲便会接来姥姥到我家过冬。姥姥有两个儿子、四个女儿，我的母亲在姊妹中行三。那时，棉花少，除了最小的孩子会每年做一件棉衣外，必定给姥姥专门准备一床又轻又厚又软的新被子；天寒地冻，姥姥必定有一个专用的手炉，手炉里的木炭也是选了又选的，确定使用时不会有丁点的烟雾。每天姥姥还不起床，手炉便燃好了，姥姥穿着母亲烘好的棉衣，再提着专用手炉，让周围的老年人不知有多羡慕。入冬之前，母亲就备下足够一冬用的小米面，放在专用的缸里。每天一起床，母亲便会给姥姥做好一碗茶汤，再在茶汤里加上一点红糖，这样的早点又暖胃，又好消化，姥姥总是坐在桌前一边吃着茶汤一边招呼我过去，把半碗茶汤喂给我喝。姥姥不会饮酒，但每天早晚，母亲都会炒上几个小菜，温上一壶白酒，让父亲陪着姥姥饮上几小盅。不胜酒力的姥姥便会红光满面，话也就多了起来。说着过去的种种，再说说周围邻家的日子，便对父亲一百个满意，一口一个“他三姐夫”地叫着，父亲更是“娘”啊“娘”啊的不离口。吃过晚饭，一家人便围坐在灯前，说着家长里短，姥姥毕竟年岁大了，往往不到九点便要上床睡觉，而我们家的夜生活才刚刚开始——在过去的山村，为了省油、省电，山村早早便进入梦乡，但我们家在晚上十二点之前不会睡觉，聊天的、跟着父亲学珠算的、练毛笔字的、画画的、听父亲读书的。最活跃的当属二哥了，他的口琴悠扬、清丽，百听不厌；他拉的二胡变化多端——草原奔马确如万马奔腾，《二泉映月》让小院都沉浸在忧伤之中，有时，他还会敞开高亢嘹亮的嗓音，震落一树的积雪，我和哥哥们也会加入其中，独唱、合唱、轮唱让山村静寂的夜充满了乐趣；大哥、二哥还会在灯影里教我们做手影游戏，一会是活泼的小白兔遇到了可恶的大灰狼；一会是大公鸡遇到了老鹰；一会是小鸡与小狗开心地玩耍……昏暗的灯光，光洁的墙壁，奥秘无穷的雪夜；母亲则大部分时间在纺车前，忙着纺线、做针线，不时抬眼看一看这快活的一家人，再心满意足地低下头忙活。有人说世上有很多种缘分，而我们家，却都是几生几世修在一起，总也呆不够的那种。于是，笑声便不时从小院里飘出。很多次，前院的婶子总是纳闷地跑来问母亲：“嫂子，你们家昨天什么事那么高兴，笑声都掀起了屋顶。能说说听听吗？”

最热闹的当属腊月里的小院了。

一迈进腊月的门槛，年的味道在寂寂的小院里一天比一天浓烈了起来。

父亲每隔五天便要到离家六七里地的集市上买来过年所需的物品，再把这些东西细心整理好，该洗的洗，该煮的煮，该晾的晾，然后再认真清点所缺物品，等下一个集市时一并买回；母亲也是一年最忙的时候：

老老少少一家人从头到脚的新衣需提前定做，自家的男人还有孩子总不能输给人家；要备好全家过完年直到正月十五之前的所有饭菜。于是，日子便总感到不够用。于是，只好每天天不亮便忙在厨房里：蒸上一笼一笼的馒头，做下一箩一箩的糕点，炸出一篮一篮的肉，制上一包包的豆腐……

这样的日子一直忙到腊月二十三,旧日的一年是再也不能忙下去了。于是，在这一天里，把厨房打扫干净，不能再动烟火，称为“辞灶”，也叫“小年”。这样的日子是需要庆祝的，因此，家家户户便“小范围”地张灯结彩，吃顿团圆饭。从第二天开始，全家人的衣物都需要彻底清洗干净，家里家外更要干净清爽。于是，母亲便整天把双手泡在洗衣盆里；抽了空，还要修修面，洗洗澡，做做头发；一家人的新衣还要取了来试，虽然很称心，但还是要等到春节后的第一天才穿，便只好先放在枕下。最等不及的就是我们了，一天问上几次，让感到还有好多事情没做完的母亲心里更感到时间紧迫。对联是不能不写的，红红的纸上，写的满是一年的祝福和对来年的祝愿：院门、屋楣、衣柜、粮缸、菜橱，透着喜气和热闹；自行车、摩托车或者是家里的农用三轮，不但有“好人平安”的祝福，更会系上一方如火的绸花；就连院子里的那棵大树，也缀上了家人的祝福……父亲每年都会买了红红绿绿的门联贴在门框的上端，风一吹飘啊飘的，年的味便都飘了出来；手巧的母亲还会剪出一窗窗的窗花或一墙墙的热闹。当家家户户张红贴绿的时候，年也便真的来了。远远近近的亲人围坐在一起，父亲作为一家之主坐在最上座，望着眼前与自己血脉相传的一桌人，看着丰盛的饭菜，听着窗外传来的鞭炮声，端了杯便忍不住来上一句“咱这一家呀……”，酒没喝，人却早已醉了。

吃过年夜饭，一家人便在电视机前一边守岁一边包饺子。饺子大多是荤素两色的。因为，来年的第一天，是要吃素的，这样可以预示一年清清爽爽，不会有什么烦心的事找到自己的头上；有的人家还会在饺子里放上几枚洗净的硬币，在新年的第一天，吃出硬币的人便会有一个美好的来年。记得有一年，我不足十二岁，春节前母亲给我做了崭新的棉袄，那个年龄的我竟然知道爱美，穿在身上又厚又肥，当着母亲的面是满心欢喜，但吃过年夜饭后，我回到自己的闺房，连夜动手拆了新棉衣，取出里面的棉花，重新做出了一件又薄又贴身的棉衣，外面穿上新罩衣，第二天拜年的时候母亲竟然没看出来，直至换季母亲重新给我拆洗时才发现，为这件事，母亲不知说了多少年，她怎么都不相信，一个不足十二岁的孩子竟然连夜自己做出一件棉衣来。

从春节的第二天起，小院便彻底地忙起来了。各式各样的亲戚，都带上礼品走亲串门了。每当这时，各家各户都会在心里仔细算计着来往的亲属和需要“打点的”人情。有时，也会有意外的时候，平时并不亲近的人家，这时却会带了两瓶酒，几斤点心，走山过水远远地来了，于是，这意想不到的惊喜会让主人从心里对他多了份亲近和感激，便会倾其所有地拿出节前准备好的饭菜，温上一壶老酒，慢慢喝了；过不了一天，主人也会带上一定的礼品再去回访，于是，并不亲近的两家从此便会亲近了起来。往往是前一伙亲戚还坐着吃酒，另一拨亲戚又至，于是，寂寂的山路，热闹了起来，安静的小院热闹了起来。在来来往往、吃吃喝喝中，一个个山村热闹了起来，一家家农户亲切了起来。这样一直过了正月十五才算把年过完，小院便又恢复了往日的安静。

冬天的小院是喜悦的。

大哥就是冬天出生的。初为人父人母，小院里不知藏下了多少幸福与欢乐，而母亲的青春岁月就那么清晰地留存在了这一方小院里。

小院也记下了曾经的悲伤和无奈。

记得那年腊月二十九的晚上，不足六十岁的奶奶因脑出血去世了。那是个大雪飘飞的日子，陪床多日的父亲母亲一直守在奶奶的床边，家里只有我们几个孩子。大哥、二哥领着我和三哥收拾着过年的一切：炸丸子、做豆腐、摊煎饼，当打好了糨糊正要把二哥写好的春联贴在门上的时候，邻居大哥跑来说奶奶走了，那一刻，我们站在飘雪的小院里失声痛哭。之后，亲眼看着父亲和叔叔们为奶奶送终，厚厚的积雪走几步都很困难，但父亲、母亲们三步一叩、五步一跪，长长的路上留下了多少痛苦的泪水。之后的日子里，爷爷终日面对长眠在上坡上的奶奶日夜追念，不足十年后的同一日，爷爷竟也溘然长逝。记得爷爷去世的前一天晚上下了一夜的雪，第二天整个大地银装素裹，当父亲拿着各式年货推开爷爷门的时候，才发现身强力壮的爷爷已去世。爷爷在村里德高望重，他的突然而逝让全村人都伤痛不已。尤其在送别爷爷的路上，大雪压枝、田野素服，路上的每一枚小草都顶着厚厚的积雪，那个春节，全家人都沉浸在深深的痛苦之中，一直到很久很久都没有听到一丝丝笑声……

五

二十世纪八十年代中期，父母也离开了生活了二十多年的小院，跟随两位哥哥到县城定居，后来生病后的他们又来到临沂，但最后的时刻两位老人都是在小院里完成了最终的仪式。

如今，父亲母亲都已去世多年，每当想起他们的时候，吱呀一声，承载着喜怒哀乐的小院便会立即打开岁月的门扉，旧旧的岁月与所有的爱便会一路奔涌而至，让我温暖如初。

故乡的柿子树

小区门口有一棵粗大的柿子树，黝黑的树皮裂成了不均匀的碎片，像极了古瓷上的开片，而漫长历史的风霜雨雪，在那黝黑的树皮里斑驳可见，众多枝丫慵懒地伸向四周形成了巨大的树冠，在小区林立的各式树木里，即使树叶落尽的冬季也展现出与众不同、优美婆娑的姿态。当我第一次见到它时，心里竟生出他乡遇故知的亲切来，那蛰伏在内心的乡愁，竟一下涌满了心头。

故乡蒙山深处纵横相连的山坳中，生长着许多柿子树。每到深秋，红红的柿子便挂满枝头，一树一树，像极了山村红袄红裤的新媳妇，更像春节时家家户户高悬着的喜庆的灯笼，尤其霜降过后万木凋零，一树一树的"红灯笼"遗世独立般站在山坡上，装点着光秃秃的四野，点燃了沂蒙的秋色，远远望去，星星点点，如诗如画，令人心动。

在国画中，画家喜欢把柿子与喜鹊画在一起，取名"喜事连连"，"柿（事）柿（事）如意""柿（事）柿（事）顺利"更是沂蒙山人种柿树的美好希冀。走进沂蒙人家，房前屋后都会挺立着几棵柿树。在故乡的老院里就有一棵枝繁叶茂的柿树。这棵树紧挨着院墙，树的枝干高过屋顶，树冠很大，苍虬多筋的树干纵横交错伸向四面八方。父亲说，当时选此处建房，并不是看中地基，而是看中了这棵高大茂密的柿树，而这棵有上百年树龄的柿树是镇村之宝。我每次放学回家，远远看见柿树，仿佛就进了家门，就看到了双亲。尤其到了深秋，满树红彤彤的柿子几里外都能看得见，成为我们村里的一个标志，村人对外介绍自己的时候，很少有说村名的，都是说我们是大柿子树村的，这样介绍的人省心，听的人也明白，慢慢地，竟成了约定俗成的事，真正的村名反倒被慢慢淡忘了，而大柿子树村却名声在外。

我家的柿子树下是小村闲聚的场所。农闲时节，山村人有大把大把的时间，特别是婶子大娘们，早饭后，男人们上工走了，孩子们上学去了，鸡鸭猪狗也都喂过了，便拿着纳了一半的鞋底、鞋垫或者男人破了洞的一件衣服，孩子露着脚趾头的一只鞋子，三个五个来到柿子树下。每天，父亲早早起床洒扫庭除，柿子树下自然干净整洁，母亲早早地冲一壶老干烘，拿几个茶碗闲闲地放在石阶上，婶子大娘们做着带来的针线，把存了一夜的满肚子话不加修饰、毫无顾忌地抛出来，其他的婶子大娘们分析着、附和着，说着说着也有争执的，边上的人马上起来劝解，刚刚面红耳赤的两个人便又和好如初；渴了便自己倒，喝没了，便用水壶续满，东长西短、鸡毛蒜皮的事能说上半天，午饭时若不想回家，便几个人动手，下米的下米，炒菜的炒菜，简单的饭菜端到柿子树底下，吃着也香甜，直到日头偏西了才想起回家。

这里不仅是白天婶子大娘们做针线的场地，也是孩子们玩耍的乐园。放学后，书包都来不及放回家，男孩子们便开始扔手球、抗拐、滚铁环、弹弹珠、打陀螺，女孩子抓石子、踢毽子、丢沙包……五六月份，当柿子树开花的时候，孩子们就更忙了，稍大些的男孩子噌噌地爬上树，摘上一兜兜的柿子花，再哧溜一下滑下来，女孩们用母亲们的针线，串成手链，编成项圈、头花，或戴在手腕上，插在发间，或者挂在颈间，有时，还会长短不一地同时挂上四五串，美美地跑来跑去。那份淡淡的香味会一直香到心里，香到梦里。

柿子树下的夏夜更成了全村人聚在一起纳凉的场所。推开饭碗，来不及洗刷，大人孩子便会自动赶到树下。大人们拿个马扎四散坐着，没拿马扎的便坐在余热尚存的石块上；孩子们拉了家里的草席，拥拥挤挤地跑到草席上玩起了游戏。几个半大小子早就噌噌地上了柿树，枝繁叶茂的树杈上会同时坐上四五个顽皮的孩子。即使奶奶、妈妈叫个不停，玩疯的他们也仍然坐在树上或蹲在树上嬉戏玩乐，全然不理。树下小一些的孩子，玩着玩着不知何时躺在席上睡着了。父亲们仍然在聊着天，而母亲们则摇着蒲扇驱赶着蚊子……若是赶巧来个说书唱戏的，柿子树下更是热闹非凡，咿咿呀呀的二胡，伴着男人们的喝彩、女人们的叹息、孩子们的手舞足蹈，让沂蒙的夏夜拉得又长又远……

“七月的核桃八月的梨，九月的柿子乱赶集。”每年的农历九月，正是柿子成熟采摘的季节。而这时，农忙也是真的来了，家家户户秋收秋种，一天紧似一天，而柿子也跟农忙赛跑似的，一阵一阵的秋风，让满树的柿子从浅红到深红，寒霜过后，那些柿子们是真的按捺不住地红了，红红的柿子如同火红的灯笼，红艳艳地挂满了枝头，更点燃了山村人生活的热情和渴望。这个时节，摘柿子便成了孩子们大显身手的活儿，于是，常年在树上树下房顶屋下运动的哥哥们便一起爬到树上，手脚并用灵活地游弋在伸向四面八方稠密的树枝上。每人身边树枝上用绳索吊着一只竹笼，小心翼翼地摘下柿子后，再轻轻地放入笼里。待竹笼装满，再用绳索放下，母亲和我便在地面上收好。用不了半天，树上的柿子便会所剩无几。别担心树枝太远，树梢太高，哥哥们都会有办法——“拿”下：树枝伸出太远的，就站着凳子搭上梯子一个个地摘下；太高的，则用一头削成蛇口状的长长的竹竿夹着嫩枝连同柿子一同拿下。但每棵树上都会留下十几只柿子。母亲说：一是喜庆，远远地从外边回家就会看到，就像是一盏盏的小灯笼，在深秋天地间多好看啊；二是留几个给喜鹊吃。喜鹊在咱家吃了甜甜的柿子，明年会来咱家报喜的。

采摘下来的柿子各有用处：不小心被摔碎的，就切成一小瓣一小瓣放在阳光下晾晒，秋天的太阳吸水，用不了一周，这些瓣状的柿子便晒成了干，嚼一口甘甜甘甜的，母亲便把晒好的柿干一一收好，作为冬天可口的点心，整整一冬都吃不完；又大又红、长相好、带几片叶子的柿子，母亲会选出几串用麻绳串了挂在床头，每一眼看过去，都是一种丰收后的喜悦，而这样的柿子过了春节之后会变得又软又甜，小心地剥去皮，轻轻一吸，软软的柿子汁便会吸进口中，是另一种的甜美；母亲选出完好坚硬的柿子，洗净后放在一口硕大的锅里，锅里的水一定要保持在恒定的温度上，漤上整整二十四个小时，去涩后的柿子甜似桃，脆如瓜。母亲总是把漤好的柿子选出最好的送给左邻右舍，让大家一起分享，在没有什么水果的年代，这种柿子是我吃过最好的瓜果——曾吃过与苹果混放后的柿子，口感和效果却不能与母亲漤过的相提并论；近几年，也曾吃过最洋气的柿子沙拉，把脆柿子切成块，加点葡萄干、倒上一些黑醋，虽然爽口，却不是小时候吃过的味道。

虽然柿子好吃，但也有许多禁忌，“一次性不能吃太多”“空腹绝对不能吃”“气喘吁吁、灌一肚子凉风不能吃”等等，每次见我们吃得欢，长辈们都会再三嘱咐，而且还指名道姓地说谁谁就因为空腹一下吃了太多柿子才去世的，吓得我们又想吃又害怕，总是吃上两三个就住嘴，忍几个小时后，再去吃一顿，那股特有的清香味直到今天记忆犹新。

母亲是出了名的心灵手巧，到了二十世纪八十年代中期，母亲做的柿子酱曾让人赞不绝口：把切好的柿子块加上白糖，放在大锅里慢火熬煮，等凉透后放在玻璃瓶里，大雪的时候拿出来，每一口都是出人意料的清甜。母亲把这些果酱分送给亲朋好友，远在淄博的华婶子有一天专门打电话给母亲：“嫂子，柿子酱不但好吃，更让我想起了柿子树，想起了咱们在柿子树下的日月啊。”早年，华叔在淄博上班，一年回来不到两次，大部分时间都是华婶子一个人带着三个孩子，孩子小、农活多，华婶的日子要多艰难有多艰难。前后住着，母亲成了华婶子家最好的帮手：农忙的时候，母亲都是带着哥哥们先帮华婶家干完再干我们家的，回到家又累又饿，手脚麻利的母亲再做好饭，自家留一点，然后连锅一起端给华婶家。后来，二十世纪七十年代末农专非时，华婶子连同孩子都跟着华叔去了淄博，但两家的情谊却随着岁月的流逝而更加浓厚，母亲在世时，婶子与母亲三天两头电话不断，她们聊不完的是旧日的记忆，更是她们青春岁月里的美好。

柿子丰收的季节，与沂蒙乡亲一样，我家大部分的柿子也是要被制成“柿饼”的。制作柿饼是一件费时费力的手工活：先把柿子一个个去皮，将果肉放在太阳底下连续晾晒，在晒的过程中，要每天用手按摩柿子果肉，这是需要掌握力度的，力气太大会捏坏果肉，而太小又起不到抑制果肉僵硬的效果，直到五六十天后，干而软、香而甜的柿饼做好了，最诱人的，是柿子饼表皮上的那层浅浅的白色糖霜，被叫作“柿霜”。它是柿饼在晾晒过程中从柿子内部析出的糖分晶体，不但好看，吃的时候，甜中带着韧性，实在是一种美味。而柿子更是山里人家春节、正月十五敬天的必备物品，最重要的，是我冬天不错的点心，会吃到很久。

柿子树带给我的记忆远不止这些，记得在一个无风有雪的夜里，我独自站在院中，柿子树下一片银白，一轮圆月挂在柿子树上，天上繁星点点，山村寂然无声，对面山上亮着稀疏的灯光，远处山脉连绵……那一刻，我竟无端地流下泪来，母亲寻我回屋时，我竟委屈地倒在母亲怀里泣不成声。那一夜，母亲守着我，温暖的手掌一直抚过我的全身，而天上那一轮皎洁的满月就那么明晃晃地挂在我的梦里。隔了四十年的光阴，我仍然清晰记得当时浓浓的忧伤和浓重的痛苦，但至今我也没想清楚，那些忧伤和痛苦的起因。

坐对当窗木，看移三面阴。在许多个阳光明媚的冬日午后，我静坐在窗口，看街对面的梧桐、香樟和樱花，看那些被暖处理了的桂花……看着看着，故乡的那棵柿子树便会携着故乡的泥土扑面而来。人烟稀少、日渐孤寂的山村，远离着城市的喧闹与嘈杂，柿子树成为最后的坚守者，凝结起时光的流年，深藏起万千的繁华与美好，静静地守望着天地人间，守望着乡村的那份质朴与醇厚，成为我怎么也无法释怀的乡愁与眷恋。

岁月深处的声音

年少时的记忆是深刻的，甚至是挥之不去的，尤其是那些伴随了我年少岁月里的声音，竟成了我乡愁的一部分，无论岁月怎么改变，想起故乡，想起旧日时光，那些影响了我许多年的声音一直都在，清晰如昨。

被一种声音震撼是在二十世纪八十年代初。

那时，我因一场大病正休学在家。二十世纪八十年代初的沂蒙山村是闭塞的，文化娱乐活动一片空白，黑白电视、半导体收音机就是打开世界的唯一途径。身体的病痛、对知识的渴望、对生存现状的不甘，让我敏感、孤独而忧伤，总有一个更远的远方依稀在梦里。为了让我开心，也为了排解我的孤独忧伤，在县城工作的大哥，很奢侈地专门为我买了一个小型的收音机。收音机里真可谓丰富多彩，林林总总，大千世界无所不有，百无聊赖的我，便整天守着收音机听所有能听到的节目，在那些清寂落寞的日子里，它成了我最好的陪伴。在所有的节目中，夜里十点之后的配音电影栏目很是让我痴迷：《冷酷的心》《王子复仇记》《悲惨世界》《叶塞妮娅》《佐罗》……每夜，躺在床上收听“电影录音剪辑”节目成了我最重要也是最快乐的事。沂蒙的山是沉寂的，沂蒙的夜是漫长的，而那些经典的电影片断，通过配音，为我打开了一扇扇神奇西方文化的大门，我尽情展开想象的翅膀，想象着大山之外的世界，世界之外的世界。

在反复的收听中，许多片段、章节、台词都烂熟于胸。隔了几十年的光阴，《追捕》中最经典的对话仍然在耳边回响："杜丘，你看多么蓝的天啊，走过去，你就会融化在蓝天里，一直走，不要朝两边看，明白吗？""朝仓不是跳下去了？唐塔也跳下去了，所以请你也跳下去，你倒是跳啊，你害怕了，你的腿怎么发抖了？"那时，几句简单的对白，却重重地敲击着沂蒙山沉沉的夜，更敲击着我年少的心。我穷尽想象揣摩着说者的心思和听者的心情；《尼罗河上的惨案》中一个又一个扣人心弦的故事，故事中一个又一个高潮迭起的悬念，悬念中一句又一句精准的推理，推理之后一个又一个出人意料的真相……让我的心如同尼罗河水，涨起落下，落下又涨起，溅起的浪花深藏于我生命的皱褶里，经年后依然清晰如初。

记得又是一个黎明初现的时刻,听了一夜"电影"的我仍然睡意全无。"如果上帝赋予我财富和容貌的话，我也要让你难以离开我，就像我现在难以离开你一样。可是上帝没有这样。但我们的灵魂是平等的……"晨曦中，伴随着精准传神的配音，一个成熟忧郁、性格坚定的名叫简·爱的十九世纪西方女子立时站在我的眼前，声音里传递出的那份倔强、无奈中包含着的不屈和果敢一下抓住了我的心，我痴迷于简·爱那个要求平等的灵魂，更痴迷于配音演员极富魅力的声音。

二十世纪八十年代独特的电影配音文化中，那些独立于电影本身而存在的声音，形成一个纯粹而独特的声音符号，它与不同类型和个性的角色完全融合，成为那些人物形象的特殊代码直击人心。不同的人借助于这些声音代码，便在心里演绎出完全不同的画面，体会出完全不同的氛围，完成着仅属于自己的独一无二的故事再现，正如"一千个读者就有一千个哈姆雷特”一样。但无论有怎样的理解，那些配音电影，深深影响和打动了一代甚至两代人的心，为二十世纪八十年代贫瘠的文化、思想和想象注入了深深的内涵。现在想来，我最初对外国文学的启蒙全部来源于此。后来病愈回校后，同桌恰是书店经理的女儿，于是，我借来全部“听”过的外国名著，反复阅读，并在阅读的过程中，用心回想听时的感受和配音演员台词背后的深意，那种对原著特有的理解和深深的印象是之后在阅读的记忆中无可超越和替代的。

配音朗诵也是我痴迷的节目，通过朗诵者充满感染力的表达在轻松愉悦的氛围里感受美文的力量，享受文字带来的魅力是我经年不变的爱好。

印象最深的是在一个冬夜里。

二十世纪八十年代沂蒙山的雪是豪放果敢的，大雪如盖、大雪封山、大雪盈尺是常有的事，时常是一觉醒来，万山裹素，千树缀枝，而毛泽东传神的诗句“千里冰封，万里雪飘”“山舞银蛇，原驰蜡象”是北方冬季最好的写照，那时的雪，全没有今天欲下却抑、千呼万唤不出来、如小女子般羞怯做作状。记得那夜伴着窗外扑哧扑哧的落雪声，我如痴如醉地收听着铁凝的《哦，香雪》。

“如果不是有人发明了火车，如果不是有人把铁轨铺进深山，你怎么也不会发现台儿沟这个小村。它和它的十几户乡亲，一心一意掩藏在大山那深深的皱褶里，从春到夏，从秋到冬，默默地接受着大山任意给予的温存和粗暴。” 温婉的女声配着淡淡的音乐，一下子让我睡意全无——不仅仅是那好听的朗诵，更是朗诵者所展示的主人公的生活背景与我极其相似。那时，我去过最远的地方是不足六十公里的县城哥哥家，求学的地方也仅离家十五公里，还是全镇最好的学校。而故事中，那个平时说话不多，胆子又小的山村少女香雪，不也正是我当时的样子吗？那个象征希望美好的泡沫塑料铅笔盒，即使冒着被父母责怪也要用积攒的四十个鸡蛋去换取，甚至胆战心惊地摸黑走了十五公里的山路……为此而拥有着的心理挣扎、为此所付出的种种努力，深深地震撼着我。

每个女孩子心里都藏着一个梦，这个梦，当遇到一缕春风或者几滴细雨或者一丝丝阳光，它就会破土而出，生长、开花、结果。而就在那个落雪的冬夜，我深深地被香雪对新生活强烈、真挚的向往和追求所打动，而朗诵者婉丽的语调给整个故事涂上的柔美色彩，也让我心醉神迷。在她的朗诵中，在台儿沟停留一分钟的火车不仅仅打破了香雪居住山村的寂静，也打破了我内心的宁静，更诱发了我对美好生活的渴望；在她的朗诵中，鲜活灵动的文字叙述所展示出的笔调清新婉丽、淡雅别致的写作风格，回味悠长的意境以及诗情画意的艺术表达之美，让我在众多的梦中，又重新深植了一棵文学之梦的种子。

仍然是二十世纪七八十年代，收听评书连播成了山村男女老少乐此不疲的事情，无论是秋忙春种夏锄，一到播出时间，广播里、收音机里、家家户户甚至田间地头的收音机里都会同时准时响起同一个演说片段，而我也毫不例外地成为痴迷者之一。

那时候，比较著名的评书演员有刘兰芳、单田芳、袁阔成、田连元等人。袁阔成的《野火春风斗古城》让我很是痴迷了一段时间，中午听初播，晚上听重播，每天如饥似渴，专心致志。每当在紧要关头，袁阔成一拍醒木“欲知后事如何，且听下回分解”后，我便在心里日夜不息地续写下文，这样那样的下文打了很多的腹稿，第二天再迫不及待地核对，看看自己编的和袁阔成继续讲的有没有出入，整个故事听下来，我竟在心里编了万千章节、万千故事，想来，我后来热爱文学创作，与那时“且听下回分解”是分不开的。后来又听过他讲的《三国演义》，他在一板一眼，字正腔圆的北京话里饱含着音乐美和韵律美，更饱含着丰富的天文、历史、哲学等知识，后来读了《三国》之后才更深地感受到，这世界上竟然有两部《三国》，一部是罗贯中先生的，还有一部是袁阔成先生的，“古有柳敬亭，今有袁阔成”“袁阔成之后再无醒木”应该算是对袁阔成评书最高的评价了。

而最让我百听不厌的是刘兰芳的评书。她说的《岳飞传》《杨家将》简直是入脑入心入魂入魄。不是作品写得有多好，而是她出神入化的演说好：极快的语速一气呵成，如电闪雷鸣，如飞电过隙，给人一种淋漓尽致无法言说的好。尤其她清脆圆润、魅力贯通的嗓音，高亢中透着嘹亮，嘹亮中透着干练，干练中透着豪迈，豪迈里透着温婉，温婉中透着铿锵起伏的声韵美感，真可谓飞流直下三千尺，又如大珠小珠落玉盘，使听者如久旱甘霖，如春风化雨……这位家喻户晓特色鲜明的评书表演艺术家，说醉了万千人民，更说醉了我这个热爱声音的人。

旧日的岁月远了，但远去的日子里的声音还在；远去的日子老了，但老去了的日子里的经典还在，年少岁月里的那份情怀还在，感动还在。

阅读小记

最初的阅读是从童年开始的，这个爱好竟成了伴随我终生的事情。

父亲是我阅读的第一任老师。

父亲总是用《颜氏家训·勉学》的名言来教育我们："积聚万贯家财，抵不上读书有益。"二十世纪七十年代的沂蒙山是闭塞的、贫穷的，村民们日出而作、日息而眠，即使是晚饭后的谈天说地也都是短暂的，于是，沂蒙的夜晚来得也早，家家户户早早吃过晚饭、喂完牲畜关上院门，母亲们喊在村里野着的半大孩子的声音落入暮色后，整个山村便只剩下了呼啸的山风和裹在山风里偶尔的犬吠，这个时候，山村便早早地进入了梦境。而我家却与别家不同。晚饭后昏黄的灯光里，父亲便开始为母亲每天固定"夜读"。夜色里父亲的声音是温柔的，甚至是迷人的，与平时的父亲有着很大的不同——在时兴有线广播的年代里，上级所有的通知、活动都是通过大队的大喇叭由父亲传递到十里八乡。大喇叭里父亲的声音是威严的、端庄的、令人敬仰的。尤其是在寒冷的冬夜里，简陋的柴门外是呼啸着的北风，凛冽的北风里卷裹着的，是小山村特有的宁静。

那些寒冷的夜，因父亲特有的读书声而充满了静美和神奇，更充满了无限的幻想。小小的我，偷偷从父亲的书橱里偷出的第一本书是《镜花缘》，那些枯黄色的纸张、竖排的繁体字，让不满七岁的我充满了好奇，多少个日子，一个人捧了厚厚的书，凭借着父亲反复朗读过的章节，硬是反反复复地“读”了下来；后来，陆续地“读”过《三侠五义》《聊斋》《红旗渠》……在“阅读”的过程中，那些童年的日子，如一朵朵芬芳的花蕾，开满我山清水秀的童年岁月。

小人书是我的第二任老师。

儿时贫瘠的山村，读书人少，书更是稀罕之物。每逢赶“年会”的时候，父亲必定会给我一元钱，不到十岁的我，便在父亲、哥哥的带领下，到人山人海的年会上圆自己的梦。

二十世纪七十年代，货币还是以分为计量单位，馒头两分半一个、冰棍两分一根，一元钱能实现的梦想实在很多：女孩头上的发卡、花花绿绿的头绳、年夜饭后可以燃放的“滴滴筋”，而我，却会缠着哥哥领我到小地摊上去买小人书。小人书的种类很多，《杜十娘》《杜鹃鸟和杜鹃花》《蔡文姬》《女娲补天》《红娘子》《白蛇传》《白兔记》《都江堰》《龙江颂》《智取威虎山》《沙家浜》《海港》《白毛女》《红色娘子军》《红灯记》《奇袭白虎团》……这些小人书题材不同：有民间传说，有古代传奇，也有现代戏曲改编的故事，相同的是全是黑白素描，每年的一元钱，都让我悉数买成这种几分钱一本的小人书，它们都是我爱不释手的至爱宝贝——多少次，汗流浃背地赶往十五里外的“年会”小路上，一路想的，不是热气腾腾的羊肉汤，不是花花绿绿的各色衣服，不是五颜六色的稀罕物件，而是小人书。当蹲在小书摊前，每一本都令我爱不释手，总是一边急切地翻看，一边心怦怦乱跳地计算着一元钱能带走的册数，之后，把确定好需要带走的放在一边，一头扎到小人书堆里，恨不能用短短的时间全部看完那些不可能带走的，热闹的“年会”里，小小的我全然不记得周围的热闹，只沉浸在小人书的故事情节里，直到太阳偏西，实在该踏上返程的路时，我才恋恋不舍地放下手中的小人书，小心地抱着用一元钱买来属于自己的那几本“宝贝”，一步三回头地随了家人返回家中。多少年过去了，在通往“年会”小路上的炎炎烈日下，一遍又一遍想象小人书时的急迫，接过小人书瞬间流淌在心里着的满满快乐，和我幼小单纯的心里对每本书相遇的那份期待，一直那么清晰地烙印在心里。那些买书时的心情，回到家里对书的百般珍爱仍然历历在目——直至封皮坏了，内瓤缺了都舍不得扔，一本一本地细心收在纸箱里，等到春节的时候，再一本一本地拿出来。那些翻动书页的心动，那些书页中飘荡着的书香，是我整个童年最幸福的事。

报纸是我阅读的第三任老师。

由于父亲在大队工作，每天回家必定带回一些报纸，这些报纸或铺在桌上，或贴在床边，或糊在房子顶棚，或被母亲剪做鞋样……总之，家里随处可见的都是这些“宝贝”。行走的路上、吃饭的桌上，甚至是躺在床上睡觉的时候，都是我“阅读”的好时光，社论、通讯、地方版、国际版、副刊，甚至是广告也不放过，但最喜欢的还是“副刊”……山里的孩子都是勤劳的，从很小的时候起，我就是母亲的小帮手，但由于贪看报纸也出了很多笑话甚至差点造成“险情”：下雨的时候忘了收衣、炒菜的时候忘了放盐、深夜里不睡……最危险的一次是帮母亲烧火煮地瓜时，我坐在灶台前一边看报一边添柴，锅里的水什么时候烧干的也没注意，当母亲跑来的时候我才发现，整个屋子都是一股烧焦的味道，厚厚的铁锅差点烧穿，用母亲的话说，我是名副其实的手不离报、报不离手的“书虫子”。等反反复复看过之后，我总是把报纸的副刊剪下来粘贴在一本旧书里，不时拿出来翻看，有的文章甚至都能烂熟于胸。

舅舅是我阅读的第四任老师。

除了父亲小时候的“启蒙”，除了家里得天独厚的“报纸”，中学时，在镇中学教语文的舅舅对我影响也很大。离家十五公里，每周回家一次，其余的时间都在学校居住。那时，舅舅有一间单身宿舍，狭小而简单。却是令人向往的地方——林林总总的那些书，每一本都是我的至爱。在众多的书中，对我影响最深的是一本《诗词新解》。幼时从父亲那里，我读到的都是繁体甚至是竖排的古典作品，而《诗词新解》却给了我全新的感受和震撼——诗词可以如此运用、如此理解？为此，我如获至宝，背诵着所有的诗句，并在作文中画龙点睛地运用着，也由此，我的作文水平节节攀升，以至于我的作文成了每次作文课的范文被老师点评和朗读。

我阅读的第五任老师是中学的同桌。

我的同桌是镇上唯一一家书店的经理的女儿，由此，便开启了我阅读的新篇章：每天早上，走读的她从家里带一本崭新的文学书籍来交换昨天带来的那一本。阅读于我都是神圣的、庄严的，对书籍的珍爱也是无法言说的：每次，我总会认真地把书包上书衣，洗好手后才读，唯恐弄脏了纸张。为了能在第二天换来新书，我总是利用一切时间去读：为了少上厕所，我省掉了喝水；为了节约时间，我省略了所有户外活动；为了不影响同寝室的同学休息，长长的夜里，我打着手电在被窝里读到天亮……整整三年的时间，我毫无选择地读完了那时那个书店所有能找到的中外名著。那时，我最喜欢的课是语文课，因为我包揽了每一节作文课的优秀作文范文。二十世纪八十年代初期，也正是朦胧诗正盛的时代，于是，我写月写花写青春的烦恼，也写少女的心事；写山村的秀美，也写亲情的淳厚；写少时“为赋新词强说愁”的矫情，也写对生命的迷茫……那些阅读和书写着的青春岁月，就那么青枝绿叶般存放在生命的深处，每一次回想都充满了诗意和美好。

1987 年一个大雪封山的日子，那天，我第一次遇到了影响我久远的两本杂志：《名作欣赏》《作品与争鸣》，自此以后，它们便一直伴随着我，也一直影响着我，在这里面，我读到了许多令我耳目一新的作品；也是在这里，我遇到了张晓风、张曼娟、三毛……她们灵动优美的文笔和笔下的意境深深地影响着我；再后来，我又在这里读到了池莉、阿袁……曾经有段时间，我想尽办法找来阿袁所有的作品：她幽默和华丽的古典笔锋让人爱不释手。在阿袁的小说里，我读出了钱锺书学者般的幽默和犀利，品出了张爱玲的苍凉和华丽，也看到了王安忆的深邃和细腻。《汤梨的革命》《长门赋》《虞美人》《锦绣》《俞丽的江山》《郑袖的梨园》，每一篇都是佳作天成……

《三国志》的作者陈寿说过："一日无书，百事荒芜。"西汉文学家刘向也说过："书犹药也，善读之可以医愚。"

阅读，成了我生活中很重要的一部分。直到现在，我仍然保留着纸质阅读的习惯，对阅读也并不十分挑剔，只要不是特别艰涩枯燥，我都会读得津津有味，沉迷其中。每年的最后一天，必定是书本伴我守岁，而新岁的清晨，必定会用一段阅读开启崭新的一年。在我，这似乎成了一种仪式，恰如江南四大才子之一的文徵明所说的"人家除夕正忙时，我自挑灯拣旧诗"；即使外出，行囊里必定会背上一本心仪的书；每到新的地方，急急地去寻找的一定是当地的书店，回程时，必定捎几份当地报纸；在我家里，随处可见的，除了书还是书。每次搬家，母亲总是叹着气说："俺这闺女，除了书外，什么东西都没'过'下"。每次，我总是笑着说："您闺女可是精神上的富翁啊，别人搬家搬的是万贯家财，而您闺女搬的是'学问'啊。"然后，又给母亲讲起了《世说新语》中的一则趣事："郝隆七月七日，日中仰卧。人问其故，答曰：'我晒书。'"原来，每年的七月七日这一天，当地有晒衣的风俗，各种皮裘锦被琳琅满目置于阳光之下。家贫的郝隆生性狂傲，自诩才高八斗，学富五车，当别人暴晒衣物时，他却用"晒书"的方式来夸耀自己腹中的才学——你们晒衣裳，我就晒肚皮。晒肚皮者，即是晒书也。后人用"祖腹晒书”的典故来形容富有学问。也便有了《漳州四时竹枝词》：“晒衣六月蠹能除，酷热金乌燎太虚。此日天门开好晒，郝隆惟晒腹中书。”于是，每当天气晴好的时候，我总会笑嘻嘻地嚷着“咱们到院子里晒晒书吧？”这样的时候，母亲便会笑着说：“你晒的是书，我晒的是肋骨……”母亲已逝，但这些有趣的话却犹在耳，那些温馨而美好的情景，也历历在目。

其实，对于阅读，母亲有自己特有的感受，在沂蒙大山深处，父亲每晚为母亲读书，即便是今天，也是多么浪漫而美丽的事情啊：家人闲坐，灯火可亲。而父亲，只为一个女人而读，这一读，就读了几十年。父亲去世后，母亲珍藏着父亲的所有，最多的，也是父亲留下的泛黄了的书籍。很多时候，母亲会不时拿出来用手抚摸着，我知道，那里面，有父亲和母亲最真最深最纯最好的爱情啊。

故乡寻秋

年少时只知道一味急吼吼地往前赶，总是一副时不我待的样子，似乎远方和远方的远方一直在向我们招手，容不得有片刻的停顿和驻足，于是，便真切地忽略着四时天地：时序只管更替时序，与我何干？我只需马不停蹄地赶向未来，只给自己的内心留下一串串疾驰而去的哒哒的马蹄声，就足够了。

人到中年，慢慢地宠辱不惊了起来，诗意和远方的梦仍存留在心，但却没有年少时的迫切，把遥望的目光收回来，再收回来，更多的关注内心、关注自然，竟然发现了季节之美，立春、雨水、惊蛰、春分、清明、谷雨……每一个节气都美得惊艳，美得惊心动魄。就看秋天吧，从立秋、处暑、白露到秋分、寒露、霜降，都是极美的。那清晨田野中白色的露珠，黄昏园林里清黄的落叶，一日一日一时一时地在诉说着秋天不可言说的美好。我不知道有多少形容词在描绘着秋的美丽：金色的，美丽的，凉爽的；寥廓的，忧郁的，成熟的；一丛金黄、一丛火红；秋意深浓、秋兰飘香；丹枫迎秋、枫林如火……秋天，是用来听的，用来看的，更是用来品的，因为，秋天是有声、有色、有味的。

秋天是有声音的。

走在故乡的月夜里，秋声便在李白《子夜吴歌·秋歌》中“长安一片月，万户捣衣声”里；走在故乡的夕阳里，秋声，便在杜甫《月夜忆舍弟》“戍鼓断人行，边秋一雁声”里；走在梧叶翻飞的街道上，秋声便在叶绍翁《夜书所见》“萧萧梧叶送寒声，江上秋风动客情”里；站在故乡的池塘边，秋声便在李商隐《宿骆氏亭寄怀崔雍崔衮》“秋阴不散霜飞晚，留得枯荷听雨声”里；站在深秋的河边，秋声便在李商隐《暮秋独游曲江》“深知身在情长在，怅望江头江水声”里，但无论怎样的寻找，秋声，更多是在宋朝词人蒋捷《声声慢》的“秋声”里：

> 黄花深巷，红叶低窗，凄凉一片秋声。豆雨声来，中间夹带风声。疏疏二十五点，丽谯门、不锁更声。
>
> 故人远，问谁摇玉佩，檐底铃声？彩角声吹月堕，渐连营马动，四起笳声。闪烁邻灯，灯前尚有砧声。知他诉愁到晓，碎哝哝、多少蛩声！诉未了，把一半、分与雁声。

这样的诗句，是适合在秋夜里细细诵读的。瞧，短短的一首词里，却用了整整十个“声”——风声、雨声、更声、铃声、笳声、砧声、蛩声、雁声等来形容秋天的到来，真是令人感受到秋天不仅是有声的，更是有节奏的。这些秋声，这些节奏，让我们感受到秋的万千美好。

其实，最美秋声，是在秋夜露浓时或者清晨初醒时蝈蝈清脆响亮的鸣叫里。

秋夜捧一本书，灯下静静地闲看，蝈蝈长一声短一声的鸣叫，提醒着夜更深了，抬一眼望向窗外，都能感觉到有露珠滴落的声音，在这此起彼落的鸣唱声里，乡村的月圆了又缺，缺了又圆；而清晨总会是在紧一阵、慢一阵的鸣叫声中醒来的，这样的时候，我总会闭了眼，静静地听一会。想象着刘彻《秋风辞》中“秋风起兮白云飞，草木黄落兮雁南归”这样的句子，在秋日的清晨清脆的蝈蝈声中，眼前仿佛有细细的秋风拂过，有悠悠的白云飘过，有成群的大雁伴随着一声又一声苍鸣，在时空中缓缓掠过，清远流美的回响在岁月的深处，连同《秋风辞》里的大雁一起，规规整整地飞翔在我的心田；而曹丕《燕歌行》里一句“秋风萧瑟天气凉，草木摇落露为霜”，似乎清清楚楚地让我听到岁月深处露珠被轻轻摇落的声音，一下一下，清脆而邈远，让乡村寂静的清晨那么美，那么好。

秋天是有颜色的。

一场秋雨后，“断虹霁雨，净秋空，山染修眉新绿”，故乡的秋天是黄庭坚《念奴娇》里秋雨洗过碧水青山里一抹彩虹挂中天的秋天；“对潇潇暮雨洒江天，一番洗清秋”是柳永的《八声甘州》傍晚秋雨里忧伤着的秋色；更多的时候，“风定小轩无落叶，青虫相对吐秋丝”是秦观《秋日》里宁静的心情和恬淡的胸襟；“孤村落日残霞，轻烟老树寒鸦，一点飞鸿影下”是白朴的《天净沙・秋》无限壮美的秋色；“菡萏香销翠叶残，西风愁起绿波间”是李璟《浣溪沙》“字字佳，含秋思极妙”“泪因恨洒，恨依泪倾”“愁上心头”的郁郁浓愁；“银烛秋光冷画屏，轻罗小扇扑流萤”是杜牧《秋夕》的一份美妙愉悦；“山明水净夜来霜，数树深红出浅黄”是刘禹锡笔下层次分明的秋色；但最能寻到秋色的，当属杜牧的《山行》：“远上寒山石径斜，白云生处有人家。停车坐爱枫林晚，霜叶红于二月花。”那山路、那人家、那白云、那红叶，无不为我们勾画出一幅和谐统一的画面，展现出一幅妙不可言的山林秋色图。那夕晖晚照下，枫叶流丹，层林如染，真是满山织锦，如烁彩霞，比江南二月的春花还要火红艳丽。那秋天的霜叶，让一代又一代人感受到了比春天更有生命力更生机勃勃的秋天。其实，秋天不仅仅是在古老的诗词里，更在如画的山河岁月里，在挂满果实的枝头，在女孩子飞扬的裙裾里，在老人宁静慈祥的眼眸里……

秋天是有味道的。

“风流直欲占秋光，叶底深藏粟蕊黄。共道幽香闻十里，绝知芳誉豆千乡”“微云澹澹碧天空，从桂香生细细风”是洪迈《桂花》和沈之琰《西湖》里淡淡桂花的香味；“漠漠轻寒上小楼，晓阴无赖似穷秋”“晚趁寒潮渡江去，满林黄叶雁声多”“山色浅深随夕照，江流日夜变秋声”是无限的愁绪。无论阅读多少次，每一次都会生发出无限的情思，还会生出刹那的感动，又新鲜又古老，又简单又厚实，那些轻愁如烟般丝丝缕缕地萦绕在心头，那日夜流逝的岁月如啾啾的秋声，如烈烈的秋色，如平静的秋水，绵长隽永。

和许多人一样，我也喜欢张继的《枫桥夜泊》：“月落乌啼霜满天，江枫渔火对愁眠。姑苏城外寒山寺，夜半钟声到客船。”第一次读这首诗时，我忽然觉得，那时那刻，那情那景，那夜半无眠时悠扬的钟声一下下撞击着的那颗孤寂灵魂的就是我啊，苍凉而感动，他乡遇故知的温暖和懂得都在那一刻涌现。而从这种有声有色、有情有景的词里，最能寻找到秋天的感觉和秋天的踪迹。

其实，秋天在古老的诗歌里，在远古的岁月里，在那蓝天的明净高爽里，在白云的浅淡悠闲里，在那金风乍起、白露初临的神韵里，在我极目所触的每一寸空间里。

在这样的季节里，在五谷飘香的秋风里到乡村走走，随处都是丰收的景象：翻着金色波浪的稻谷，挂满山坡沟壑火红的柿子，那红彤彤的苹果，紫莹莹的葡萄，脆而香甜的蜜桃，那笑开了口、饱满成熟的板栗……其实，这时城市的秋色也不逊色：马路两边各色树木如春花般姹紫嫣红，即使同一棵树，树梢与中间不同，向阳与背阴不同，世间万物，从没有像这个季节一样浓烈，从没有像这个季节般色彩斑斓，无论从哪个角度看过去，大地都如油画般美丽。这样的季节，无须到更远的远方，到市政府门前走一走就好，一片红枫，朝阳里红得美艳，晴空里红得端庄，夕阳夕照的时候，红彤彤的如烟似霞，如同童话里的故事，似乎一脚踏进去，就会穿越时空，到了你无法想象的童话世界……每次看过去，仅一眼，便会醉了许久许久。

如果实在忍不住，这样的季节里，到故乡的山上走一走，随便一个小山坡，每一脚踏下去，都会有如花般的秋叶；每一眼望过去，都有如烟的轻愁，一不小心吱的一声，不远处的树林里，惊飞的秋鸟会直冲云端，那高远的天空里，一抹鸣叫摇荡满山的秋色。

这样的季节，即使哪里也不去，书看累了，偶然走到阳台抬头看一看天空，清晨的旭日与黄昏的彩霞，都与别时大有不同，一天时光里，白天与夜晚又有不同——有温暖的日光，又有凉爽的清风；其实，变化最大的当是天空和云彩，那明亮着的天空，渐渐加深了蓝色的调子，云更高、更白，飘动的时候仿佛带着轻微的风。那仰天走过的一对母女，是不是在正飘过的一片云里找到了一只奔跑的小鹿、静谧的荷花……若是到了夜晚，那更是如欧阳修《秋声赋》中问童子答中的美妙：“星月皎洁，明河在天，四无人声，声在树间。”

秋色最浓，秋月最明，秋声最美，秋景最好。读过郁达夫《故都的秋》的人一定会记得他在文章末尾里的话：“秋天，这北国的秋天，若留得住的话，我愿把寿命的三分之二折去，换得一个三分之一的零头。”可见郁达夫有多热爱这美丽的秋色；而扬州八怪之首的清代书画家金农在他的《雨后修篁图》上题道：“雨后修篁分外青，萧萧如在过溪亭。世间都是无情物，只有秋声最好听。”这月色清明、虫鸣又起的秋夜的歌者，让人到中年的我懂得，无论怎样寻找，这亘古不变的秋天，就是我童年田园记忆里的那个秋，就是我沂蒙山坳里瓜果飘香的秋，更是那个唐朝山僧在山上看到落叶知秋的那一个秋。

无论岁月怎样改变，无论时光怎样流逝，秋天就这样辽阔地站在那里，如同常读常新的古典诗词，如同树木、山野、风尘一样真实。然而，无法追寻的，不仅仅是岁月的脚步，还有逝去亲人的背影和先人们散落在山乡小路上那一串串的足印。

故乡的味道

故乡的味道，是初春新翻泥土的清香，是夏天一片片洁白如雪的槐花浓香，是秋季遍野的瓜果的果香，也是冬天雪后家家户户升腾的炊烟的芳香。美食即亲情。天南海北的缤纷筵席，品尝的只是那份新鲜和好奇，而故乡的美食才是舌尖上的美味。那些陈年的美味攒起来，就是舌尖上的温暖，更是故乡永远的味道。

尝新麦

从尝新麦开始，故乡便拉开了夏天美味的序幕。

在我的老家，农历六月六是新麦登场的时节，也是一个比较隆重的日子：丰收的小麦入仓后，一年将半，又是农忙略可松口气的时候，便有了“到了伏天六月六，搬回闺女过个够”“割完麦子打完场，媳妇回去见亲娘”“媳妇六月会亲娘，全家和顺日子长”等俗语和习俗，于是，到六月六闺女回家便成了雷打不动的日子。这一天，当女儿的用沂蒙山柳条编制的篼子，装上十斤用新麦蒸出的馒头，割上十斤当天杀的新猪肉，新压出的面条、新做出的点心，自然也是必不可少的，还有攒了很长时间的给老父亲的两瓶好酒，给母亲新买的衣服、鞋袜……

娘家从前一天便开始忙碌了：女婿是贵客，自然马虎不得，洒扫庭院，将苹果、桃子、黄瓜、水萝卜洗净码好放在盘里；早上起床后，打开鸡窝，最大的那只公鸡一露头便被捉住，几分钟之后便被收拾干净，就等女儿女婿回来下锅；母亲一早便跑到自家的菜园，将新鲜的米豆、土豆、茄子摘了满满一篮，就着菜园子里的清水，边摘边洗干净，然后一溜小跑回到家，用五花肉炖上一锅，这样的时令蔬菜是怎么也吃不够的；父亲从早集上买回来的新鲜豆腐，切上新腌制的香椿、一个青辣椒、几棵小香葱自是一番风味；母亲用白水加盐煮出来的带皮肉也是女儿的最爱，成片的切好码在盘子里；天不亮母亲和父亲炸好的松肉丸子、萝卜丸子、鸡肉丸子是女婿的最爱；孩子们爱吃的东西做姥姥的早就想到了：纯花生油炸出的馓子香酥可口，用白面刚刚蒸好的小兔子、小青蛙、盘在一起的蛇无不栩栩如生，让争争抢抢的孩子们爱不释手。

女儿们这时候也闲不住，把新鲜的五花肉用刀剁好，然后再将已过热水的嫩米豆剁进去，再把葱花姜剁碎了揉进去，重要的是剁一点新鲜的花椒在里面，要多提味有多提味；醒好的面包出的饺子是再好吃不过了，母亲、姐妹们边包着饺子边说着家常；女婿却早被让到了酒桌的上座，除了岳父之外，大舅哥、小舅子也都是陪“客”的主力。姊妹多的，连襟们聚在一起又是一番热闹；有些讲究的人家，还会请来家族中最有威望的人来相陪，酒至半酣，刚出锅的饺子便上了桌——饺子就酒，年年都有啊。于是，不到日落西山，这桌酒是吃不完的。

六月里，也是未过门的媳妇到婆家小住的日子。这时候，一般由小姑子上门把羞答答的嫂子请过来。好吃好喝照顾着，一对小情侣无人时偷偷地小声说上几句话，婆婆还会找出鞋样，试试未过门媳妇的手艺。但无论是成家的女婿，还是未过门的儿媳妇，六月都是他们人生中的大日子，更是一家人团聚、增进感情，为下半年助力加油的好时节，但这样的时节，尝新麦便成了最好的借口。

一粒沙里见世界，半瓣花上说人情。六月之于沂蒙的风俗，有说不完的话题呢。

夏凉面

“冬至馄饨夏至面。”一到夏天，沂蒙人家，家家户户离不开的，当属筋道爽口的夏凉面了。

“软面饺子硬面汤。”硬乎乎的面是做夏凉面的必备之物，切成粗细均匀的面条，在大火里煮熟后，放在提前备好的凉开水或井水里过凉，然后再配上不同的佐料，就是百吃不厌的夏天美味了。每到夏至这一天，无论推开哪一户院门——不论是自家，还是待客，无不是围坐在树荫下，人手一碗凉面，扑哧扑哧地吃出欢畅与幸福的味道来。

在我，天底下最好吃的，仍然是母亲的手艺。

“吃了入伏面，夏天少流汗。”每到夏天，母亲总是边擀面边说。夏天里，母亲常做的面有两种，一种是用不太硬的面做成菱形的“薄面叶”，在绿豆水里煮熟后放上一点盐，这样的“绿豆面”又解暑又解馋；还有一种就是夏凉面了。夏凉面又有两种做法，一种是全部用白面做成的，另一种则掺杂了其他面粉。那时，白面稀少，母亲便在白面里掺上些许豆面，这样做出的面母亲叫作“杂面”，吃到嘴里有一种很特别的面粉香味。只是擀“杂面”是一项技术含量很高的活：面要和硬面，和好后要醒至恰到好处；擀“杂面”还是体力活，那么硬的面，要擀到薄如纸张，整张面皮的厚度要均匀平整。擀好后一张一张晾开，然后一层层按手的宽度折叠起来，再切成细条状。天热难耐，每次擀面，母亲都是挥汗如雨，于是，无论在哪里吃面，我都会想起母亲汗流浃背的样子。

但母亲做面却实在文艺：一手操刀，一手轻轻按在层层叠成条状的面上，刀起面断，按面的手随着切面的节奏匀速推移，切完之后，母亲将面大把地抄起来两手同时扬起，细如发丝的面条便如天女散花般纷纷落到面板上，那一刻，母亲优美的样子总让我心生羡慕。而吃到嘴里的面，汤清水利，筋道滑溜更有嚼劲。我们兄妹每次吃面，总是比速度，最先吃完的，再去盛上第二碗。即使无面可吃，喝一碗面汤都是极好极好的。因此，每有重要的客人来访，母亲必会做手擀“杂面”，而吃过的人，总会坐在桌前久久不能站立，嘴里一个劲地说道：“都是老嫂子的面太好吃，都是老嫂子的面太好吃。”

母亲做的凉面好吃至极，与母亲配制的佐料有很大关系：小葱爆锅后用西红柿、鸡蛋做成的汤，仅青、红、黄三种色彩便可让人耳目一新、食欲大长；门前架上摘下的黄瓜，用刀背拍碎、拌上麻汁后，黄瓜的清香、麻汁的醇香又有不同；新鲜的水萝卜丝里倒上用石臼捣出的青椒、新鲜花椒泥，再浇上酱油醋，麻麻辣辣酸酸的味道让人酣畅淋漓，欲罢不能；胡萝卜、疙瘩头、鲜香椿芽腌制的咸菜连同仅有一丝丝辣味的青椒、鲜嫩鲜嫩的香葱细细地切了后用醋泡上半盆，清淡到让人神清气爽。在冒尖的面条碗里舀上一大勺，再用勺子在上面压一压，用筷子小心地挑着用井水或凉开水过了几遍的面条，一根一根吃几口，汗水便会消去一半，最后再呼呼噜噜连面带汤喝光，抹一把嘴，回味无穷。年少的岁月里，无论是从热辣辣的庄稼地里，还是从几里外的学校冒着“毒太阳”跑回来后，吃到这样的“面”，别提日子有多美了。记得读过池莉的《生活秀》后，便喜欢着池莉关于汉口的一切，尤其神往武汉的鸭脖。存了很久的一个梦，就是想去尝一尝那些天下美食，见识一下汉口街那些独一无二的美丽女人们。当我迫不及待地走进那一方土地时，站在天桥上竟然不知所措，因为，我实在不知道从哪一条街走起，更不知道应该从哪一个店吃起；漫步汉正街，我把每一个迎面而来的女人都当成池莉小说的主人公，仔细体会着伶牙俐齿的燕华、圆滑老练的来双扬，体会着天真的九妹，也体会着寄情幻想世界又不得不屈从现实的逢春、宜欣、丁曼以及沧桑满腹、人老珠黄的陆掌珠……这些漂亮能干、热情有趣且稍稍有点二、充满情趣和情调的女人，总让我想起“楚王好细腰，宫中多饿死”的名句来——我想减肥最早的历史应该追溯到春秋。世界在变，人性在变，但不变的应该是女人对美的追求。然而，当我真正吃到汉正街鸭脖时，记忆犹新的，只是那份辛辣，与之相比，倒是重庆的小面让我更为欢喜。走在重庆，三步五步便会迎面撞见那些如春笋般的小面馆，而每一个面馆里，都是一份意外和惊喜。除了什么都不加的素小面，还有鸡杂面、牛肉面、肥肠面等等，而小面中的豌杂面不但是重庆人最偏爱的，竟然也让我心生欢喜——一勺豌豆、一勺肉酱、一勺辣子、一碗底料，看似简单，却大有学问。那时，一边吃一边又想吃的，竟然是母亲制作夏凉面时的那些小菜来。

“请姑爷，坐正面，吃啥饭？擀豆面。”“吃米的领回个吃面的，隔年再添个酒饭的。（吃米的指女儿，吃面的指女婿，酒饭的指外孙）”当我听到这些俗语童谣的时候，我想，与我一样爱吃擀面的人一定不少。前些年，我居住的城市有了“晋妈妈手擀”后，我和女儿着实迷恋了一段时间，但吃过之后心里多了一份悲凉——无论再好吃的面，都少了母亲的爱和味道在里面。

后来学问渐长，才发现，夏凉面并不是沂蒙人的独创，被誉为清代北京岁时风土杂记的《帝京岁时纪胜》里便这样记载：“夏至，京师于是日家家俱冷淘面，即俗说过水面是也，乃都门之美品。”相关资料还介绍，由于“吃过夏至面，一天短一线”，从汉代起，就把夏至当作节日来庆祝，清代之前，全国放假一天；宋代的《文昌杂录》竟然记载着，文武百官全体放假三天，或祭祀，或会友，或宴饮，或读书，或做女红，或书写，但相同的都是，每日餐时，听着炎炎烈日里清脆绵长的蝉鸣，吃一碗过水的凉面……想想都感觉到极美的同时，更为古人的浪漫至纯而击节赞叹不已。

夏日蔬菜

夏天，是山里人家餐桌上最丰盛的季节。

有西红柿、茄子、豆角、芸豆、土豆、辣椒……菜园里、篱笆旁，房前屋后、村边地头，甚至沟沟坎坎，都长满了各式各样的蔬菜：扁豆顺着大榆树爬得越来越高，一串串的紫色小花被风一吹便全都变成了一簇簇月牙儿似的豆荚；黄瓜架上，大大小小的黄瓜垂向地面，艳艳的黄花，招引得蜂蝶流连忘返；长长的丝瓜从架上一直垂到地面，正午过后，在架下乘凉的小猫会围着丝瓜的影子追上半天；南瓜大大小小地挂在院墙上，早上起来，母亲摘一个拳头大小的南瓜，三下两下剁碎了，再放上两个鸡蛋、一点虾皮，做成“摊煎饼”或“摊包”都是极鲜的美味；有时，母亲也会把这些鲜嫩的南瓜切成丝，做成“面疙瘩汤”或肉丝面，呼哧呼哧喝上一碗，那份快乐会一直延伸到很久。

婶子大娘来串门的时候，走到门口，顺手摘一把豆角，用衣襟擦几下，直接送到嘴里，边吃边说着家长里短，一点都不会有违和之感；若是时间宽松，还会在瓜棚下坐下来，那些鸡毛蒜皮的事情，也会津津有味地说上半天。而那些瓜棚——葫芦、丝瓜无不充满了灵性。它们虽然没有鼻子、没有耳朵，也没有眼睛，却凭借自己敏感的触须，在主人架起的架子上，爬满藤、开满花，不几日便会让棚架变成一顶绿色的帐篷。这些绿色的帐篷里，挨挨挤挤、长长短短住着无数的葫芦、丝瓜。走进山里人家的院子，每一户人家，都会有一个这样既可乘凉，又取之不尽的绿色帐篷。

可别小看了这些可爱的丝瓜，它们可是山里人家餐桌上的主力军。

做汤、清炒，或者做成丝瓜馅的饺子，都是唇齿生香的美味。

山里人家的一餐是简单的，一盆南瓜粥、一锅五花肉炒芸豆和豆角、几个煎饼就是一顿饱餐；鲜嫩的豆角、芸豆炒五花肉极好，过老的豆角、芸豆也是难得的美味，用花生油清炒后，将半碗卷在煎饼里，双手抱着，每一口都是面面的老豆，怎么吃都吃不够，这些朴素的蔬菜，喂养着一代代山里人家朴素、憨厚、本色的情怀。

一场急匆匆的雨后，茄子的脸却越发洗成深深的紫色，而冬瓜的那层粉怎么冲刷仍然都在，西红柿则秧举着一个个红红的灯笼，把菜园子照得通亮；蛙声阵阵的夏夜里，还会听到那些鲜嫩蔬菜拔节的声音：山里人家的夏天，那些鲜嫩可口的蔬菜随处都是，即使在梦里，你都会梦到满是露珠儿的青菜，感觉每一条乡间小径都充满了诗情画意的美好和如蚕豆花般的美妙。

大米饭

在大米不再是稀罕之物的今天，哥哥竟大老远地捎来两袋五常大米，嘱咐说特别香，要留着慢慢吃。很好奇地蒸了一点，果然香气扑鼻，当闻到那股特有的米香时，关于大米饭的记忆便一下飞到了眼前。

我所在的故乡坐落在沂蒙山区腹地，位于山东蒙阴县东北部，因“崮”闻名天下，曾被誉为“中国最美小镇”。这里多山岭薄地，主要盛产地瓜、玉米，由于作为蒸米饭的小米产量并不高，因而小米的种植量不大。二十世纪六七十年代，家里的小米，主要供给“坐月子”的近亲，再者是作为易消化的“茶汤面”孝敬年老的奶奶、爷爷，姥姥、姥爷，因此农家吃蒸米饭的时候并不多。记忆中，每年敞开肚子饱吃一顿的时候是年三十的午餐。

沂蒙大年三十的午饭必是“米饭”。

小时候吃的米饭叫“捞米饭”。把米下到锅里，等水开锅后，便把米汤一点点舀出来。这是个技巧活，米汤舀早了或者舀少了，米便会夹生，还会成为稠米饭；米汤舀出太多，米饭就会太干，更会煳在锅底，吃起来会有一股怪味，让人难以下咽。但心灵手巧的母亲却掌握得恰到好处，米饭总是软硬适口，成为全家每年过年的亮点，更是全家从放下碗后就开始盼下一年的美食。但从小嘴刁的我，总感觉这种全小米的捞饭，因太涩而难以下咽。心疼我的母亲每次总会给我在捞米饭时做出两碗香甜可口的锅巴，供我吃上几天。

第一次吃大米饭是大哥参加工作之后。

二十世纪七十年代，大哥是我们村第一个到县城工作的人，从此，十分顾家的大哥便给全家打开了一扇连接外界的门窗，让五彩的世界一点点传递给全家、全村。比如全村第一台收音机、第一台电视、第一台缝纫机、第一辆摩托车；比如母亲是全村第一个穿呢绒丝袜、第一个剪短发、第一个拥有手机的农村妇女；比如，二哥、三哥和我，是全村至今兄妹三人全都通过考试而走出乡村的农家孩子……

那年的春节，大哥是腊月二十九才回到家里的，交通不便的哥哥，竟然背回来二十多斤大米。年三十那天，大哥和母亲一起，在厨房里用小米加大米，捞一种对于我们来说是全新的米饭，这种在小米中兑了三分之一大米的米饭，足足捞了一大锅。刚刚出锅，母亲便分成一份一份，由我和三哥给左邻右舍送了个遍。天寒地冻的路上，我们小心地端着一小盆热米饭，推开一扇扇柴门的同时，也推出一片片惊喜。

那个春节，半村的人几乎和我们一样，都第一次吃上了大米饭。那年的大米饭，既有小米的香，更有大米的清香；既有小米的“硬”，更有大米的软。合在一起的味道，连同浓浓的亲情、乡情，一直存放在我的心头，历久弥新。

人间至味

靠山吃山，这话一点不假。当一场又一场的夏雨不期而至，沂蒙的“山珍海味”也便如雨后春笋般涌现了出来，那些人间至味，让青涩的岁月多了无限的回味。

山菇。一场雨后，松菇、香菇便举着小伞，一丛丛挤在一起，躲在一棵棵树荫下、草丛里。故乡的山坡、沟壑，似乎有树的地方就有它们，有草的地方也有它们。那时，我最喜欢做的一件事就是去附近的山里采山菇。雨后青草的气息直钻进心里，清清香香的，走不几步就会打湿裤脚，或者早上太阳还没出来之前，踏着露珠在山坡里随意地走着，不经意在荫蔽处发现山菇时的那份惊喜，小心蹲下后与之几秒钟的对视和对话，都在我年少的心里泛起过涟漪。以至于几十年来的梦里，反复出现着的，竟是儿时采山菇的情景。那些采来的新鲜山菇，放些五花肉、粉皮或者用来直截了当地炖鸡，味道都是不可言说的美。吃不掉的便放在太阳下晒干，收藏后随时都可以食用。那些晒过山菇的香气，可溢满整间屋子且一年之久都经久不散，每次当我走近的时候，都会忍不住深深吸上几口，然后静立着，小心地把那些香气一点点散发到身体的每个角落。夏天是山菇生长最快也最多的季节，其实，到了秋天，仍然还会寻到它们的身影，这时的山菇个更大，生长的时间也更长。由于这个季节数量不多，便不会再有成群结队专门采摘的孩子，只是当下地干活时遇到了，就用狗尾巴草串起来捎回家，便又成就了一顿美餐。

野兔。故乡山多、草肥，野兔也多。走在路上，嗖的一声，便会蹦出一只野兔，停顿几秒四下里看一看，然后便箭一样跑远了。于是，半大的男孩子都学会了捉野兔的本领。或在野兔时常出现的地方下“夹子”，或养一只家犬，专门训练捉野兔。捉回去的野兔，或煮或炒，自然是不可多得的美味。现在，每当我吃蒙山的兔子头时，便会怀念旧日岁月里吃过的那些天然绿色的野兔。除了野兔外，夏天的知了、雨后满天飞舞的黑色山山牛，都是下饭的大菜。母亲是做饭的好手，做出的味道，自然是天下无人可及的。尤其是这些知了、山山牛，母亲总是细细地剁碎，放上或红或绿的辣椒热油慢火地干煸之后，卷在刚刚烙好的热煎饼里，一口气吃上几个，直撑到肚圆腹胀，仍然不想离开饭桌却是常有的事。

“海味”。别看是山区，“海味”也是应有尽有的。每当夏季暴雨过后，上游的水库被大水漫过，河里不时会有个头不小的鱼浮下来，河的两岸便会聚集起许多捉鱼的成年人以及孩子们；待洪水过后，那些灌满了水的沟岔、坑坑洼洼便存满了水，大鱼随水而去，小鱼们便会存下来，于是，孩子们把这些沟岔、坑坑洼洼里的水排出去，剩下的鱼便悉数收入囊中。洗净摘好后，或用面裹了炸之，或直接用油烹之，有时还会做成酸菜鱼，都是山里孩子梦寐着的美食；那时，山里的孩子没见过海，甚至不知道河鱼和海鱼的区别，对于所有的鱼虾，统统称之为“海味”。

除了这些鱼外，还有一种“海味”想来是山里孩子都吃过的——“山蟧”。这样的“山蟧”个头不大，大都生活在小溪边，尤其自深山流出小溪的乱石都是它们的藏身之处。晚上举着火把，“山蟧”便会自动爬出来；白天，掀起小溪中的一块块乱石，那些藏身于此的山螃们便会四散而去。这时，只需静下心来，慢慢捡拾便可。这样的蟹子在锅里蒸一蒸便是父亲们最好的下酒小菜，母亲则会把剁碎的蟹爪连同一把时令的青菜，爆锅后做成面疙瘩汤，十天半月后都还会回想那个味道。

“烧烤”。麦子还没熟透的时候，傍晚回家，母亲或者父亲必定会捡最饱满的麦穗，掐一大把回家烧火做饭的时候，母亲就会把麦穗放到火上燎。燎麦穗火候最重要——火不能太大也不能太小，太大就被烧煳了，太小则烤不熟。燎好的麦穗放到簸箕里用手使劲搓，直到麦粒和麦皮分离，用簸箕扇一扇，扇去麦皮，抓一把麦粒放到嘴里，首先感受到的是一种糊香味，最爽的是咀嚼的口感，有一种韧劲，清香满口，实在是人间少有的美味。记得中学住校的时候，父亲怕我错过吃麦子的季节，在麦黄时节，骑了十五公里的路程，专程送了一袋母亲搓好的燎麦，抓一把还透着绿的麦粒放在嘴里，温暖清甜的麦汁让整个人都芬芳了，感觉身体里有阳光由内而外透出来，有泉水由内而外溢出来似的，细细地咀嚼却久久舍不得下咽——每一粒燎麦里，都有一颗爱女的心啊。

秋冬时节，母亲选拳头大小的黄皮地瓜或土豆焙在烙煎饼的灰炭里，用不了一会，便会烤得外焦里嫩，拍去上面的灰，细细地剥了皮，趁热吃上一个，让嘴馋的我百吃不厌。所以，每到秋季，父母便会选数量众多的上好地瓜、土豆存到地窖里，每天烤上几个，让不食“农家”饭菜的我，多一份吃的乐趣。

如果烤玉米、地瓜、土豆是不可多得的美味的话，烤蚂蚱、烤麻雀却又是另一种美味。

秋天的蚂蚱遍地都是，下地劳作的父母，总是用草叶编个小绳，将逮来的蚂蚱串成一串，然后放在家里封了火的炭炉盖上烤，炉子虽然已经封上，但铁炉盖的温度仍然很高，而这个温度又不像炉火那么高，正好是文火慢炖的温度。不一会草绳子就化成灰，然后蚂蚱就散发出烤焦的香味，这时用手捏着蚂蚱腿翻个面，就烤熟了。儿时常吃的蚂蚱分为两种，一种是全身通绿，头上有长长的触角，体形细长，学名为“中华蚱蜢”，我们叫“长蚂蚱”；而另一种则是类似蝈蝈的蚂蚱，颜色有绿色的，有土褐色的，我们就叫它“大蚂蚱”，无论是哪一种，烤过之后再吃，总能让人回味好几天。

除了蚂蚱，最能解馋的当属烤麻雀。儿时，麻雀极多，一群群的麻雀铺天盖地。哥哥们便用自制的弹弓打麻雀，冬天的时候，还会在院子的雪地里支一只大号的筐，底下撒些许粮食，等麻雀走进筐底觅食时，迅速拉一下手里的绳子，那些来不及飞的麻雀便尽收筐底。把洗净的麻雀用竹签穿起来，放在柴火上烤一烤，撒一点盐末，孩子们便争先恐后地吃成一团。

如今的山菇、“山山牛”“山螃”“烧烤”都成了一种记忆，越来越丰富的生活早已让我们的味蕾变得日渐迟钝，唯有在回想旧日时光时，那些沉睡的味蕾才会鲜活如初地让我记起曾经纯美的岁月和岁月里的美味来。

旧岁里的温暖

人间有味是清欢。人到中年，行了很多路，看过很多风景，也吃过不少美味，但无论怎样的美味，在我，都无法与故乡里的那些记忆相媲美。想起它们，是对过去平静疏淡却俭朴生活的一种回忆，更会唤起旧日温情的时光和时光里饱含着的无限爱意。

姥姥的“茶汤”

每当读到“姥姥”两个字的时候，我便会想起母亲为姥姥做的“茶汤”来。

二十世纪六七十年代，小麦、小米等细粮极少，小麦做成的白面、小米做成的粥都是稀罕之物，只能偶尔食用。在我看来，除了饺子之外，最高档、最奢华的一种吃法，是母亲为姥姥做成的专用“茶汤”。

姥姥有四个女儿、两个儿子。在我看来，母亲是所有子女中最孝敬的。自我记事起，在困难的岁月里，每过十天半月，母亲必定会收拾一大篮子好吃的食物送到姥姥家。每次与母亲走在往返姥姥家的路上，都是快乐的时光，母亲讲故事、唱戏曲、哼儿歌，来回十四五里路，竟然从不感觉到劳累。母亲还是寓教于乐的高手，许多民间故事、敬老孝亲、传说俗语，也都在随处可见的景物中完成，以至于每一次去姥姥家都是一种期待。后来长大了，去给姥姥送食物的任务也由哥哥或我独自完成，便少了与母亲同去的乐趣。除了定期给姥姥送食物，每过上三两个月，父亲便会去接了姥姥来住上一段时间，只要姥姥来了，每天早上必定会有姥姥专用的"茶汤"。

每年秋天，小米收获后，智慧的母亲会把晒好的小米存放在大小不同的缸里，再用几层塑料布罩好，密闭的小米便不易生虫，除去一部分用作全家人偶尔做小米粥外，大部分小米都用做姥姥早上喝的"茶汤"。

在温开水中放入一定数量的小米面，然后用滚开的热水冲到碗里，边冲边用筷子搅拌，冲好的茶汤用另一只碗盖在上面闷一会，再取适量的红糖拌入。每次姥姥起床后的第一件事必定是喝一碗略热一点的"茶汤"，每一次，姥姥必定会留一些给我，再笑眯眯地看着我喝下去。那份慈爱，隔着厚重的岁月和时光，依然让我能感受得到。我时常在想，姥姥能活动到九十岁高龄，除了儿女的孝敬外，与长年不断的"茶汤"也是分不开的。

看电视剧《四世同堂》时，我对齐老太爷到地摊上买兔儿爷的场面记忆犹新，主要是因为其中有一个卖茶汤的在吆喝的镜头，那一刻，我想到的首先是姥姥喝茶汤的情景和每次母亲冲茶汤的认真模样。后来，每次到北京，也格外留意北京传统的小吃"茶汤"，有时还会站在旁边仔细地看他们冲制的全过程，更多的时候，是要上一碗静静地品一品味道，但无论怎样，在我的心里，都不及母亲做的香甜和姥姥留给我的半碗温暖，而坐在北京静品茶汤的我，品出的，却是清寂山村里的那份人间真情。

肉火烧

无论是小巧的老城火烧，还是淄博撒满了芝麻的大个火烧：无论是潍坊三鲜酥皮肉火烧，还是河北的河间驴肉火烧，在我，都不及故乡蒙阴香喷喷的肉火烧。

我对肉火烧的情结，缘于年少时的经历：生活在沂蒙深处，二十世纪七八十年代我家的生活还算是中上等，主菜以五花肉炖白菜、豆角、茄子，五花肉炒土豆丝等自家种出的绿色蔬菜为主，八月十五等重大节日，也会几家合伙烀一只全羊，各家各户"随份子"。端回家后的"全羊汤"，母亲会分成两份，一份是当天吃的，几乎全是香喷喷的羊肉，另一份肉少汤多，之后的几天里，把热气腾腾的豆腐切成条块状或者把白菜切碎放在一起炖着吃，这样炖出来的菜，既没有全肉的油腻，还保有羊肉的味道，实在是别有一番滋味。那时的"全羊汤"也全无现在羊汤的油腻，因为没有其他佐料可放，只是在清水中加点葱、花椒，放在巨大的铁锅里，铁锅下烧的是坚硬的木柴，用大火炖上半天，香味便会飘满半个村庄。

那时，中学在离家很远的镇上。每周回家一次拿一周的饭菜。除了必备的煎饼，母亲总是用大号的罐头瓶子装满猪肉炒咸菜、虾酱炒豆腐、白鳞鱼煎鸡蛋，偶尔到学校食堂买些稀饭、馒头，几年学读下来，我竟对学校的饭菜全无印象。最初的两年，因为我与三哥都在镇中学读书，来回上学都是三哥用自行车载着，最后一年，三哥去了蒙阴一中读书，便由二哥专程接送我。

父亲总是在开会的时候到学校看我，除了捎来母亲新做的饭菜后，若遇集市，父亲还会带我到集市上解馋。记得有一天中午，父亲到学校时正好是最后一节的体育课。我的腿脚自小便不是用来走路的，小的时候在父亲和哥哥们的背上，上学的时候，由三哥、二哥负责接送，所以体育课是我的弱项，都远远站在旁边看同学们跳远、掷铅球、跑千米。很简单地请了假，父亲便带我到了二里外的镇汽车站。

是正午时分，汽车站四周并没几个人。门口有两张 “地八仙”、几把小木凳，有个四十岁左右的农村大嫂正手脚麻利地忙碌着，远远便闻到了特有的香味。旁边的桌子上有三两个人正埋头吃着，我眼巴巴地看过去，只见他们每咬一口，都会有汁液溢出，空气里的香味便更浓了许多。这种香不是常吃的“蒙山锅饼”的味道，也不是母亲做的葱油饼的味道，是万千香味如同无数小手挠在心头又痒又急又痛的香。迫不及待地坐下，父亲盛上了两碗稀饭，然后和我一起坐等肉火烧出锅。

大嫂立在半人高的炉前，胸前系一条看不出颜色的围裙，眉眼倒也洁净，面前放着一块简单的面板，馅也极其简单，仅有肉、葱花、盐、酱油。手巧的大嫂麻利地在手擀面皮里放好馅，然后三下二下包成长方形后，放在平底的铁锅里，锅下是木炭火炉，火旺无烟，六七分钟左右，长方形扁平状、金黄金黄的肉火烧便出锅了，也不用盘子、筐子盛，只麻利地用草纸包一下就递给父亲和我。来不及说话，趁热咬一口，香喷喷的汁液便溢出来，那种叫作幸福的感觉也一并咽了下去。那天，清楚地记着，父亲坐在我的对面并不吃，只是看着我香甜无比地吃着，眼里全都是笑。那时，一斤猪肉六七毛钱，三个肉火烧大约一斤，一个肉火烧两毛钱，可谓是物美价廉，吃一个，会让人口齿生香，手上的味道，不管怎么清洗，都要过了好几天才能完全消失。那真是一种难忘的记忆，一顿美餐居然可以反复温习，只要手掌靠近唇边，指尖纹路清晰的沟壑依然散发着淡淡的香味——流着油的香喷喷的肉火烧仿佛又能出现在眼前，这种体验自然是秘不示人的。

那是我第一次吃，也是我记忆中吃得最香的肉火烧。

之后的日子里，我也偶去买了捎回家给母亲吃。只是路途遥远，拿回家的火烧再也没有当时当下的味道，又无烤箱来用，母亲便放点油像锅饼一样烩了吃，有时也像馒头一样放在锅里“馏一馏”，味道也是非常好。

后来知道，这样的火烧，在蒙阴的县城也有几处。新鲜的五花肉馅，必是当天刚屠的鲜猪，取其七分瘦，三分肥，辅之以酱油、葱花。用形制特殊的烤炉，先用猪油煎，后用果木木炭慢火烤制，几分钟后，火烧在炉子内烤至皮金黄油亮，香味也就在空气中弥散开来。咬一口，皮薄肉多，葱花还是鲜绿，馅鲜香流汁；再咬一口，外层酥脆，内层柔软，馅料多汁，唇齿留香。行车赶路的，花几分钟的时间，就可吃个胃饱肚圆，又实惠又便捷。物质丰富了，这样那样的吃食丰富多彩，但肉火烧仍然被许多人热棒，每次回家，必定想方设法赶了去，吃一个刚出锅的肉火烧，心头的万千烦忧、身上的疲惫劳顿也便无影无踪。现在的火烧品种繁多，老蒙阴人走过路过，也都会坐下来热乎乎地吃两个，香香嘴，感受感受迷人的人间烟火气息。

羊肉泡馍

从二十世纪五六十年代开始，地道的沂蒙山人的中秋节，除了每人吃两个冰糖月饼外，还有热腾腾、香喷喷的羊肉汤。

沂蒙山每年会有一场盛大的山会，每五天会有一个乡村大集。那时，逢山会、赶大集时，除了买些生活必需品外，沂蒙山人最重要的一件事，就是到羊肉摊前喝一碗正宗的羊肉汤,吃个羊肉泡馍如同过节似的兴奋。那时的羊肉摊简单到仅是土台垒制的灶上放一口超大的铁锅，锅下是坚硬的木柴，锅内是飘着香气的纯正羊肉、羊头、羊腿、羊内脏组成的全羊，锅灶四周是用随处可见的玉米秸围成的简易吃饭场所，几张长长的条几、几把简易的马扎，马扎上拥拥挤挤地坐着专程来喝羊肉汤的乡邻们。一元一碗的全羊汤，泡上两个馒头，就是人间最好的美味。无论大人、孩子，吃上一碗羊肉汤回到村里后会炫耀上好几天。尤其是冬天，大雪封山，千辛万苦赶到山会，在四面透风的羊肉摊前坐下，羊肉汤里加两个馒头，再加点胡椒，热热地喝下去，全身便出一身热汗，摊主再豪气地免费加点汤，这几十里的雪路也不算白走了。

中秋节则不同。

中秋节是秋收秋种最繁忙的时节，也是每庄每村煮全羊的时候。这个时节，无论走到哪个村，都会闻到浓浓的羊肉香味。亲戚多的、村子小的，便会合伙吃一只，也有一家独吃一只的，这样的人家都会让乡邻们传说上很久。

煮全羊是个细慢的活。这天，需要手熟的人从买、杀、煮一条龙服务。水必定是山泉水，柴一定是坚硬的木头柴。这时候，最快乐的，当属孩子们，早早地就拿着家里准备好的大盆等候在煮羊肉的院子里，院子里也便如同过年般热闹非凡，大家拿出最大的耐心，孩子们是一遍又一遍跑到羊肉锅前看看熟了没有，大人们便站在院子里谈天说地。当羊肉在锅里开了花，当羊头被剔净切碎再倒到锅里打起了滚，当空气中飘满了浓浓的香味时，在院子里打闹的孩子便早早地守在灶前，眼巴巴地等待分羊肉的时刻。十几只盆一字排开，掌勺的从东到西、再从西到东，一勺勺轮流着盛到各色的盆子中。没分之前，孩子还贪婪地大口吸着羊汤的香味，真正分配的时候，则安安静静地屏息静气了起来，等分配好了，每家每户便携子带盆端着自家的羊肉汤，急急地跑回家，等待晚上自家的盛宴了。

快乐和爱都在嘴里。多少年过去了，羊肉汤再也不是稀罕之物了，甚至回老家上坟，老家的叔叔每年都会专程煮一只最好最大的黑山羊，做菜、做汤、做成全羊宴，老少几代人分坐两桌，却再也没有最初的那份热闹、那份期待和那份味道了。

土豆丝

白菜、萝卜各有所爱，但对于朴素、多产的沂蒙土豆，我却极其偏爱。百吃不厌的当属土豆丝，即使想一想，都有一种暖人的情意。

少时多病，对于沂蒙盛产的地瓜、玉米、咸糊豆等主食，总是难以下咽，以至于五六岁时，姥姥握着我细如麻秆的大腿一再叹息："千宝贝、万宝贝，这个宝贝怕是养不活啊。" 记得有一次重病，一周几乎没怎么吃东西，母亲搂着我一边掉眼泪一边问我想吃点啥，想了半天，我对母亲说："放上酱油醋炒个土豆丝吧。"二十世纪七十年代初，家里仅有酱油，母亲起身借遍了全村也没找到醋，但我吃无醋土豆丝时的样子总算让母亲安下了心。

土豆是蔬菜也是粮食，是全球第三大重要的粮食作物，仅次于小麦和玉米，对土壤也没要求，是家居的常菜，更是二十世纪六七十年代生活贫困时的主要作物之一。小个的可以在生火做饭的时候放在火里"烧"着吃；中等的便切成块，放上一些五花肉和豆角煮着吃；大个的可以切丝爆炒。母亲炒土豆丝总是喜欢切成粗条状，放点点五花肉或仅用葱和蒜瓣炸锅后清炒，又香又面；有时也把粗条土豆丝里加上几棵芹菜。无论哪一种做法，都是一种无可替代的美味。蔡澜在食材百科里这样写到土豆："原产于秘鲁，传到欧洲，是洋人的主食。什么炸薯仔条，薯仔茸等等，好像少了它会死人一样。" 也曾有人高呼："可无妻，不可无土豆！"可见，与我等偏爱者，大有人在。

一种滋味，便是一种情怀。土豆滋养了我贫瘠的童年，除了煮、烧、爆炒外，母亲做的土豆饼也是独一无二的：把土豆切碎，连同其中的淀粉一起加进少许面粉，打进两个鸡蛋和匀之后下锅，锅要热、油要多，三五分钟后，外黄内嫩，香气扑鼻的土豆鸡蛋饼即可开吃。母亲还会做蒸肉土豆，把五花肉切块或片腌制入味，用土豆片垫底后放入锅中用小火慢熬，五花肉蒸得肥而不腻软烂咸香，肉香浸润的土豆，既烫嘴又绵软，回味悠长。

刚刚结婚时，一盘酸辣土豆丝、一道小青菜，就编织出了一个全新的家庭。虽不富裕，但很惬意、幸福，没有烦恼，容易满足；女儿出生后，从小到大百吃不厌的竟也是土豆丝，但她的口味与我的又略有不同：切丝后保留淀粉，放进陈醋“养”上十分钟，之后，大量鲜姜切丝爆锅后加入土豆丝，快出锅时再加上点青辣椒，每次吃得点滴不剩。

一盘土豆丝，金黄写意，横七竖八地卧在盘中，间或点缀些许青青红红的干辣椒、白绿相间的小香葱，和着香醋，徐徐盈盈撩拨着味蕾，所有烦恼就会全部抛至脑后。而土豆丝里，有阳光、土地和大山的味道，有火的味道、风的味道、时间的味道，更有爱和情的味道，一口吃下去，几乎难以分清哪一块是滋味，哪一种是情怀。

“故乡的歌是一支清远的笛，总在有月亮的晚上响起。故乡的面貌却是一种模糊的怅惘，仿佛雾里的挥手别离。别离后，乡愁是一棵没有年轮的树，永不会老去。”席慕蓉的这首《乡愁》，烙印在多少游子的心上，世界再大，总有牵挂。无论走得多远，离得多久，人在这端，故乡在那头，却永远在心上。隔了几十年看过去，那份最简单的快乐和幸福层层叠加，那一碗碗简朴的食物里，盛放下的是故乡对那片土地上的人所有的期待和爱。

秋天的美食

站在如诗如画的秋季里，看溪水潋滟，山河锦绣；看稻穗泛金，瓜果飘香；看树叶染红，芦苇若雪……大自然妙手天成，写就无数韵味无穷的诗篇，绘出色彩斑斓的美丽画卷。然而，在这万紫千红的季节里，最美的美食，却是沂蒙那些万千美妙的果实。

一

故乡山多岭薄，却盛产苹果、桃子、核桃、柿子、枣子等耐旱的瓜果。沂蒙的山山沟沟，一年四季瓜果不断，每到秋天，更是硕果累累、四处飘香。孩童时，母亲总说我秋胖，因自小挑食的我，只有到了秋天才有吃不完的瓜果，特别是核桃下树的时候，兜里装着，手里拿着，即使临睡前都会吃上几颗。

山里核桃多，包产到户前，家家户户会按人口分到许多的核桃，让整个山村沉浸在丰收的喜悦之中。而我家院子里的两棵核桃树是让我牵挂时间最长的。两棵树粗细高矮差不多，如同两棵并肩而立的兄弟，树冠枝叶相连，遮天蔽日。每到春天，我就天天跑到树下看着发芽，看着长叶，那些碧绿碧绿的叶子总让我产生无限遐想——什么时候才能长出清香的核桃呢。但无论我怎样着急，核桃树依然不紧不慢地出絮、挂果，不紧不慢地结仁、上油，如同我们不急不慢的人生一样。那些长长的夏日里，我甚至一天几次站在树下仰起头，看一看那些毛杏子大的绿色果子到底长大了多少。

整个夏天，我都坐在核桃树的浓荫下游戏，缠着母亲讲故事，跟着母亲学针线，那些绿荫婆娑的夏日里母亲总会慈爱的伴在我的左右。母亲做针线的时候，我就在一边画着各式各样的画，手巧的母亲会不时停下来，手把手耐心地教我月季和牡丹画法的不同；有时还会拿了彩纸，和我一起做成红花绿叶的巨大花束，我则欢天喜地跑回家，挂在堂屋的正中间，又喜庆又好看。

“七月的核桃、八月的梨”；“白露、白露，核桃撑破肚”。白露过后，当传来第一声雁鸣时，满树的核桃也真的成熟了，喜悦于我也便开始泛滥了起来。放学后的哥哥们来不及吃饭，便手脚麻利猿猴似的蹿到树上，在树杈间飞来荡去，我和母亲在树下仰着头，看着高高的树杈上哥哥们杂耍般飞来荡去，便时而欢呼雀跃，时而提心吊胆。有时，爱唱歌的二哥三哥还会在树上放声高歌，他们唱“打靶归来”，唱“北京的金山上”，唱“我是公社好社员”，唱“草原上升起不落的红太阳”……站在高高的核桃树上，那嘹亮的歌声传到很远。噼噼啪啪间，那些裹着青皮的核桃像急雨中的冰雹接连不断地落下来，砸出许多欢笑声。

于是，好日子便来了。

新鲜的核桃去皮后，核桃肉鲜嫩无比，把那白生生的果肉丢进嘴里，用牙轻轻一咬都能咬出水来，甜脆香醇直扑舌尖味蕾；晒过一段时间的则多了一份筋道，咬在嘴里香气会更持久。从秋到冬，每天早上，母亲都会在小米粥里放些核桃仁，每次我总翻来覆去挑沉在碗底下的核桃仁。其实，盛饭的时候，母亲已经把锅里的核桃仁尽可能多地挑出来给我。尤其冬天，与其说被母亲叫醒，倒不如说是迷迷糊糊中被核桃粥的香气馋醒。喝上一碗热乎乎的核桃粥，和三哥踩着厚厚的积雪摸黑去上学，一点都不觉得冷。母亲放上红糖炒核桃仁，完整而饱满，又香又甜，放在嘴里细细嚼满齿生香，周围的小伙伴吃了还要吃；中秋节的时候，母亲还会用核桃仁做成核桃饼，咬一口香半天，怎么吃都不解馋。

除了变着花样供我解馋外，核桃仁还有另外的用场。村里谁家生了小孩没奶水吃，母亲就会送一些用擀面杖擀成细末的核桃仁过去。嘱咐伺候月子的“婆婆”用红糖冲水后给产妇喝，用不了三五天，产妇的奶水就会汩汩涌出，全家乐得眉开眼笑，对母亲自然万分感激。

离开山村已三十多年，却一直离不开核桃。母亲在世的时候，每天总会剥好许多放在我看书的地方，看着我一边看书一边香甜地吃下，她老人家不知有多高兴。记得有一次，母亲递给我时说：“可要都吃下，这可是六个核桃。”让我一头雾水，女儿在一边“解读”：“姥姥，六个核桃是一种饮料啊。”我才知道，母亲剥好了六个核桃让我一次性吃下去，是受了电视“经常用脑，请吃六个核桃”广告词的“熏陶”。在我的成长中，母亲为我剥过多少核桃？我不知道，我只知道，母亲剥核桃又快又完整，这样的功夫不是一年两年能练出来的；我爱吃的瓜子，母亲也是一个个为我剥好，一盒盒放在桌边，即使出发的时候，母亲都会剥出足够我往来食用的。

如今，又是核桃飘香时，心又一次回到了家乡的小山坡。但捧着家乡新鲜的核桃，却再也寻不到母亲的身影。子欲孝而亲不待的伤痛，让故乡的核桃也失却了旧日的鲜味。

二

俗话说，八月的梨枣，九月的山楂，十月的板栗笑哈哈。深秋时节，正是板栗成熟的时候，沂蒙人家房前屋后的栗子树上便挂满了数不清圆溜溜的栗蓬，在山野秋风的吹拂下，一棵棵硕大的栗蓬便绽放笑脸露出褐色饱满的果实来。打板栗是个技术活，需要戴着草帽、眼镜、口罩、手套，否则一不留神，便会伤及自身——我的小姨就因打板栗时没做好防护，被掉下来的栗蓬刺伤了眼睛。打下来的栗蓬落在半人高的草丛里寻起来也麻烦，母亲便在粗大的栗树下铺上偌大的篷布，打下来的栗蓬便会纷纷落在上面，省却了捡拾的辛苦。刚从树上打下来的板栗生吃甘甜，烤或煮又有各不相同的美味。在沂蒙，吃得最多的是栗子炖鸡肉、栗炒排骨；到苏州旅游时，曾吃过那里的红烧栗子鸡，回来后便也学做给女儿吃，竟也成了家里的保留菜品。但最让家人常吃不厌的，当属红枣栗子小米粥的做法，既能健脾养胃，又能益气补血，而母亲做的南瓜小米栗子粥却一直令我们回味。

怎么能忘了那些小灯笼似的柿子呢？南山北坡，房前屋后，到处都是它们的身影，红彤彤的，在万紫千红的深秋里，想不注意它们都难。路旁沟边，只要一抬手，便会摘下一个个熟透的软柿子，剥开一点点皮将嘴贴上去，吱溜一声，那甜甜的柿汁便会甜到心里；早上摊煎饼的时候，母亲会到门前的树上摘下五六个红红的，煎饼快下鏊子时，取两三个剥去柿皮的软柿子烙进煎饼里几分钟，然后三两下拆好递给眼巴巴蹲在跟前的我，咬一口实在香甜无比。二十世纪七十年代，家家户户正屋梁下，都会挂着几串红红的柿子，直等到几尺厚的大雪铺地时，母亲再烙两个甜甜的柿子煎饼，长满冻疮的小手捧着热气腾腾的边吃边走在扑哧扑哧的雪地上，竟也是一种幸福。

还有那些黄澄澄的秋梨、脆鲜的枣子、咧着小嘴哈哈笑的石榴、各色的苹果，用盐煮出来的豆荚……这些随手可取的美味让小肚肚每天撑得溜圆；一筐筐的红辣椒用线穿起来，长长地垂在门口的两侧，实属山里一家的一道风景；在山野里玩累了的孩子们，随便挖几个地瓜，掰几个玉米，用锄头刨一个小坑，取随处可见的石块自三面围起，然后把地瓜、玉米埋在坑里，随手找来干柴点上火，用不了多久，山坡里便香气扑鼻，飘溢出秋的香味，这样的午饭，那些年我们都曾吃过。

秋天沂蒙的蝎子是最丰美的。据医学专家介绍，外地蝎子全身只有六只脚，而独有沂蒙山的蝎子八只脚，再加一对螯钳，共十只脚，故有“蒙山全蝎”之称；而自秋分之后，气温开始逐渐下降，野生蝎在此期间食量大增，并将摄取的营养转化为脂肪贮积起来，以便供给冬季休眠期和来年复苏期内所需的营养消耗，因此，这时的蝎子自是肥美。记忆里母亲的手掌会经常长疖子，又大又痛。每年清明时节，父亲便买了蝎子用油炸过后让母亲配着白酒吃下，到了秋天，更是买来许多，让全家同食。后来哥哥们大了，每到秋天，便带着工具到山上捕捉，母亲多年的顽疾则被治愈并根除，甚至连手肘处的一块牛皮癣也治愈了。母亲在世时，总是念叨蝎子的好处，我们全家都养成了秋天吃蝎子的习惯，多少年来，全家不再受皮肤之疾的困扰。几年前，本家姑姑查出肺癌晚期错过手术期，家中表妹日日用蝎子代药给姑姑治疗，七年后的今天，姑姑不但依然健在，竟比前些年更硬朗了许多。

我爱这多姿多彩的秋，我更爱秋天沂蒙取之不尽、食之不厌的美味。

后　记

2018年，于我是一个特别值得纪念的年份。

这一年的夏秋之际，分别是我生命中最重要的两位亲人去世十周年和二十周年的日子。这两位最重要的亲人，一位是我的父亲，一位是我的爱人，他们都是与我血脉相连、生命相依的至亲，是我生命中不可或缺的人。心理学家曾说过，人是有记忆细胞的，忘却的速度其实远比你想象的要快。庄子曾说过“虚室生白”——虚寂生智慧，空旷生明朗，换一种说法也就是“留白”。其实，留白就是留有遗憾，是花未全开月未圆。但整整十年、整整二十年，两位亲人长久地在我的生活中缺席，他们大片大片之于我的人生留白，却让我有更多的时间、空间静听来自内心思念的回声，他们之于我的深情大爱早已根置在我灵魂的最深处，他们的气息、情爱成为我生命的一部分，于一呼一息间无处不在。

回忆，是为了永远的铭记；缅怀，是为了传承他们的精神。作为他们最爱的人，我有必要为他们写点什么来怀念那份至真至纯的深情，何况，生活在乡村、奋斗在乡村、奉献在乡村一生的父亲，为乡村的发展建设，为乡村文化的传承和发扬都做出了积极的贡献。因为“下中农”的出身，父亲始终不忘初心，时刻以党员的标准严格要求自己，直到四十多岁才被批准加入中国共产党，这对于他是一生最荣耀和幸福的事，他倍感珍惜和骄傲；父亲的一生公而忘私，对党无限忠诚，如同千千万万正直奉献、有精神有风骨的沂蒙父亲一样，他承担起了儿子、丈夫、父亲的责任，更担当起了乡村文化发展传承和振兴的重任。父亲总是说“把头低下，是为了更好地看清脚下的路”。父亲用谦和的一生教育我们，永远做那个低调谦逊的人，用微弱的光温暖周围；我的爱人于三十五岁因公殉职，短短的人生却给予了世界无限的回报。在二十年的思念和追忆中，我对人生、对死亡、对生活有了重新的认识和评价：一个人生命的价值不在于生命的长短，而在于生命的质量和对社会所做的贡献。爱人短暂的生命给我留下了宝贵的精神财富，让我懂得了付出、友善、乐观、永远向前。基于此，他永远是我人生的导师和精神的伴侣，更是我永远的骄傲。

故乡是我们的根，而父母是连接故乡的根本。至今年秋天，我的母亲也已逝去整整四年，除了回乡祭奠他们，故乡于我便成了渐行渐远的记忆。年岁渐长，但“当时只道是寻常”的童年记忆和故乡的山山水水，却一次次出现在梦里；随着时间的流逝，故乡的纯朴乡情和无处不在的美好，都让我难以忘却。我甚至真正理解了“故乡母亲”的深意，每当回想起故乡，首先让我想起的是母亲：母亲的智慧、大义、温暖，让我想起我们脚下赖以生存的大地，她给予我们广袤的原野，给予我们四季的风景，给予我们生存的智慧和上善若水的灵魂。回忆故乡，于我就是怀想母亲，而怀想母亲，于我就是回味永恒的故乡。

我是一个热爱工作、热爱生活、尊重生命的人。热爱工作是源于父亲的言传身教，父亲用一生告诉我，“用生命去工作的人”才对得起组织的信任、同志们的期待和自己的本分，于是，工作中我兢兢业业、力求尽善尽美；热爱生活是源于母亲的教诲，母亲把清贫的日子过出诗意，把平凡的日子过出芬芳，让我懂得了与人为善、滴水之恩当涌泉报之的人生道理。母亲不但是一位人生的智者，更是真善美的化身，值得我用尽世间最美好的词汇来书写、赞美。

还有就是我至爱的女儿。这位幼年便失去父爱的女儿更多地品尝了生活的苦难。整整二十年里，她从不曾在父亲的怀中撒娇，没有父亲的肩膀可以依靠，没有父亲的大手可以取暖，不足八岁的她一夜之间长大，小小的她便为家挡风遮雨，为我排解忧伤，成了最能委曲求全的人。二十年里，她给予我的是如父如兄、如师如友、如姊如妹般的爱与温情，即使如此，她仍然阳光向上、热爱生活、爱岗敬业，不懂丝毫的算计和功利。她那颗水晶般的心照见的是人生最初的纯净与美好，在光阴里种下的全是珍惜，一路走来留下的，全是与温暖低眉同行的静好。

世间于我，最美好的一个词叫“现世安稳，岁月静好”。如水的岁月，易感的心存下了太多的感动，更容得下一个素心人一段段柔软的时光，然而安稳的现世，又有多少岁月可以静好？如何面对生活的波折、多舛的命运，甚至突然而至的死亡？这是我们每个人终其一生要面对的问题，如何向生活交出一份满意的答卷，这需要的不仅仅是一颗热爱生活之心，更需要有对生活的担当和对社会的责任。

岁月不曾静好，但感恩之心常在。

我们有幸与一个伟大的时代相逢。作为一名业余作家，2018 年，我很荣幸地成为中国作家协会中的一员，这是我文学创作的一个起点，也是一种责任。感谢一路走来的众位师长、文朋诗友的提携、支持和帮助，尤其是著名军旅作家、我敬仰的文学导师苗长水先生，还在百忙中为本书撰写了序，对本书给予了较高的评价，对我的文学创作给予了肯定并指出了努力的方向，让我感动不已。正是这些师友们的鼓励、鞭策和指导，才让我有勇气和信心在工作之余坚守着文学之梦。紧贴地面，贴紧生活，以深厚的情感书写最底层普通大众的悲欢离合，聆听新时代大地深处泥土的躁动与疼痛，弘扬沂蒙儿女内心的真善美，传递人性中的光与暖，是我无悔的选择，也是我不忘的初心。

秋风含露，心香软柔；丝丝轻寒，安喜静好。每时每刻，我心中全是满满的感恩与感激。不由想起了人民作家张平在《重新生活》后记中的一段话来：“归途漫漫，但充满希望。清气扑面，必定万紫千红。人民将会用鲜花铺满大地，迎接国家和民族文化的振兴与新生。” 在文学创作的路上，我做得还远远不够，但我会一直努力。

夜色凝香，秋声又起。

离开书桌，我走到窗前。窗外，一大片灯光，那么璀璨，那么美好。

张岚

2018 年 10 月 10 日

图书在版编目（CIP）数据

岁月静好 / 张岚著 . -- 济南 : 山东文艺出版社，2019.4

ISBN 978-7-5329-5808-5

Ⅰ . ①岁… Ⅱ . ①张… Ⅲ . ①散文集－中国－当代 Ⅳ . ① I267

中国版本图书馆 CIP 数据核字（2019）第 036382 号

岁月静好

张 岚 著

主管单位	山东出版传媒股份有限公司
出版发行	山东文艺出版社
社　　址	山东省济南市英雄山路 189 号
邮　　编	250002
网　　址	www.sdwypress.com
读者服务	0531-82098776（总编室）
	0531-82098775（市场营销部）
电子邮箱	sdwy@sdpress.com.cn
印　　刷	三河市嵩川印刷有限公司
开　　本	710 毫米 ×1000 毫米 1/16
印　　张	24
字　　数	290 千
版　　次	2019 年 4 月第 1 版
印　　次	2021 年 8 月第 2 次印刷
书　　号	ISBN 978-7-5329-5808-5
定　　价	49.00 元